AF399459

Volker Dützer, geboren 1964, lebt und arbeitet im Wester-
wald. Die Bandbreite seiner Romane reicht vom lupenreinen
Kriminalroman über Science-Thriller bis zur Horror-Kurzge-
schichte.

VOLKER DÜTZER

EIN KÜSTENKRIMI

Erstausgabe September 2024

Copyright © 2024 dp Verlag, ein Imprint der
dp DIGITAL PUBLISHERS GmbH
Made in Stuttgart with ♥
Alle Rechte vorbehalten

Die Klippen

ISBN 978-3-98998-412-7
E-Book-ISBN 978-3-98998-395-3

Covergestaltung: Verena Kern
Umschlaggestaltung: ARTC.ore Design
Unter Verwendung von Abbildungen von
shutterstock.com: © ecrafts, © Gosia1982, © studioxzero,
© Evannovostro, © modalmodaldewe
Lektorat: Birgit Förster
Satz: dp DIGITAL PUBLISHERS GmbH
Druck und Bindung: Books on Demand GmbH, Norderstedt

She can kill with a smile
She can wound with her eyes
And she can ruin your faith with her casual lies
And she only reveals what she wants you to see
She hides like a child
But she's always a woman to me

She's always a woman to me (Billy Joel)

1

Alderney, 16. September

Das Boot tauchte auf und verschwand wieder im Nebel wie ein Geisterschiff. Als Steve Cole es zum ersten Mal sah, tat er es als Luftspiegelung ab. Wenn er zu lange auf das Meer hinausblickte, glaubte er die seltsamsten Dinge zu sehen. Vielleicht konnte die endlos tiefe, graublaue See in sein gequältes Herz blicken und projizierte die stumme Verzweiflung, die darin wühlte, an den Horizont wie die Fetzen eines Albtraums.

Am Morgen des 16. September narrte ihn das Phantom eine Viertelstunde lang. Etwa eine Seemeile vor der Westküste Alderneys lag eine dichte Nebelbank. Ein nasskalter Wind trieb sie langsam auf die Insel zu und schob die Flut vor sich her. Auf irritierende Weise schien das Meer aus der Bank herauszufließen und drohte den Felsen im Ärmelkanal, auf dem zweitausend Menschen lebten, zu verschlingen.

Steve kniff die Augen zusammen und wagte sich bis an den Rand der schwarzen Klippen vor. Eine Bö fuhr in die Dunstschwaden und trieb sie auseinander. Die Morgensonne blitzte durch die schiefergraue Wolkendecke und zauberte gleißende Lichtreflexe auf das Wasser, die wie die Seelen ertrunkener Seeleute auf den Wellen tanzten.

Da war es wieder! Ein verwischter Fleck, der wie ein Spuk innerhalb von Sekunden größer oder kleiner wurde. Mal schien er weit entfernt zu sein, dann wieder zum Greifen nah. Lewis, der alte Hafenmeister, hatte ihm erklärt, dass es am Nebel lag. Er verzerrte die Konturen, gaukelte dem Beobachter Trugbilder vor und erschwerte es, Entfernungen einzuschätzen.

Doch das Schiff war kein Trugbild. Deutlich erkannte Steve die schlanke Silhouette einer Segeljacht und den marineblauen Streifen am Rumpf. Die Kanalinseln waren ein beliebtes Ziel von Hobbykapitänen, die an den Wochenenden vom Festland herübersegelten. In den Häfen von Guernsey, Jersey und Alderney ankerten Dutzende Jachten und Boote. Während der Sommermonate war die See mit winzigen, weißen Segeln gespickt, die wie Vogelfedern über dem Wasser schwebten.

Das Auftauchen der Jacht hätte ihn nicht weiter beunruhigt, wäre da nicht die Tatsache gewesen, dass der Mast auf halber Höhe gebrochen war und das Großsegel wie ein Leichentuch über dem Deck lag. Sie trieb steuerlos mal hierhin, mal dorthin.

Vor drei Tagen hatte er den Hafenmeister auf den Havaristen aufmerksam gemacht, weil er eine Gefahr für die Schifffahrt darstellte. Lewis hatte den kleinen Rettungskreuzer Roy Barker, der im Hafen der Braye Bay ankerte, losgeschickt, aber die Mannschaft hatte keine Spur der schwer beschädigten Jacht entdeckt. Der alte Mann hatte sich daraufhin die Gelegenheit nicht entgehen lassen, unheimliche Geschichten über Geisterschiffe zum Besten zu geben.

„Die See kann ein verflixter Teufel sein“, hatte Lewis fabuliert. „Ich lebe seit fast siebzig Jahren auf Alderney, und ich habe allerhand seltsames Zeug gesehen, Chief. Ob Sie’s glauben oder nicht, aber da draußen gehen Dinge vor, die nicht in unsere moderne Welt passen.“

Steve war sicher, dass sich der Hafenmeister irrte. Das Boot war real, kein schauriger Gruß aus dem Jenseits. Wieder schoben sich schwarzgraue Regenwolken vor die Sonne und wuschen die kräftige blaugrüne Farbe aus dem Meer. Das Boot verschmolz mit dem Horizont und verschwand wie ein Gespenst zum Ende der Geisterstunde.

Watson, der struppige Hund, der sich vor einigen Wochen entschieden hatte, Steve zu adoptieren, winselte leise. Er streckte die Hand nach ihm aus, aber wie immer hielt der Hund Abstand.

„Du spürst es auch, nicht wahr?“

Watson blickte gebannt auf das Meer hinaus. Ein Zittern lief über sein graubraunes Fell, das nicht von der herbstlichen Kälte herrührte. Etwas lauerte hinter dem Horizont. Etwas, das Tod, Unheil und Verderben brachte.

Die Bö erreichte das Land, strich über die karge Hochebene und verkündete Sturm. Steve schlug den Kragen seiner Jacke hoch und wandte sich um. Der zweite Winter auf Alderney stand ihm bevor. Der zweite Winter ohne Abby.

Er hinkte zum Zig Zag Cliff Path zurück. Das nasskalte Wetter machte seiner alten Hüftverletzung heute mehr als sonst zu schaffen. Jeder Schritt schmerzte.

Er ließ Watson auf den Rücksitz des Streifenwagens klettern, der oberhalb des alten Pfarrhauses stand, in

dem er seit seiner Ankunft auf Alderney lebte, und sah
ein letztes Mal auf das Meer hinaus. Die Nebelschwa-
den teilten sich wie ein Theatervorhang und gaben den
Blick frei auf die steuerlose Segeljacht. Sie war nun sehr
viel näher unter Land als noch vor ein paar Minuten,
lag tief im Wasser und schien unmittelbar auf ihn zu-
zuhalten, als wäre Steve das Ziel ihrer Irrfahrt.

Nachdenklich betrachtete er das näher kommende
Boot und versuchte, die machtvolle Vorstellung abzu-
schütteln, das Wrack verfolge ihn wie ein unheilvolles
Omen. Er stieg in den Wagen und fuhr nach Saint
Anne.

2

Ein kalter Wind fegte trockenes Laub über das Pflaster der Queen Elizabeth II Street und zupfte das Laub von den Ästen der Bäume auf dem Parish Church Grave Yard.

Steve stellte den Streifenwagen auf dem Parkplatz neben dem Polizeirevier ab, stieg aus und öffnete die hintere Seitentür. Watson schnupperte prüfend und kletterte umständlich aus dem Wagen. Er lief eilig auf die blaue Tür des Reviers zu, die in der feuchten Morgenluft glänzte, als wäre sie frisch poliert worden. Vermutlich freute er sich auf ein Nickerchen im warmen Büro des Chiefs.

Steve hinkte ihm hinterher. Die Strecke vom Parkplatz zur Wache erschien ihm doppelt so lang wie gewöhnlich.

Alderney! Was als Übergangslösung geplant gewesen war, währte nun schon zwanzig Monate, denn so lange lebte und arbeitete er bereits auf der Insel. Inzwischen hatte er beschlossen zu bleiben, wenn auch der einzige Grund dafür war, dass er nicht wusste, wohin er sonst hätte gehen sollen.

Der Hund trottete den Korridor entlang, erledigte seine übliche Kontrollrunde und schob dann mit der Schnauze die Milchglastür mit der Aufschrift Chief auf.

Jeder von uns hat seine lieb gewonnene Routine, dachte Steve belustigt. Watson legte einige skurrile Eigenheiten an den Tag. Bevor er sich nicht überzeugt hatte, dass jedes Ding an seinem gewohnten Platz war, konnte er sich nicht entspannen.

Steve wandte sich nach links und betrat die Wache. Es duftete nach Kaffee, Constable Penny Saunders telefonierte. Er nahm die Kanne aus der Kaffeemaschine und schenkte sich eine Tasse ein. Penny beendete ihr Gespräch und legte den Hörer auf die Gabel.

„Einen wunderschönen Montagmorgen wünsche ich", sagte er.

Sie erwiderte seinen Gruß mit einem Nicken und notierte etwas auf ihrer Schreibtischunterlage.

„Du bist spät dran", sagte sie.

„Der Fliegende Holländer ist wieder aufgetaucht."

„Konntest du diesmal einen Exorzismus durchführen?"

Steve trank einen Schluck Kaffee.

„Nein. Er hat sich aus dem Staub gemacht, bevor ich den Kanister mit dem Weihwasser aus dem Pfarrhaus holen konnte. Ruf bitte Lewis an, er soll den Coastguard alarmieren. Ich befürchte, die Flut wird das Boot auf die Klippen bei den Guns treiben. Sie sollten es besser aufbringen, ehe jemand zu Schaden kommt."

Penny nickte abwesend, das Telefon klingelt erneut.

„Ganz schön was los heute", sagte Steve. „Wo steckt denn Gordon?"

„Im Bett. Er hat sich krankgemeldet. Die halbe Insel liegt mit Grippe flach."

„Kein Wunder bei dem Wetter. Und Dave?"

„Er ist auf Guernsey zu der Fortbildung, auf die er monatelang gewartet hat.“

„Oh, das hatte ich ganz vergessen.“

Penny nahm genervt den Hörer ab und meldete sich. Sie hörte dem Anrufer eine Minute lang zu und schnitt eine Grimasse.

„Wir kümmern uns darum“, sagte sie mit zuckersüßer Stimme und legte auf. „Ich könnte hier Unterstützung gebrauchen“, seufzte sie. „In zehn Tagen beginnt das Food & Drink Festival. Da drehen in jedem Jahr alle durch.“

Wieder klingelte es.

„Alderney Police Station. Was kann ich für Sie tun?“

Penny bedeckte die Sprechmuschel mit der Hand und sagte leise: „Es ist McGinley von der Gemeindeverwaltung. Er will, dass du etwas gegen die Falschparker in der Innenstadt unternimmst.“

„Ich soll Strafzettel schreiben? Das ist entschieden unter der Würde meines hohen Amtes.“

„Solange wir nur zu zweit sind, wird sich das nicht vermeiden lassen. Oder möchtest du lieber meinen Job am Telefon übernehmen?“

„Ich schicke Watson. Er braucht ohnehin mehr Bewegung.“

Penny zog eine so finstere Miene, dass er unwillkürlich grinsen musste.

„Okay, ich kümmere mich um ihn. Stell ihn zu mir durch.“

Sie drückte eine Taste auf ihrem Telefon und legte den Hörer auf. Steve verzog sich in sein Büro. Er hatte sich an den gemächlichen Alltag auf Alderney gewöhnt. Hektisch wurde es nur vor den Veranstaltungswochen im Frühjahr und im Herbst. Er stellte seine Tasse auf den Schreibtisch, setzte sich in den knarrenden, alten Ledersessel und nahm den Hörer ab.

„Guten Morgen, Mr McGinley. Was kann ich für Sie tun?"

„Die Gemeindeverwaltung wünscht einen reibungslosen Ablauf des Festivals. Ich möchte mich versichern, dass Sie gut vorbereitet sind. Chief Henderson hat stets ..."

„Seien Sie beruhigt. Wir haben alles im Griff und ..."

„Ich hörte, Sie sind nur zu dritt", unterbrach ihn McGinley.

„Im Augenblick sogar nur zu zweit. Sergeant Lyme hat sich krankgemeldet."

McGinley gab eine Mischung aus ersticktem Kieksen und Seufzen von sich.

„Constable Bailey ist rechtzeitig zum Beginn des Festivals wieder einsatzbereit."

Steve imitierte mit Daumen und Zeigefinger eine Pistole und feuerte auf das Foto der versammelten Gemeinderatsmitglieder an der Wand.

„Was gedenken Sie wegen der angespannten Verkehrssituation zu unternehmen?", fragte McGinley.

„In den nächsten zwei Wochen werden wir auf Alderney nur Pferdekutschen erlauben."

Der sauertöpfische Mitarbeiter der Verwaltung von Saint Anne keuchte hörbar. Er besaß nicht den geringsten Sinn für Humor.

„Wir nehmen Tradition auf Alderney sehr ernst, Chief Cole. Bill Henderson war sich dessen bewusst."

„Das bin ich ebenfalls. Berichten Sie dem Stadtrat, dass der Chief sich höchstpersönlich um jeden einzelnen Strafzettel kümmert."

„Ich verlasse mich auf Sie."

„Aber immer", sagte Steve.

„Und verschonen Sie uns eine Weile mit weiteren Mordfällen. Davon hatten wir in letzter Zeit mehr als genug."

„Ich kläre Verbrechen auf, ich verübe sie nicht."

„Mmpfh."

McGinley legte auf. Steve lehnte sich zurück und betrachtete die Fotografien seiner Vorgänger an der Wand. Irrte er sich, oder schaute ihn der alte Bill heute besonders missbilligend an?

„Okay, ich bemühe mich, den Job ein bisschen ernster zu nehmen", murmelte er.

Er trank seinen Kaffee aus, stand auf und nahm seine Uniformjacke vom Haken. Watson hob den Kopf und blickte ihn erwartungsvoll an.

„Klar kommst du mit. Ich zeige dir, wie man Strafzettel ausstellt. Das gehört zur Ausbildung."

Mit dem Hund im Gefolge verließ er das Büro und ging an der offenen Tür zur Wache vorbei.

„Wohin des Wegs, Stevie?", fragte Penny.

„Präsenz zeigen und mich bei den Touristen unbeliebt machen."

„Viel Spaß. Vergiss den Block mit den Strafzetteln nicht."

„Wenn ich dich nicht hätte ..."

Er kehrte um, suchte in Daves Schreibtisch nach dem Zettelblock und steckte ihn in die Jackentasche.

„Der Stadtrat will eben den Sheriff auf der Straße sehen, das ist eine verantwortungsvolle Tätigkeit“, sagte Penny.

„Ich fühle mich ein bisschen überqualifiziert“, seufzte er. „Wenn ich die Lust verliere, fahre ich bei Abby vorbei. Falls etwas Wichtiges anliegt, kannst du mich auf dem Diensthandy erreichen.“

„Das wird kaum nötig sein“, grollte Penny. „Ich erledige hier nur unwichtige Sachen.“

Steve verließ das Revier und öffnete die Beifahrertür des Streifenwagens. Watson sprang auf den Sitz und blickte aus dem Fenster. Er schien es zu mögen, wenn sie gemeinsam ihre Runden drehten.

Zwei Stunden und dreizehn Strafzettel später legte Steve eine Pause ein und trank im The Moorings am Hafen einen Kaffee. Er hätte Pennys Angebot annehmen und mit ihr tauschen sollen, anstatt die Straßen von Saint Anne nach Falschparkern abzusuchen. In seiner linken Hüfte wühlte ein dumpfer Schmerz. Noch immer konnte er sich nicht mit den Einschränkungen abfinden, die ihm sein Körper aufzwang; würde es wahrscheinlich nie können. Aber er liebte es nun mal, an der frischen Luft zu sein.

Sein Diensthandy klingelte. Er meldete sich.

„Lewis hier“, dröhnte die Bassstimme des Hafenmeisters aus dem Lautsprecher. „Wir haben das Wrack aufgebracht. Es liegt unterhalb des Zig Zag Paths zwischen den Klippen. Ich wollte anfragen, ob wir auf Sie warten sollen, bevor wir an Bord gehen.“

„Gibt’s dafür einen besonderen Grund?“

Steve verspürte wenig Lust, auf den schlüpfrigen Felsen herumzuklettern.

„Mich zwickt es in den alten Knochen, Chief. Irgendwas stimmt hier nicht. Könnte doch sein, dass wir es mit einem Verbrechen zu tun haben."

„Das wird dem Stadtrat aber gar nicht gefallen."

„Mir gefällt's auch nicht."

„Okay, ich komme."

Zehn Minuten später stellte er den Wagen oberhalb der Klippen an der Westküste ab. Das Wrack steckte zwischen den Felsen wie ein Splitter in der Faust eines zornigen Meeresgottes. Die Roy Barker schaukelte in sicherer Entfernung auf den Wellen. Ein Sonnenstrahl durchbrach die Wolken und brachte den blauen Rumpf mit den orangefarbenen Aufbauten zum Leuchten. Lewis stand im Bug und glich geschickt das Auf und Ab der Dünung aus. Er winkte, formte mit den Händen einen Trichter um den Mund und rief ihm etwas zu, aber seine Worte gingen im Rauschen der Brandung unter.

Steve suchte sich einen Weg zwischen den Felsen hinab zu dem winzigen, halbmondförmigen Strand. Der Boden war mit Moosen und Flechten bedeckt, Seetang überdeckte gefährliche Spalten und Löcher im Gestein. Watson blieb zurück und winselte kläglich.

Trotz aller Vorsicht glitt Steve aus und schlitterte das letzte Stück zum Strand hinab. Das Stechen in seiner Hüfte war so stark, dass ihm ein paar Sekunden lang schwarz vor Augen wurde. Er wartete, bis der Schmerz zu einem dumpfen Pochen abebbte, und humpelte dann über den nassen Sand auf das Wrack zu.

Die einlaufende Flut versperrte ihm jedoch den Weg. Das Boot lag unerreichbar etwa zwanzig Meter entfernt zwischen den Riffen im tiefen Wasser. Der Wind spielte mit einem Fetzen Segeltuch, hob es an und enthüllte den Namen der Jacht, der in goldener Schrift am Heck leuchtete: Thetis, die Meeresnymphe und Schönste der Nereiden. Nun, von ihrer Schönheit war wenig geblieben.

Das Beiboot der Roy Barker hatte abgelegt und näherte sich dem Strand. Der Hafenmeister drehte bei.

„Kommen Sie an Bord, Chief!"

Er streckte einladend die Hand aus. Steve ging auf das Boot zu. Eine Welle rollte an den Strand und durchnässte seine Hosenbeine. Das Wasser war kalt wie ein Grab. Lewis half ihm über das Dollbord. In seinem grauroten Bart glitzerten Wassertropfen, seine hellen Augen funkelten unternehmungslustig.

„Es war also doch kein Geisterschiff", sagte Steve atemlos.

„Ich bin gespannt, was uns erwartet, Chief. So wie's aussieht, würde es mich nicht wundern, wenn es mehrere Wochen auf See war. Entweder ist der Skipper über Bord gegangen, oder er hat das Boot aufgegeben."

„Dann hätte er den Verlust dem Coastguard gemeldet", sagte Steve.

Lewis wischte sich Spritzwasser aus dem Bart. „Wenn er noch Gelegenheit dazu hatte, schon."

„Kommt Ihnen die Thetis bekannt vor?", fragte Steve.

„Vielleicht. Vielleicht auch nicht. Ich kann mir all die Boote, die während eines Sommers einlaufen und wieder abfahren, nicht mehr merken. Sie wissen ja, dass meine Augen nicht mehr die besten sind."

Das Beiboot ging längsseits. Skeptisch musterte Steve die havarierte Jacht. Das Deck lag etwa zwei Meter über dem unruhigen Wasserspiegel.

Lewis machte an der Thetis fest und warf eine Strickleiter über die Reling. Er brauchte drei Versuche, bis er sicher war, dass sie sich fest verhakt hatte.

„Nach Ihnen", sagte er.

Die kleine Jolle schaukelte unter ihm wie ein Korken auf den Wellen, aber Steve wollte sich keine Blöße geben. Er biss die Zähne zusammen und passte den richtigen Moment ab. Endlich bekam er die Strickleiter zu fassen, ignorierte das Stechen in seiner Hüfte und kletterte an Bord. Außer Atem blieb er einen Moment stehen und schloss die Augen, alles drehte sich um ihn.

„Sind Sie okay, Chief?"

Er öffnete die Augen. Der Hafenmeister war ihm gefolgt und musterte ihn besorgt.

„Ja. Ich schätze, solche Klettertouren schmecken meinen verschraubten Knochen nicht besonders gut."

Steve blickte sich um. Reste des zerfetzten Großsegels bedeckten den Ruderstand und die Aufbauten. Er zerrte an dem steifen Stoff und schlug ihn zur Seite. Lewis stieß einen heiseren Schrei aus.

3

Daniel Jacobs stand vor dem Mansardenfenster. Er beobachtete den Fremden schon eine ganze Weile. Der Mann hatte sein Hemd ausgezogen und warf es gerade achtlos auf den Boden. Auf seinem durchtrainierten Oberkörper glitzerten Schweißperlen. Die noch tief über dem Horizont stehende Morgensonne zauberte scharfe Konturen auf seine Haut und ließ ihn im Gegenlicht schimmern wie eine Marmorstatue. Sein hellbraunes Haar umgab ihn wie ein Heiligenschein. Die Kühle des Septembermorgens schien ihm nichts auszumachen. Er ließ sich Zeit, um ein wärmeres Sweatshirt überzustreifen. Zu viel Zeit.

Dans Blick wanderte weiter zu Heather, die zu dem halb nackten Mann auf dem Dach des Schuppens neben der Garage hinaufschaute. Die Hände in die Hüften gestemmt, warf sie den Kopf zurück und lachte über einen Witz, den er offenbar gerissen hatte. Dan konnte nicht hören, war er antwortete, und er wollte nicht neugierig erscheinen, indem er das Fenster öffnete.

Die Pose, die Heather einnahm, brachte ihre Formen herausfordernd zur Geltung. Sie konnte die Männer verrückt machen, wenn sie es darauf anlegte. Trotzdem, oder vielleicht gerade deswegen, hatte er sie geheiratet. Er hatte niemals damit gerechnet, dass eine Frau wie sie sich zu ihm hingezogen fühlen würde. Was die körperlichen Vorzüge anging, konnte er mit dem

Fremden auf dem Dach nicht mithalten. Im Gegensatz zu ihm war Dan von schmächtiger Gestalt. Wenn er sich anstrengte, geriet er schnell außer Atem, zudem war er kurzsichtig wie ein Maulwurf. Seit einiger Zeit neigte er dazu, einen Bauchansatz zu entwickeln.

Heather fuhr sich durch das lange blonde Haar. Dan liebte dieses Haar, er liebte Heather und ihr Lachen. Ein Stechen durchzuckte seine Brust, als hätte der Fremde ihm ein Messer ins Herz gerammt. Heather hatte schon lange nicht mehr gelacht. Nicht mit ihm.

Der Mann bückte sich und kramte in einem Werkzeugkasten. Er musste der Handwerker sein, den sie aufgetrieben hatte. Das Dach des Schuppens war marode, bei starkem Regen – der auf Alderney häufig auftrat – sammelte sich Wasser in dem Spalt zwischen Dach und Hauswand und drohte die Bausubstanz zu beschädigen. Heather hatte ihn ein paarmal gebeten, sich darum zu kümmern, aber er hatte zwei linke Hände. Sein Gedächtnis schien auch nicht mehr so gut zu funktionieren, denn schließlich hatte er die Sache verschwitzt.

In letzter Zeit vergaß er eine Menge. Er konnte sich schlecht konzentrieren und glaubte manchmal, Dinge und Menschen zu sehen, die es nicht gab. Heather wusste nichts davon. Bisher war es ihm gelungen, seine Gedächtnislücken vor ihr zu verheimlichen.

Sie stieg nun die Leiter zum Schuppendach hinauf, vermutlich, um dem Mann den Schaden zu zeigen. Er schien sie fürsorglich stützen zu wollen, aber seine Hand kam ihrem Po dabei eine Spur zu nahe. Die Berührung erfolgte keinesfalls zufällig, dessen war sich

Dan sicher. Heather schien es entweder nicht zu bemerken, oder sie hatte nichts dagegen, von dem schweißbedeckten Adonis angefasst zu werden. Der dumpfe Schmerz in Dans Brust verwandelte sich in das heiße Brennen der Eifersucht.

Er tat das, was er immer tat, wenn er sich mit einem Problem konfrontiert sah. Er verdrängte es, ging zu seinem Schreibtisch und betrat die Welt seiner Fantasie. Dort wusste er stets, was zu tun war. Ganz gleich, wie tief die Grube war, in die er stürzte, er fand einen Weg hinaus. Doch seit einiger Zeit war die Quelle seiner inneren Kraft versiegt. Wie so oft, starrte er auf den blinkenden Cursor und die leere Seite seines Textverarbeitungsprogramms, bis seine Unruhe einen kritischen Punkt erreichte. So lief es schon seit Wochen. Dan ignorierte die sich immer höher auftürmenden Schwierigkeiten und ging Auseinandersetzungen mit Heather aus dem Weg. Ihre Unterhaltungen endeten in letzter Zeit ohnehin meistens im Streit. Streit um Nichtigkeiten. All das führte dazu, dass die Seite vor ihm leer blieb.

Zunächst hatte er seinen Schwierigkeiten, etwas zu Papier zu bringen, keine große Bedeutung beigemessen, es gab gute und schlechte Tage. Zeiten, in denen er schrieb wie ein Besessener – zwanzig, dreißig Seiten am Stück. Dann wieder durchlebte er Phasen, in denen seine Kreativität schlief wie ein Murmeltier. Er hatte genug Erfahrung als Schriftsteller, um Krisen zu überwinden. In den vergangenen Monaten hatte er allerdings eine beängstigende Schreibblockade entwickelt, gegen die kein Kraut gewachsen schien. Inzwischen erfasste ihn regelmäßig Panik, wenn er sich dem Schreibtisch nur näherte. Auch davon wusste Heather nichts.

Dan war sich sicher gewesen, dass sie ihn geheiratet hatte, weil sie ihn liebte. Das hatte sie mehr als einmal bewiesen. Doch in letzter Zeit misstraute er ihr. Der Zweifel war ein Ungeheuer, das sich von Angst ernährte. Seine Zähne schlugen zunächst nur eine kleine, unbedeutende Wunde, die sich jedoch rasch entzündete und am Ende Körper und Geist vergiftete. Hatte sie ihm ihre Verliebtheit nur vorgespielt? Vom ersten Tag ihrer Ehe an hatte ihn die Angst begleitet, dass sie nur an seinem Geld interessiert sein könnte. Wie würde sie reagieren, wenn sein Erfolg und der damit verbundene warme Geldregen ausblieben?

Dan fischte ein einzelnes Blatt mit Notizen aus dem Chaos auf der Tischplatte. Es war eine eilig hingeworfene Idee für einen Roman. Stirnrunzelnd las er die wenigen Sätze durch und fragte sich, ob er unter einer Persönlichkeitsspaltung litt. Die eine Hälfte seines Ichs brachte nichts Brauchbares mehr hervor, während die andere grotesken Unsinn verzapfte, um die Gegenseite zu verspotten. Die Vorstellung, dass zwei Seelen in seiner Brust wohnten und er so enden könnte wie seine an Schizophrenie erkrankte Mutter, jagte ihm einen kalten Schauer über den Rücken. Sie war in geistiger Umnachtung aus demselben Mansardenfenster in den Tod gesprungen, aus dem er vor wenigen Minuten geblickt hatte. Die meisten Menschen hätten einen Ort, an dem die Schrecken ihrer Kindheit lebendig waren, gemieden wie der Teufel das Weihwasser. Für Dan besaß dieses Zimmer jedoch einen besonderen Zauber, der Rettung aus seinem Dilemma versprach und den er durch seine Rückkehr nach Alderney zu wecken hoffte. Eine Magie, die stärker war als die Erinnerung.

Er zerknüllte das Blatt und stopfte es in den überquellenden Papierkorb. Seine Hand streifte dabei die Brille und schob sie auf seine Nasenspitze herab. Augenblicklich verschwamm das Zimmer um ihn herum, Formen und Konturen lösten sich auf. Hastig rückte er sie wieder gerade. Seit seiner Kindheit litt er unter einer Sehschwäche, die auf eine zu spät behandelte Bindehautentzündung zurückging. Die Brille war zugleich sein Tor zur Welt und der Anlass für zahllose Hänseleien und Kränkungen gewesen. Vermutlich waren die starken Augengläser auch der Grund, warum in seinen Geschichten häufig unglückliche Kinder und Außenseiter die Hauptrollen spielten. Als Folge der eigenen Unsicherheit hatte er sich in die Geborgenheit seines Dachzimmers zurückgezogen und in eine Welt der Fantasie geflüchtet, in der alles möglich war. Dort war er kein ängstlicher, pummeliger Junge mit einer klobigen Brille, sondern Peter Pan, Luke Skywalker und Indiana Jones in einer Person.

Dan verschlang Bücher wie andere Kinder Kekse und begann früh, eigene Geschichten zu erfinden. Lange traute er sich nicht, sie aufzuschreiben, sondern erzählte sich selbst jeden Abend ein neues Kapitel, bis sich seine Vorstellungskraft mit der Traumwelt des Schlafs vermischte, die von Monstern und Dämonen bevölkert war. Und von verrückten toten Müttern, die aus dem Grab zurückkehrten und durch das Mansardenfenster stierten.

Später hatte er sich oft gefragt, ob hier der Ursprung seiner Horrorromane lag, in denen er die Schrecken des Unbewussten in die Realität zerrte. An jenem windigen, regnerischen Herbsttag hatte er sie gesehen, bevor sie von dem schmalen Balkon, der vor ihrem Schlafzimmer und dem von Dan entlanglief, in die Tiefe sprang. Mit flackernden Augen hatte sie durch das regenblinde Fenster gestiert und die Lippen zu einem irren Grinsen verzogen. In den Sekunden vor ihrem Tod war Dan sicher gewesen, einen Wimpernschlag lang ihr wahres, sanftes Wesen zu erkennen, das im kranken Gehirn eines Monsters eingesperrt war; und die Scham und Verzweiflung darüber, ihren kleinen Jungen zurückzulassen.

In den folgenden Monaten hatte er sich vor den dunklen, windigen Nächten gefürchtet, in denen die Zweige der alten Eiche am Fenster kratzten und gespenstische Schatten auf die Scheibe malten. Dann war er davon überzeugt gewesen, dass der Dämon, der seine Mutter überwältigt hatte, zurückkehren würde, um ihn zu holen und mit ihr zu vereinen. Waren es Anzeichen derselben Krankheit, die seine Mutter, ohne es zu wollen, an ihn weitergereicht hatte? Die Angst, dass er ebenfalls an Schizophrenie erkranken könnte, hatte ihn seitdem nie wieder verlassen.

Das grauenvolle Erlebnis hatte indessen eine unheimliche Gabe in ihm freigesetzt: seine Leser mit Haut und Haaren in seine Geschichten hineinzuziehen und sie erst loszulassen, wenn sie ihn auf seiner Reise in die teuflischen Abgründe der menschlichen Seele begleitet hatten. Dieses Talent hatte ihn reich gemacht.

Und doch bezahlte er einen Preis dafür, von dem niemand etwas ahnte, auch Heather nicht. Dan hasste es, im Rampenlicht zu stehen. Er hasste es, wenn die Leute ihn bedrängten und darum baten, ihre zerlesenen Bücher zu signieren; wenn ihre Körperausdünstungen in seine Nase krochen und er einer Panik nahe war, wenn sie sich mit ihm fotografieren lassen wollten. Dann wünschte er sich in die Einsamkeit des Mansardenzimmers zurück, in dem er die meiste Zeit seiner Kindheit und Jugend verbracht und die Geschichten ersonnen hatte, von denen er noch heute zehrte.

Dass er über das Geschenk verfügte, andere Menschen damit zu verhexen, war ihm zum ersten Mal klar geworden, als er dreizehn Jahre alt war. Jeder Tag in der Saint Anne's School hielt neue Schrecken für ihn bereit, und vor allem fürchtete er Mrs Chambers, seine Englischlehrerin; eine vertrocknete alte Jungfer mit straffem Haarknoten und Hornbrille, die jede Grammatikregel auswendig kannte, die je ersonnen worden war. Ansonsten besaß sie die literarische Fantasie einer Saatkrähe. Sie sezierte die Kurzgeschichten, die der Lehrplan vorsah, wie eine Leichenbeschauerin, verstand aber meist nicht, was der Autor damit ausdrücken wollte. Dan hingegen erkannte instinktiv die Mechanismen einer guten Geschichte, ihre Prämisse und Funktionen.

Der letzte Schultag vor den Sommerferien 1994 legte den Grundstein für seine Karriere als Schriftsteller. Mrs Chambers liebte Verlosungen, die von den Schülern Krähen-Bingo genannt wurden. Zu gewinnen gab es schier unlösbare Sonderaufgaben, Peinlichkeiten und Demütigungen vor versammelter Klasse. Dan war ihr liebstes Opfer. Lange Zeit war er überzeugt davon, dass sie in ihrem Keller teuflische Rituale abhielt und ihn verhext hatte, denn sein Name hüpfte so oft aus dem Lostopf, dass von Zufall keine Rede mehr sein konnte.

Irgendwann dämmerte ihm, dass die Verlosungen ein einziger Schwindel waren und nur dazu dienten, auf den Schwächsten der Klasse herumzuhacken. Bei ihm lag der Fall jedoch anders. Mit seinem angeborenen Gefühl für Sprache brauchte er sich im Gegensatz zu den naturwissenschaftlichen Fächern im Englischunterricht nicht anzustrengen. Selbst die kompliziertesten Grammatikregeln und semantischen Kniffe beherrschte er intuitiv. Damit war er der Krähe ein Stachel im eiternden Fleisch. Ihre Angriffe auf ihn schlugen regelmäßig fehl, was sie in schweigsame Wut versetzte. Dan wusste, dass es ein Fehler war, aber er ließ sie spüren, dass er sich an ihren Niederlagen ergötzte.

An jenem Sommertag 1994 feierte er seinen größten Sieg über Mrs Chambers und vernichtete sie vor den Augen und Ohren der Klasse, womit er sich zum ersten Mal den Respekt seiner Schmäher und Widersacher erwarb.

Der zweifelhafte Gewinn, der diesmal aus dem Lostopf gehüpft war, bedeutete für drei der vier Kandidaten ein zerstörtes Wochenende voller hilfloser Versuche, eine halbwegs lesbare Kurzgeschichte zu Papier zu bringen. Die Wahl des Themas war jedem selbst überlassen. Die Unglücklichen entschieden sich für banale Erzählungen über Besuche im Zoo oder leidlich interessante Begebenheiten der letzten Sommerferien. Dan jedoch tat das, was er am besten konnte: Er schrieb eine Horrorstory, die der Klasse das Blut in den Adern gefrieren ließ. Sie handelte von einer zu Tode gequälten Krähe, die aus dem Jenseits zurückkehrte, um Rache an ihren Peinigern zu nehmen.

Als er nach vorn zur Tafel ging, sah er die Siegesgewissheit in Mrs Chambers Augen. Ihm war klar, dass sie eine Aufgabe gewählt hatte, an der er endgültig scheitern musste. Entgegen ihrer Erwartungen meisterte er sie jedoch mit Bravour. Während er die Geschichte vorlas, herrschte Grabesstille. Mrs Chambers, unschwer als Protagonistin in Form einer Krähe zu erkennen, war totenbleich geworden. Die Wirkung seiner frühen schriftstellerischen Arbeit war so durchschlagend, dass sie bei seinen Mitschülern für wochenlange Albträume und im Lehrerzimmer für Diskussionen über seinen Geisteszustand sorgte.

Vier Jahre später räumte Dan den ersten der zwei Dutzend Preise ab, die die Regale in seinem Arbeitszimmer auf Alderney schmückten. Mit Anfang zwanzig schrieb er einen Bestseller, der sofort verfilmt wurde. Bald verfasste er seine eigenen Drehbücher und gründete mit seinem Freund Maxwell Harper eine Filmproduktionsfirma, weil er nur so sicherstellen konnte, dass seine Werke seiner Vorstellung entsprechend umgesetzt wurden. Verlage und Studios waren skeptisch und begannen zu murren, da sie ihren Einfluss schwinden sahen. Doch Dan ließ sich nicht beirren und arbeitete wie ein Besessener. Nachdem sich der erste Film nach seinem eigenen Drehbuch als Kassenschlager erwies, verstummte die Kritik. Das Wunderkind wurde beklatscht, hofiert und herumgereicht. Er bezog eine Luxusvilla in Chelsea, ging auf Partys, trank zu viel und kam mit Kokain in Kontakt. Er benutzte Drogen, um seine Kreativität weiterhin sprudeln zu lassen, und bemerkte fast zu spät, dass er in eine Abhängigkeit rutschte, aus der er nur schwer wieder herausfand.

Seit jenem heißen Julitag in der Saint Anne's School im Sommer 1994 hatte Dan gewusst, dass er Erfolg haben würde. Anfangs hatte er die Aufmerksamkeit genossen, doch bald begann er sie zu hassen. Er sehnte sich nach der Stille und Abgeschiedenheit des Mansardenzimmers und mied konsequent jeden öffentlichen Auftritt.

An diesem wichtigen Wendepunkt lernte er Heather kennen. Simon Mayo hatte ihn in The Review Show eingeladen. Der Besuch im Studio veränderte sein Leben. Die Maskenbildnerin, die ihn vor der Sendung betreute, hieß Heather Payne. Sie war bildhübsch, belesen und schien ziemlich intelligent zu sein. Dan hatte sich an jenem Tag Mut angetrunken, um den Auftritt zu überstehen. Wäre er nüchtern gewesen, hätte er sie niemals gefragt, ob sie mit ihm ausgehen wollte. Aber er tat es, und sie sagte: „Klar, warum nicht?", und strahlte.

Sie landeten noch in derselben Nacht in Dans Hotelbett und heirateten ein halbes Jahr später. Heather befreite ihn von dem Druck, der auf ihm lastete. Sie erkannte instinktiv, worunter er litt, und verschaffte ihm den Freiraum, den er brauchte, um die Geschichten schreiben zu können, mit denen er Mrs Chambers eine Höllenangst eingejagt hatte. Sie war Freundin, Gefährtin, Geliebte, Sekretärin, Testleserin, Lektorin und Büromanagerin. Mit anderen Worten: Sie war das Beste, was ihm je widerfahren war.

Doch dann war ein unvorhergesehenes Ereignis eingetreten, das sein kleines Paradies in einen Ort des Grauens verwandelte. Er begann, unter einer ausgewachsenen Schreibblockade zu leiden, die sich verschlimmerte, so oft er den verdammten Computer einschaltete.

Dan kehrte der glitzernden Filmwelt den Rücken, ließ das mondäne Chelsea hinter sich und kaufte das Haus auf Alderney zurück, in dem er aufgewachsen war; das Fenster zum Balkon, von dem seine Mutter in den Tod gesprungen war, inklusive. Er ließ das Haus nach seinen Vorstellungen umbauen und hoffte, dass seine Muse noch immer das Mansardenzimmer bewohnte. Seine verzweifelte Ohnmacht, auch nur einen brauchbaren Satz zu Papier zu bringen, verschwieg er Heather. Er ließ sie in dem Glauben, dass er aus Heimweh und Sehnsucht nach seinen Wurzeln auf die Insel zurückgekehrt war.

Heather teilte schnell seine Liebe zu Alderney. Was das Schreiben für Dan bedeutete, war der verwilderte Garten mit der knorrigen, alten Eiche hinter dem Haus für Heather. Sie machte aus ihm einen wundervollen Ort voller Wildrosen, Wasserläufe und schattiger Ruheplätze.

Bisher war die heilende Wirkung des Mansardenzimmers ausgeblieben. Wenn Dan es am Morgen betrat, brach ihm kalter Schweiß aus. Er surfte im Internet, las und sah Heather bei der Gartenarbeit zu. Sie glaubte, dass er intensiv an einem neuen Buch arbeitete. Aber das tat er nicht, denn er war unfähig dazu. Er war verzweifelt. Er schlief nicht mehr. Er aß nicht mehr. Er trank.

In eine der Wände seines Schreibzimmers hatte er einen feuersicheren Safe einbauen lassen, in dem zwei von Gummibändern zusammengehaltene Papierstapel ruhten. Er hatte die beiden Manuskripte noch in London geschrieben und vor sieben Monaten zum letzten Mal die magischen Buchstaben ENDE getippt. Seitdem hatte er nichts mehr zustande gebracht.

Dan gab eine Zahlenkombination in das Tastenfeld des Tresors ein, nahm einen der Romane heraus und blätterte mit dem Daumen durch die Seiten. Wann hatte es begonnen? Was war der Auslöser gewesen? Waren es die Spannungen mit Heather? Seit einigen Monaten schienen sie sich zu entfremden. Sie war es gewohnt, dass er oft meilenweit entfernt war, wenn er an einem Buch arbeitete, und akzeptierte es als Teil seiner Arbeit. Aber er hatte sich darüber hinaus verändert, er war nicht mehr der Dan, den er und sie kannten.

Er legte das Manuskript zurück, ging zum Schreibtisch und zog die unterste Lade heraus. In einem versteckten Fach bewahrte er eine Pistole auf. Heather wusste nichts von der Waffe. Er hatte sie in London gekauft, als er eine paranoide Phase durchmachte, und sie ständig bei sich getragen, wenn er das Haus verließ. Dan hatte Angst vor Menschen; vor allem vor verrückten Fans. John Lennon war schließlich keine drei Schritte vor seiner Haustür erschossen worden.

Im vorderen Teil der Lade lag eine halb volle Flasche Chivas Regal. Nach kurzem Zögern nahm er sie heraus, schraubte den Verschluss ab und goss sich zwei Fingerbreit Whisky ein. Dann legte er sie zurück und ging mit dem Glas in der Hand zum Fenster hinüber. Er könnte es ertragen, wenn Gott ihm sein Talent nahm. Er könnte es aushalten, sein Geld zu verlieren.

Heather stand auf dem Schuppendach, ihre schlanke Silhouette zeichnete sich scharf vor dem Morgenhimmel ab. Der Fremde massierte ihre Schultern. Sie schien es sichtlich zu genießen. Dan dachte an die Pistole im Schreibtisch. Er könnte es nicht ertragen, diese Frau zu verlieren.

Der Scotch brannte erst heiß in seiner Kehle, dann breitete sich das vertraute warme Gefühl in seinem Bauch aus und stieg rasch in den Kopf. Er wartete, bis die Wirkung des Alkohols eintrat und er sich leicht benebelt fühlte – ein Zustand, in dem sich beinahe alles ertragen ließ; Fernsehauftritte vor einem Millionenpublikum, vernichtende Kritiken und Schreibblockaden ... aber kein halb nackter Dachdecker, der seine Frau massierte.

Er stellte das Glas ab, ging nach unten und verließ das Haus durch die Terrassentür. Der Wind wehte die Stimmen von Heather und diesem Dreckskerl herüber. Dan stapfte den mit Oleander und Lorbeerbüschen gesäumten Kiesweg entlang. Mit jedem Schritt wuchsen Eifersucht und Mordlust. Seine Hand streifte einen Zweig. Reflexartig schloss er seine Finger um ein ledriges Blatt und riss es ab.

Kurz darauf erreichte er die Rückwand des Schuppens. Die Stimmen waren verstummt. Dan griff nach den Holmen der Aluminiumleiter und setzte den Fuß auf die erste Sprosse. Er fürchtete alles, was höher war als ein Hocker – eine Folge seiner Sehschwäche. Der Alkohol half ihm, seine Angst zu überwinden. Er biss die

Zähne zusammen und kletterte so schnell hinauf, dass er atemlos auf dem Teerdach anlangte.

Heather drehte sich überrascht um, als sie ihn bemerkte. Sie war allein. Dan stutzte verblüfft. Nun hätte er dem Kerl unweigerlich gegenüberstehen müssen, doch er war verschwunden, als hätte er sich in Luft aufgelöst. Wie war er vom Dach gelangt?

„Dan! Ich hab dich gar nicht bemerkt, du hast mich erschreckt."

Heather sah ihn mit ihren großen graugrünen Augen an, das schlechte Gewissen stand ihr ins Gesicht geschrieben.

„Nun, du warst ja auch sehr beschäftigt."

Er schwankte, alles drehte sich plötzlich um ihn. Körperliche Anstrengungen war er nicht gewohnt. Heather machte einen raschen Schritt auf ihn zu und ergriff seine Hand, sonst wäre er über die Dachkante in die Tiefe gestürzt. Erschrocken keuchte er auf.

„Du hast getrunken", sagte sie vorwurfsvoll.

„Nur einen Schluck, um die Ideenmaschine anzuwerfen."

„Es ist 10:00 Uhr morgens!"

Er beugte sich vorsichtig über den Rand des Flachdachs und stierte in die Tiefe. Einen furchtbaren Augenblick lang sah er den leblosen Körper seiner Mutter dort unten liegen. Die gebrochenen Glieder unwirklich verdreht, die blicklosen Augen anklagend auf ihn geheftet. Hätte Heather ihn nicht festgehalten …

„Es läuft nicht gut, oder?", fragte sie.

„Nein."

„Es wird leichter werden, wenn du die ersten Seiten geschrieben hast, das weißt du."

„Ja, vielleicht", sagte er resigniert.

„Du siehst müde aus, Dan."

Er zuckte mit den Schultern. Seine Eifersucht war plötzlich verraucht. Der Adrenalinschock hatte sie verdrängt.

„Was ist mit dir los?"

„Gar nichts. Ich habe nur schlecht geschlafen."

Heather verschränkte die Arme vor dem Oberkörper.

„Schlecht geschlafen? Lüg mich nicht an. Du warst volle zwei Stunden verschwunden."

Er sah überrascht auf.

„Was meinst du damit?"

„Ich bin gegen 02:00 Uhr aufgewacht, deine Seite des Bettes war leer und kalt."

„Ich habe gearbeitet, manchmal fallen mir Sachen im Schlaf ein. Wenn ich sie nicht sofort aufschreibe, vergesse ich sie."

Wovon zum Teufel redete Heather? Er konnte sich nicht an das Geringste erinnern.

„Ich war in deinem Arbeitszimmer, aber da warst du nicht. Wo bist du gewesen, Dan?"

„Ich ... ich bin ein bisschen spazieren gegangen", log er. „Frische Luft schnappen."

„Um 03:00 Uhr morgens?"

„Na und? Du wusstest doch, dass du keinen Mann heiratest, der einem Bürojob mit festen Arbeitszeiten nachgeht", entgegnete er giftig.

„Dan, ich mache mir Sorgen. Du hast dich verändert. Die Klippen sind nur dreihundert Meter vom Garten entfernt. Es ist schon tagsüber gefährlich genug, sich dort herumzutreiben. Ich mag nicht daran denken, was in der Dunkelheit passieren könnte … vor allem, wenn du getrunken hast."

„Du sorgst dich um mich? Ich hatte den Eindruck, dass du dich gerade gut amüsierst. Was treibst du hier oben?"

„Ich repariere das Schuppendach."

„Das kann ich doch machen."

„Du hast zwei linke Hände, Dan. Außerdem rede ich seit Wochen davon, dass ich auf Alderney keinen Handwerker finde. Das lockere Geländer der Kellertreppe muss ebenfalls dringend repariert werden, bevor sich einer von uns das Genick bricht."

„Dann war der Adonis, der sich aus dem Staub gemacht hat, also dein privater Masseur? Du hast gar nichts von ihm erzählt." Er funkelte sie wütend an. „Wie ist er denn so? Taugt er was? Besorgt er es dir ordentlich?"

Heather wich vor ihm zurück, als hätte er sie ins Gesicht geschlagen.

„Wovon redest du?"

„Ich habe euch beobachtet. Das Dach hat er jedenfalls nicht gedeckt, aber vielleicht dich?"

Sie drängte sich an ihm vorbei. „Du bist ein Scheusal. Lass deine schlechte Laune nicht an mir aus."

Dan bedauerte seine Worte bereits, aber was er gesagt hatte, konnte er nicht mehr ungeschehen machen.

„Wenn ich den Kerl noch mal hier erwische, schmeiß ich ihn raus", rief er.

Heather blieb am Rand des Dachs stehen und drehte sich um. Sie hatte Tränen in den Augen.

„Du bist krank, Dan. Du machst mir Angst, du bist so … anders."

Er spürte, wie sein Zorn verrauchte.

„Es ... tut mir leid. Ich ... will nicht, dass er dich ... anfasst."

„Dan, du brauchst Hilfe. Ich habe keinen Dachdecker gefunden. Hier war niemand außer mir. Ich war allein auf dem Dach."

4

„Good grief!"

Lewis wich unwillkürlich zurück und prallte gegen Steve, dessen Hüfte protestierend schmerzte.

„Kein schöner Anblick", bestätigte er.

Am Steuer des Wracks stand ein Toter. Jemand hatte ihn mit Leinen an das Speichenrad gefesselt. Es sah aus, als wäre er dazu verdammt, in alle Ewigkeit über die Ozeane zu segeln.

Lewis kniff die Augen zusammen und reckte den Kopf vor, um besser sehen zu können. Gleichzeitig hielt ihn eine morbide Scheu zurück.

„Wie lange ist er wohl schon tot?", überlegte er.

Steve betrachtete die Leiche. Wind und Sonne hatten sie ausgetrocknet und mumifiziert.

„Mindestens drei bis vier Wochen, vielleicht länger", antwortete er. „Der Coroner wird uns das genauer sagen können."

„Sie glauben, es war Mord?"

„Was denken Sie denn? Dass er sich selbst an das Steuerrad gefesselt hat?"

„So etwas habe ich schon erlebt", bestätigte Lewis. „Wenn sich ein ordentlicher Sturm zusammenbraut, kann ein überkommender Brecher einen Mann von Bord fegen wie einen lockeren Belegnagel. Er reißt alles mit, was nicht niet- und nagelfest ist, den Skipper eingeschlossen."

„Können Sie mir auch erklären, wie er es geschafft hat, sich mit gefesselten Händen ein Loch in den Kopf zu schießen?"

Der Hafenmeister trat widerwillig einen Schritt näher. Jeder wusste, dass er kurzsichtig war, sich aber beharrlich weigerte, eine Brille zu tragen.

„Da hol mich doch der Teufel", murmelte er. „Er wurde tatsächlich ermordet."

„Sieht ganz danach aus", sagte Steve.

„Und warum hat der Mörder ihn anschließend an das Steuerrad gebunden?"

„Das gilt es herauszufinden. Wenn wir das verstanden haben, kennen wir vermutlich das Mordmotiv, was uns dann zum Täter führt."

Er ging an dem Toten vorbei auf den Niedergang zu. Das Holz der Luke war verquollen und klemmte im Süll. Gemeinsam schafften sie es, sich Zugang zu verschaffen, und stiegen unter Deck. In der Kajüte herrschte Chaos. Es war unmöglich zu sagen, ob die raue See das Durcheinander verursacht hatte oder ob eine Auseinandersetzung dazu geführt hatte.

In der winzigen Kombüse stand schmutziges Geschirr. Der Tisch war für zwei Personen gedeckt. Auf den Tellern schimmelten Essensreste. In einem Sektkühler lag eine entkorkte Flasche Champagner, die noch zur Hälfte gefüllt war.

„Was in aller Welt ist hier passiert?", murmelte Steve.

Lewis rieb sich nachdenklich das Kinn. „Das erinnert mich an den Fund der Mary Celeste."

„Erzählen Sie mal von der Dame."

„Keine Frau, sondern eine Schonerbrigg. Die Mary Celeste ist eines der berühmtesten Geisterschiffe. Haben Sie nie von ihr gehört?"

„Nein."

„Sie wurde von der Bark Dei Gratia auf halber Strecke zwischen den Azoren und Portugal aufgebracht. Die Brigg trieb steuerlos im Atlantik. Bis auf eine defekte Lenzpumpe war sie völlig intakt, von der Besatzung fehlte jede Spur. Unter Deck herrscht ein einziges Durcheinander, Chronometer und Sextant waren nicht aufzufinden, aber angeblich stand in der Kapitänskajüte noch das Frühstück unberührt auf dem Tisch."

„Und hat man herausgefunden, was geschehen war?"

„Die Mary Celeste wurde von einem Teil der Mannschaft der Dei Gratia nach Gibraltar gesegelt, und es kam zu einer Untersuchung. Aufgeklärt wurde der Fall nie. Die Gerüchte reichen von Versicherungsbetrug bis zur Entführung durch Außerirdische."

„Letzteres können wir wohl ausschließen", sagte Steve. „Außerdem haben wir einen Toten. Ich möchte, dass Sie zum Hafen zurückfahren und in den Anmeldelisten nachschauen, ob die Thetis in der Braye Bay vor Anker lag. Mit etwas Glück kennen wir dann den Namen des Besitzers."

„Sie glauben, dass er der Tote ist?"

„Davon gehe ich im Augenblick aus."

Lewis deutete auf den gedeckten Tisch. „Er war nicht allein an Bord."

„Gut beobachtet. Auf mich wirkt das wie ein Candle-Light-Dinner, das überraschend endete", sagte Steve. „Ich frage mich, wer dafür verantwortlich war – der Gast des Toten oder eine dritte Person, die unerwartet an Bord kam. Was sagt Ihnen denn der Zustand des Bootes?"

„Die Thetis ist in einen schweren Sturm geraten. Ob vor dem Mord oder nachher ... Tja, schwer zu sagen."

„Schauen Sie sich mal um. Vielleicht lässt sich das klären. Ich informiere inzwischen Guernsey."

Steve ging an Deck und wählte die Nummer des Reviers. Penny meldete sich umgehend.

„Ruf Ian Laney an", sagte er. „Wir brauchen die Spurensicherung und den Coroner."

„Sag mir nicht, dass wir einen Mord haben."

„Leider doch. Unser Fliegender Holländer ist wieder aufgetaucht." Er berichtete von der havarierten Segeljacht.

„Laney wird sich die Haare raufen", sagte Penny, „ein Mordfall hat uns gerade noch gefehlt, gerade jetzt, wo das Food & Drink Festival in den Startlöchern steht."

„Das ist nicht zu ändern. Die Sache bleibt unter uns, bis wir mehr wissen. Es fehlt noch, dass die Guernsey Press davon Wind bekommt."

„Was soll ich sagen, wenn ein Reporter anruft? Die riechen einen Mord meilenweit."

„Vertröste sie damit, dass wir zu gegebener Zeit eine Pressekonferenz abhalten und dass du zu laufenden Ermittlungen keine Informationen geben darfst."

„Okay."

Penny legte auf. Lewis erschien schnaufend an Deck.

„Jemand hat versucht, die Jacht zu versenken, aber er hat wohl aufgegeben. Die Thetis ist eine moderne Kunststoffkonstruktion mit einem glasfaserverstärkten Rumpf. Den kann man nicht so einfach aufhacken wie'n altes Holzboot." Neugierig wagte er sich in die

Nähe der Leiche und studierte die Knoten am Steuerrad. Dann nickte er heftig. „Hab ich mir gedacht."

„Was denn?"

„Der Mörder hat den armen Kerl ans Ruder gebunden, um es festzulaschen."

„Können Sie das genauer erklären?", fragte Steve.

„Aber ja. Er hat die Thetis auf Westkurs gesetzt, damit sie auf den offenen Atlantik hinaustreibt und auf Nimmerwiedersehen verschwindet. Bei Sturm hat eine solche Nussschale dort draußen keine Chance."

„Eine Jacht dieser Größe besitzt kein Beiboot, nicht wahr?"

Lewis schüttelte den Kopf. „Ich schätze die Thetis auf dreizehn Meter Länge. Sie ist zu klein für ein Dingi."

„Das bedeutet, dass der Mörder unterwegs an Bord gekommen sein muss."

„Und er hat die Thetis in Begleitung wieder verlassen, sonst hätten wir eine zweite Leiche gefunden."

„Kann sein. Vielleicht gab's auch einen Streit und sie ging über Bord."

„Das trifft's, Chief. Er hat sein dreckiges Handwerk erledigt und sich wieder aus dem Staub gemacht." Der Hafenmeister kratzte sich den kahl werdenden Schädel. „Aber warum machte er sich die Mühe, die Thetis versenken zu wollen? Es hätte doch gereicht, sein Opfer ins Wasser zu werfen."

„Es sei denn, er hat etwas zurückgelassen, was ihn als Täter überführen würde."

Lewis nickte nachdenklich. „Das wäre eine Möglichkeit. Ich frage mich, was das sein könnte."

„Die Spurensicherung aus Guernsey wird das Boot untersuchen. Möglicherweise war der Täter lange genug an Bord, um seine DNA zu hinterlassen. Vielleicht landen wir bei einem Abgleich mit unserer Datenbank einen Treffer, oder die Kugel im Kopf des Opfers passt zu einer Waffe, die wir zuordnen können."

„Sie meinen, sie steckt noch drin?"

„Ich sehe jedenfalls keine Austrittsöffnung am Hinterkopf. Der Coroner wird uns mehr zu Schusskanal und Tatwaffe verraten. Im Augenblick interessiert mich mehr, warum der Plan des Mörders nicht funktionierte. Wieso kam die Thetis zurück?"

„Wahrscheinlich hat sich das Ruder verstellt, als die Leiche anfing zu verwesen", erklärte Lewis. „Das Boot hat einen großen Kreis beschrieben und ist dann nach Alderney zurückgelaufen." Er betrachtete kopfschüttelnd den gebrochenen Mast. „Auf jeden Fall hat's mächtig geweht. Ich werde die Wetterberichte der vergangenen Wochen durchgehen. Mal schauen, ob es irgendwann einen heftigen Sturm da draußen gab."

Steve nickte. „Danke. Das wäre eine große Hilfe. Wird der Kurs einer solchen Jacht nicht über GPS aufgezeichnet, um ihn nachverfolgen zu können?"

„Das wird er."

„Dann lässt sich also rekonstruieren, wo sich die Thetis in den vergangenen Wochen aufgehalten hat?"

Lewis schüttelte den Kopf. „Nein, leider nicht. Kommen Sie mal mit, Chief."

Sie gingen noch einmal unter Deck. Der Hafenmeister zeigte ihm den Steuerstand.

„Hier hat jemand ganze Arbeit geleistet. Navigationsinstrumente und Funk wurden mit roher Gewalt aus den Halterungen gehebelt. Ich wette, Sie finden die Geräte auf dem Grund des Ärmelkanals."

„Der Mörder kannte sich demnach aus. Er wusste, was er tun musste, um seine Spuren zu verwischen."

„Davon sollten Sie ausgehen. Was werden Sie jetzt unternehmen?", fragte Lewis.

„Wir gehen die Vermisstenmeldungen durch. Wenn wir Glück haben, können wir die Identität des Toten schnell klären. Falls er kein Eremit war, muss jemandem aufgefallen sein, dass er plötzlich verschwunden ist."

Steve ging an Deck. Die Tide war gestiegen, die Brandung scheuerte das Wrack an den Riffen.

„Sie kommt bald frei", sagte Lewis.

Skeptisch beobachtete er die Versuche der Besatzung des kleinen Rettungskreuzers, eine Schleppleine an der Jacht zu befestigen. Er stieß einen saftigen Fluch aus.

„Nicht so, ihr Dummköpfe", schimpfte er. „Um alles muss man sich selbst kümmern."

Der Alte war in seinem Element. Steve grinste.

„Bringen Sie mich von Bord. Ich fahre ins Revier", sagte er. „Und denken Sie daran, die Leiche zu bedecken. Wir wollen ja nicht, dass ein Toter geradewegs in den Hafen von Saint Anne segelt."

Watson empfing ihn mit gebührendem Abstand, aber schwanzwedelnd. Als Steve die Hand nach ihm ausstreckte, um ihn zu begrüßen, wich der Hund zurück.

„Okay, ein Wedeln ist mehr, als ich erwartet habe", sagte er. „Lass uns nach Hause fahren. Ich spüre meine Zehen nicht mehr. Das Wasser ist verflucht kalt in dieser Jahreszeit."

Eine halbe Stunde später zog er sich in dem alten Pfarrhaus über den Klippen um und fuhr dann nach Saint Anne. Instinktiv wählte er die nördliche Route über die Tourgis Hill und die Platte Saline Road, die ihn am Mignot Memorial vorbeiführte.

Das Krankenhaus lag unterhalb von Fort Doyle im Norden der kleinen Kanalinsel. Er parkte den Streifenwagen auf dem Wendehammer vor der Klinik und zog den Zündschlüssel ab. Watson winselte leise. Er spürte die Unruhe seines Besitzers.

„Geht mir genauso", sagte Steve, „aber wir dürfen die Hoffnung nicht aufgeben."

Er öffnete die Wagentür. Der Wind hatte stark zugelegt und riss ihm beinahe den Griff aus der Hand.

„Du wartest hier. Sie dulden keine Hunde in der Klinik."

Watson wuffte empört.

„Nein, auch keine Deputys mit Fell."

Er stieg aus und näherte sich dem Eingang des Mignot Memorial. Als er die Halle durchquerte und sich auf den gewohnten Weg zu der Station machte, auf der Abby lag, kehrten die Bilder zurück: das Red Door, Cataldo, die alte Granate, die alle für eine Attrappe gehalten hatten, und der brennende Schmerz, als sich die Metallsplitter in seine Hüfte bohrten. Abby, die endlich das Zeugenschutzprogramm verlassen durfte, auf Alderney ankam und keine halbe Stunde später unter den Kugeln aus Cataldos Waffe vor dem Revier zusammenbrach. Ivys große Kinderaugen, die ihn fragend anblickten und darauf hofften, dass er ein Wunder bewirken und ihre Mutter wieder aufwachen lassen könnte.

Steve blieb vor der Zimmertür stehen. Dahinter lag der lebende Leichnam der Frau, die er über alles liebte und deren wunderbare Seele nun durch das einsame Niemandsland zwischen Leben und Tod wanderte.

„Chief Cole?"

Gedankenverloren drehte er sich um. Vor ihm stand Dr. Hopkins, der Klinikleiter.

„Wie geht es ihr?", fragte Steve.

„Sie wissen, dass ich Sie eigentlich gar nicht darüber informieren darf."

„Warum tun Sie's dann?"

„Ich weiß, in welch engem Verhältnis Sie zu ihr stehen. Ihr Zustand hat sich verschlechtert. Wir können sie hier nicht länger behandeln. Das Mignot Memorial ist für Komapatienten nicht ausgerüstet. Auf dem Festland gibt es sehr viel besser geeignete Einrichtungen."

„Sie beabsichtigen, Abby zu verlegen", sagte Steve.

„Das ist dringend geboten, aber es gibt ein Problem. Da Sie nicht verheiratet sind und Abby sich nicht selbst äußern kann und mir keine Patientenverfügung vorliegt, muss ihre Mutter entscheiden, was geschehen soll. Sie ist die nächste Angehörige."

„Haben Sie mit Kate Bonham Kontakt aufgenommen?"

„Ja."

„Und wo liegt das Problem?"

„Die Dauerbehandlung von Komapatienten ist sehr kostenintensiv."

„Abby ist doch krankenversichert."

„Die Kasse übernimmt nur die Grundversorgung. Ich fürchte, Mrs Bonham verfügt nicht über die nötigen finanziellen Mittel, um ..."

„Was wollen Sie also tun? Den Stecker ziehen und sie sterben lassen?“, schnitt ihm Steve das Wort ab.

„Nein, natürlich nicht. Ich möchte Sie darüber in Kenntnis setzen, dass sich jemand bereit erklärt hat, die Behandlungskosten zu übernehmen. Er wartet in ihrem Zimmer auf Sie.“

„Auf mich?“

„Er versicherte mir, Sie seien einander bekannt und … nun, er benutzte das Wort verpflichtet.“

Steve beschlich ein böser Verdacht.

„Danke, dass Sie mich vorgewarnt haben“, sagte er.

Hopkins entschuldigte sich, seine Patienten warteten. Steve betrat das Krankenzimmer. Abbys Gesicht hatte eine ätherische, entrückte Schönheit angenommen, ihre Haut schimmerte beinahe durchsichtig, als weilte sie bereits nicht mehr ganz in der materiellen Welt.

Vor dem Fenster stand ein hagerer Mann mit grau meliertem Haar. Steve sah seine schemenhafte Spiegelung in der Fensterscheibe – das asketische Antlitz eines mittelalterlichen Predigers. Die Augen lagen tief in den Höhlen, überspannt von einem vorspringenden Knochenkamm. Zwei messerscharfe Falten rahmten den blutleeren Mund ein und nahmen ihm jeden Zug von Nachsicht. Als er Steve bemerkte, wandte er sich um.

„Sie scheinen nicht überrascht zu sein, mich zu sehen, Chief Cole. Oder soll ich Sie lieber mit Ihrem richtigen Namen anreden, Detective Chief Inspector Thomas McCallum?“

„Chief reicht völlig. Es wird ohnehin ein kurzes Gespräch werden.“

Viktor Sorokin, einer der einflussreichsten Unterweltbosse von London, zeigte ein Lächeln, das einem Piranha alle Ehre gemacht hätte.

„Sie haben sich nicht verändert – noch immer zu stolz, um Hilfe anzunehmen."

„Das hat nichts mit Stolz zu tun. Ich schließe lediglich keinen Handel mit dem Teufel ab, falls Sie das im Sinn haben."

„Aber, aber. Wie kommen Sie darauf, dass ich etwas von Ihnen verlangen könnte?"

„Sie geben nichts, ohne eine Gegenleistung zu erwarten. Ihre Motive dürften wohl kaum altruistischer Natur ein."

Sorokin blickte auf Abbys wächsernes Gesicht.

„Sagen wir, ich bin nicht ganz unschuldig an dieser bedauerlichen Situation", antwortete er.

„Was wollen Sie?"

„Ohne Sie hätte ich niemals erfahren, dass Juan und Natasha mich hintergangen haben. Nicht nur das. Sie haben mir aufgezeigt, dass die Entscheidung falsch war, Sie meiner Vendetta auszusetzen. Ich stehe in Ihrer Schuld. Einen solchen Zustand kann ich auf Dauer nicht akzeptieren."

„Keine Sorge, ich bin nicht nachtragend. Wir sind quitt. Verlassen Sie Alderney, und belästigen Sie mich nie wieder."

„Nicht so hastig, Chief. Ich möchte Ihnen ein Angebot machen, das Sie nicht ablehnen können. Zumindest sollten Sie sich anhören, was ich zu sagen habe."

„Dr. Hopkins hat mich bereits über Ihre Absichten aufgeklärt", sagte Steve.

„Abby wird sterben, wenn sie keine bessere medizinische Versorgung erhält. Sehr bald sogar“, sagte Sorokin.

„Tun Sie, was Sie für richtig halten. Sie brauchen dafür weder meine Erlaubnis, noch kann ich Sie davon abhalten. Kate Bonham muss entscheiden, was mit ihrer Tochter geschieht, nicht ich.“

Sorokin deutete ein Kopfschütteln an, sparsam und wohlüberlegt wie alle seine Bewegungen.

„Das ist nicht ganz korrekt.“

„Sie haben mit ihr gesprochen?“

„Ja. Sie war höchst erfreut über das Hilfsangebot eines alten Freundes von Abby und Ihnen.“

„Wir sind keine Freunde.“

Sorokin lächelte. „Was nicht ist, kann ja noch werden. Wie ich hörte, verstehen Sie sich nach anfänglichen Zwistigkeiten inzwischen auch mit John Baxter recht gut.“

„Ich könnte Kate Bonham darüber aufklären, wer Sie wirklich sind. Wenn ihr klar wird, dass Sie Cataldo beauftragt haben, Abby zu ermorden, um mich zu treffen, wird sie sich überlegen, ob sie Ihre Hilfe annimmt.“

„Unwahrscheinlich. Sie will, dass ihre Tochter lebt. Ihre Enkelin braucht eine Mutter. Abgesehen davon hat Juan auf eigene Faust gehandelt, wie Sie wissen. Ich erteilte ihm nicht den Auftrag, auf Abby zu schießen.“

„Sie haben ihn aber auch nicht zurückgepfiffen.“

„Ich wusste nicht, was er vorhatte. Fehlende Informationen können stets bedrohlich sein. Ein Fehler, der mir nicht noch einmal unterläuft.“

„Das ändert nichts an unserer Beziehung.“

„Das vielleicht nicht, aber die Tatsache, dass Abby eine Patientenverfügung verfasst hat."

„Woher wissen Sie davon?"

Sorokin lächelte schmal. „Kate Bonham nahm Kontakt zu Abbys Hausarzt in London auf. Sie hatte die Verfügung bei ihm hinterlegt." Er griff in die Innentasche seines Sakkos und zog einen Briefumschlag hervor. „Ich habe hier eine beglaubigte Kopie, die mir ihre Mutter freundlicherweise überlassen hat. Ich versprach, sie Ihnen zu geben."

Steve nahm den Umschlag, riss ihn auf und las. Überrascht sah er auf.

„Sie hat mich als Bevollmächtigten eingetragen?"

„Vielleicht ahnte sie das Unheil voraus. Sie wusste, dass sie sich in Gefahr begab, und setzte offenbar großes Vertrauen in Sie. Sie können meine Unterstützung natürlich ablehnen, aber bedenken Sie, dass Abby sterben wird, wenn sie in diesem Provinzkrankenhaus bleiben muss. Ihr bleibt nicht mehr viel Zeit."

Steve schwieg entsetzt.

„Dr. Hopkins wird Ihnen bestätigen, dass Eile geboten ist, falls Abby noch eine Chance haben soll", fuhr Sorokin fort. „Sie verstehen also, warum ich mit Ihnen reden wollte. Ihr Schicksal liegt in Ihrer Hand."

„Was verlangen Sie von mir?"

„Ich erwarte keine Gegenleistung. Sie haben bereits geliefert, in dem Sie mich mit der Nase auf Natashas Verrat stießen."

„Das fällt mir schwer zu glauben."

Sorokin nahm seinen Mantel auf, der über einer Stuhllehne hing.

„Nun, unter Freunden steht man sich bei, nicht wahr? Ich bitte Sie lediglich um eine kleine Gefälligkeit. Lassen Sie John Baxter an der langen Leine laufen, und stecken Sie den Bericht an die Londoner Steuerfahndung in den Reißwolf. Alderney wird es Ihnen danken. Auf der Rückseite der Kopie finden Sie eine Telefonnummer, unter der Sie mich erreichen können. Benutzen Sie dazu das Prepaidhandy, mit dem Sie Kontakt zu Abby aufgenommen haben, als sie im Zeugenschutz war. Es dient unserer Sicherheit. Niemand aus Ihrem Team sollte erfahren, dass wir in Verbindung stehen, nicht wahr? Vor allem nicht Sergeant Lyme. Guten Tag.“

Ohne eine Erwiderung abzuwarten, verließ Sorokin das Zimmer. Steve blickte auf die schlafende Abby. Vielleicht sah er sie zum letzten Mal lebend. Wenn er ablehnte, besiegelte er ihren Tod. Er dachte an das steuerlose Boot, das immer wieder aufgetaucht war wie ein Spuk und ihn zu verfolgen drohte. War es ein Omen gewesen? Ein Schiff, gesteuert von einem Fährmann, der geschickt worden war, um Abby ins Reich der Toten zu geleiten?

Er sank auf den Stuhl neben dem Bett, nahm Abbys Lieblingsroman Sturmhöhe vom Beistelltisch und begann laut zu lesen, so wie er es bei jedem seiner Besuche tat. Nach wenigen Sätzen verstummte er, legte das Buch zurück und verließ das Mignot Memorial. Er musste eine Entscheidung treffen, und zwar schnell. Was war ihm Abbys Leben wert?

Als er hinter dem Steuer des Streifenwagens saß, vermochte er nicht zu sagen, wie er dorthin gekommen war. Watson begrüßte ihn stürmisch, er blieb nicht gerne allein.

„Wenn man sich mit Hunden ins Bett legt, wacht man mit Flöhen auf", sagte Steve. „Kennst du das Sprichwort?"

Der Hund blickte ihn fragend an.

„Es bedeutet, dass ich entweder so korrupt werde wie Baxter und Sorokin oder Abby sterben wird."

Watson schnaubte durch die Nase.

„Nein, die Wahl gefällt mir auch nicht."

Blieb ihm denn überhaupt eine Wahl?

5

Dans Blick war starr auf den Horizont gerichtet. Die schwarzen Klippen hoben sich wie ein Scherenschnitt vom bleigrauen Himmel ab, an dem Wolkenfetzen einander jagten. Die Sturmvögel sangen ihr schrilles Lied dazu, umkreisten ihn in waghalsigen Manövern und hackten mit ihren scharfen Schnäbeln nach dem leblosen Körper, den er auf Händen trug.

Seine nackten Füße versanken mit jedem Schritt tiefer in der vom Regen aufgeweichten Hochebene. Blieb er stehen, um Atem zu schöpfen, tasteten Klauen aus feuchter Erde nach seinen Waden, um ihn hinabzuziehen an den Ort, an dem die verdammten Seelen ihren Lohn erwarteten.

Dan stapfte weiter. Das brodelnde Meer am Fuß der Klippen versprach Erlösung und Frieden. Heather war bei ihm, nichts anderes zählte. Ihr Kopf pendelte bei jedem seiner Schritte hin und her, die toten Augen starrten blicklos in den Wirbel aus Gischt, Nebel und welkem Herbstlaub, der über ihr schwebte wie das Gemälde eines Wahnsinnigen. Der Sturmwind zupfte und zerrte an ihren langen, blonden Strähnen, als könne er es nicht erwarten, sie ins Meer zu wehen.

Wieder zog Dan einen Fuß aus dem zähen Schlick, der sich schmatzend an ihm festsaugte. Es war nicht mehr weit, nur noch wenige Meter trennten ihn vom Abgrund.

Am Rand der Sumpfwiese tauchte der Mann auf, dessen Existenz Heather bestritten hatte. Er stützte sich auf die Holzfälleraxt, die eigentlich an der Wand des Geräteschuppens hängen sollte.

„Komm her, Daniel. Ich habe ein Geschenk für dich. Es wird dir gefallen", rief er.

Dan keuchte erschrocken auf und stolperte. Er stürzte auf die Knie und verlor Heather. Sie fiel zu Boden, löste sich auf wie ein Spuk und befreite ihn augenblicklich von seiner Last. Während er über die nasse Wiese rollte, verwandelten sich die schlanken Grashalme in Krallen, die sich in seine Haut bohrten. Er schrie vor Schmerz auf und drehte sich auf den Rücken.

Heather beugte sich über ihn. Sie verzog die verfaulten Lippen zu einem grausigen Lächeln.

„Schau ihn dir an", sagte sie. „Ist er nicht süß?"

Der Fremde tauchte neben ihr auf. Er war nackt, wie Gott ihn erschaffen hatte, und legte besitzergreifend seinen Arm um Heather. Dort, wo er ihre Hüfte berührte, löste sich ihre Haut und fiel in Fetzen zu Boden.

„Lass es uns tun", sagte er.

„Oh ja", antwortete sie. „Es wird wundervoll."

Der Blonde schwang die Axt und ließ die blitzende Klinge niedersausen.

Dan erwachte mit einem leisen Schrei. Grelles Tageslicht stach schmerzhaft in seine Augen, sein Herz raste und stotterte wie eine aus dem Takt geratene Uhr. Hastig tastete er seinen Kopf ab und erwartete fast, die klaffende Wunde zu fühlen, die die Axt geschlagen hatte.

Nur langsam verblichen die Albtraumbilder und wichen der Wirklichkeit.

Wie viel hatte er gestern Abend getrunken? Er konnte sich nicht erinnern, wusste nicht einmal, wie er ins Bett gekommen war. Es gab Nächte, in denen er es nur bis auf die Couch in seinem Arbeitszimmer schaffte. Zumindest war er dieses Mal irgendwie ins Schlafzimmer gelangt. War das nicht ein gutes Zeichen?

Angestrengt versuchte er, die vergangenen Stunden zusammenzusetzen, aber es gelang ihm nicht. Ihm war übel und schwindelig, in seinem Schädel rumorte ein stechender Schmerz.

Er schlug die Decke zurück und keuchte erstickt auf. Kaum dem Albtraum entronnen, griff der nächste Schrecken nach ihm. Das Bettlaken war verdreckt und zerknautscht, Erdklumpen hafteten an seinen nackten Zehen.

Heathers Worte kamen ihm in den Sinn. „Die Klippen sind nur dreihundert Meter vom Garten entfernt. Es ist gefährlich genug, sich dort tagsüber herumzutreiben."

In der dreizehnten Nacht, die er auf Alderney verbracht hatte, war er zum ersten Mal wieder geschlafwandelt. Als Kind hatte er unter Nachtangst gelitten. Er schlief ein und erwachte während einer Tiefschlafphase, ohne den Ort der Schrecken und Monster ganz verlassen zu können. Gefangen zwischen beiden Welten, litt er Höllenqualen, bevor er die Gespenster abschütteln konnte, die ihn in der Tiefe seines Unterbewusstseins verfolgten. Die Anfälle waren im Lauf der Jahre seltener geworden und während seiner Pubertät verschwunden. Nun waren sie zurückgekehrt, offenbar heftiger und Furcht einflößender als je zuvor. Dan schauderte. Er dachte an den Blick seiner geisteskranken Mutter durch das Mansardenfenster, bevor sie in den Tod sprang.

Es war nicht das erste Mal, dass er im Schlaf Dinge tat, an die er sich später nicht erinnern konnte, doch noch nie hatte er dabei das Haus verlassen. Waren die nächtlichen Ausflüge Anzeichen beginnenden Wahnsinns? Brach die furchtbare Krankheit auch bei ihm aus? Etwas Dunkles, Grauenvolles war in ihm erwacht und wurde mit jeder Nacht stärker. Er hatte gehofft, dass der Somnambulismus von selbst wieder vergehen würde, musste sich aber eingestehen, dass dies nicht geschehen würde. Lange konnte er die Anfälle nicht mehr vor Heather verbergen. Er war sicher, dass sie bereits Verdacht geschöpft hatte.

Dan war stets dankbar gewesen für seine Funken sprühende Fantasie. Sie hatte ihm durch die schlimmsten Zeiten seines Lebens geholfen und es ihm ermöglicht, seinen Lebensunterhalt zu verdienen, ohne sich den komplizierten Geflechten menschlicher Beziehungen aus Neid, Eifersucht und Konkurrenz stellen zu müssen. Doch nun sah es so aus, als müsste er einen bitteren Preis für seine Gabe zahlen. Verlor er den Verstand? Übernahm der dunkle Teil seiner Psyche, der all die Kreaturen und Dämonen heraufbeschwor und sie auf Papier bannte, immer mehr die Kontrolle über ihn? Dan kannte die Szene, von der er geträumt hatte, nur zu gut. Er hatte sie selbst erschaffen, sie war das Ende seines Romans Die letzte Nacht.

Die Geschichte endete damit, dass der Protagonist die Frau tötete, die er liebte. Nur so war es ihm möglich, zu verhindern, dass sie ihn verließ. Ihr Tod bedeutete die ultimative Form der Kontrolle, denn nun konnte sie sich seinem Willen nicht mehr entziehen. Er brauchte nie mehr zu fürchten, dass er sie verlieren würde. Doch als er aus seinem Wahn erwachte und ihm klar wurde, was er getan hatte, grub er die Leiche, die er aus Angst vor der Entdeckung seiner Tat versteckt hatte, wieder aus und trug sie auf seinen Armen zu den Klippen, um sich mit ihr in die Tiefe zu stürzen. Auf dem Grund des Ozeans würde er mit seiner Geliebten für immer und ewig vereint sein. Nichts und niemand konnte sie jemals wieder trennen.

Alles geschieht wie in Die letzte Nacht, schoss es ihm durch den Kopf. Als hätte ein verrückter Regisseur den Film noch einmal gedreht, während Dan schlief - mit dem Unterschied, dass die Handlung diesmal real war.

In Wahrheit vermischte sein Unterbewusstsein vermutlich die Erlebnisse der vergangenen Tage mit der sprudelnden Fantasie des Schriftstellers und der bitteren Erkenntnis, dass er kein Heilmittel gegen seine Schreibblockade fand. Was würden seine Fans denken? Wie würden Presse und Kritiker über ihn urteilen? Symbolisierte der Fremde den Sturm, der über ihn hereinbrechen würde? Dan grübelte über die Bedeutung des Traums nach, bis sein Magen ihn daran erinnerte, dass er kurz davor war, sich zu übergeben.

Das Zimmer drehte sich um ihn, eine heiße Welle der Übelkeit schoss in seiner Kehle hoch. Er taumelte ins angrenzende Bad, wo er sich in der Toilettenschüssel die Seele aus dem Leib kotzte. Benebelt kroch er in die Dusche, zog den Brausekopf aus der Halterung und tastete nach der Armatur. Er steckte den Kopf unter den Wasserstrahl, bis er vor Kälte zitterte. Schmutz und

Erde lösten sich von seinen Füßen, ein braunes Rinnsal mäanderte in den Abfluss.

Endlich drehte Dan den Hebel zu, wischte fahrig mit einem Handtuch über sein Gesicht und stolperte ins Schlafzimmer zurück. Was er vorhin nicht bemerkt hatte, steigerte seine Panik noch. Heathers Seite des Bettes war unberührt. Eine Spur aus schlammigen Fußabdrücken führte von der Schlafzimmertür zum Bett. Es konnte keinen Zweifel mehr geben, dass er während des Schlafs das Haus verlassen hatte.

Dan wurde schlagartig nüchtern. Wo war Heather? Was hatte er getan?

In der beschmutzten Jogginghose und dem mit Flecken übersäten T-Shirt, in dem er geschlafen hatte, stürzte er aus dem Schlafzimmer und stieß die Tür zu seinem Arbeitszimmer auf. Dort herrschte pures Chaos. Im letzten Augenblick wich er einer zerbrochenen Whiskyflasche aus, bevor er sich an den Glasscherben die nackten Fußsohlen aufschnitt.

Er hetzte den Korridor entlang, glitt auf der Treppe aus und schlitterte auf nassen Füßen ins Erdgeschoss hinab. Sein Schutzengel musste Überstunden leisten, um zu verhindern, dass sich Dan das Genick brach.

Rasch durchsuchte er die untere Etage. In der Küche erhielten seine dunklen Ahnungen neue eisige Nahrung. An der Pinnwand neben dem Kühlschrank hingen zwei Dutzend Fotos – Schnappschüsse aus glücklicheren Tagen. In einer Nahaufnahme von Heather steckte ein großes Küchenmesser. Dan zog es überhastet heraus und ließ es entsetzt fallen.

„Heather! Wo bist du?"

Verzweifelt rief er immer wieder ihren Namen, durchquerte die Eingangshalle und durchsuchte den Rest des Hauses. Sie blieb wie vom Erdboden verschluckt. Wenn sich sein überhitztes Unterbewusstsein an das Drehbuch von Die letzte Nacht gehalten hatte, lag sie tot in der fruchtbaren Erde des Gartens, den sie so sehr liebte. Noch weigerte er sich, das Undenkbare zu akzeptieren, doch er wusste, dass es möglich war. Auf der Suche nach Stoffen, die er für seine Romane verwenden konnte, war er vor einiger Zeit auf die tragische Geschichte eines Mannes gestoßen, der seine Frau im Schlaf erwürgt hatte und sich nicht daran erinnerte. Der Richter hatte ihn vom Vorwurf des Mordes freigesprochen, doch wie sollte der Unglückliche mit der Schuld weiterleben?

Dan zog die Glastür im Wohnzimmer auf und trat ins Freie. Der Oktoberwind biss mit eisigen Zähnen in seine Haut. Er lief die verschlungenen Pfade zwischen effektvoll gepflanzten Büschen und Gehölzen entlang, ohne eine Spur von Heather zu entdecken. Auch die Gartenlaube und der Freisitz unter der mit Efeu und Wildrosen überwucherten Pergola waren verwaist. Mit jeder Sekunde, die verstrich, rechnete er damit, unter den üppig wuchernden Bougainvilleen oder einer der Kiefern auf einen frisch aufgeworfenen Erdhügel zu stoßen. Aber er fand ... nichts.

Der Pool! Mit wild schlagendem Herzen näherte er sich dem Rand und wagte schließlich einen Blick in die Tiefe. Bis auf eine Lache aus schmutzigem Wasser, in dem herbstlich gefärbte Blätter schwammen, war das Becken leer. Dan wandte sich ab und ging mit unsicheren Schritten auf die Nordwestecke des Grundstücks zu. Dort führte eine kleine Pforte zu den Sumpfwiesen, über die er in seinem Albtraum Heathers toten Körper getragen hatte.

Auf der Hochebene peitschte ihm der Wind Gischt und Regenfetzen ins Gesicht. Dan lief über die kahle Fläche auf die Steilküste zu und erlebte ein furchtbares Déjà-vu. Traumbilder und Realität begannen sich zu vermischen. Schließlich gelangte er an die schwarzen Felsen und stoppte im letzten Moment, bevor er in den Abgrund stürzte wie der tragische Held seines Romans. Geröll und lose Steine polterten in die Tiefe. Zwanzig Meter unter ihm stürmte das Meer mit einer Armee aus zornigen Wellenkriegern gegen das Land an. Sie hatten den schmalen Streifen Strand bereits verschluckt. Von Heather fehlte jede Spur. Sollte ihre Leiche dort unten gelegen haben, so hatten die Gezeiten sie längst fortgerissen.

6

Steve saß an Abbys Bett und hoffte auf ein Wunder. Nach einer schlaflosen Nacht, in der ihn wirre Träume geplagt hatten, war er in der Morgendämmerung in Watsons Begleitung an den Klippen entlanggelaufen, bis ihn die Schmerzen in seiner Hüfte zur Umkehr zwangen. Der Hund schien seine Unruhe und Sorgen zu teilen. Der Sicherheitsabstand, den er stets einhielt, war an diesem Morgen geringer als gewöhnlich. Vielleicht versuchte er ihm auf die einzige ihm mögliche Weise zu zeigen, dass er mit ihm fühlte.

Schließlich war Steve zum Mignot Memorial gefahren und hatte im Streifenwagen vor dem Eingang gewartet, bis die Klinik für Besucher öffnete. Auch wenn Abby seine Anwesenheit wahrscheinlich nicht spürte, ließ er es sich nicht nehmen, ihr jeden Tag aus ihrem Lieblingsroman vorzulesen. Dr. Hopkins war der Ansicht, dass Steves Stimme und die vertrauten Worte ihr helfen könnten, aufzuwachen. Er klammerte sich an diesen Hoffnungsschimmer, obwohl er wusste, dass die Chancen auf Erfolg verschwindend gering standen.

Inzwischen war er in der Mitte des Romans angelangt und hatte noch immer keine Ahnung, um was es eigentlich ging, weil seine Gedanken bei Abby weilten. Wenn er müde wurde, erzählte er ihr von seinem

Dienst, dem Haus hinter den Klippen, Watson und alltäglichen Vorkommnissen. Doch seit gestern war alles anders. Ihr Leben lag nun in seiner Hand.

Steve klappte das Buch zu und legte es auf den Tisch vor dem Fenster. Was sollte er tun? Wie sich entscheiden? Ließ er sich nur einziges Mal auf einen Handel mit Sorokin ein, war er ihm auf Gedeih und Verderb ausgeliefert. Erst würde er mit kleinen Gefälligkeiten an ihn herantreten und geduldig an seinem Netz spinnen, bis sich Steve aus den klebrigen Fäden nicht mehr befreien konnte, ohne seine Selbstachtung und am Ende seinen Job zu verlieren. Es würde nicht bei Nebensächlichkeiten bleiben, bei denen er bedenkenlos ein Auge zudrücken konnte.

„Er hat mich in der Hand, Abby", sagte er leise. „Du weißt, ich würde meine Seele verkaufen, damit die deine ins Leben zurückkehren kann." Er glaubte ihre Stimme und den leicht spöttischen Tonfall zu hören. „Ich weiß, was du sagen willst", fuhr er fort. „Du schimpfst mich einen Narren, all das wegzuwerfen. Aber ich will, dass du lebst, Abby. Es ist das Einzige, was zählt."

Was er sagte, meinte er. Steve hatte daran gedacht, von seinem Posten zurückzutreten, aber das würde ihre Lage nicht verbessern. Er war für Sorokin nur interessant, solange er der Chief der Alderney Police Force und damit erpressbar war. Seine Entscheidung war ohnehin längst gefallen. Wie er es auch drehte und wendete, der Deal mit dem Verbrecher stellte Abbys einzige Überlebenschance dar. Wenn er ablehnte, verlor er sie, und dann bedeutete ihm auch sein Posten auf Alderney nichts mehr.

„Wir haben ein schlechtes Blatt in der Hand, Watson“, sagte er.

Der Hund spitzte die Ohren, als er seinen Namen hörte. Es war sein erster Besuch im Mignot Memorial. Steve hatte Hopkins überredet, ihn zu dulden. Vielleicht vollbrachte er das Wunder, auf das Steve wartete. Ein Mirakel, das nicht kommen wird, dachte er bitter.

Er nahm das Prepaidhandy aus der Jackentasche, mit dem er den Kontakt zu Abby aufrechterhalten hatte, als sie im Zeugenschutz gewesen war. Es wog so schwer in seiner Hand, als wäre es mit Blei ausgegossen. Er zögerte, dann schaltete er es ein und faltete einen Zettel auseinander, auf dem er die Nummer notiert hatte, die Sorokin ihm gegeben hatte. Bevor er sie eintippen konnte, klingelte sein Diensthandy. Penny war in der Leitung. Sie klang gereizt.

„Ist es erlaubt zu fragen, wann der Chief Inspector der Alderney Police Force geruht, im Revier vorbeizuschauen?“, fragte sie.

„Tut mir leid. Ich hätte dich informieren müssen, dass ich mich verspäte.“

„Mach dir keine Sorgen um mich. Ich lasse mir zwei zusätzliche Arme wachsen, dann kann ich vier Telefone gleichzeitig bedienen.“

„Ich bin bei Abby und habe die Zeit vergessen.“

Penny seufzte. „Das dachte ich mir. Wie geht es ihr?“

„Ihr Zustand hat sich verschlechtert. Dr. Hopkins drängt mich, sie in eine Spezialklinik verlegen zu lassen.“

Er berichtete von der Patientenverfügung, verschwieg jedoch die Begegnung mit Sorokin.

„Warum zögerst du?“, fragte sie.

„Ich weiß nicht, wie ich die Behandlung bezahlen soll.“

„Oh.“

„Ich weiß, du hast alle Hände voll zu tun. Kommst du noch eine Weile ohne mich klar?“, fragte er. „Ich muss ein paar Dinge regeln.“

„Ich tue, was ich kann. Es wäre trotzdem hilfreich, wenn du dich möglichst bald sehen lassen würdest. McGinley hat bereits drei Mal angerufen und nach dir gefragt.“

„Was wollte er?“

„Er sorgt sich um den reibungslosen Ablauf des Festivals. Jemand hat ihm einen Tipp gegeben, dass während der Konzertveranstaltungen Drogen verkauft werden.“

„Hast du das überprüft? Ist an der Sache etwas dran?“

„Steve, ich habe keine Zeit, mich um McGinleys Geschwätz zu kümmern.“

„Ich übernehme das. Hat sich Gordon gemeldet?“

„Er wird noch ein paar Tage ausfallen.“

„Ich kann Dave aus Guernsey zurückbeordern“, sagte Steve.

„Kommt nicht infrage. Der Junge hat Monate auf einen freien Lehrgangsplatz gewartet.“

„Okay, ich komme so schnell wie möglich, aber vorher muss ich zum Hafen. Die Spurensicherung aus Guernsey kann jeden Moment eintreffen. Der Fall liegt in unserer Zuständigkeit, darum ist meine Anwesenheit Pflicht.“

„Warum schickt Laney das Team erst jetzt?“, fragte Penny.

„Es gab einen ungeklärten Todesfall auf Guernsey. Er wies mich an, die Jacht zu versiegeln, und vertröstete mich auf heute."

„Wann wirst du im Revier sein?"

„Nicht vor 14:00 Uhr."

„Okay. Ich bemühe mich, McGinley bei Laune zu halten."

Steve legte auf. Sein Gewissen plagte ihn. Auch ohne dass Sorokin eine einzige Forderung an ihn stellte, schaffte er es kaum, seinen Dienst so zu versehen, wie er es sollte.

„Tut mir leid, Abby. Ich muss einen Mord aufklären."

Er streichelte ihre Hand und verabschiedete sich. Watson gähnte, streckte sich und folgte ihm nach draußen.

Steve kam zur gleichen Zeit im Hafen an wie das Team der Kriminaltechnik. Lewis hatte eine Sichtschutzplane über den hinteren Teil der havarierten Jacht gespannt, die im Wind flatterte und für Sekundenbruchteile einen Blick auf das Steuerruder freigab. Der tote Skipper war noch gestern in die Gerichtsmedizin geflogen worden, trotzdem erwartete Steve beinahe, ihn hinter dem Steuerrad zu sehen – für alle Ewigkeit an sein Geisterschiff gefesselt.

Der Coroner hatte die Leiche einer ersten Untersuchung unterzogen und Steves Verdacht bestätigt. Das Mordopfer war erschossen worden, der Todeszeitpunkt jedoch nicht mehr festzustellen. Dr. Mortenson teilte Lewis' Einschätzung, dass die Jacht mindestens drei Wochen lang steuerlos umhergetrieben war.

Steve parkte den Streifenwagen in der Nähe des Fährterminals. Der Wind hatte sich gelegt, nun regnete es Bindfäden aus dem aschgrauen Himmel. Vor dem Büro des Hafenmeisters war ein lautstarker Streit im Gange. Ein Mädchen von etwas siebzehn Jahren stieß Lewis zur Seite, der sie daran hindern wollte, an Bord der Jacht zu gehen. Strähnen ihres blonden Haarschopfs leuchteten in grellem Pink und Türkis. Sie trug eine schwarze Lederjacke, löchrige Jeans und einen kleinen, blauen Rucksack. Lewis packte sie am Jackenärmel, um sie aufzuhalten. Daraufhin drehte sie sich um und schlug nach ihm. Der Hafenmeister fluchte, ließ sie aber nicht los. Steve seufzte und näherte sich den beiden Streitenden.

„Ich will zu meinem Dad!“

Sie wand sich unter Lewis' Griff.

„Gut, dass Sie kommen, Chief“, keuchte der Alte.

„Gibt's ein Problem?“

Das Mädchen beachtete ihn nicht und trat Lewis gegen das Schienbein. Der Hafenmeister grunzte überrascht. Er schien den Schmerz gar nicht zu spüren.

„Du kannst jetzt nicht auf die Thetis“, sagte Steve.

„Ich kann machen, was ich will. Die Jacht gehört meinem Vater. Der Typ hat mir gar nichts zu sagen!“

„Er achtet darauf, dass im Hafen alles seine Ordnung hat.“

„Soll er doch. Wer sind Sie überhaupt?“

„Chief Inspector Cole, Alderney Police Force. Und mit wem habe ich das Vergnügen?“

„Ich bin Stella Harper. Sagen Sie diesem Idioten, er soll mich durchlassen.“

„Lassen Sie sie los, Mr Lewis.“

„Sind Sie sicher, Chief? Die kratzt Ihnen die Augen aus.“

„Glaub ich nicht."

„Wieso lässt er mich nicht an Bord?", fragte sie. „Er darf mich nicht daran hindern."

„Ich fürchte, das kann er, weil ich es angeordnet habe", sagte er. „Ich möchte dich bitten, mit aufs Revier zu kommen."

„Ich hab nichts Verbotenes getan. Sie haben kein Recht, mich festzuhalten."

„Hab ich auch nicht vor. Ich will mich nur mit dir unterhalten."

Sie stutzte verunsichert. „Ist was mit meinem Dad passiert?"

„Ich werde deine Fragen beantworten, so gut ich kann", erwiderte Steve. „Deshalb schlage ich vor, du beruhigst dich erst einmal."

Ein Mitarbeiter der Spurensicherung schleppte einen Aluminiumkoffer an Bord der Thetis. Er trug den üblichen weißen Schutzanzug, um den Tatort nicht zu verunreinigen. Stella wurde blass.

„Ist er … ist mein Dad tot?"

Steves Diensthandy klingelte. Die Nummer von Ian Laney leuchtete auf dem Display auf.

„Steig in den Streifenwagen. Ich bin gleich bei dir."

Er meldete sich. „Chief Officer, was kann ich für Sie tun?"

Die spröde Stimme des Chefs der Guernsey Police schnarrte aus dem Lautsprecher.

„Was in drei Teufels Namen ist da los bei euch? Warum haben Sie schon wieder die Spurensicherung angefordert?"

Steve schilderte ihm den Fund der gestrandeten Thetis.

„Also ein Segelunfall", sagte Laney.

„Es war kein Unfall, Chief Officer. Das Opfer wurde erschossen."

Laney stöhnte. „Ein Mord ist das Letzte, was wir jetzt gebrauchen können."

„Das ist leider nicht zu ändern, Sir."

„Untersuchen Sie den Fall möglichst leise und unauffällig, sonst vergraulen Sie uns die Touristen, die zur Festivalwoche anreisen", erwiderte Laney.

„Wir tun unser Bestes. Ich halte Sie auf dem Laufenden."

Steve legte auf und stieg in den Wagen. Stella hatte sich auf dem Sitz umgedreht und streckte die Hand nach Watson aus. Der Hund winselte und verkroch sich in den hintersten Winkel der Sitzbank.

„Was ist denn mit dem los?", fragte sie.

„Er mag's nicht, wenn er angefasst wird."

Er fuhr in die Queen Elizabeth II Street und führte das Mädchen in sein Büro. Penny saß mit hochrotem Kopf in der Telefonzentrale. Sie hustete.

„Werde bloß nicht auch noch krank, sonst muss ich den Laden allein schmeißen", sagte Steve. „Ruf Gordon an. Vielleicht kann er dich für ein, zwei Stunden ablösen."

„Er wird nicht begeistert sein."

„Glaub ich gerne, aber wir könnten seine Unterstützung gut gebrauchen. In meinem Büro sitzt eine junge Dame, der ich eine schlechte Nachricht überbringen muss. Ich möchte, dass du dabei bist."

„Und die Zentrale?"

„Übernimmt Watson."

„Hast du schon mal erlebt, dass ein Hund telefoniert?"

„Nein, aber er kann jeden anknurren, der wegen einer Lappalie das Revier betritt.“

Penny verzog missbilligend den Mund und folgte ihm. Sie nahm neben dem Mädchen auf einem der beiden Stühle vor dem Schreibtisch Platz. Steve hatte es sich angewöhnt, mit weiblicher Kundschaft nicht allein zu reden. Baxter, einflussreicher Geschäftsmann und selbst ernannter Inselkönig, suchte noch immer nach einem Vorwand, um ihn loszuwerden. Eine Anschuldigung wegen sexueller Belästigung käme ihm gerade recht, auch wenn sie frei erfunden war. Er hatte bereits bewiesen, dass er nicht davor zurückschreckte, solche Vorfälle zu organisieren.

„Ich muss zunächst deine Personalien aufnehmen“, sagte Steve.

„Wozu? Ich will endlich wissen, was mit der Thetis passiert ist. Was ist mit meinem Dad?“

„Je besser du mitarbeitest, desto schneller kann ich deine Fragen beantworten. Ist es okay, wenn ich dich duze?“

„Von mir aus.“

Sie nannte ihm ihren Namen und eine Adresse in Saint Brélade auf Jersey.

„Was führt dich nach Alderney, Stella?“, fragte Steve.

„Ich bin auf der Suche nach meinem Vater Maxwell Harper. Er brach vor vier Wochen mit der Thetis nach Alderney auf. Seitdem habe ich nichts mehr von ihm gehört.“

„Segelte er regelmäßig in diesen Gewässern?“

„Ab und zu. Er plant einen Trip in die Karibik. Von dort aus will er weiter durch den Panamakanal in den Pazifik.“

„Eine Weltumsegelung, ganz allein?“

Sie senkte den Kopf und starrte auf ihre Hände.

„Meine Mum hasst das Meer. Keine zehn Pferde kriegen sie auf ein Boot.“

„Aber du wolltest mit?“

„Dad war dagegen.“

„Hat deine Mutter sich keine Sorgen gemacht, nachdem er sich so lange nicht gemeldet hat?“

Stellas Miene verfinsterte sich. „Wir sind ihr egal. Sie kümmert sich nur um sich selbst.“

„Dein Vater ist also ohne ihr Einverständnis losgefahren. Gab es Streit deswegen?“

„Weiß nicht. Ich glaube, sie wusste gar nichts davon. Vielleicht dachte sie auch, dass er übers Wochenende nach Alderney fährt. Das macht er oft. Er bleibt auch öfter mal länger weg, wenn er auf Geschäftsreise ist.“

„Woher weißt du, dass dein Vater eine große Reise plante?“

„Ich hab gehört, wie er es jemandem erzählt hat.“

„Wem denn?“

„Keine Ahnung. Er hat telefoniert, und ich hab's zufällig mitbekommen.“

Steve betrachtete das Mädchen nachdenklich und versuchte es einzuschätzen.

„Es gibt oft Streit zu Hause, oder?“

Sie antwortete nicht, konzentrierte sich auf Watson und versuchte, ihn anzulocken.

„Hab ich recht, Stella?“

„Sie streiten jeden Tag“, sagte sie leise. „Und wenn sie dann immer noch nicht genug haben, machen sie nachts weiter. Sagen Sie mir jetzt, was passiert ist?“

„Wir haben an Bord der Thetis einen Toten gefunden. Wir konnten ihn noch nicht identifizieren, aber ich befürchte, dass es sich um deinen Vater handelt."

Das Mädchen reagierte anders, als er erwartet hatte. Es brach nicht in Tränen aus und zeigte keine Anzeichen von Trauer. Möglicherweise stand sie unter Schock oder hatte damit gerechnet, dass ihr Dad nicht mehr lebte. Vielleicht war sie auch erleichtert, weil die ständigen Spannungen nun vorbei waren. Steve warf Penny einen fragenden Blick zu. Sie zuckte unmerklich mit den Schultern.

„Du scheinst nicht besonders überrascht zu sein, dass er tot ist", sagte Steve.

„Dad hält sich für 'ne Art Superman, der alles kann. Er lernt Dinge, aber niemand bringt ihm etwas bei. Er hat überhaupt keine Ahnung vom Segeln. Die verdammte Jacht hat er nur gekauft, weil er nicht weiß, was er sonst mit seinem Geld anfangen soll. Seine Freunde und Geschäftspartner protzen mit ihren Seageljachten, also musste er auch eine haben, nur um mithalten zu können."

„Dann war ihm sein gesellschaftlicher Status sehr wichtig?"

Nun begann sie doch zu weinen. „Wichtiger jedenfalls als seine Familie. Ich hab geahnt, dass ihm was passiert ist. Es musste ja so kommen. Ist er über Bord gegangen und ertrunken?"

Steve antwortete nicht, nahm eine Pappschachtel mit Kleenex-Tüchern aus der Schublade und stellte sie auf den Tisch. Stella griff danach und wischte sich trotzig die Tränen fort.

„Er war'n blöder Angeber", sagte sie.

„Aber er war trotzdem dein Dad", sagte Penny.

Sie putzte sich geräuschvoll die Nase.

„Zuerst fand ich die Idee, dass er eine Jacht kaufen wollte, super", sagte sie. „Da können wir krass Party machen, dachte ich. Aber dann hat er mich nicht an Bord gelassen."

„Hat er keinen Brief hinterlassen oder eine Nachricht?", fragte Penny.

„Weiß ich nicht. Als er so lange fortblieb, hab ich Mum nach ihm gefragt, aber sie hat nur gelacht und gesagt: Zerbrich dir nicht den Kopf über ihn, der kommt nicht zurück."

„Was meinte sie damit?"

„Ich hab sie nicht gefragt. Sie war eh wieder besoffen."

„Und dann bist du auf eigene Faust nach Alderney gefahren, um ihn zu suchen?", fragte Penny.

„Ich wollte bloß wissen, was los ist ... und ihn überreden, dass er mich mitnimmt. Aber ich hab ihn um einen Tag verpasst, er war schon fort."

„Wann war das?"

„Am 31. August."

„Und du bist sicher, dass er allein nach Alderney gesegelt ist?"

„Glaub schon. Warum wollen Sie das wissen?"

„Weil wir Hinweise darauf haben, dass noch jemand an Bord war, und wir müssen wissen, wer."

Sie stand auf und ging zum Fenster. Watson hob den Kopf und machte sich bereit, die Flucht zu ergreifen, falls sie auf die dumme Idee kommen sollte, ihn zu streicheln.

„Du weißt also nicht, ob dein Vater die Absicht hatte, jemandem mit an Bord zu nehmen?", fragte Penny.

„Nein. Werden Sie jetzt meine Mutter anrufen?“

„Ich muss sie bitten, nach Alderney zu kommen.“

„Ist das unbedingt nötig?“

„Gibt es einen Grund, der dagegenspricht?“, fragte Steve.

Sie schüttelte hastig den Kopf.

„Du scheinst davon nicht begeistert zu sein.“

Sie drehte sich zu ihm um.

„Ich schäme mich für Mum. Sie trinkt dauernd und verbringt die meiste Zeit im Bett, wenn sie nicht gerade das Geld verschleudert, das mein Dad verdient. Ich glaube kaum, dass sie Ihnen etwas Wichtiges sagen kann.“

Steve nickte. „Verstehe. Ich muss sie trotzdem befragen. Notfalls werde ich zu ihr nach Jersey fliegen. Ich brauche ihren vollständigen Namen.“

„Olivia“, sagte Stella. „Sie heißt Olivia Harper.“ Sie drehte sich zu Steve um. „Wie ist mein Dad gestorben? Ist er … ertrunken?“

„So wie's aussieht, wurde er erschossen. Wir haben es mit Mord zu tun.“

Stella erbleichte. Ihr Körper versteifte sich, sie spannte die Muskeln an, als wollte sie aufspringen und davonlaufen.

„Gibt es etwas, was du mir sagen möchtest, Stella?“, fragte er.

„Nein. Kann ich jetzt gehen?“

„Nur, wenn du uns versprichst, sofort nach Hause zu fahren.“

„Was soll ich denn noch hier?“

„Okay. Falls wir noch Fragen haben, melden wir uns“, sagte Steve.

Sie verließ fluchtartig das Büro.

„Die hat's aber plötzlich eilig", sagte Penny. „Ob sie was ausgefressen hat?"

„Kann schon sein. Als sie erfuhr, wie ihr Vater starb, wurde sie kreidebleich."

„Immerhin wurde er ermordet. Sie ist nicht so tough, wie sie sich gibt."

„Dass er tot ist, hat sie nicht besonders erschüttert."

„Glaubst du, sie hat etwas mit dem Mord zu tun?", fragte Penny.

„Ich weiß es nicht."

„Einer von uns hätte sie nach Jersey begleiten sollen. Sie ist erst siebzehn."

„Fast achtzehn. Außerdem sind wir völlig unterbesetzt." Steve seufzte. „Ich muss Harpers Frau ohnehin über den Tod ihres Mannes informieren. Ich verspreche, mich sofort zu erkundigen, ob das Mädchen zu Hause angekommen ist. Außerdem brauchen wir Material für einen DNA-Abgleich. Wir können nicht von ihr verlangen, dass sie eine Mumie identifiziert. Hat eigentlich niemand Maxwell Harper als vermisst gemeldet?"

„Ich frag mal nach."

Penny ging in die Wache. Steve hörte, dass sie mit der Jersey Police telefonierte. Nach einem kurzen Gespräch legte sie auf und kam zurück.

„In Saint Helier wissen sie nichts von einem Vermisstenfall", sagte sie.

„Zerbrich dir nicht den Kopf über Dad, der kommt nicht wieder", wiederholte Steve Stellas Worte. „Was hat sie damit gemeint? Dass er auf und davon ist und sie verlassen hat?"

„Das würde erklären, warum sie sein Verschwinden nicht gemeldet hat."

„Oder sie wusste bereits, dass er tot ist", überlegte Steve.

„Du denkst an einen Mord aus Eifersucht?"

„Das wäre immerhin denkbar, nicht wahr?"

„An ihrer Stelle hätte ich so schnell wie möglich eine Vermisstenanzeige aufgegeben, um mich nicht verdächtig zu machen", sagte Penny.

„Ich wusste gar nicht, wie viel kriminelle Energie in dir steckt", entgegnete Steve.

„Man muss wissen, wie der Feind denkt."

„Stammt das von dir?"

„Nein, von Dave", sagte Penny. „Stella erwähnte, ihre Mutter hätte niemals ein Boot betreten, weil sie nicht schwimmen kann."

„Ausnahmen bestätigen die Regel. Vielleicht fand sie heraus, dass ihr Mann eine Affäre hatte und seine Geliebte mit auf seine Reise nehmen wollte. Das könnte sie so sehr in Wut versetzt haben, dass ihre Mordlust größer war als ihre Angst vor Wasser." Er schüttelte den Kopf. „Das ist auf jeden Fall eine seltsame Familie."

„Weil sie sich nicht grün sind? Zeig mir eine Familie, wo sich alle gut verstehen, und ich hänge dir einen Orden um."

„Was denn für einen?"

„Einen für den blauäugigsten Polizisten im ganzen Commonwealth", sagte Penny.

„Die allermeisten Mordmotive finden sich im Bekanntenkreis des Opfers", stimmte Steve ihr zu. „Irgendwas ist hier faul, ich kann's riechen."

„Du denkst doch nicht wirklich, dass es das Mädchen war, oder?"

„Ihre Reaktion war auf jeden Fall ungewöhnlich."

„Sie ist siebzehn, Steve. Das ist ein schwieriges Alter."

„Alt genug, um einen Mord zu begehen. Vielleicht war's auch eine Affekthandlung oder ein Versehen. Sie geht an Bord, sieht ihren Dad zusammen mit einer anderen Frau und drückt ab. Peng!"

„Und sie hat ganz zufällig eine Schusswaffe in der Tasche?", fragte Penny.

„Auch wieder wahr."

„Und wenn sie den Täter kennt und befürchtet, das nächste Opfer zu werden, falls sie redet? Vielleicht ist ihr das klar geworden, als sie hörte, dass ihr Vater erschossen wurde."

„Oder sie deckt ihn", sagte Steve.

„Möglich. Wir werden es schon herausfinden."

Er angelte seine Jacke vom Haken neben der Tür.

Penny zog eine Augenbraue hoch. „Du willst schon wieder weg?"

„Ich fahre zum Hafen. Das Spurensicherungsteam müsste inzwischen fertig sein. Mal hören, ob sie auf eine brauchbare Spur gestoßen sind."

„Und McGinley?"

„Ich rufe ihn an und schmiere ihm Honig ums Maul."

Auf dem Weg zum Parkplatz kam ihm Gordon Lyme entgegen. Er trug Wollmütze und Schal. Seine Augen glänzten fiebrig. Steve sah sofort, dass er nicht in der Lage war, Penny zu unterstützen.

„Penny hat mich angerufen. Wir haben einen Mord, Chief?", fragte er. „Wie kann ich helfen?"

„Indem du dich ins Bett legst."

„Da komme ich gerade her.“

„Du sollst nur Dienst tun, wenn du nicht den kümmerlichen Rest des Teams ansteckst. Danach sieht's nicht aus.“

„Ich könnte dein Büro benutzen.“

„Damit ich auch noch ausfalle? Dann muss Watson das Revier leiten. Keine Chance.“

Gordon nieste und nickte. Es hatte keinen Sinn. Steve musste sich allein durchkämpfen.

7

Dan blickte in die Tiefe, bis ihm schwindelig wurde. Die Brandung brach sich an den Felsen und schleuderte salzige Gischt in die Höhe. Er war nass bis auf die Knochen, sein schütteres Haar klebte strähnig am Schädel. Durch die starken, vom Regen benetzten Brillengläser betrachtet, verschwamm die Welt zu einem unwirklichen Ort düsteren Zwielichts. Der kalte Westwind ließ ihn erschauern, klarte jedoch auch seinen Verstand. Plötzlich sah er das Rätsel um Heathers Verschwinden in einem anderen Licht.

Wahrscheinlich war er grundlos in Panik geraten, hatte sich von dem Albtraum narren lassen und war ein Opfer seiner überschäumenden Fantasie geworden. Es gab eine einfache, einleuchtende Erklärung: Heather war gegen ihre Gewohnheit früh aufgestanden und nach Saint Anne zum Einkaufen gefahren. Er hatte so tief geschlafen, dass er nicht bemerkt hätte, wenn die Posaunen von Jericho zum Jüngsten Gericht geblasen hätten. Blieb das Rätsel zu lösen, was er während der Nacht getrieben hatte. Warum waren seine nackten Füße voller Sand und Erde gewesen? Umständlich trocknete er die Brille an seinem Sweatshirt ab und kehrte wie ein geprügelter Hund zum Haus zurück.

Als er im Garten ankam, ebbte das Brausen des Windes zu einem unheimlichen Flüstern ab. Dahinter verbarg sich ein leises Klopfen. Mal schien es weit entfernt, dann wieder ganz nah zu sein. Dan horchte angestrengt und versuchte das Geräusch zu orten.

Das Klopfen verstummte, doch er war sicher, dass es keine Einbildung gewesen war.

„Heather?", rief er zaghaft.

Das Hämmern setzte wieder ein, fordernder diesmal, gefolgt von einem dumpfen Schrei.

„Heather! Wo bist du?"

Jetzt vernahm er es ganz deutlich. Die Laute kamen aus dem Geräteschuppen, dessen vorderer Teil als Garage diente. Dan lief den gewundenen Pfad entlang und stand kurz darauf vor der Brettertür, die sich zum Garten hin öffnen ließ.

„Lass mich raus, du Idiot!"

Es war Heathers Stimme. Sie lebte! Erleichtert lachte er auf und zog an dem Riegel, doch der war mit einem Vorhängeschloss gesichert.

„Findest du das etwa witzig? Mach endlich die verdammte Tür auf!"

„Sie ist verriegelt. Ich muss erst den Schlüssel suchen!"

Er lief ins Haus. Die Schuppentür war niemals versperrt. Warum jetzt? Fieberhaft suchte er in den Küchenschubladen und fand den Schlüssel schließlich auf seinem Schreibtisch. Wie zum Teufel kam er dorthin? Der Garten war Heathers Domizil, Dan machte dagegen einen großen Bogen um jede Art von Heckenschnitt und Unkrautjäten. Er eilte zum Schuppen zurück, fummelte den Schlüssel in das Bügelschloss und zog die Tür auf. Heather verpasste ihm eine schallende Ohrfeige.

„Was zur Hölle ist mit dir los, Daniel Jacobs?", schrie sie wutentbrannt.

Dan wich erschrocken zurück. „He! Bist du verrückt geworden?"

„Ich bin völlig klar, aber bei dir bin ich mir da nicht mehr so sicher", sagte Heather.

Dan rieb sich die brennende Wange. „Wer hat dich in den Schuppen gesperrt?"

„Erklär mir nicht, dass du zu betrunken warst, um dich erinnern zu können. Das nehme ich dir nicht ab."

„Ich habe keine Ahnung, wovon du redest."

„Dann will ich dein Gedächtnis auffrischen, Dan. Als ich dich davon abhalten wollte, dein Arbeitszimmer in seine Einzelteile zu zerlegen, hast du mich hierhergeschleift und eingeschlossen. Ich habe die halbe Nacht hier draußen in der Kälte verbracht."

„Das ... kann nicht sein ... das glaube ich nicht ... Heather, das würde ich niemals tun ... ich ..."

Er dachte an das verdreckte Bettlaken, das Chaos im Arbeitszimmer. Schuldbewusst senkte er den Kopf und blickte auf die regennasse Erde. Im Bereich der Schuppentür fielen ihm die Abdrücke nackter Füße auf. Deutlich waren die Vertiefungen zu sehen, wo sich nackte Zehen in den Boden gebohrt hatten, um Halt zu finden. Wozu? Um eine sich heftig wehrende Frau in den Schuppen zu sperren?

Heather rollte die Ärmel ihres Sweatshirts hoch.

„Die Blutergüsse bilde ich mir also auch ein?"

Er starrte hilflos auf die blauen Flecken an ihren Unterarmen. Jemand hatte sie brutal gepackt und mit roher Gewalt festgehalten.

„Dan, so geht es nicht weiter. Lass den Ärger über deine Unfähigkeit, etwas zu Papier zu bringen, nicht an mir aus. Ich bin nicht dein Versuchskaninchen."

„Woher weißt du davon?", fragte er bestürzt.

„Wer bringt in diesem Haushalt den Müll raus? Wenn du nicht willst, dass ich von deiner Schreibblockade erfahre, dann verbrenne in Zukunft deine hilflosen Versuche. Ich bin stets die Erste, die deine Romane liest, hast du das vergessen? Ich liebe deine Geschichten, und ich liebe dich, Dan. Aber was du getan hast, macht mir Angst. Der Alkohol wird dich umbringen, dich … oder mich."

Sie rieb sich fröstelnd die Arme.

„Ich kann mich an nichts erinnern", sagte Dan leise. „Was … was habe ich getan?"

„Du weißt es wirklich nicht?"

„Nein. Das schwöre ich. Erklär's mir."

„Was du seit Wochen tust. Du beginnst einen grundlosen Streit und kannst nicht mehr aufhören, bis wir beide erschöpft sind."

Angestrengt kramte er in seinem Gedächtnis nach den vergangenen Stunden. Da war nichts außer einem bodenlosen, schwarzen Abgrund.

„Worum ging es diesmal?", fragte er.

„Es geht immer um das Gleiche, um deine grundlose, verfluchte Eifersucht!"

Dan stierte auf den Boden, spürte weder den Regen noch die Kälte. Alles, was er empfand, waren Schuld und Scham.

„Wie einen Sack voller Unrat hast du mich aus dem Haus gezerrt und in den Schuppen geschlossen. Du wirst den verrückten Figuren, die in deinem Kopf herumspuken, immer ähnlicher. Pass auf, dass sie dich irgendwann nicht beherrschen."

„Es ... es kommt ni... ...cht wieder vor", stammelte er, „ich verspreche es."

„Du hast so viele Verspechen gebrochen, dass ich sie nicht mehr zählen kann. Mir ist kalt."

Sie ging an ihm vorbei auf das Haus zu, blieb aber nach ein paar Schritten stehen und drehte sich um.

„Ich kann die vor Wut verzerrte Fratze nicht vergessen, die mich durch das Fenster des Schuppens anglotzte. Das warst nicht du, Dan. Was ist los mit dir?"

„Ich trinke nicht mehr."

„Das reicht nicht. Du musst etwas gegen deine Insomnie unternehmen. Bei deiner Mutter fing es genauso an. Ich könnte es nicht ertragen, wenn ..."

Wenn ich so ende wie sie, dachte er.

„Ich suche Dr. Manford auf. Gleich morgen früh."

„Warte nicht zu lange. Noch ein solcher Vorfall ... und ich werde gehen."

Er nickte beschämt. „Ich könnte es nicht ertragen, dich zu verlieren, Heather."

„Aber das wirst du, wenn du so weitermachst. Ich gebe dir eine Woche Zeit, etwas zu unternehmen."

Sie drehte sich um und verschwand zwischen den Lorbeerbüschen. Dan blieb wie versteinert zurück. Er war sicher, sein Alkoholproblem in den Griff bekommen zu können. Wenn er keinen starken Willen hätte, wäre es ihm unmöglich gewesen, jemals ein Manuskript zu beenden. Zumindest hoffte er, dass seine Abhängigkeit vom Whisky noch nicht so ausgeprägt war, dass er sich von dessen gefährlicher Freundschaft ohne fremde Hilfe nicht verabschieden konnte. Was er jedoch tat, wenn die Dämonen in seinem Unterbewusstsein erwachten und die Kontrolle übernahmen, konnte er nicht beeinflussen. Nicht zu wissen, was er in den Stunden tat, die ihm fehlten, jagte ihm eine Höllenangst ein.

Seit er nach Alderney zurückgekehrt war, liefen die Dinge zusehends schlechter, sein Leben geriet aus den Fugen. Das Gegenteil hatte er erreichen wollen, und nun war alles schlimmer als zuvor. Der Gedanke, Heather angegriffen und verletzt zu haben, war so unvorstellbar erschreckend, dass er sich noch immer weigerte, ihn zuzulassen. Er spürte, dass er kurz vor einem Zusammenbruch stand, der nicht nur von seiner Schreibblockade und dem exzessiven Trinken ausgelöst wurde.

Heather war sein einziger Halt, die Krücke, auf die er sich stützte. Wenn sie unter ihm wegbrach, endete er unweigerlich wie seine Hauptfigur in Die letzte Nacht. Fast erschien ihm der Roman, den er wie im Rausch geschrieben hatte, als eine düstere Prophezeiung. Als hätte er geahnt, was in ihm schlief und bald erwachen würde. Hatte er die Geschichte nur erdacht, weil er unbewusst die Schrecken seiner Kindheit verarbeiten wollte? Das Mansardenfenster, der irre Blick seiner wahnsinnigen Mutter ... Und dann die furchtbare Stille.

Dan ließ die Schultern hängen und kehrte ins Haus zurück. Heather kam die Treppe herab. Sie hatte sich umgezogen und frisch gemacht.

„Wohin gehst du?", fragte er.

„Ich fahre nach Saint Anne. Irgendjemand muss in diesem Haus ja dafür sorgen, dass etwas zu essen auf dem Tisch steht."

„Wir können uns eine Pizza bestellen oder …"

„Ich brauche Abstand, Dan."

„Okay."

Sie nahm die Wagenschlüssel und verließ das Haus. Heather hatte recht. Er stand kurz vor dem Punkt, von dem es kein Zurück mehr gab, und er verspürte nicht die geringste Lust, sich irgendwann mit dem Revolver aus seiner Schreibtischschublade ein Loch in den Kopf zu schießen wie Hemingway oder im Delirium zu enden wie Poe.

Er ging nach oben, rasierte sich und duschte. Dann kleidete er sich an, zerrte das verdreckte Laken vom Bett und bezog es neu. Das alte Tuch stopfte er in die Mülltonne im Schuppen. Er hatte keine Ahnung, wie man eine Waschmaschine bediente, und er wollte nicht, dass Heather das Betttuch fand. Es würde nur zu weiteren Fragen, fehlenden Antworten und Streit führen.

Die leere Garage erschien ihm plötzlich wie ein Ort des Unheils, ein verfluchter Platz, an dem furchtbare Dinge geschehen waren, an die er sich nicht erinnern konnte. Indessen glaubte er, die Lösung für seine Probleme zu kennen. Wenn er den Grund für seine Schreibblockade herausfand, konnte er wieder arbeiten. Und wenn er wieder arbeiten konnte, würde auch sein nächtliches Umherirren aufhören.

Der Regen hatte nachgelassen und hörte schließlich ganz auf. Dan machte sich zu Fuß auf den Weg nach Saint Anne zum Alderney Island Medical Centre. Er kannte Dr. Manford, seit er laufen konnte. Der Allgemeinmediziner war seit über dreißig Jahren der Hausarzt der Familie Jacobs. Manford war es auch gewesen, der Dans Mutter die schreckliche Diagnose gestellt hatte. Inzwischen musste er die siebzig überschritten haben, praktizierte aber immer noch.

Es wäre bequemer gewesen, telefonisch einen Termin zu vereinbaren, aber Dan entschied sich für den halbstündigen Fußmarsch an der Küste entlang. Der frische Seewind würde seinen Kopf kühlen, der sich anfühlte wie ein heiß gelaufener Motor.

Nachdem er den Zig Zag Path hinter sich gelassen hatte, stieß er auf den Fort Clonque Causeway, passierte Clonque Bay Beach und ignorierte die Abkürzung, die an der alten Wassermühle vorbeiführte. Stattdessen wandte er sich nordwärts und setzte sich dem scharfen Wind aus; immer weiter an der Küste entlang ostwärts, bis er über die Route de Crabby den inneren Hafen erreichte.

Sein knurrender Magen erinnerte ihn daran, dass er heute noch nichts gegessen hatte. Er entschloss sich, in einem der Pubs zu frühstücken, bevor er Dr. Manford aufsuchte.

Als er in die Braye Street einbog, stutzte er. Vor dem Braye Beach Hotel stand der Volvo, mit dem Heather nach Saint Anne gefahren war. Langsam ging Dan an den Spitzgiebeln der gelben Sandsteinfassaden vorbei, bis er die Terrasse des Restaurants einsehen konnte. Heather lehnte an der niedrigen Mauer, die die Sitzplätze vom Strand abschirmte. Sie war nicht allein. Der Mann, den Dan auf dem Dach des Schuppens gesehen hatte und der angeblich nicht existierte, stand neben ihr. Sie unterhielten sich angeregt und gestenreich.

Entweder war er komplett paranoid, oder Heather log ihm ins Gesicht. Er unterdrückte den Impuls, sie zur Rede zu stellen, und drückte sich stattdessen in den Schatten der Hauswand, um sie zu belauschen.

Heimlich studierte er ihre Gesten und die Mimik. Eine der Ursachen, warum er als Autor erfolgreich war, lag darin begründet, dass er gerne Menschen beobachtete. Er ging dabei keinen voyeuristischen Neigungen nach, sondern der unerfüllten Sehnsucht, an ihrem Leben teilzunehmen. Die Angst vor allzu großer Nähe und das Gefühl, zu ersticken, wenn sich mehr als drei Leute in einem Raum aufhielten, hinderten ihn jedoch daran. Trotzdem mochte er es, sie aus sicherer Entfernung zu beobachten und aus ihrem Verhalten und dem Mienenspiel ihren verborgenen Charakter herauszulesen. Darum fiel es ihm nicht schwer zu erkennen, dass zwischen Heather und dem Fremden eine Vertrautheit und Intimität bestand, die ihn erschreckte. Sie begegneten sich nicht zum ersten Mal. Da war eine unterschwellige, stillschweigende Übereinkunft, die sie verband und die er zwischen sich und Heather seit Monaten schmerzlich vermisste. Gleichzeitig verriet ihm ihre Haltung, dass sie unter enormer Anspannung stand, während der Mann gelassen und abgeklärt schien. Was zum Teufel ging zwischen den beiden vor? Hatten sie eine heftige, kurze Affäre gehabt, die Heather beenden wollte? Fest stand, dass sie log. Sie war nicht nach Saint Anne gefahren, um Lebensmittel einzukaufen, sondern um diesen Mann zu treffen.

Aus einer Seitentür des Restaurants trat ein Kellner, blickte skeptisch in den wolkenverhangenen Himmel und zündete sich eine Zigarette an. Dan zog sein Handy aus der Jackentasche, wischte über das Display und gab vor, eine Nummer zu wählen. Dann wandte er sich ab, als wollte er beim Telefonieren nicht gestört werden.

Die kurze Ablenkung hatte ausgereicht, um die Situation grundlegend zu verändern. Der Fremde war verschwunden. Dan drehte sich um und blickte die leere Braye Street entlang. Der Mann konnte die Terrasse nur verlassen haben, um das Restaurant zu betreten, sonst wäre er direkt in ihn hineingelaufen. Er warf einen Blick durch die Fenster des Speiseraums, aber zu dieser frühen Stunde waren die Tische unbesetzt.

Dan hörte ein Geräusch hinter sich und drehte sich hastig um. Heather kam auf ihn zu. Er hätte sie überraschen können, aber er wollte keinen neuen Streit provozieren. Nicht, bevor er wusste, was hier gespielt wurde. Darum schlug er die Kapuze seiner Regenjacke hoch, wandte sich um und ging rasch die Straße hinunter bis zur Einmündung der Rue de Beaumont.

Hinter dem Braye Beach Hotel und dem Strand befanden sich nur noch die Parkplätze für Angestellte. Vielleicht hatte der Mann dort seinen Wagen abgestellt. Dan wartete am Ende der Straße, doch der einzige Wagen, der an ihm vorbeifuhr, war Heathers Volvo. Sie bog ab in Richtung Newtown. Dan blickte ihr nach, unschlüssig, was er unternehmen sollte. War es möglich, dass er sich den Fremden tatsächlich nur einbildete? Dass seine Angst, Heather zu verlieren, und seine Eifersucht, gepaart mit dem exzessiven Trinken, sich im

Trugbild eines Nebenbuhlers manifestierten? Die Parallelen zu seinem Roman waren beängstigend. Nach dem, was er in der vergangenen Nacht getan hatte, hielt er alles für möglich.

Unverrichteter Dinge lief er den Küstenweg nach Westen zurück und langte nach einer halben Stunde an der Gartenpforte an. Es begann wieder zu regnen.

Kurz darauf stand er vor der hinteren Tür des Schuppens und blickte auf die mysteriösen Fußspuren, die der Regen allmählich verwischte. In einem der Abdrücke entdeckte er die Umrisse einer Schuhsohle mit markantem Muster. Vorsichtig setzte er seinen Fuß neben die Spur. Er war zu klein, um zu dem Abdruck zu passen. Hatte der Regen ihn ausgewaschen, oder stammte er von einem Phantom, das überaus real war?

8

18. September

Ebenso schnell, wie Steve die Zeilen vorlas, vergaß er ihren Sinn wieder. Er blickte gedankenverloren auf den aufgeschlagenen Roman, bis die Buchstaben vor seinen Augen verschwammen. Ein Typ namens Heathcliff begann gerade damit, seinen spielsüchtigen Adoptivbruder zu ruinieren und Wuthering Heights an sich zu bringen. Oder so ähnlich.

Abby lag wachsbleich und regungslos vor ihm. Ob seine Stimme einen Weg zu ihr fand? Existierte ihr sanftes Wesen mit dem leicht schwarzen Humor, den er so sehr liebte, noch? Vielleicht vernahm sie jedes Wort, das er sprach. Vielleicht lauschte sie seinen Erzählungen von Alderney, seinen Berichten von Watson, dem alten Pfarrhaus, von Penny, Dave und Gordon und seinen täglichen Erlebnissen. Dr. Hopkins vertrat die Meinung, dass Komapatienten mehr von ihrer Umgebung wahrnahmen, als Steve sich vorstellen konnte. Wenn nur die geringste Chance bestand, dass das stimmte, hatte er dann nicht die verdammte Pflicht, alles zu tun, um ihr die Rückkehr ins Leben zu ermöglichen?

Was war ihm denn wichtiger? Dass er Baxters schmutzigen Geschäften mit Sorokin, die er über Kredite auf Alderney abwickelte, einen Riegel vorschob?

Was war damit gewonnen, wenn er den Inselkönig vom Thron stieß und ihn wegen Geldwäsche und Steuerhinterziehung anschwärzte? Wenn er es ehrlich betrachtete, stand es um seine eigene Gesetzestreue nicht viel besser. Schließlich war es sein Plan gewesen, Sorokin mit Abbys Hilfe um eine Million Pfund zu erleichtern und irgendwo ein neues Leben zu beginnen. Ohne die ständige Angst im Nacken, dass einer der Typen, die er während seiner Zeit als verdeckter Ermittler des Specialist Operations Directorate ins Gefängnis gebracht hatte, sich an ihm rächen könnte, so wie es Sorokin und sein Ziehsohn Juan Cataldo getan hatten.

„Es ist nun mal dein Job, Steve", sagte eine Stimme in seinem Innern.

„Ich pfeife auf den Job", antwortete er laut.

Watson hob den Kopf von den Pfoten und sah ihn erwartungsvoll an. Steve legte das Buch auf den Tisch und stand auf.

„Komm mit. Wir müssen etwas erledigen."

In Begleitung des Hundes verließ er das Krankenzimmer und suchte Dr. Hopkins auf. Der Klinikleiter saß in seinem Büro, telefonierte und winkte ihn herein. Steve wartete, bis der Arzt sein Gespräch beendet hatte.

„Guten Morgen, Chief. Was kann ich für Sie tun?"

„Welche Chancen hat Abby bei der bestmöglichen Betreuung?"

„Schwer zu sagen. Wir können hier nur ihren derzeitigen Zustand überwachen. In einer Einrichtung, die auf die Behandlung von Komapatienten spezialisiert ist, wäre sie auf jeden Fall besser aufgehoben. Die Chancen, dass sie wieder aufwacht, würden erheblich steigen."

„Welche Klinik empfehlen Sie mir?“

„Da wäre zum Beispiel das Southampton General Hospital, aber auch in London gibt es gute Versorgungsmöglichkeiten. An Ihrer Stelle würde ich mich für das Royal Sussex County Hospital in Brighton entscheiden.“

Steve erinnerte sich gut an seine Zeit in der Rehaklinik in Brighton, wo er sich nach dem Anschlag im Red Door mühsam ins Leben zurückgekämpft hatte.

„Bitte rufen Sie dort an, und fragen Sie, ob sie Abby aufnehmen.“

Hopkins runzelte die Stirn. „Darüber haben wir doch schon gesprochen. Eine solche Entscheidung kann nur Abbys Mutter als ihre nächste Angehörige treffen.“

Steve zog die beglaubigte Kopie der Patientenverfügung aus der Jackentasche und reichte sie ihm.

„Sie sagten selbst, dass wir keine Zeit verlieren dürfen.“

Hopkins studierte kurz die Verfügung und nickte.

„Das ändert natürlich die Situation. Ich werde in Brighton anfragen.“

„Ich danke Ihnen.“

Steve verließ das Mignot Memorial. Wieder nahm er das Prepaidhandy aus der Jackentasche. Dieses Mal zögerte er nicht und wählte die Nummer, die der Mafiaboss ihm gegeben hatte.

„Mr Cole, ich bin erfreut, Ihre Stimme zu hören“, meldete sich Sorokin.

„Ich bin einverstanden“, sagte Steve.

„Sehr gut. Haben Sie eine Klinik ausgewählt?“

„Ja. Dr. Hopkins wird alles in die Wege leiten.“

„Gut. Sie brauchen sich um nichts weiter zu kümmern. Die Finanzierung der Behandlung wird eine von mir gegründete Stiftung übernehmen. Niemand wird die Zahlungen zurückverfolgen können oder eine Verbindung zu Alderney herstellen. Ich wünsche Ihnen einen guten Tag, Chief. Sie werden bald von mir hören. Schließlich möchte ich stets auf dem Laufenden sein.“

Sorokin legte auf. In Steves Mund breitete sich der bittere Geschmack von Asche aus. Aus einer ersten kleinen Gefälligkeit würde mehr werden. So lief es immer. Alles hing davon ab, wie schnell Abby aufwachte und sich erholte – wenn es überhaupt jemals geschah. Andernfalls hatte Sorokin einen Trumpf in der Hand, den er so lange ausspielen konnte, wie er es für nötig hielt. Es sei denn, Steve schaffte es, Geld auftreiben, um Abbys Behandlung selbst zu finanzieren.

Er stieg in den Streifenwagen. Watson kletterte auf den Rücksitz, senkte den Kopf und winselte leise - was er immer tat, wenn er Veränderungen kommen spürte.

„Nein, ich weiß auch nicht, wie's weitergeht“, sagte Steve.

Er fuhr los und bog in die Route de Crabby ein. Die Stelle des Romans, die er Abby vorgelesen hatte, ließ ihn nicht los. Typen wie dieser Heathcliff oder Viktor Sorokin hielten sich nicht an Regeln, sie schufen ihre eigenen. Genau das musste er nun auch tun. Es ging um Abbys Leben, und das rechtfertigte sein Handeln. Es gab nichts Wichtigeres für ihn. Sein Diensthandy klingelte. Er stoppte in der Nähe der Marina. Penny war in der Leitung.

„Steve, ich will nicht drängeln, aber ich brauche dich wirklich hier.“

„Ich war im Mignot Memorial, um einige Dinge in Bewegung zu bringen.“

„Wie geht es Abby?“

„Ich lasse sie nach Brighton in eine Spezialklinik verlegen.“

Sollte er ihr von Sorokins Erpressung erzählen? Sie war neben Dave der einzige Mensch auf Alderney, dem er vertraute. Der junge Constable allerdings war ein Plappermaul und konnte ein Geheimnis nicht für sich behalten. Penny kämpfte mit ihren eigenen Problemen, seit ihr Mann Frank ermordet worden war. Es war wohl klüger, den Deal mit Sorokin nicht zu erwähnen. Ich kann mich ja jederzeit bei Watson ausheulen, dachte er.

„Du hast dich von ihr verabschiedet“, sagte sie.

Wie immer schien es, als könnte sie seine Gedanken lesen. Es gab Momente, da war ihm die Übereinstimmung ihrer Gefühle und Überlegungen unheimlich.

„Ja.“

„Demnach hast du einen Weg gefunden, die Behandlung zu bezahlen?“

„Ihre Mutter unterstützt mich“, log er. „Was liegt an?“

„Die Kollegen aus Jersey haben Olivia Harper über den Tod ihres Mannes informiert.“

Da Harper seinen Wohnsitz auf der Nachbarinsel gemeldet hatte, lag die Zuständigkeit bei der Jersey Police.

„Wie hat sie es aufgenommen?“, fragte Steve.

„Sie sagte wörtlich, es interessiere sie nicht, was dem alten Hurenbock widerfahren sei. Für sie sei er schon lange gestorben.“

„Ups. Es war wohl wirklich nicht die große Liebe.“

„Eher nicht.“

„Hat sie den Kollegen etwas verraten, das uns weiterhilft?“

„Sie halten sich raus und behaupten, es wäre unser Fall.“

„Harper war Einwohner von Jersey“, sagte Steve.

„Aber seine Leiche wurde hier gefunden.“

„Okay, dann soll seine Frau eben nach Alderney kommen und eine Aussage machen.“

„Sie will nicht mit uns reden.“

„Das wird sie wohl müssen. Notfalls fliegt einer von uns nach Jersey.“

„Steve, wir sind chronisch unterbesetzt.“

„Ich rufe Laney an“, sagte er. „Er soll entscheiden, in wessen Zuständigkeitsbereich die Sache fällt.“

In diesem Moment sah er Stella. Sie stand an der Mole. Der Hafenmeister hatte die Thetis in das innere Hafenbecken schleppen lassen und den Bereich davor abgesperrt. Die Spurensicherung hatte ihre Arbeit beendet. Steve hatte die Jacht noch nicht freigegeben.

Das Mädchen schlüpfte unter dem Absperrband hindurch und wollte an Bord gehen, doch sie hatte die Rechnung ohne Lewis gemacht. Der knurrige Hafenmeister war sofort zur Stelle und verwehrte ihr den Zutritt.

„Hallo? Bist du noch dran?“, fragte Penny.

„Ja. Checkst du bitte mal die Tochter?“, sagte er.

„Stella Harper?“

„Genau die.“

„Hatten wir sie nicht als Verdächtige ausgeschlossen?“

„Tatsächlich? Ich kann mich nicht erinnern.“

„Du glaubst doch nicht ernsthaft, dass das Mädchen ihren Vater umgebracht hat?"

„Harper hatte vor, mit der Thetis um die Welt zu segeln. Es war ihm offenbar egal, was seine Familie davon hielt. Seine Frau hasste das Meer, seine Tochter wollte er nicht dabeihaben. Trotzdem war der Tisch in der Kajüte für zwei gedeckt. Die Ehe zerbricht, das Mädchen kommt dabei unter die Räder und fühlt sich ungeliebt und zurückgesetzt. Das alles könnte sie ganz schön wütend gemacht haben. Immerhin haben wir erlebt, wie impulsiv sie sein kann. Sie fährt ihrem Dad hinterher, überrascht ihn mit seiner Geliebten und erschießt ihn im Affekt."

„Bleibt immer noch die Frage nach der Tatwaffe zu klären", sagte Penny. „Wie gelangt ein siebzehnjähriges Mädchen an eine Pistole? Und wie konnte die Thetis auslaufen, wenn Harper bereits im Hafen gestorben ist?"

„Das sind die Fragen, auf die wir Antworten finden müssen", erwiderte Steve. „Stella ist übrigens entgegen ihrer Absichtsbeteuerungen noch hier; und sie unternimmt gerade alles, um an Bord der Jacht zu gelangen. Was kann es dort von Bedeutung für sie geben?"

„Vielleicht ist die Pistole ja noch auf dem Boot", überlegte Penny.

„Den gleichen Gedanken hatte ich auch. Überprüf mal, ob auf Harper eine Waffe registriert ist."

„Ich kümmere mich darum. Wann wirst du im Revier sein? Hier ist der Teufel los."

„So schnell ich kann. Ich muss Schluss machen, sonst verliere ich das Mädchen aus den Augen."

Er legte auf und steuerte den Wagen an die Mole. Stella bemerkte den Streifenwagen, drehte sich um und lief eilig auf die Treppe zu, die zur Straße hinaufführte. Lewis stieß eine Schimpftirade aus und schüttelte den Kopf. Steve grinste. Der Alte bewachte sein Territorium wie ein Dachs seinen Bau. Er ließ die Seitenscheibe herab und winkte ihn heran.

„Gibt's wieder Probleme?", fragte er.

Der Hafenmeister stapfte auf den Streifenwagen zu.

„Die Göre wollte an Bord der Thetis. Ich hab ihr klargemacht, dass sie dort nichts zu suchen hat. Ist schließlich ein Tatort." Er nahm seine Mütze ab und rieb sich den Nacken. „Mir ist eingefallen, dass ich sie schon mal erwischt habe, wie sie sich im Hafen herumgetrieben hat. Auf die sollten Sie ein Auge haben, Chief."

„Sie ist die Tochter des Mordopfers."

„Oh. Dann wissen Sie bereits, um wen es sich bei der Leiche handelt?"

„Ein DNA-Test steht noch aus, aber sehr wahrscheinlich handelt es sich bei dem Toten um einen Mann namens Maxwell Harper."

Lewis nickte bekräftigend. „So steht's in den Anmeldelisten. Ich wollte Sie gerade darüber informieren, als ich das Mädchen erwischte, wie es versuchte, an Bord zu gehen."

„Wann ist Stella Ihnen denn zum ersten Mal aufgefallen?"

„Vor vier Wochen etwa, schätze ich."

„Also ungefähr zu dem Zeitpunkt, an dem Harper mit seiner Jacht ausgelaufen ist."

„Das könnte passen. Glauben Sie, sie hat etwas mit seinem Tod zu tun?", fragte Lewis.

„Wahrscheinlich hat sie nur nach ihrem Vater gesucht. Hat sie sich mal nach der Thetis erkundigt?"

„Mmh. Jetzt, wo Sie's sagen, erinnere ich mich. Da war mal'n Mädchen, das mir ein Loch in den Bauch gefragt hat. Ob der Besitzer der Jacht eine längere Reise plant, wohin er will und ob er allein segelt. Das könnte sie gewesen sein. Ist das wichtig?"

„Alles ist wichtig bei einer Mordermittlung", antwortete Steve.

„Was geschieht jetzt mit dem Boot?", fragte Lewis.

„Solange die Ermittlungen laufen, bleibt es hier im Hafen. Ich schätze, dass Harpers Frau die Thetis erbt. Ich muss los. Halten Sie die Augen offen."

Lewis tippte sich an die Mütze. „Sie wissen ja, ich hab hier alles im Blick."

Klar hast du das, dachte Steve belustigt.

Er lenkte den Wagen auf die Straße zurück und fuhr langsam ostwärts. Einen halben Kilometer weiter entdeckte er Stella. Sie ging parallel zur Rue de Beaumont den Strand entlang auf das Kap im Osten zu. Er fuhr an ihr vorbei, stellte den Streifenwagen auf dem Parkplatz des Alderney Football Clubs ab und ließ Watson aus dem Wagen klettern. Dann wanderte er nordostwärts zum Bibette Head, klaubte ein Stück Treibholz auf und warf es. Watson reagierte, indem er sich auf die Hinterbeine setzte. Er sah Steve an, als hätte sein Herrchen den Verstand verloren.

„Du bist nicht wie andere Hunde, hab ich recht?"

Watsons schwarze Nase zuckte in der salzigen Meeresluft. Steve setzte sich auf einen Felsbrocken.

„Okay, dann warten wir hier auf Stella. Wollen mal hören, was sie auf Alderney festhält."

9

Eine Viertelstunde später tauchte das Mädchen auf. Stella erkannte Steve erst, als sie an ihm vorbeiging. In Zivil und in Begleitung des Hundes hatte sie ihn vermutlich für einen harmlosen Spaziergänger gehalten.

„Hallo, Stella", sagte er.

Sie blieb stehen und blickte sich überrascht um. Einen Augenblick schien sie in Erwägung zu ziehen, die Flucht zu ergreifen, entschied sich dann aber für aufgesetzte Coolness.

„Spionieren Sie mir nach?", fragte sie. „Dürfen Sie das überhaupt?"

„Ich hab dich vorhin am Hafen gesehen und dachte, ich warte hier auf dich, um mich ein bisschen mit dir zu unterhalten."

„Muss ich mit Ihnen reden?"

„Nein. Aber da es um einen Mordfall geht, kann ich dich vorladen lassen. Das nennt man eine offizielle Befragung. Es kam mir vor, als wolltest du etwas loswerden, was du auf dem Herzen hast, doch dann bist du ziemlich unerwartet abgehauen. Aber vielleicht willst du mir ja jetzt verraten, was dich beschäftigt." Er sah sich um. „Wir sind hier unter uns."

„Ich bin nicht abgehauen. Ich habe gefragt, ob ich gehen kann."

„Der Punkt geht an dich. Wir haben uns trotzdem gewundert, wieso du es plötzlich so eilig hattest."

Sie trat unschlüssig von einem Fuß auf den anderen.

„Bin ich jetzt verdächtig oder so?", fragte sie.

„Nein, aber ich frage mich, aus welchem Grund du noch hier bist."

Sie zuckte mit den Schultern. „Warum nicht? Ist doch nicht verboten."

„Hattest du mir nicht versprochen, so schnell wie möglich nach Hause zu fahren? Ich hatte den Eindruck, als sorgtest du dich um deine Mutter."

„Da haben Sie was falsch verstanden. Die interessiert mich überhaupt nicht."

„Aber die Thetis scheint dich magisch anzuziehen. Du hast sogar schon wieder eine Auseinandersetzung mit dem Hafenmeister riskiert, um an Bord zu kommen."

Sie zuckte mit den Schultern. „Meine Sache."

Sie streifte den kleinen Rucksack ab, den sie trug, kramte eine zerknitterte Packung Player's hervor und zündete sich eine Zigarette an. Immerhin lief sie nicht wieder davon, was Steve als gutes Zeichen nahm. Vielleicht gelang es ihm ja, ihr Vertrauen zu gewinnen.

„Es läuft gerade nicht besonders gut zu Hause, oder?", fragte er.

Stella antwortete nicht. Sie kniete sich in den Sand und versuchte, Watson anzulocken. Der Hund zog den Schwanz ein und blickte Steve Hilfe suchend an.

„Ich werde dich schon nicht fressen", sagte sie.

Watson zog sich hinter einen Felsen zurück und legte sich auf alle viere, den Kopf auf den Vorderpfoten.

„Da ist er sich wohl nicht so sicher", sagte Steve.

„Warum behalten Sie ihn, obwohl er einen Sprung in der Schüssel hat?"

„Wenn ich jeden verjagen würde, der nicht meinen Erwartungen entspricht, wäre ich ziemlich einsam. Außerdem ist es seine Entscheidung, ob er bei mir bleiben will oder nicht. Watson hat mich gewissermaßen adoptiert."

„Watson? Haben Sie ihm diesen bescheuerten Namen gegeben?"

„Nein, mein Team hat mich überstimmt. Er ist jetzt so eine Art Revierhund."

„Der taugt doch nichts als Wachhund. Er ist'n Feigling."

Watson hob den Kopf und stellte die überdimensionalen Ohren auf.

„Da liegst du aber weit daneben. Er kann ganz schön austeilen."

„Hat ihn jemand misshandelt?"

Steve nickte. „Ich glaube schon."

„Haben Sie den Typ verhaftet? Wegen Tierquälerei oder so?"

„Watson hat ihn gefressen."

Stella starrte abwechselnd ihn an und den Hund. Dann lachte sie prustend. Watson schnaubte beleidigt.

„Sein ehemaliger Besitzer verbüßt eine Haftstrafe, weil er mehrere Morde begangen hat", erklärte Steve.

Sie zog an ihrer Zigarette und blies den Rauch in die Luft. „Krass. Sie sind ganz schön kaputt."

Er lachte. „Du bist nicht die Erste, die das behauptet. Wie sieht's denn bei dir aus? Warum fährst du nicht nach Hause?"

„Mum ist es egal, was ich mache", antwortete sie. „Sie interessiert sich nur für Rotwein, Pralinen und TV-Gameshows."

„Und dein Vater? Wie war euer Verhältnis?"

„Mal so, mal so. Meistens hat er mir Geld zugesteckt, um seine Ruhe zu haben. Mir war's recht. Was passiert denn nun mit ihm? Muss ich ihn identifizieren?"

„Nein, Stella. Die Leiche war mehrere Wochen Wind und Wetter ausgesetzt. Ich will dir und deiner Mutter den Anblick ersparen."

„Woher wissen Sie dann, dass es mein Vater ist?"

„Wir sind ziemlich sicher. Der Coroner wird einen DNA-Abgleich vornehmen, dann haben wir Gewissheit. Wenn der Leichnam von der Gerichtsmedizin freigegeben wird, kann sich deine Mutter um die Beerdigung kümmern."

„Sie meinen … die schneiden ihn auf?"

„Mach dir darüber keine Gedanken. Wir versuchen herauszufinden, wer deinen Vater erschossen hat. Dr. Mortenson hilft uns, Spuren zu finden, die uns zum Täter führen."

„Krass", sagte sie wieder. „Ich meine … ich kann mir noch gar nicht vorstellen, dass er tot ist. Nicht mehr wiederkommt und so."

Steve nickte. „Der Tod kommt immer plötzlich und unerwartet. So was kann einen ganz schön umhauen."

Sie blickte auf. „Haben Sie auch mal jemanden verloren?"

„Ja, hab ich. Mehr als einmal."

Sie schwiegen eine Weile. Watson robbte millimeterweise auf Stella zu. Sie tat, als bemerke sie es nicht.

„Kannst du dir vorstellen, wer deinen Vater umgebracht haben könnte?", fragte Steve. „Hatte er Streit mit jemandem?"

Sie zog ein letztes Mal an der Zigarette und steckte die Kippe in den Sand.

„Dad hat immer nur gearbeitet. Ich weiß eigentlich gar nichts über ihn."

„In welchem Job hat er sich denn aufgerieben?"

„Er hat Leuten Geld geliehen, damit sie ihr Ding durchziehen konnten, und kassierte Zinsen dafür. Er finanzierte alles Mögliche, sogar Filme. Jedes Mal, wenn er nach London flog, hab ich ihn bekniet, mich mitzunehmen. Er kannte 'ne Menge Stars und Typen aus der Branche. Ich fand das cool, aber ihn interessierte nur die Kohle. Einmal waren wir zu dritt auf 'ner Filmparty. Mum hat sich volllaufen lassen und ihn total blamiert. Anschließend gab's 'nen Riesenkrach. Danach durften wir ihn nie wieder begleiten."

„Er war also eine Art Produzent? Woher hatte er denn das Startkapital?"

„Ich schätze, das hatte er gar nicht. Er hat sich Geld geliehen, investiert und mehr zurückbekommen, als er ausgegeben hat. Es hat mich eh nicht wirklich interessiert."

Stella ließ Sand und Muschelsplitter durch ihre Finger rinnen. Watson robbte vorsichtig auf sie zu, bereit, sich jederzeit zurückziehen zu können.

„Er hat also sehr viel gearbeitet", überlegte Steve.

„Und ob. Geld zu vermehren, war seine Lieblingsbeschäftigung."

„Und dann gibt er von einem Tag auf den anderen alles auf, was ihm wichtig ist, um eine Weltumsegelung zu machen, obwohl er gar nicht segeln kann. Kam dir das nicht merkwürdig vor?"

„Dad hat dauernd verrückte Sachen gemacht. Meistens ging es ihm darum, seine Konkurrenten zu beeindrucken."

„Hat deine Mutter das Thema mal angesprochen?", fragte Steve.

„Mit mir redet doch keiner. Ich hab mich oft gefühlt wie ein Gespenst aus 'ner Folge von Twilight Zone. Als wäre ich in einer Zwischenwelt gefangen. Ich schreie dauernd: Holt mich hier raus, hier bin ich! Könnt ihr mich denn nicht sehen? Aber keiner kümmert sich um mich. Als wär ich gar nicht da."

„Das Gefühl kenne ich."

„Echt?"

„Mein Vater war Alkoholiker", sagte Steve.

„Ist er auch tot?"

„Ja."

„Tut mir leid. Ich hätte nicht fragen sollen."

„Kein Problem. Er war ein Arsch, der mich windelweich geprügelt hat, wenn er betrunken war; und das war er ständig."

„Oh. Sind Sie deshalb Polizist geworden?"

„Nein. Eher wegen meines Bruders."

„Ist er so wie Sie?"

„Wie bin ich denn?"

„Weiß nicht. Anders als die Bul... Polizisten, mit denen ich zu tun hatte."

„Wie sind die denn?"

„Sie wissen alles besser und behandeln mich wie ein Kind. Sie leiern Vorschriften und Paragrafen herunter und haben vom wirklichen Leben überhaupt keine Ahnung."

„Wir müssen uns nun mal an Regeln halten – sogar die Polizisten. Sonst driftet die Gesellschaft ins Chaos.“

„Scheiß auf die Gesellschaft. Warum setzen Leute Kinder in die Welt, wenn sie gar keine haben wollen?“

„Manchmal passiert's einfach, ohne dass sie es geplant haben.“

„Und Ihre Mum? Lebt die noch?“, fragte Stella.

„Keine Ahnung. Sie ist abgehauen, als ich dreizehn war.“

„Scheiße.“

„Kannst du laut sagen.“

Sie schwiegen eine Weile.

„Du kannst dich also an kein Ereignis erinnern, das deinen Dad dazu bewogen haben könnte, alles hinzuschmeißen, sich ein Segelboot zu kaufen und eine Weltumsegelung zu planen?“, fragte Steve noch einmal.

„Nee.“

„Was wolltest du an Bord der Thetis?“

Sie zögerte.

„Wenn ich Ihnen das verrate, glauben Sie mir sowieso nicht. Es hört sich echt abgefahren an.“

„Versuch's doch einfach.“

„Ich wollte den Ort sehen, an dem er gestorben ist“, sagte sie.

„Kann ich gut verstehen. Du wirst das Gefühl nicht los, dass du seinen Tod hättest verhindern können, wenn du einen Tag früher nach Alderney gekommen wärst. Und jetzt machst du dir Vorwürfe.“

Sie sah überrascht auf.

„Ja, Mann. Woher wissen Sie das?“

„Das Leben spielt einem manchmal böse Streiche. Gewöhn dich besser daran. Weißt du noch, um welche Uhrzeit du am 31. August auf Alderney ankamst?“

„Mit der letzten Fähre so gegen fünf.“

Und die Thetis war schon weg?“

„Ja. Ist das wichtig?“

„Wir versuchen, den Zeitpunkt einzugrenzen, zu dem dein Vater erschossen wurde.“

Watsons Nasenspitze war jetzt nur noch eine Handbreit von Stellas Hand entfernt.

Steve wechselte das Thema. „Deine Eltern gingen also oft getrennte Wege.“

„Ja.“

„Wenn es nicht mehr so gut lief zwischen ihnen, kannst du dir vorstellen, dass es da noch jemanden gab?“

„Sie meinen, ob Dad ’ne Affäre hatte?“ Sie fingerte an den Zigaretten und zündete sich noch eine an. „Mum sagte immer, er lasse nichts anbrennen. Damals wusste ich nicht, was sie damit meinte. Na ja, ich war erst elf. Warum fragen Sie danach?“

„Weil ich glaube, dass er nicht allein auf der Thetis war. Der Tisch in der Kajüte war für zwei Personen gedeckt.“

„Und jetzt denken Sie, dass meine Mutter ihn erschossen hat, weil sie eifersüchtig war? Vergessen Sie es, Mann. Dazu war sie gar nicht in der Lage.“

„Warum nicht?“

„Wenn Mum eine Knarre in die Hand nimmt, schießt sie garantiert ’ne Meile weit vorbei, weil sie dauernd voll ist. Nee, sie hat sich auf ihre Weise gerächt“, sagte Stella.

„Was meinst du damit?“

Sie lachte. „Sie hat Dads Geld auf den Kopf gehauen. Wenn es sie in den Fingern juckte, flog sie nach London und trieb sich bei Harrods und Selfridges herum, bis das Limit seiner Kreditkarten erschöpft war.“

„Und dich hat sie nicht mitgenommen?“

„Anfangs schon, aber dann ist sie nur noch allein losgezogen.“ Sie runzelte die Stirn, als wäre ihr ein Gedanke gekommen. „Wer erbt jetzt eigentlich?“

„Keine Ahnung. Wenn's ein Testament gibt, steht's da drin. Wenn nicht, dürfte deine Mutter Alleinerbin sein.“

„Mmh.“ Stella drückte nachdenklich die Kippe im Sand aus. „Das ist so was wie'n Mordmotiv, oder?“

„Könnte sein“, antwortete Steve.

„Werden Sie Mum verhören?“

„Ich werde mal mit ihr reden müssen.“

„Und wenn sie's aber nicht war?“

„Dann finden wir es heraus, Stella. Verrätst du mir jetzt, warum du noch auf Alderney bist?“

„Ich hab keinen Bock, nach Hause zu fahren. Was soll ich dort?“

„Du bist erst siebzehn, Stella. Es ...“

„Fast achtzehn!“

„Hast du was ausgefressen?“

Sie stand auf und wischte sich den Sand von den Jeans.

„Und wenn schon?“

„Fahr nach Hause. Du zwingst mich sonst, dich nach Jersey zu bringen. Du willst doch nicht, dass ich das Jugendamt einschalte, oder? Ich muss das machen, weil ich sonst selbst Ärger bekomme. So läuft das nun mal. Ich habe die Regeln nicht erfunden."

„Scheiß auf die Regeln."

Er suchte in den Taschen seiner Jacke nach einer Visitenkarte und reichte sie ihr.

„Du kannst mich jederzeit anrufen, wenn du jemanden zum Reden brauchst", sagte er.

„Sie sind auch nicht anders als die anderen Bullen."

„Probier's doch erst mal aus."

Sie nahm zögernd die Visitenkarte, überquerte den Strand und wandte sich der Saye Campsite zu. Mitte September war die Campingsaison vorbei, die Wochenendurlauber hatten ihre Zelte längst abgebaut und waren aufs Festland zurückgekehrt. Auf der Hochebene stand ein einsames Wohnmobil und trotzte dem böigen Wind. Schon bei seiner Ankunft auf der Insel hatte sich Steve gefragt, warum es auf Alderney so gut wie keine Bäume gab. Dave hatte ihm erklärt, dass die meisten im 17. Jahrhundert gefällt worden waren, um mit ihrem Holz die Feuer der Leuchttürme auf den Casquets – winzigen, Alderney im Westen vorgelagerten Inseln – zu betreiben.

Als Stella außer Sichtweite war, stand er auf und folgte ihr. Er suchte Deckung hinter einer der alten Bunkeranlagen auf Bibette Head und beobachtete das Mädchen. Es ging auf den Camper zu und klopfte an die Seitentür. Als niemand öffnete, hämmerte Stella mit der Faust gegen die Kunststoffhaut und rüttelte an der Klinke. Endlich wurde die Tür aufgestoßen, und ein Mann von etwa dreißig Jahren überschüttete sie mit einem wütenden Redeschwall. Sie antwortete ebenso lautstark. Die beiden schienen sich zu kennen, aber keinesfalls zu mögen. Steve war zu weit entfernt, um verstehen zu können, worum es ging. Der Streit wurde zusehends heftiger. Schließlich stieß der Mann Stella vor die Brust, zog die Tür hinter sich zu und verriegelte sie. Sie trat wutentbrannt dagegen, drehte sich um und stapfte über die Wiese auf den geteerten Weg zu, der in die Rue de Beaumont mündete. Plötzlich blieb sie stehen, bückte sich und hob etwas auf. Dann lief sie zurück und begann, den Camper mit Steinen zu bewerfen. Sie war ziemlich treffsicher. Der erste traf den Kotflügel, der zweite zerschmetterte den rechten Außenspiegel. Die Seitentür flog auf. Stella ließ die restlichen Steine fallen und nahm die Beine in die Hand.

Steve trat aus dem Schatten der Bunkeranlage und ging zur Campsite. Der Besitzer des Wohnmobils untersuchte den zertrümmerten Spiegel, fluchte und verschwand wieder im Inneren. Steve klopfte an die Tür, die kurz darauf aufgestoßen wurde.

„Ich hab dir gesagt, du sollst verschw…"

Er brach mitten im Satz ab und beäugte Steve misstrauisch.

„Was wollen Sie?", fragte er mürrisch.

Steve hielt ihm seinen Dienstausweis unter die Nase.

„Chief Inspector Cole, Alderney Police Force. Können wir uns kurz unterhalten?"

Die hellblauen Augen des Mannes flackerten auf und verrieten Nervosität, aber er hatte sich schnell wieder unter Kontrolle und lenkte die Aufmerksamkeit auf Stella.

„Sie sind ja fix auf Alderney. Vielleicht erwischen Sie das Mädchen noch."

„Wollen Sie Anzeige wegen Sachbeschädigung erstatten?“

Er zögerte, entschied sich dann aber dagegen. „Ist die Mühe nicht wert.“

Steve betrachtete den zerstörten Außenspiegel und die Beule im Kotflügel. Das Wohnmobil sah brandneu aus und war groß und luxuriös. Auf dem Dach ruhten in einer Halterung zwei Surfbretter.

„Denken Sie noch mal darüber nach. Wenn Sie den Schaden Ihrer Versicherung melden, könnte es teuer werden. Ich habe den Streit zufällig beobachtet. Warum war das Mädchen denn so wütend auf Sie?“

Der Mann stieg aus dem Wagen und hob abwehrend die Hände.

„He, ich will keinen Ärger.“

„Ich schätze, den haben Sie bereits.“

„Ich sagte doch, ich verzichte auf eine Anzeige.“

„Es interessiert mich trotzdem, worum es ging.“

„Das ist Privatsache.“

„Wenn es um Mord geht, gibt’s keine Privatsphäre mehr.“

„Mord?“ Er wich zurück. „He, damit hab ich nichts zu tun. Ich mache Urlaub auf Alderney.“

„Ich habe ja nicht behauptet, dass Sie jemanden getötet haben. Ich ermittle in einem Mordfall, in dem das Mädchen möglicherweise eine Rolle spielt. Also, was hat es so zornig gemacht?“

„Ich habe Stella vor drei Wochen kennengelernt, als ich vor dem Saye Beach surfte. Sie wusste nicht, wo sie übernachten sollte. Es regnete Bindfäden. Sie tat mir leid, wie sie tropfnass vor mir stand, da bot ich ihr einen Schlafplatz an. Das ist alles.“

„Und weiter?“

„Nichts weiter. Am nächsten Morgen ist sie abgezogen. Eben war sie wieder da und wollte bei mir schlafen. Ich hab abgelehnt.“

„Warum diesmal?“

„Sie ist erst siebzehn. Am Ende dreht mir irgendwer einen Strick daraus, dass ich eine Minderjährige in meinem Camper übernachten lasse.“

„Beim ersten Mal hat Sie das nicht gestört.“

„Da wusste ich noch nicht, dass sie keine achtzehn ist. Sie sieht älter aus und hat mir was vorgelogen.“

Der Mann lehnte sich an das Wohnmobil und verschränkte die Arme vor der Brust.

„Das ist ’ne Streunerin. Wenn ich Sie wäre, würde ich mal ein Auge auf sie haben. Am Ende passiert ihr noch was.“

„Danke für den Tipp. Hat sie gesagt, was sie hier auf Alderney macht?“

„Nee, hat mich auch nicht interessiert. Die ist ein bisschen verrückt. Als ich das gemerkt habe, wollte ich sie so schnell wie möglich wieder loswerden. Die Kleine hakt sich fest wie ’ne Klette.“

„Okay, ich nehme Ihre Personalien auf, wenn’s recht ist. Nur für den Fall, dass ich noch Fragen habe.“

„Wenn’s unbedingt sein muss.“

Steve lächelte. „Tut ja nicht weh. Und lassen Sie den Spiegel reparieren.“

Er fotografierte den Ausweis des Mannes mit seinem Smartphone und wanderte langsam zum Bibette Head zurück. Von Stella fehlte jede Spur. Er fragte sich, welche Version der Auseinandersetzung sie wohl zum Besten gebe würde.

Auf dem Weg zum Streifenwagen rief ihn Penny an.

„Ein paar Informationen über Stella Harper gefällig?", fragte sie.

„Aber immer. Lass mal hören."

„Sie ist zwar erst siebzehn, aber kein unbeschriebenes Blatt und hatte mehrfach Ärger mit der Polizei. In den vergangenen zwei Jahren gab es drei Anzeigen wegen Ladendiebstahl und vier wegen Sachbeschädigung. Ihr Vater hat die Angelegenheiten jedes Mal mit großzügigen Spenden aus der Welt geschafft. Beim letzten Mal hat sie allerdings mehr als nur billigen Modeschmuck mitgehen lassen, das Kaufhaus in Saint Helier ließ sich auf keinen Kuhhandel ein. Stella wurde zu vierzig Stunden Sozialarbeit verdonnert, von denen sie nur drei abgeleistet hat. Sie hält die Kollegen auf Jersey ganz schön auf Trab."

„Darum treibt sie sich auf Alderney herum. Ihr ist der Boden unter den Füßen zu heiß geworden", sagte Steve.

„Das könnte auch der Grund sein, warum sie ihrem Vater hierher gefolgt ist", meinte Penny. „Sie wollte ihn überreden, mal wieder hinter ihr aufzuräumen."

„Und der war gar nicht erfreut, als sie an Bord auftauchte, weil er sich mit seiner Geliebten ein entspanntes Wochenende erhofft hatte. Seine Tochter störte da nur. Er lehnt ab, ihr zu helfen, und es kommt zum Streit. Stella findet zufällig die Waffe und bedroht ihren Vater damit. Ein Schuss löst sich, sie erschießt ihn versehentlich."

„Und was ist mit Harpers Begleiterin passiert? Wer hat seine Leiche an Deck geschleppt und ans Steuerrad gebunden? Dazu ist Stella nicht kräftig genug", sagte Penny.

„Möglicherweise hatte sie Hilfe", sagte Steve.

Er öffnete die Bilddatenbank seines Smartphones. „Check mal jemanden namens Joseph Thomas Moore, wohnhaft in Eastbourne, South Street 53."

„Einen Moment."

Er hörte, wie sie den Namen in den Computer eintippte.

„Fehlanzeige, kein Eintrag. Er scheint sauber zu sein", sagte sie. „Kommst du ins Revier?"

„Bin gleich da."

Kaum hatte er aufgelegt, als sein Telefon klingelte. Es war Lewis, der Hafenmeister.

„Mir ist da noch was eingefallen, Chief", sagte er. „Ich hab Ihnen doch erzählt, dass mir das Mädchen ein Loch in den Bauch gefragt wegen der Thetis. Das war an dem Abend, bevor Harper losgesegelt ist. Anschließend ging sie an Bord. 'ne Viertelstunde später rannte sie die Laufplanke runter, als wäre der Klabautermann hinter ihr her. Es dauerte nicht lange, da lag die Thetis draußen in der Braye Bay an 'ner Mooringboje. Ich hab mich noch gewundert, dass der Skipper nicht über Nacht in der Marina blieb.

„Haben Sie gesehen, wer die Jacht steuerte?"

„Nein, tut mir leid. An dem Abend war viel los, ich musste zweimal rausfahren, um Touristen einzusammeln, die sich überschätzt hatten und in Seenot geraten waren."

„Haben Sie einen Schuss gehört, nachdem das Mädchen an Bord ging?", fragte Steve.

„Kann mich nicht erinnern. Ist das wichtig?"

„Weiß ich noch nicht", antwortete Steve. „Vielen Dank. Wenn Ihnen noch was einfällt, rufen Sie mich an."

„Stets zu Diensten, Chief."

Lewis legte auf. Stella war einen Tag früher auf Alderney angekommen, als sie angegeben hatte. Und sie war an Bord der Thetis gewesen. Vielleicht waren Pennys Überlegungen gar nicht so weit von der Wahrheit entfernt. Und spielte Thomas Moore in der Geschichte eine größere Rolle, als er zugab?

10

19. September

Es war heller Tag, als Dan erwachte. Ein schrilles Geräusch holte ihn aus dem Dschungel des Schlafs, wo die Monster lauerten, die sich von Furcht und Schrecken ernährten. Speere aus grellem Licht bohrten sich durch seine schweren Lider. Im Takt seines Pulsschlags hämmerte ein dumpfer Schmerz in seinem Nacken.

Er versuchte, den Kopf zu heben, aber jemand schien seinen Schädel mit Blei ausgegossen zu haben. Mühsam fand er seinen Schwerpunkt und realisierte, dass er gestern Abend auf der Couch in seinem Schreibzimmer eingeschlafen sein musste.

Endlich verstummte der Klingelton seines Handys. Er hasste die aufdringliche Melodie voller Dissonanzen, hatte jedoch vergeblich versucht, sie zu ändern. Die Bedienung von Smartphones und Computern bedeutete für Dan einen täglichen Kampf und sinnlose Zeitverschwendung. Seine ersten erfolgreichen Romane hatte er auf einer klapprigen alten Schreibmaschine getippt, während seine Konkurrenten längst mit modernen Textverarbeitungsprogrammen arbeiteten. Die Geschwindigkeit, mit der sie ein Buch nach dem anderen veröffentlichten, machte Dan schwindelig. Er schrieb langsam und wohlüberlegt. Es gab kaum etwas, das er überarbeiten oder ändern musste. Wenn es doch nötig war, fügte er die Ergänzungen handschriftlich in winzigen, gestochen scharfen Buchstaben hinzu. Er liebte den unmittelbaren Kontakt zwischen Hand, Stift und Papier. Es gab nichts Befriedigenderes, als zuzuschauen, wie die Tinte trocknete und seine Gedanken fixierte. Ein Bildhauer, der einen Marmorblock mit Hammer und Meißel bearbeitete, musste ähnlich empfinden. Das schnelle Einfügen, Ändern und Löschen von Textbausteinen empfand Dan als Vergewaltigung von Sprache. Vielleicht war es die Langsamkeit, mit der seine Geschichten wuchsen, die ihren Erfolg ausmachte.

Auf dem Display leuchtete die Nummer seines Freundes Owen Hunter auf. Dan fühlte sich nicht in der Lage, mit ihm ein sinnvolles Gespräch zu führen, und verschob den Rückruf auf später.

Mühsam schwang er die Beine auf den Boden und stieß gegen ein leeres Glas, das klirrend über den Parkettboden rollte. Dessen unfreiwillige Reise wurde schließlich von den Scherben einer Whiskyflasche gestoppt.

Dan stand auf und kniff vor Schmerz die Augen zusammen. Er schwankte, ging auf den Schreibtisch zu und bemühte sich, eine Begegnung seiner nackten Füße mit den Bruchstücken der Flasche zu vermeiden. An der Wand neben der Tür klebte ein feuchter Fleck. Es roch durchdringend nach Alkohol. Der Monitor war dunkel, aber der Lüfter des Computers unter dem Tisch summte leise.

Das Letzte, woran er sich erinnern konnte, war das gemeinsame Abendessen mit Heather. Sie hatte den

Streit vom Morgen offenbar vergessen, oder sie verdrängte die zunehmenden Spannungen zwischen ihnen genauso, wie er es tat. Ihre Launen wechselten schnell und heftig wie das Wetter auf Alderney. Heather hatte einen Korb mit frisch geernteten Tomaten, Kräutern und allerlei Grünzeug auf die Anrichte gestellt und einen Salat zubereitet. Dan sah ihr gerne zu, wenn sie in der Küche arbeitete. Es vertrieb seine ständige innere Unruhe und erfüllte ihn mit Frieden. Doch diesmal war der wohltuende Effekt ausgeblieben.

Dan hatte darüber nachgedacht, ob er sie auf ihr Treffen mit dem Fremden ansprechen sollte, der angeblich nicht existierte. Er hätte ihr die Fußspur hinter dem Schuppen zeigen und sie zur Rede stellen können, hatte sich jedoch dagegen entschieden. Nicht, weil er der Überzeugung war, ein Phantom zu jagen, sondern weil er Angst hatte, das Thema zur Sprache zu bringen. Wenn er sie dazu zwang, ihre Lüge zuzugeben, würde dies zu neuem Streit führen, und dem war er im Augenblick nicht gewachsen. Er war erschöpft.

Er stützte den Kopf in die Hände und stöhnte. Der ausgewachsene Kater, der ihn plagte, fühlte sich nicht an wie gewöhnlich. Der pappige, saure Nachgeschmack fehlte, den ein Übermaß an Whisky normalerweise hinterließ. Etwas anderes musste die Ursache sein. Er glaubte, sich zu erinnern, dass er sein Versprechen eingehalten und sich auf einen einzigen Drink beschränkt hatte. Trotzdem fühlte er sich, als wäre er mit einer Straßenbahn zusammengestoßen.

Auf dem Schreibtisch erwartete ihn das übliche Chaos aus Kritzeleien, Notizen und Entwürfen. Vergeblich schob er die dicht beschriebenen Blätter hin und her, in der Hoffnung, dass er etwas Brauchbares zustande gebracht hatte. Zwischen den Papierstapeln stieß er auf eine Blisterverpackung, in der zwei Tabletten fehlten. Heather hatte ihn gefragt, ob er Dr. Manford im Medical Centre aufgesucht hatte, was er schlicht und einfach vergessen hatte, nachdem er sie und den Fremden auf der Terrasse des Braye Beach Hotels beobachtet hatte. Sie reagierte mit einem Schweigen, das ihn mehr verletzte als Worte. Heather kannte die Wirkung ihres Verhaltens genau. Durch ihre Weigerung, mit ihm zu reden, fühlte er sich ausgeschlossen und schuldbeladen und war bereit, alles zu tun, um ihre Zuneigung zurückzugewinnen.

So hatte er sich sofort einverstanden erklärt, als sie ihn bat, das Mittel einzunehmen, das ihr ein Apotheker in Saint Anne aufgeschwatzt hatte. Waren die Tabletten die Ursache des ungewöhnlich heftigen Hangovers? Er drehte die Packung in den Fingern und las die Beschreibung. Das Zeug war nichts weiter als ein leichtes Beruhigungsmittel auf homöopathischer Basis. Dan warf die Packung auf den Tisch. Wahrscheinlich glaubten die meisten Leute, er sei aufgeschlossen gegenüber allen nur erdenklichen übersinnlichen Phänomenen. Doch sosehr er es liebte, seiner Fantasie freien Lauf zu lassen, war er im wirklichen Leben ein nüchtern denkender Mensch, der von esoterischen Heilbehandlungen, Reiki und im Internet angepriesenen Wundermittelchen rein gar nichts hielt.

Die Medikamentenpackung schlitterte über die Tischplatte und stieß gegen die Computermaus. Der Bildschirm sprang an. Dan starrte auf den Monitor. Wider Erwarten hatte er die Seiten seines Textverarbeitungsprogramms mit Worten gefüllt. Doch was er geschrieben hatte, verursachte ihm eine Gänsehaut.

Ich werde dich töten.

Ich werde dich töten.

Ich werde dich töten.

Er griff nach der Maus und scrollte nach unten. Zeile um Zeile, Seite um Seite hatte er den gleichen Satz wiederholt. Wenn er nicht die Kopierfunktion benutzt hatte – was er in der Regel vermied –, dann hatte er die ganze Nacht damit zugebracht, dieses Killermantra wieder und wieder zu tippen.

Ich werde dich töten.

Wen hatte er damit gemeint? Heather, den geheimnisvollen Fremden ... oder gar sich selbst?

Er schloss die Datei, ohne sie zu speichern, sank in den zerkratzten Ledersessel zurück und rieb sich die brennenden Augen. Ein Gedanke schoss ihm durch den Kopf, alarmiert setzte er sich kerzengerade auf. Gab es noch mehr Dokumente in der Datenbank, die er mit ähnlichen, mörderischen Albtraumgedanken gefüllt hatte? Ihm würde nichts anderes übrig bleiben, als die Festplatte danach zu durchsuchen.

Dan raffte die Ausdrucke zusammen, um sie in den Reißwolf zu stecken, doch der unordentliche Stapel entglitt seinen Fingern. Die Blätter verteilten sich auf dem Fußboden und sogen die Pfütze aus Whisky auf.

Dans Augen waren geschult darin, brauchbare Textstellen zu erkennen. Einzelne Schlüsselworte reichten, um seine Aufmerksamkeit zu erregen. Er zog einen Bogen Schreibpapier aus dem Durcheinander und begann zu lesen.

Wenn er die Planung eines Romans abgeschlossen hatte und die Panik vor dem ersten Satz aufsteigen spürte, wärmte er sich damit auf, Szenen und Bilder festzuhalten, die vor seinem inneren Auge auftauchten. Zunächst schien es, als ergäben sie keinen Zusammenhang. Sie waren wie ein Gemälde, das ein Verrückter in hundert Teile zerschnitten hatte. Seine Aufgabe war es, die Fragmente wieder zusammenzusetzen. Gelang es ihm, sie in die richtige Reihenfolge zu bringen, zeigte sich oft, dass die Geschichte bereits fix und fertig in seinem Kopf existierte, sich aber weigerte, in geordneter Weise aus ihm herauszusprudeln. Immer wieder stellten Kritiker und begeisterte Leser ihm dieselbe Frage: Woher nehmen Sie Ihre Ideen, Mr Jacobs? Er wusste es nicht. Sie waren da, irgendwo in den Tiefen eines Gehirns, das anders arbeitete als das seiner Mitmenschen. Oft hatte er darüber nachgegrübelt, ob er ein Autist war. Zwar kam er mit den meisten alltäglichen Anforderungen des Lebens klar, dennoch trug er eindeutig autistische Züge: die Reizüberflutung, die Räume voller plappernder Menschen in ihm auslösten, das Gefühl von Enge und Panik, das ihn erfasste, wenn sie ihm zu nahe kamen, und die Phasen zwischen manischer Kreativität und völliger Ideenlosigkeit, die ihn zuweilen verzweifeln ließ.

Was er nun in den Händen hielt, war kein genialer Plot für einen Roman, sondern ein sauber getippter, methodischer Mordplan. Systematisch hatte er den Ablauf festgehalten – das Motiv, die Mordwaffe, die Spuren, die es zu beseitigen galt, und Fehler, die er unbedingt vermeiden musste, wollte er nicht geschnappt werden.

Über seine eigenen, ihm unbekannten dunklen Seiten entsetzt, steckte er das Blatt in den Aktenvernichter, schaltete ihn ein und sah zu, wie das Gerät es fraß. Bevor es vollständig verschwand, fiel ihm ein einzelnes Wort ins Auge. Hastig schaltete er den Reißwolf aus, der entrüstet rülpste und dann verstummte. Das Mordopfer hatte einen Namen: Heather.

Dan sprang auf und lief aus dem Schreibzimmer. Hatte er der Theorie Taten folgen lassen? War die Sache mit dem Schuppen erst der Anfang seines einsetzenden Wahnsinns gewesen? Er wusste es nicht, konnte sich an keinen Augenblick der vergangenen Nacht erinnern. War das nicht ein ebenso sicheres Zeichen für eine beginnende Schizophrenie wie der Fremde, den er sich eingebildet hatte? Verfolgungswahn war eine weitere dunkle Erscheinung der schrecklichen Krankheit. Seine Mutter war in den Tod gesprungen, weil sie der festen Überzeugung gewesen war, dass Dämonen und Teufel sie jagten.

Dan ging nach unten und betrat die Küche. Die Anrichte war sauber und aufgeräumt, nichts deutete darauf hin, dass Heather bereits wach war und ohne ihn gefrühstückt hatte.

Ein Bild blitzte in seinem überhitzten Verstand auf: Er lag auf der Couch im Wohnzimmer, Heather kam herein, in ihren dunkelblauen Bademantel gekleidet, das Haar feucht, die Wangen gerötet von dem Bad, das sie genommen hatte. Sie ließ den Mantel von ihren Schultern gleiten und schlüpfte nackt zu ihm unter die Wolldecke. Heather mochte Sex. Der kurzsichtige Bücherwurm Daniel Jacobs hätte sich niemals träumen lassen, dass eine Frau wie sie ihn begehrte. Ganz gleich, wie oft sie sich stritten, der Sex war stets großartig. Dan entwickelte Talente, von denen er nicht gewusst hatte, dass er sie besaß. Ab und zu hatte er den Eindruck, dass Heather einen Streit provozierte, weil es sie erregte. Die Versöhnung endete jedes Mal im Bett.

Die Welt, die am Morgen aus den Fugen geraten war, schien wieder in Ordnung gewesen zu sein. Er erinnerte sich daran, dass sie ihm ein T-Shirt geschenkt und darauf gedrängt hatte, es sofort anzuprobieren. Es trug die Aufschrift: Support the arts, kiss a writer. Heather hatte es für ihn in einem Laden in Saint Anne bedrucken lassen. Ohne das Shirt auszuziehen, hatte er mit ihr geschlafen.

Er war im Begriff, ins Obergeschoss zurückzukehren, um die restlichen Zimmer zu durchsuchen, als ein Detail seine Aufmerksamkeit in Anspruch nahm; etwas, das nicht in die aufgeräumte Atmosphäre der Küche passte. An der vor Sauberkeit blitzenden Edelstahlspüle klebte ein winziger, roter Fleck. Langsam ging Dan näher und zuckte dann erschrocken zurück. Im Spülbecken lag ein großes Küchenmesser, die Klinge war mit Blut bedeckt.

„Heather!“

Er stolperte aus der Küche und lief die Treppe hoch. Auf halber Höhe strauchelte er, stürzte vor Hast und schlug sich das Knie an. Er spürte den Schmerz kaum.

Schließlich erreichte er den oberen Korridor. Die Schlafzimmertür war angelehnt und bewegte sich leicht in der Zugluft. Heather schlief gerne bei geöffnetem Fenster.

Dan schob die Tür auf. Heather lag auf der Seite, eine blonde Strähne war ihr ins Gesicht gerutscht. Sie atmete ruhig und gleichmäßig.

Unendlich erleichtert zog er sich zurück, stieß aber mit der Ferse gegen den Wäschekorb. Das leise Poltern weckte Heather. Ihre Lider flatterten, sie schlug die Augen auf und lächelte ihn an. In diesem Moment wurde ihm endgültig klar, dass er etwas unternehmen musste. Er liebte Heather, sie war das kostbarste Geschenk, das ihm das Schicksal jemals gemacht hatte. Ihre Leidenschaften und Stimmungen waren ebenso extrem ausgeprägt wie seine. Innerhalb eines Tages erlebte sie schwindelerregende Höhen und nachtschwarze Abgründe. Sie war Liebende, Gefährtin, Himmel und Hölle für ihn, und darum liebte er sie so sehr. Heather war ein Spiegel seiner selbst, das fehlende Stück des Puzzles, das ihm die Tür zu einem Leben geöffnet hatte, von dem er nicht gewusst hatte, dass es existierte.

Was zum Teufel war mit ihm los? Was stimmte nicht mit ihm? Wie war es möglich, dass ein dunkler Teil seines Bewusstseins plante, dieses wunderbare Geschöpf zu töten? Niemals, nicht einmal in seinen schlimmsten Albträumen, die er zu beängstigenden Geschichten verarbeitete, würde er auf einen so absurden Gedanken kommen. Etwas war in ihm erwacht; ein Teil von ihm, der ihm vollkommen fremd war, nicht zu ihm gehörte und ihn in Panik versetzte. Krochen die dunklen Horrorgestalten seiner Bücher zwischen den Seiten hervor und verwandelten ihn in ein Monster?

„Du bist schon wach?“, murmelte sie verschlafen.

„Es hat mich an den Schreibtisch gezogen. Ich glaube, es läuft wieder“, log er.

„Wie war die Nacht?“

Ich weiß es nicht, dachte Dan.

„Gut. Ich habe gut geschlafen“, sagte er.

„Ich wusste, dass die Tabletten dir helfen.“

„Es scheint so.“ Er zwang sich zu einem Lächeln. „Was hältst du von einem englischen Frühstück? Speck und Eier, krosser Toast, Kaffee.“

Sie streckte sich. „Das hört sich verlockend an.“

Er verließ das Schlafzimmer und ging in die Küche hinunter. Das Messer lag noch im Spülbecken. Er drehte den Wasserhahn auf, säuberte es und schob es in den Messerblock. Dann schrubbte er wie ein Verrückter, der glaubt, damit eine furchtbare Tat ungeschehen machen zu können, Spüle und Anrichte, bis der letzte Blutstropfen beseitigt war. Er setzte Kaffee auf und begann, das Frühstück vorzubereiten. Angelockt von dem Duft, tauchte Heather in der Küche auf.

„Hast du Fluffy gesehen?“, fragte sie.

„Nein.“

Sie trat ans Fenster und blickte mit sorgenvoller Miene hinaus.

„Sie wird schon wieder auftauchen“, sagte Dan. „Es ist nicht das erste Mal, dass sie umherstreunt. Erinnerst du dich an den Sommer? Da war sie volle drei Tage verschwunden. Am vierten Morgen saß sie quietschfidel vor der Terrassentür und spielte die Beleidigte, weil sie nicht sofort ihr Katzenfutter bekam.“

Heather wandte sich um. Er spürte, dass sich ihre Laune gedreht hatte wie das unberechenbare Wetter im Ärmelkanal.

„Es regnet seit gestern Abend, und es ist kalt. Fluffy bedeutet mir sehr viel. Ich will nicht, dass ihr etwas zustößt."

„Was soll ihr denn auf Alderney passieren? Hier gibt es kaum Autoverkehr und ..."

„Such sie."

Dan stellte den Herd ab, schaufelte Ham and Eggs auf zwei Teller und spähte aus dem Küchenfenster. Er hatte nicht die geringste Lust, sich bei diesem Mistwetter auf der Suche nach der verwöhnten Katze eine Erkältung einzufangen.

„Okay", sagte er. „Lass uns erst frühstücken."

„Ich will nichts essen. Ich will Fluffy!"

Heather verpasste ihrem Teller einen Stoß. Er rutschte über die Kante der Anrichte und fiel auf den Boden. Eier, Speck und Scherben verteilten sich auf die Fliesen.

„Nimm den Wagen, sonst brauchst du ewig. Und wenn du schon unterwegs bist, kannst du gleich einen neuen Termin bei Dr. Manford vereinbaren", sagte sie frostig.

Dan stellte die Pfanne auf den Herd. Ihm war der Appetit vergangen. Es hatte keinen Sinn, mit Heather zu diskutieren, wenn sie in dieser gereizten Stimmung war. Er würde nach Saint Anne fahren und in einem Pub frühstücken. Wenn er Glück hatte, lief ihm Fluffy über den Weg.

„Also gut. Ich geh sie suchen."

Dan streifte seine Kapuzenjacke über und verließ das Haus. Es war ein regnerischer Morgen, die Zufahrt zum Haus mit Pfützen übersät, in denen Millionen winzige Bomben aus Wasser explodierten. Er spurtete durch den Regen zur Garage. Die Tür zum hinteren Teil des Schuppens stand offen. Dan ging hinein.

„Fluffy?"

Der Raum war leer bis auf die Geräte, die Heather zur Gartenarbeit benutzte. Sie achtete stets darauf, dass ihre Hacken und Scheren vor Sauberkeit blitzten. An der Wand hing ein Spaten, an dem Erdklumpen klebten. Dan zerrieb einen Brocken zwischen den Fingern. Die Erde war noch feucht, jemand hatte vor nicht allzu langer Zeit damit gegraben.

Er dachte an das blutige Messer in der Küche. Hatte er wieder einen nächtlichen Ausflug unternommen, an den er sich nicht erinnern konnte? Was hatte er mit dem verdammten Messer angestellt? Und wo zum Teufel steckte die Katze?

Fluffy streunte gerne umher, aber in der Regel schlüpfte sie noch vor Morgengrauen durch die Katzenklappe ins Haus, weil sie der Hunger dazu trieb.

Dan stieg in den Volvo und fuhr nach Osten zur alten Wassermühle, über schlecht befestigte Wege zurück nach Westen an Fort Tourgis vorbei und wandte sich dann nach Süden. Dreimal wiederholte er die Runde, aber Fluffy blieb verschwunden, als hätte der Erdboden sie verschluckt. Er hatte ohnehin nicht wirklich damit gerechnet, sie zu finden … wenn sie überhaupt noch lebte. Die ganze Zeit sah er das blutverschmierte Messer vor sich. Hatte er Fluffy während eines seiner nächtlichen Ausflüge umgebracht? Aus welchem Grund sollte sich sein Unterbewusstsein an einer Katze vergreifen? Okay, er mochte sie nicht besonders, weil sie auf Heather fixiert war. Sie schien in ihm einen

Konkurrenten um ihre Zuneigung zu sehen und duldete ihn auf arrogante Katzenart lediglich in ihrer Nähe. Doch deshalb würde er ihr nicht mit einem Küchenmesser die Kehle durchschneiden, sie in einen Sack stecken und ins Meer werfen. Heather liebte Fluffy, und Dan liebte Heather. So einfach war das.

Er stoppte auf der Platte Saline Road auf halber Strecke zwischen dem Haus und Saint Anne, stieg aus und lief am Strand entlang. Mehrmals rief er den Namen der Katze, gab jedoch schließlich auf. Wenn die See Fluffy geholt hatte, würde sie sie niemals wieder hergeben.

Sein Magen knurrte vernehmlich. Er kehrte zum Wagen zurück und fuhr nach Saint Anne. In der Victoria Street stoppte er vor PJ's Café und frühstückte. Anschließend fuhr er zur Tankstelle in der Nähe des Hafens. Ruby Nolan betrieb dort eine kleine Autowerkstatt. Dan hatte gehört, dass ihr Bruder verhaftet worden war. Es hieß, er habe etwas mit dem Verschwinden eines ehemaligen Polizisten der Alderney Police Force zu tun.

Vor einer der beiden Zapfsäulen stand ein silbernes Wohnmobil, der rechte Außenspiegel fehlte. Dan fuhr an der Tankstelle vorbei und stellte den Wagen hinter einer Reklametafel ab. Der Fahrer des Wohnmobils tankte und betrat das kleine Kassenhaus. Dan starrte konzentriert durch die Frontscheibe. Wenn ihn nicht alles täuschte, war es derselbe Mann, den er auf dem Dach des Schuppens gesehen hatte; der Fremde, den Heather auf der Terrasse des Braye Beach Hotels getroffen hatte. Er war keineswegs ein Phantom, sondern überaus lebendig.

Dan wartete. Nach ein paar Minuten kam der Mann wieder heraus und stieg in das Fahrerhaus. Sollte er ihm folgen und ihn zur Rede stellen? Er zögerte. Der Typ war einen halben Kopf größer als er, kräftig und durchtrainiert. Wenn er wirklich ein Verhältnis mit Heather hatte, würde er das vermutlich nicht freiwillig zugeben; und Dan besaß nicht den Schneid seiner Romanhelden, die Wahrheit aus einem Nebenbuhler herauszuprügeln.

Er trommelte unentschlossen mit den Fingern auf das Lenkrad. Die spröde Stimme von Mrs Chambers und das Gelächter der Schulkasse hallten durch seinen Kopf. Nichts hatte sich seitdem geändert. Er war der Junge mit den Glasbausteinen auf der Nase geblieben, den alle herumschubsten. Und doch besaß er inzwischen etwas, das wertvoller war als Muskeln: einen scharfen Verstand. Als der Mann an ihm vorbeifuhr, fotografierte er ihn unauffällig mit seinem Handy. Dann wartete er, bis das Wohnmobil hinter der Biegung der Route de Crabby verschwunden war, und fuhr zu einer der beiden Zapfsäulen. Er stieg aus, tankte und betrat den Verkaufsraum. Er war leer.

Dan warf einen Blick in den Durchgang, der zur Werkstatt führte. Unter der Hebebühne stand Ruby Nolan, die er schon gekannt hatte, als sie noch eine rotzfreche Göre gewesen war. Sie hatte eine Schweißermaske über ihre feuerroten Locken gezogen und arbeitete an einem Wagen, der auf der Bühne stand. Rasch blickte er sich um. Wenn er Glück hatte, stieß er auf eine Spur, die der Mann hinterlassen hatte. Waren es nicht immer die kleinen Zufälle, die in seinen Geschichten eine so große Rolle spielten und der Handlung eine neue Wendung gaben? Das Leben war seltsamer als ein Roman, hieß es. Die meisten Menschen betrachteten ihren Erfolg oder ihr Scheitern als ein Resultat der eigenen Entscheidungen. Dabei übersahen sie, dass sie viel weniger Einfluss auf den Lauf der Dinge hatten, als sie glaubten, und ihr Dasein vor allem eine Aneinanderreihung von Zufällen war.

Auf dem Verkaufstresen lag ein zerfleddertes Auftragsbuch. Dan warf einen zweiten, hastigen Blick in die Werkstatt, Ruby war noch immer in ihre Arbeit vertieft und hatte ihn nicht bemerkt. Rasch trat er hinter den Tresen und schlug das Buch auf. Die letzte Eintragung lautete: „Außenspiegel rechts, Peugeot Harm. Camper 95. Thomas Moore.“

Hinter dem Namen stand eine Telefonnummer. Dan fotografierte die Bestellung mit seinem Smartphone.

Aus der Werkstatt näherten sich Schritte. Hastig klappte er das Auftragsbuch zu und schnappte sich die neue Ausgabe der Guernsey Press aus dem Zeitungsständer.

„Hi Ruby.“

„Dan? Wir haben uns ja eine Ewigkeit nicht gesehen. Was machst du hier?“

„Ich bin nach Alderney zurückgekehrt, um in Ruhe arbeiten zu können. London war mir zu laut und hektisch geworden.“

„Hab schon gehört, dass du jetzt ein Starautor bist“, sagte sie.

„Du weißt, wie das ist. Die Regenbogenpresse übertreibt, wo sie kann.“

Er zählte das Kleingeld ab und bezahlte die Zeitung.

„Wir sehen uns“, sagte Ruby.

„Ganz sicher. Bis bald."

Dan verließ die Tankstelle. Er mochte ein kurzsichtiger Nerd sein, aber niemand setzte ihm Hörner auf und fickte seine Frau. Wenn er gut in etwas war, dann darin, Dinge herauszufinden.

Er erinnerte sich an den Anruf seines Freundes Owen und wählte dessen Nummer, erreichte ihn aber nicht. Dan hatte Owen Hunter während einer Lesung kennengelernt. Er hatte ein Buch signiert, sie waren ins Gespräch gekommen. Owen war ein ehemaliger Polizist und arbeitete nun als Privatdetektiv. Seit ihrer ersten Begegnung rief Dan ihn regelmäßig an, um ihn zu Details der Polizeiarbeit zu befragen. Er schrieb ihm eine Textnachricht mit der Bitte, Thomas Moore zu überprüfen, und mühte sich damit ab, das Foto an die Nachricht anzuhängen. In ein paar Stunden würde er mehr über diesen Moore wissen als der Kerl selbst.

Auf dem Weg zurück zum Haus verfiel er in düstere Grübeleien. In Sichtweite der Einfahrt bremste er scharf ab, als eine Katze aus den Büschen neben der Straße hervorschoss. Sie war pechschwarz bis auf einen weißen Fleck auf der Brust. Hoffnung glomm in ihm auf, bis er erkannte, dass das Tier keinerlei Ähnlichkeit mit Fluffy besaß.

Die Begegnung erinnerte ihn daran, dass Heather ihm die Hölle heißmachen würde, wenn er ohne die Katze nach Hause käme. Er ließ den Wagen stehen und begann, sich in der Umgebung umzusehen. Nach einer halben Stunde kehrte er über den Klippenpfad ergebnislos zurück und betrat das Grundstück durch die Gartenpforte. Dort machte er eine schaurige Entdeckung: Unter einem Sanddornstrauch stieß er auf einen frisch aufgeworfenen, kleinen Grabhügel. Er scharrte mit der Schuhspitze in der feuchten, klumpigen Erde, bis er Gewissheit hatte. Unter einer dünnen Humusschicht lag der Kadaver einer Katze. Fluffy war tot. Jemand hatte ihr die Kehle durchgeschnitten.

11

20. September

„Sie haben die richtige Entscheidung getroffen, Chief Cole", sagte Dr. Hopkins.

Der Fahrer des speziellen Krankentransporters, den der Chefarzt des Mignot Memorial in Brighton angefordert hatte, klappte die Hecktüren zu. Steve kam es vor, als ob er den Deckel von Abbys Sarg schließen würde. Watson winselte leise.

„Ich habe das Gefühl, sie im Stich zu lassen", sagte Steve.

Hopkins nickte. „Viele Angehörige empfinden im Moment der Trennung so. Seien Sie versichert, dass Abby in Brighton gut aufgehoben ist. Sie können sie jederzeit besuchen."

Steve hielt das Buch in den Händen, aus dem er ihr in den vergangenen Wochen vorgelesen hatte. Er hatte es ihr mitgeben wollen, doch nun war es zu spät. Ob seine Stimme zu ihr durchgedrungen war? Würde sie spüren, dass er nun nicht mehr regelmäßig an ihrem Bett saß, und ihn vermissen? Vielleicht war es ja die innige Verbindung zwischen ihnen gewesen, die sie am Leben erhalten hatte. Verurteilte er Abby durch die Verlegung auf das Festland zum Tode?

Hopkins klopfte ihm auf die Schulter.

„Geben Sie die Hoffnung nicht auf, Chief. Manche Patienten erwachen nach Monaten oder sogar Jahren aus tiefer Bewusstlosigkeit."

Steves Diensthandy klingelte. Er dankte dem Arzt und meldete sich.

„Die Ergebnisse der Spurensicherung aus Guernsey sind da", sagte Penny.

„Okay, ich bin gleich im Revier."

Er wartete, bis der Krankentransporter in die Route de Crabby einbog und außer Sicht geriet, dann stieg er mit Watson in den Streifenwagen und fuhr in die Queen Elizabeth II Street. Es hatte keinen Sinn, düsteren Ahnungen nachzuhängen und einsame Runden über die Insel zu drehen, so wie er es in den Nächten in London getan hatte, wenn er nicht weiterwusste. Sosehr der Schmerz auch in seiner Seele wühlte, es gab mehr Menschen in seinem Leben als Abby. Er war der Chief der Alderney Police Force. Penny, Gordon und Dave verließen sich darauf, dass er das Team zusammenhielt und leitete. Die Inselbewohner erwarteten, dass er einen Mord aufklärte. Baxter, der ewige Kandidat für das Amt des Präsidenten der States of Alderney und sein Intimfeind, lauerte nur darauf, dass Steve einen Fehler machte, um einen Anlass zu haben, ihn loszuwerden.

Watson verhielt sich unruhig auf dem Rücksitz. Er spürte, dass etwas nicht in Ordnung war. Auch er brauchte ihn.

Steve parkte den Streifenwagen neben dem Revier und betrat die Wache. Bis auf Gordon, der seine Erkältung auskurierte, waren sie wieder vollzählig.

„Da bin ich gerade mal vier Tage auf einem Lehrgang, und schon geht hier alles drunter und drüber", begrüßte ihn Dave. „Aber keine Sorge, ich habe mich in den Fall Harper eingearbeitet."

Der junge Constable hielt ihm eine offene Bäckertüte hin und grinste. Steve nahm sich ein Scone.

„Ein Glück, dass du wieder Dienst schiebst", sagte er. „Ohne dich wären wir verhungert." Er biss in das Gebäck. „Schieß mal los, Penny. Was hat Guernsey uns geschickt?"

„Einen vorläufigen Bericht des Coroners und die Ergebnisse der Spurensicherung von der Thetis."

„Wieso nur vorläufig? Die Todesursache ist doch eindeutig, oder nicht?"

„Mortenson will noch weitere Untersuchungen vornehmen. Er bittet um etwas Geduld."

Steve schenkte sich einen Kaffee ein. „Was steht denn schon fest?"

„Maxwell Harper starb durch eine Schussverletzung. Die Kugel, Kaliber 9 mm, steckte im Schädel. Wahrscheinlich wurde er aus nächster Nähe erschossen, aber mit Gewissheit kann Mortenson das nicht sagen. Der Zustand der Leiche macht es so gut wie unmöglich, Spuren zu sichern. Sie war schätzungsweise drei bis vier Wochen lang Wind und Wetter ausgesetzt. Genauer lässt sich das nicht bestimmen."

„Den Todeszeitpunkt kennen wir demnach nicht?", fragte Dave.

„Nein."

„Wir wissen aber, dass Harper am 30. August den Hafen verlassen hat und draußen in der Braye Bay ankerte", sagte Dave. „Der Mord muss also an jenem

Abend, in der Nacht oder am nächsten Tag verübt worden sein, denn gegen Mittag des 31. August war die Thetis nicht mehr da.“

„Der alte Lewis hat keinen Schuss gehört“, sagte Penny.

„Er war auch nicht die ganze Zeit vor Ort. Durchaus möglich, dass jemand anderem etwas aufgefallen ist. Hör dich mal im Hafen um, Dave. Was gibt die Spurenlage an Bord her?“

„Kein Hinweis auf eine Auseinandersetzung, abgesehen davon, dass der Täter Harper an das Steuerrad gebunden hat“, antwortete Penny. „Das Durcheinander in der Kajüte dürfte entstanden sein, während die Jacht steuerlos über den Atlantik trieb.“

„Hat er noch gelebt, als er gefesselt wurde?“

„Auch das lässt sich nicht mehr mit Bestimmtheit sagen.“

„Sonst noch etwas, das uns weiterhelfen könnte?“

„An Bord wurden DNA-Spuren von mindestens vier Personen sichergestellt. Eine stammt von Harper, eine zweite von einem Verwandten ersten Grades.“

„Seine Tochter?“, fragte Dave.

Steve nickte. „Das ist sehr wahrscheinlich.“

„Also ist sie doch an Bord gewesen, bevor ihr Vater losgefahren ist“, sagte Penny.

„Ja, und zwar am Abend des 30. August. Lewis hat sie beobachtet.“

Steve gab wieder, was der Hafenmeister ihm berichtet hatte. Dave pfiff durch die Zähne.

„Damit ist sie unsere Hauptverdächtige.“

„Sie erschießt ihren Vater und dessen Geliebte, ohne dass es jemand bemerkt, und steuert dann in aller Seelenruhe die Jacht aus dem Hafen?" Steve schüttelte den Kopf. „Auf der Thetis gibt es kein Dingi oder Beiboot. Wenn es so war, wie du sagst - wie ist Stella dann zurückgekommen?"

„Nehmen wir mal an, der Mord geschah erst, als Harper bereits ausgelaufen war", überlegte Penny.

„Das wirft die gleichen Fragen auf", sagte Steve.

„Okay, der Täter muss also auf jeden Fall irgendeine Art Wasserfahrzeug benutzt haben."

„Hör dich mal bei den Verleihern um, Dave", sagte Steve. „Wer hat im fraglichen Zeitraum ein Boot gemietet? Vielleicht bringt uns das weiter."

„Mach ich."

„Und frag mal beim Coroner an, ob er den Zeitpunkt, zu dem die DNA hinterlassen wurde, genauer eingrenzen kann."

„Das wird nicht möglich sein", sagte Dave. „Die Struktur der DNA unterliegt keinem Verfallsprozess. Jedenfalls nicht in so kurzer Zeit."

„Hast du das in deinem Fortbildungskurs gelernt?"

„Das und noch viel mehr."

„Was ist mit den anderen beiden Spuren?", fragte Steve.

„Die konnte Mortenson nicht zuordnen."

„Wir brauchen eine DNA-Probe von Olivia Harper. Außerdem Material, um sicherzustellen, dass der Tote wirklich Maxwell Harper ist – auch wenn alles darauf hindeutet."

„Sie könnte es auch gewesen sein", überlegte Dave. „Sie hatte ein Motiv und die Gelegenheit zum Mord."

„Und sie war möglicherweise im Besitz der Tatwaffe“, sagte Penny. „Ich habe inzwischen überprüft, ob auf Harper eine Waffe zugelassen ist. Er besitzt eine Beretta 92, Kaliber 9 mm. Falls er sie zu Hause aufbewahrte, könnte seine Frau die Pistole an sich genommen haben und nach Alderney gefahren sein.“

„Aber sie hatte panische Angst vor Wasser“, sagte Steve. „Stella erwähnte, dass ihre Mutter nicht schwimmen kann. Außerdem war sie sicher nicht in der Lage, das Boot in die Braye Bay zu steuern und auf Westkurs zu setzen. Dazu braucht man Kenntnisse im Segeln und Navigieren.“

„Wir haben jedenfalls einen ausreichenden Anfangsverdacht, um eine DNA-Probe anzufordern“, sagte Penny.

„Sehe ich auch so. Dave und ich fahren nach Jersey. Wir müssen mit ihr reden, so oder so.“

Penny machte ein gequältes Gesicht. „Das bedeutet demnach wieder Telefondienst für mich?“

„Du ermahnst mich doch ständig, ich soll unseren jungen Constable stärker in meine Ermittlungen einbinden. Was er in seinen Fortbildungen und Onlinekursen lernt, muss er schließlich auch in der Praxis erproben. Und darum besorgt er uns zwei Fährtickets nach Jersey“, sagte Steve.

„Willst du heute noch fahren?“, fragte Dave.

„Am liebsten gestern. Schließlich ermitteln wir in einem Mordfall.“

„Die Fahrt dauert fast vier Stunden.“

„Gibt es keine schnellere Verbindung?“

„Nur wenn wir fliegen. Allerdings müssen wir auf Guernsey einen Zwischenstopp einlegen. Die Flugzeit beträgt nur zwanzig Minuten. Von dort ist es noch einmal genauso lang bis Saint Helier auf Jersey."

„Schau mal, ob du einen Flug organisieren kannst."

„Okay."

Dave griff zum Telefonhörer.

„Tut mir leid, Penny", sagte Steve. „Irgendjemand muss den Laden hier schmeißen. Beim nächsten Mal nehme ich dich mit, versprochen."

Sie zog eine Grimasse. „Das sagst du jedes Mal. Haut schon ab."

Steve trug die Computerausdrucke der Spurensicherung und die Kaffeetasse in sein Büro. Watson rollte sich auf seiner Decke neben dem Schreibtisch zusammen und stieß einen tiefen Seufzer aus.

„Um Sorokin kümmern wir uns später", sagte Steve. „Zuerst muss Abby aufwachen."

Er trank einen Schluck. Der Kaffee schmeckte plötzlich bitter. Wenn Abby trotz optimaler Behandlung nicht wieder zu Bewusstsein kam, würde er für lange Zeit den Laufburschen eines Mafiabosses spielen müssen. Er zog die Schreibtischschublade auf und nahm die Anzeige gegen Baxter heraus. Seit ihm auf Jersey der Boden unter den Füßen zu heiß geworden war, benutzte Sorokin Alderney als Drehscheibe, um sein Schwarzgeld zu waschen. Ein Bote brachte Bargeld auf die Insel, das Baxter als zinsgünstige Kredite an Einwohner von Saint Anne verteilte, die finanzielle Hilfe brauchten. Sie zahlten ihre Raten ebenfalls in bar an ihn zurück. Baxter ließ das frisch gewaschene Geld wieder abholen und kassierte eine Provision. Alle waren zufrieden. Die Leute erhielten Kredite, die die Banken ihnen nicht mehr gewährten, Baxter sicherte sich die

Unterstützung zur nächsten Präsidentenwahl, und Sorokin bekam saubere Pfundnoten. Und der Chief der Alderney Police Force steckte nun mittendrin in diesem schmutzigen Spiel.

Der Zweck heiligt die Mittel, dachte er bitter. Abbys Leben war mehr wert als moralische Grundsätze.

Es klopfte an der Milchglastür. Dave trat ein.

„Unser Flug geht in einer Stunde. Penny hat uns bei Olivia Harper angekündigt und sie aufgefordert, sich zu unserer Verfügung zu halten." Er warf einen skeptischen Blick auf Watson. „Kommt unser Deputy mit?"

„Diesmal nicht. Er hat Innendienst und muss Penny unterstützen."

Dave grinste. „Das macht er bestimmt gerne. Sie hat immer ein Leckerli im Schreibtisch. Ich finde, er ist ein bisschen moppelig geworden."

Steve sah auf. Daves Uniformhemd spannte über einem ansehnlichen Bäuchlein. Er war verfressen wie ein Golden Retriever und aß nahezu immer, wenn man ihn antraf.

„Dann seid ihr ja zu zweit", sagte er.

„Als Mordermittler hat man eben einen anstrengenden Job. Wusstest du, dass das Gehirn unglaublich viele Kalorien verbraucht?"

Steve verkniff sich eine Antwort.

„Ich habe einiges über Maxwell Harper herausgefunden", sagte Dave.

„Das kannst du mir unterwegs erzählen. Lass uns zum Flughafen fahren."

12

Der Alderney Airport lag am südwestlichen Ende der Insel oberhalb des ehemaligen deutschen Konzentrationslagers Sylt und verfügte als einziger Flughafen der Kanalinseln über drei Landebahnen, wie Dave stolz erklärte. Es gab einen rot gestrichenen Hangar und ein kleines Terminalgebäude aus Fertigteilen. Steve stellte den Streifenwagen auf dem Parkplatz davor ab, Dave besorgte die Bordtickets. Eine halbe Stunde später stiegen sie in eine zweimotorige Dornier, die sie zur Hauptinsel Guernsey brachte. Von dort flogen sie weiter zum Jersey Airport.

„Die Jersey Police schickt uns einen Wagen", erklärte Dave. „Ein Kollege bringt uns nach Saint Brélade. Harper besitzt dort ein Haus."

„Dann erzähl mal", sagte Steve. „Was konntest du über ihn in Erfahrung bringen?"

„Er hat seine Finger in allen möglichen Geschäften und hält Beteiligungen an verschiedenen Unternehmen und Fonds."

„So wie unser Freund John Baxter."

Dave nickte. „Auf Jersey haben sich mehr Vermögensverwaltungsgesellschaften und Anwaltskanzleien niedergelassen als an irgendeinem anderen Ort des Commonwealth."

„Die meisten Firmen bestehen vermutlich nur aus einem Briefkasten", sagte Steve.

„Jersey ist Europas Steuerparadies Nummer eins. Unternehmen, die hier ihren Hauptsitz haben, zahlen keine Steuern. Wer Geld hat und auf Jersey lebt, braucht nicht zu fürchten, dass er Post vom Finanzamt bekommt.“

„So wie Harper?“

„Nun, der hat tatsächlich keine Sorgen mehr“, sagte Dave.

„Wer erbt denn sein Vermögen?“, fragte Steve.

„Ich habe jemanden gefunden, der uns diese Frage wahrscheinlich beantworten kann. Auf den Websites der Unternehmen, an denen Harper Beteiligungen hält, taucht im Impressum immer wieder der Name einer Anwaltskanzlei in Saint Helier auf: Green, Smith & Taylor. Finley Green scheint sein persönlicher Rechtsberater zu sein. Möglicherweise hat Harper bei ihm ein Testament hinterlegt.“

„Vielleicht kann uns seine Frau mehr dazu sagen.“

„Ich habe auf jeden Fall einen Termin mit Green vereinbart. Außerdem bin ich im Internet auf ein Foto von Olivia Harper gestoßen.“ Er reichte Steve sein Smartphone. „Es wurde vor zwei Jahren bei einer Spendengala aufgenommen.“

Steve betrachtete das Gruppenfoto. Olivia war eine Frau Mitte vierzig – brünett, attraktiv und elegant gekleidet mit einem strahlenden Lächeln. Die Aufnahme stand in krassem Widerspruch zu Stellas Aussage. Einer der Männer auf dem Foto ließ Steves Alarmglocken schrillen. Es war Viktor Sorokin. Er stand im Hintergrund, Dave schien ihn nicht bemerkt zu haben. Steve behielt seine Entdeckung für sich. Wenn Sorokin in den Fall verstrickt war, ließ das die Art, wie Harper gestorben war, in einem ganz neuen Licht erscheinen; und es komplizierte die Ermittlungen. Sollte eine Spur zu dem Mafiaboss führen, geriet Steve in schwieriges Fahrwasser. Dann ging es nicht mehr nur um Steuerbetrügereien, bei denen er ein Auge zudrücken musste, sondern um eine Vendetta des Russen, die er nicht unter den Tisch fallen lassen konnte.

„Gute Arbeit", sagte er.

Er gab Dave das Handy zurück und blickte nachdenklich aus dem Fenster. Jersey kam in Sicht. Die Insel breitete sich unter ihnen aus wie ein grüner Teppich. Der seit Tagen andauernde Regen legte eine Pause ein, Millionen Reflexe aus gleißendem Sonnenlicht glitzerten auf dem Meer.

Kurze Zeit später landete die Maschine. Ein Constable der Jersey Police nahm sie in Empfang und brachte sie in das drei Kilometer entfernte Saint Brélade.

„Wenn Sie Geld haben und auf Jersey leben wollen, sind Sie hier richtig", erklärte er.

Der Grund dafür war offensichtlich. Während sich Alderney jedem Besucher karg und rau präsentierte, zeigte sich Jersey quirlig, hektisch und voller Aktivität. Die Landschaft erinnerte an ein subtropisches Paradies.

Etwas außerhalb der Stadt stoppten sie vor einem weiß gestrichenen Haus im viktorianischen Stil, das malerisch auf einem Hügel lag, das marineblaue Meer zu seinen Füßen. Zwei Steinsäulen flankierten den überdachten Eingang.

Steve drückte auf den Klingelknopf. Sie warteten, aber niemand öffnete. Dave hämmerte ungeduldig mit dem altmodischen Klopfer gegen die Tür und spähte durch das schmale Seitenfenster.

„Reiß ihn nicht gleich ab, er dient nur zur Zierde“, sagte Steve.

„Sie muss zu Hause sein, ich habe uns schließlich angekündigt.“

„Vielleicht hat sie wieder getrunken.“

„So früh am Tag?“

„Nach Stellas Beschreibung würde mich das nicht wundern.“

Dave klingelte noch einmal. Endlich näherten sich Schritte, die Tür wurde umständlich geöffnet.

„Was woll’n Sie?“

Olivia Harpers Zustand bestätigte die Angaben ihrer Tochter. Sie kniff die blutunterlaufenen Augen zusammen und schirmte sie mit der Hand vor dem grellen Sonnenlicht ab. Der pinkfarbene Morgenmantel, den sie trug, war mit dunkelroten Flecken übersät. Steve tippte auf Rotwein. Ihr Gesicht war bleich und aufgequollen, ihre Lippen zitterten.

„Ich bin Detective Chief Inspector Cole von der Alderney Police Force.“ Er deutete auf Dave. „Mein Mitarbeiter Constable Bailey. Wir müssen mit Ihnen sprechen, Mrs Harper.“

„Ham Sie’n Ausweis oder so was?“

Sie wiesen sich aus. Olivia beugte sich vor und befingerte die Dienstausweise. Steve sah seinen Verdacht bestätigt, sie roch wie ein Weinkeller.

„Ich möchte Ihnen unser Beileid zum Tod Ihres Mannes aussprechen. Wir müssen Ihnen einige Fragen stellen und werden Sie nicht lange aufhalten.“

„Das Gesülze können Sie sich sparen.“

Sie stieß geräuschvoll auf. Dave wich einen Schritt zurück.

„Muss ich mit Ihnen reden?", fragte sie.

„Da es sich um ein Tötungsdelikt handelt – ja."

„Haben Sie kein Interesse daran zu erfahren, wer Ihren Ehemann getötet hat?", fragte Dave.

„Nee, Jungchen. Das bringt ihn auch nicht wieder."

Sie schien einen Moment zu überlegen, dann schwang sie die Eingangstür auf.

„Von mir aus. Kommen Sie schon rein."

Sie drehte sich um und schwankte ins Haus. Dave warf Steve einen fragenden Seitenblick zu. Auch er hatte offenbar Schwierigkeiten, die Fotografie mit der Wirklichkeit in Einklang zu bringen. Was war in den vergangenen zwei Jahren mit Olivia Harper passiert? Dieses verkaterte, derangierte Wesen hatte nichts mit der eleganten Erscheinung auf dem Foto gemein.

Sie folgten ihr in ein großes Wohnzimmer mit schwarzen Ledermöbeln und einem offenen Kamin. Olivia Harper stieß gegen einen niedrigen Glastisch und verlor das Gleichgewicht. Sie fluchte, plumpste auf die Couch und wedelte fahrig mit der Hand. Steve deutete die Geste als Einladung, sich zu setzen. Er nahm in einem der Sessel Platz. Dave sah sich um und stellte fest, dass in dem Durcheinander aus schmutzigem Geschirr und Pappschachteln eines Lieferdienstes kein Sitzplatz mehr frei war. Er zog es vor zu stehen. Olivia schüttelte die Flaschen auf dem Tisch auf der Suche nach einem Schluck, den sie übersehen haben könnte.

„Ich muss Sie bitten, für die Dauer der Befragung nichts zu trinken", sagte Steve.

Sie fand ohnehin keinen Tropfen mehr und zündete sich stattdessen eine Zigarette an.

„Was wollen Sie wissen? Ich habe Max nicht umgebracht. Vielleicht hätte ich's tun sollen. Jedenfalls bedaure ich es nicht, dass jemand die Eier dazu hatte."

„Hatte Ihr Mann Feinde?"

Sie lachte und blies eine Rauchwolke in die Luft.

„Das soll vorkommen, wenn man sich wie ein komplettes Arschloch verhält."

„Können Sie das etwas präzisieren?"

„In der Öffentlichkeit spielte er den großen Wohltäter, hinter den Kulissen war er das größte Schwein, das Sie sich vorstellen können. Er hat die Leute von oben herab behandelt und jeden fertiggemacht, der ihm im Weg stand oder nicht schnell genug spurte."

„Das engt den Kreis der möglichen Täter nicht gerade ein", sagte Dave.

„Ich schätze, jeder Zweite, der mit ihm zu tun hatte, besaß einen guten Grund, ihm den Schädel einzuschlagen."

„Haben Sie da jemand Bestimmtes im Sinn?", fragte Steve.

„'ne Menge Leute kommen dafür infrage. Heißt es nicht, Geld verdirbt den Charakter? Max hatte Geld und Macht und Einfluss, und er ließ keine Gelegenheit aus, um allen zu zeigen, dass er der Boss ist - ganz gleich, um was es ging. Er war krankhaft ehrgeizig und konnte nie genug bekommen." Sie zog an ihrer Zigarette. „Ob andere dabei zu Schaden kamen, war ihm egal. Das meine ich damit: Er war ein Arschloch."

„Trotzdem haben Sie ihn geheiratet?"

Sie lachte tonlos. „Er war nicht immer so, hatte auch seine guten Seiten, konnte charmant sein und jeden um den Finger wickeln. Ich war verliebt und ließ mich von ihm blenden."

„Warum haben Sie sich nicht scheiden lassen?", fragte Dave.

Sie musterte ihn von Kopf bis Fuß.

„Schau an. Gerade aus dem Ei geschlüpft und weiß schon, wie der Hase läuft."

Dave wurde knallrot.

„Von Maxwell Harper trennt man sich nicht ungestraft", fuhr sie fort. „Er hätte nicht nur mich zerstört, sondern auch Stella."

„Ihre Tochter hat immer wieder Ärger mit der Polizei", sagte Steve, „Ladendiebstahl, Erregung öffentlichen Ärgernisses, Widerstand gegen die Staatsgewalt."

„Ich hab's aufgegeben, ihr ins Gewissen zu reden. Sie macht sowieso, was sie will."

Olivia ließ die Kippe in eine leere Flasche fallen, wo sie zischend in einer Pfütze aus Rotwein erlosch.

„Max hat das Mädchen verdorben. Anstatt sich um sie zu kümmern, hat er Stella Geld zugesteckt. Er hat sie genauso gekauft, wie er mich gekauft hat. Aber das war's nicht, was sie sich wünschte."

„Sie sind darüber informiert, dass Ihre Tochter sich auf Alderney aufhält?", fragte Steve.

„Ich konnte sie nicht davon abhalten. Sie gab keine Ruhe, wollte unbedingt wissen, wo ihr Vater abgeblieben ist."

„Ich möchte Sie bitten, dafür zu sorgen, dass sie nach Hause zurückkehrt."

„Das macht sie nur, wenn sie Geld braucht.“ Sie beugte sich vor und verzog den Mund zu einem gehässigen Grinsen. „Aber ich geb ihr keins mehr.“

„Wenn Sie nicht in der Lage sind, sich um das Mädchen zu kümmern, muss ich das Jugendamt einschalten.“

„Der passiert schon nichts. In ein paar Wochen ist sie ohnehin volljährig. Dann kann sie machen, was sie will.“

„Sagt Ihnen der Name Thomas Moore etwas?“

„Nein, nie gehört. Wer soll das sein?“

„Möglicherweise ein Bekannter Ihrer Tochter.“

„Kenn ich nicht. Hab sowieso keine Ahnung, mit wem sie sich herumtreibt.“

„Wussten Sie, dass Ihr Mann eine Weltumsegelung plante?“

„Er hat mal davon gesprochen, aber ich hab’s nicht geglaubt. Denn dann hätte er ja seine Lieblingsbeschäftigung aufgeben müssen.“

„Und die war?“

„Geld zu scheffeln und auf anderen herumzutrampeln. Tja, und dann war er plötzlich doch fort.“

„Wir haben Hinweise darauf, dass Ihr Mann nicht allein an Bord der Thetis war“, sagte Dave. „Hat er erwähnt, dass er jemanden auf seine Reise mitnehmen oder einen erfahrenen Segler als Skipper anheuern wollte?“

„Das war sicher eins seiner Flittchen.“

„Hat die Dame auch einen Namen?“, fragte Steve.

„Sandy, Kitty, Rachel, Michelle – suchen Sie sich einen aus. Wer Karriere machen will, muss sich hochschlafen, so läuft das im Filmbusiness.“

„Ihr Mann hatte also zahlreiche Affären?“, fragte Dave.

„Anfangs nicht, aber irgendwann war ich ihm nicht mehr gut genug. Er suchte etwas Jüngeres, ohne Verantwortung und komplizierte Beziehungskisten. Auswahl hatte er ja genug. Die Mädchen sind ihm nachgelaufen, er brauchte sich nur eins auszusuchen.“

„Und Sie haben ihn nicht zur Rede gestellt?“, fragte Dave.

Sie sah Steve an. „Was redet der denn? Jungchen, ich hab dir doch erklärt, dass man einem Maxwell Harper nicht in die Parade fährt. Das hat ungesunde Folgen.“ Sie breitete die Arme aus. „In letzter Zeit war er meistens unterwegs. Wenn er aus dem Haus war, ging’s mir gut. Ich bin bestens versorgt. Warum soll ich mich beklagen?“

„Sie erwähnten, dass Ihr Mann sehr ehrgeizig war. Stella sagte, sein Leben habe fast nur aus Arbeit bestanden.“

Sie nickte und zündete sich eine weitere Zigarette an. „Und aus Rumvögeln. Man gönnt sich ja sonst nichts.“

„Ein erfolgreicher Geschäftsmann und Produzent, der für seinen Erfolg lebt, beschließt von einem Tag auf den anderen, alles hinter sich zu lassen und sich auf eine Weltumsegelung zu begeben, obwohl er keinerlei Erfahrung im Hochseesegeln hat. Was hat diese plötzliche Entscheidung ausgelöst?“, fragte Steve.

Olivia Harper blickte gedankenverloren aus dem Fenster. Sie schien tatsächlich kein Interesse an der Aufklärung des Mordes zu haben. Ob sie außer dem Alkohol überhaupt noch etwas interessierte?

„Mrs Harper? Haben Sie meine Frage verstanden?“

„Über seine Pläne hat er mit mir nicht gesprochen, es hat mich auch nicht gekümmert. Ich habe nie einen Fuß auf das verdammte Boot gesetzt, ich hasse Wasser und alles, was darauf schwimmt. Mehr kann ich Ihnen nicht sagen. Max und ich haben uns in den letzten Jahren auseinandergelebt. Jeder ging seine eigenen Wege, das schien uns beiden die beste Lösung zu sein.“

„Auf Ihren Mann ist eine Schusswaffe zugelassen“, sagte Steve.

„Ja. Er hat ’ne Menge Leute übers Ohr gehauen. Eine Zeit lang fühlte er sich bedroht, deshalb besorgte er sich das Ding. Würde mich auch nicht wundern, wenn einer hinter ihm her war, dessen Freundin er gevögelt hat.“

„Wir müssen die Waffe sicherstellen.“

„Von mir aus.“

Sie erhob sich umständlich und schlurfte aus dem Wohnzimmer, durchquerte den Eingangsbereich und öffnete die Tür zu einem Zimmer, das von einem wuchtigen Schreibtisch beherrscht wurde. Wie das Haus, wirkte auch dieser Raum wie eine Antiquität. Harpers Arbeitszimmer hätte zu einem Notar oder Advokaten des 19. Jahrhunderts gepasst.

Olivia Harper klappte ein Ölgemälde zur Seite. Dahinter befand sich ein kleiner, modern anmutender Tresor. Sie gab eine Zahlenkombination in die Tastatur ein und öffnete ihn.

„Bedienen Sie sich.“

Steve trat näher. In dem Safe lagen Dokumente und Unterlagen und zwei mit Banderolen verschnürte Bündel Pfundnoten, aber keine Pistole.

„Die Waffe ist nicht da, Mrs Harper.“

„Dann ist sie wohl auf seiner Jacht. Ich bin froh, dass das Ding aus dem Haus ist.“

„Bei dem, was er vorhatte, erscheint es logisch, dass er sie mitgenommen hat“, sagte Dave.

„Das hätte ich vermutlich auch getan“, stimmte Steve ihm zu. „Möglicherweise kennen wir jetzt die Mordwaffe.“

„Nur finden müssen wir sie noch. Auf der Thetis war sie jedenfalls nicht, sonst hätte die Spurensicherung sie gefunden.“

Steve wandte sich an Olivia Harper. „Ich muss Sie bitten, eine Speichelprobe abzugeben. Außerdem brauche ich Vergleichsmaterial für einen DNA-Abgleich, damit wir belegen können, dass es sich bei dem Toten tatsächlich um Ihren Mann handelt – auch wenn daran kaum ein Zweifel besteht. Eine Haarbürste oder etwas Ähnliches würde ausreichen.“

Sie sah ihn misstrauisch an.

„Wozu? Verdächtigen Sie mich, meinen Mann umgebracht zu haben? Das ist lächerlich. Ich spiele Ihnen nicht die trauernde Witwe vor. Im Gegenteil, ich bin froh, ihn los zu sein. Aber ermordet habe ich ihn nicht.“

„Wir haben die DNA von mehreren Personen auf der Thetis sichergestellt. Die Probe dient nur dem Abgleich.“

„Bin ich dazu verpflichtet?“

„Ich fürchte, ja.“

„Von mir aus. Ich habe nichts zu verbergen.“

Dave nahm einen Abstrich der Mundschleimhaut vor. Anschließend verschwand Olivia im Bad und kehrte mit einem Rasierpinsel zurück.

„Reicht das?“, fragte sie.

„Völlig." Steve steckte den Pinsel in einen Asservatenbeutel. Halten Sie sich bitte zu unserer Verfügung."

„Ich habe Ihnen alles gesagt, was ich weiß."

„Ich möchte Sie lediglich erreichen können, falls
noch Fragen auftauchen."

„Wüsste nicht, wohin ich gehen sollte."

„Und kümmern Sie sich um Stella. Wenn sie nicht innerhalb der nächsten vierundzwanzig Stunden nach
Hause kommt, rufen Sie mich an."

Sie verabschiedeten sich und stiegen in den Streifenwagen.

„Hat sich der Besuch gelohnt?", fragte der Constable
aus Saint Helier.

„Weiß ich noch nicht", sagte Steve. „Würden Sie uns
bitte zur Kanzlei Green, Smith & Taylor in Saint Helier
fahren?"

Dave nannte ihm die Anschrift von Harpers Anwalt.

„Klar doch."

„Moment. Warten Sie", sagte Dave.

„Was ist?", fragte Steve.

Dave verrenkte den Hals, um in den Außenspiegel blicken zu können.

„Siehst du den schwarzen Range Rover?"

Der Constable verstellte den Innenspiegel.

„Was ist mit dem?", fragte Steve.

„Er ist mir schon während der Fahrt hierher aufgefallen. Eine Zeit lang dachte ich, er folgt uns. Irgendwann
ließ er sich zurückfallen und bog ab. Jetzt ist er wieder
da."

„Vielleicht gehört er einem der Nachbarn", sagte der
Constable. „Sollen wir ihn überprüfen?"

In diesem Moment startete der Fahrer den Motor und fuhr los. Durch die getönten Scheiben war sein Gesicht nicht zu erkennen.

„Hast du dir das Kennzeichen gemerkt, Dave?“

„Tut mir leid, es ging zu schnell.“

Zwanzig Minuten später stoppten sie in der Commercial Street in der Nähe des Hafens von Saint Helier vor einem Gebäude aus rotbraunem Naturstein. Fensterrahmen und Eingangstür leuchteten im gleichen Blau wie die Tür des Polizeireviers von Alderney.

Steve und Dave stiegen aus dem Streifenwagen und meldeten sich in der Kanzlei an.

„Was denkst du über die fehlende Waffe?“, fragte Dave, während sie warteten. „Ob Mrs Harper sie hat verschwinden lassen?“

„Hältst du sie in ihrem desolaten Zustand für fähig, einen Mord zu planen und durchzuführen?“

„Vielleicht spielt sie uns etwas vor.“

„Ihr Desinteresse schien mir echt zu sein“, sagte Steve. „Wenn Harper wirklich von einem Bett ins nächste hüpfte, kann man es ihr kaum verdenken. Sie ist froh, ihn los zu sein. Das waren ihre Worte, nicht wahr? Nun wartet sie auf die Benachrichtigung, dass sie sein Vermögen erbt, damit sie es in Ruhe versaufen kann.“

„Oder sie hat ein bisschen nachgeholfen“, sagte Dave. „Es könnte eine Kurzschlusstat gewesen sein. Sie erfährt, dass ihr Mann eine seiner Gespielinnen mit auf seine Reise nimmt, und fühlt sich einmal mehr zurückgesetzt. Es ist genug. Sie holt die Waffe aus dem Tresor – sie kennt ja den Code –, fährt nach Alderney und stellt Harper zur Rede. Der Streit eskaliert, und sie erschießt ihn.“

„Die Navigationsanlage wurde entfernt. Der Täter wusste, was er tat. Damit scheidet Olivia Harper aus – abgesehen davon, dass sie nicht schwimmen kann und sich niemals auf ein Boot getraut hätte. Außerdem hat sie uns bereitwillig eine Speichelprobe gegeben. Das hätte sie nicht getan, wenn sie befürchten müsste, sich dadurch zu verraten. Bleibt zuletzt die Frage, warum sie die Leiche ihres Mannes an das Steuerrad fesseln und ihn so auf eine makabre letzte Reise schicken sollte."

Dave machte ein so ernstes Gesicht, dass Steve unwillkürlich lachen musste.

„In meinem Profilinglehrgang haben wir die Psyche von Mördern genau analysiert", erklärte Dave unbeirrt. „Wenn du mich fragst, hatte der Täter eine Stinkwut auf Harper, sonst hätte er sich nicht die Mühe gemacht, ihn wie den Fliegenden Holländer zu drapieren. Für mich sieht das aus wie eine posthume Bestrafung. Das würde zu Olivia Harpers Motiv passen: Eifersucht und Rache."

„Könnte auch sein, dass Lewis recht hat", sagte Steve. „Der Mörder schaffte es nicht, die Thetis zu versenken, und benutzte die Leiche, um das Ruder auf einen festen Kurs einzustellen."

„Wenn Olivia dahintersteckt, hatte sie auf jeden Fall Hilfe", sagte Dave.

Das Rätsel blieb vorerst ungelöst. Ein schlanker Mann mit silbergrauem Haar kam auf sie zu.

„Ich bin Finley Green. Chief Inspector Cole aus Alderney, nehme ich an?"

Er reichte ihm die Hand. Steve stellte Dave vor. „Mein Mitarbeiter Constable Bailey."

Green bat sie in sein Büro.

„Nehmen Sie bitte Platz. Wie kann ich Ihnen helfen?“

„Wir untersuchen den gewaltsamen Tod von Maxwell Harper“, sagte Steve.

„Es war also Mord?“

„Davon müssen wir ausgehen.“

„Nun fragen Sie sich, wer ein Motiv hatte, ihn zu töten, nicht wahr?“

„Das ist eine von vielen offenen Fragen.“

„Nun, da wartet eine Menge Arbeit auf Sie, denn die Zahl der Verdächtigen dürfte ziemlich groß sein.“

„Wer kommt denn Ihrer Ansicht nach infrage?“

„Ich werde mich hüten, einen konkreten Verdacht auszusprechen“, antwortete Green. „Sagen wir es so: Aufgrund seines Charakters und Lebenswandels war Maxwell so beliebt wie ein Furunkel.“

„Bezieht sich diese Einschätzung nur auf die von ihm beglückten Damen?“, fragte Steve.

„Sie sprechen von den Starlets, denen er Rollen und Karriere versprach? Er ließ sie reihenweise fallen, wenn er ihrer überdrüssig war. Eifersüchtige Ehemänner werden Sie als Täter wohl ausschließen können, denn die Mädchen waren in der Regel weder fest liiert noch verheiratet. Ich rede von Geschäftspartnern, denen Max Versprechen machte, die er nicht halten konnte. Ich habe ihn mehr als einmal gewarnt, dass er zu hohe Risiken einging, aber er gehörte nicht zu der Sorte Mensch, die einen gut gemeinten Rat annimmt.“

„Seine Frau erwähnte, dass er eine Menge Leute übers Ohr gehauen hat. An einer Liste der Betrogenen wären wir sehr interessiert“, sagte Dave.

„Es war kein Betrug im eigentlichen Sinn. Max finanzierte seine Unternehmungen meistens mit geliehenem Geld. Wenn er von einer Idee überzeugt war, gab
es niemanden, der sie ihm ausreden konnte. In den letzten drei Jahren hat er eine Filmproduktionsfirma aufgebaut. Weiß der Himmel, warum er in diese Branche
investieren wollte. Zu Beginn war er tatsächlich überraschend erfolgreich. Er verließ sich wie immer auf seinen Instinkt. Was den Publikumsgeschmack anbetraf,
irrte er sich anfangs nie, und das machte ihn zu wagemutig. Die Trends in diesem Business sind kurzlebig.
Max hielt an dem einmal eingeschlagenen Weg fest,
und das war sein Ruin. Sie haben vielleicht von Daniel
Jacobs gehört.“

„Sollten wir das?“

„Er schreibt Horrorromane und Thriller. Soviel ich
weiß, lebt er sogar auf Alderney. Max finanzierte die
Verfilmung von Die letzte Nacht, Jacobs’ erfolgreichstem Roman, und gründete dafür eine eigene Firma.
Über der Produktion schien jedoch ein Fluch zu liegen.
Alles ging schief. Der Hauptdarsteller fiel wegen einer
schweren Erkrankung aus, und sie mussten mit einem
Ersatz arbeiten. Es kam zu mehreren Unfällen, einer
davon tödlich. Szenen wurden neu gedreht und das
Drehbuch umgeschrieben. Max pumpte immer höhere
Summen in das Projekt, die Kosten explodierten. Er geriet deswegen in Streit mit Jacobs. Am Ende floppte der
Film in den Kinos.“

„Dann war Harper pleite?“

Green nickte. „Nicht nur er. Auf sein Drängen hatte
auch Daniel Jacobs in die Produktion investiert. Harper

versprach ihm dafür eine prozentuale Gewinnbeteiligung. Wäre der Film ein Blockbuster geworden, hätte Jacobs ausgesorgt gehabt. Aber außer Schulden sprang bei dem Projekt nichts heraus. Die Produktionsgesellschaft meldete Insolvenz an, das investierte Kapital war futsch."

„Wie viele Investoren gab es denn?", fragte Steve.

„Harper selbst, Jacobs und mindestens zehn weitere."

„Wir brauchen ihre Namen."

„Die kann Ihnen meine Sekretärin geben. Ich nehme an, sie zählen nun zum Kreis der Verdächtigen?"

„Wir müssen sie zumindest überprüfen", sagte Steve.

„Dann fangen Sie am besten mit mir an."

„Sie haben ebenfalls Geld in die Sache gesteckt?"

„Auf Maxwells Drängen, ja. Er konnte sehr überzeugend sein. Allerdings neige ich zur Vorsicht. Aus diesem Grund verlor ich nur zehntausend Pfund – ärgerlich, aber zu verschmerzen."

„Es sind schon Morde wegen geringerer Summen begangen worden", sagte Dave.

„Ich nehme an, Sie verlangen von mir jetzt ein Alibi für die Tatzeit?", fragte Green.

„Den genauen Tathergang konnten wir noch nicht rekonstruieren", antwortete Steve. „Es würde vorerst genügen, wenn Sie uns sagen, wo Sie am Abend des 30. August waren."

Green blätterte in seinem Terminkalender.

„In der letzten Augustwoche war ich auf einer Tagung in Southampton und bin erst am Morgen des 3. September nach Jersey zurückgeflogen. Dafür gibt es Dutzende Zeugen sowie das Flugticket als Beweis."

„Okay, wir werden das überprüfen."

„Reine Routine", sagte Dave.

Steve erhob sich.

„Vielen Dank für Ihre Zeit, Mr Green. Sie haben uns sehr weitergeholfen."

„Stets zu Ihren Diensten."

In der Tür wandte Steve sich noch einmal um.

„Kennen Sie eigentlich Harpers Familie?"

„Ja. Olivia leidet sehr unter den Eskapaden ihres Mannes. Am meisten bedaure ich jedoch Stella. Sie hat einige dumme Sachen angestellt, aus denen ich sie regelmäßig herausboxen musste." Er seufzte. „Das Mädchen ist nicht schlecht. Ihr Verhalten scheint mir eher ein stummer Hilfeschrei zu sein."

„Den Eindruck hatte ich auch", sagte Steve. „Wer verwaltet eigentlich Harpers Erbe?"

„Das bin ich."

„Hinterlässt er ein Testament?"

„Ja. Olivia ist die Haupterbin, und auch Stella wurde bedacht. Ich werde beiden raten, das Erbe abzulehnen, denn sonst belasten sie sich mit Harpers Schulden. Außer dem Haus ist nichts mehr da."

„Düstere Aussichten", sagte Steve. „Wusste seine Frau von der Pleite der Produktionsfirma?"

„Eher nicht, sie interessierte sich nicht für die Geschäfte ihres Mannes. Ich vermute, sie wird eine böse Überraschung erleben. Wenn sie Glück hat, wirft der Verkauf des Anwesens genug ab, um die Schulden zu begleichen."

„Okay. Wir melden uns, falls wir noch Fragen haben."

Der Constable brachte sie zum Flughafen zurück. Während sie auf den Rückflug nach Guernsey warteten, sagte Dave: „Die Pleite könnte der Grund gewesen sein, warum Harper so überstürzt zu einer Weltumsegelung aufbrach. Er wollte sich aus dem Staub machen."

„Für ein solches Unternehmen braucht man Geld", antwortete Steve. „Aber er war blank. Woher hatte er die Kohle, um es zu finanzieren?"

„Lass uns mal mit Trip Bowman reden", sagte Dave. „Er führt einen Laden für Bootsbedarf im Hafen. Vielleicht hat sich Harper dort mit Ausrüstung versorgt."

„Gute Idee. Und mit diesem Jacobs sollten wir uns auch unterhalten."

„Wenn Olivia Harper ihren Mann umgebracht hat, um sich für seine Seitensprünge zu rächen und um ihn um seine Millionen zu erleichtern, wird sie jedenfalls eine herbe Enttäuschung erleben", sagte Dave kopfschüttelnd.

Gegen 17:00 Uhr landete die Maschine der Aurigny Air Services auf einer der drei grasbedeckten Landebahnen im Süden von Alderney. Sie fuhren zum Hafen. Trip Bowman bestätigte Daves Vermutung.

„Harper hat eine Menge Kram gekauft und noch mehr bestellt. Alles, was man für eine Atlantiküberquerung braucht."

„Wie hat er bezahlt?", fragte Steve.

„In bar. Mir war's recht."

Dave zeigte ihm das Foto der Wohltätigkeitsveranstaltung.

„Hast du diese Frau schon mal gesehen? War sie mal hier im Hafen?"

Trip studierte das Bild. „Glaube ich nicht. Kann mich jedenfalls nicht erinnern."

„Okay, danke."

Sie kehrten ins Revier zurück. Penny und Watson hielten dort die Stellung.

„Mortenson wartet auf deinen Rückruf", sagte sie.

Steve ging in sein Büro und rief den Coroner an.

„Sie haben Neuigkeiten für mich, Doc?", fragte er.

„Ich weiß nicht, ob es für die Ermittlungen wichtig ist."

„Schießen Sie los."

„Wir haben im Medizinschrank der havarierten Jacht ein Medikament gefunden, das die Dopaminkonzentration im zentralen Nervensystem erhöht. Daraufhin habe ich ein Drogenscreening durchgeführt. Es gibt keinen Zweifel, dass Harper das Mittel selbst eingenommen hat."

„Gegen welche Erkrankung wird das Mittel denn verschrieben?", fragte Steve.

„Ich habe mir Harpers Gehirn angeschaut", antwortete Mortenson. „Er litt an Parkinson im fortgeschrittenen Stadium."

„Das bedeutet, er hatte nicht mehr lange zu leben?"

„Auf jeden Fall wäre er bald nicht mehr in der Lage gewesen, ein Leben ohne erhebliche motorische und kognitive Einschränkungen zu führen."

„Konnte er die Krankheit vor anderen verheimlichen?"

„Mit einem gut eingestellten Medikamentenplan könnte ihm das gelungen sein. Das Tückische an Parkinson sind allerdings die Persönlichkeitsveränderungen."

„Wäre er in der Lage gewesen, eine so anstrengende Reise wie eine Weltumsegelung überhaupt in Angriff zu nehmen?"

„Zumindest nicht aktiv, allerhöchstens als passiver Mitreisender. Weit wäre er vermutlich nicht gekommen.“

„Danke, Doktor. Das ist sehr interessant.“

Steve legte auf. Das war also der Grund, warum Harper alles hingeworfen hatte. Doch was bedeutete das für seinen Mörder? Hatten sie es überhaupt mit einem Verbrechen zu tun, oder hatte Harper seine letzte, unheimliche Fahrt selbst arrangiert und jemanden gefunden, der ihn von seinen Leiden erlöst hatte? Womöglich gegen ein ausreichend hohes Honorar? War es jemand gewesen, der dringend Geld brauchte? Oder jemand, der ihn abgrundtief hasste und eine außergewöhnliche, ja beinahe krankhafte Fantasie besaß? Jemand, der Grund hatte, ihm klarzumachen, was passierte, wenn man investiertes Geld in den Sand setzte? Ein Mann namens Viktor Sorokin?

13

22. September

Seit einer Stunde starrte Dan auf den blinkenden Cursor seines Textverarbeitungsprogramms. Collins, sein Lektor, hatte angerufen, ihm Honig ums Maul geschmiert und dann mit zuckersüßen Worten gefragt, wie es lief. Die Nervosität in seiner Stimme war nicht zu überhören gewesen.

Dan konnte es sich leisten, den Abgabetermin zu überziehen. Auch wenn er damit die Vermarktungsmaschine des Verlags ins Stottern brachte und Planungen über den Haufen warf, würde es niemand wagen, ihn deshalb unter Druck zu setzen. Wenn man einen sensiblen Goldesel im Stall beherbergte, vermied man alles, um ihn am Dukatenscheißen zu hindern. Die Konkurrenz wartete nur darauf, Dan ein Angebot zu machen. Zwar hatte er seit Monaten keinen brauchbaren Satz zu Papier gebracht, aber notfalls griff er auf die Manuskripte zurück, die im Safe lagen. Sie waren nicht besonders gut und entsprachen nicht den Ansprüchen, die er an sich selbst stellte, doch notfalls konnte er sich damit Zeit verschaffen. Zeit, bis er diese verdammte Schreibblockade überwunden hatte. Die Angst vor dem leeren Bildschirm war inzwischen so lähmend, dass ihm schon der Schweiß ausbrach, wenn er nur daran dachte, zu arbeiten. So oft er es versuchte, schob sich das Bild der toten Katze vor seine Augen.

Lange bevor Heather gewöhnlich aus den Federn kroch, war er in den Garten gegangen und hatte den Kadaver ausgegraben. Das Grab neben der Gartenpforte war zu auffällig, er rechnete jeden Augenblick damit, dass sie ihren ermordeten Liebling entdeckte.

Dan hatte Fluffy in einen Plastikmüllsack gestopft und war über die Salzwiesen zu den Klippen gelaufen. Dort hatte er den Sack mit Steinen beschwert und ins Meer geworfen.

Er ging hinüber zum Fenster und blickte in den stürmischen Himmel. Es würde ein trüber Tag werden. Tief unter ihm fiel ein Lichtkeil auf das Pflaster der Terrasse, Heather war aufgestanden. Ein alarmierender Gedanke durchzuckte ihn. Es war das siedend heiße Gefühl, das jeden Mörder erfasste, wenn ihm klar wurde, dass er ein verräterisches Detail übersehen hatte. Er hatte es versäumt, das Loch unter dem Sanddornbusch wieder zuzuschaufeln, weil er es so verflucht eilig gehabt hatte, die tote Katze loszuwerden. Hatte er wenigstens den Spaten gesäubert und zurück in den Schuppen gebracht? Er wusste es nicht mehr, konnte sich nicht erinnern.

Das leere Katzengrab war von der Küche aus nicht zu sehen, aber sobald Heather in den Garten ging, würde sie auf das Loch in der Erde stoßen. Sie würde nicht aufhören, ihn mit Fragen zu bestürmen, bis sie die Wahrheit aus ihm herausbrachte. Gegen ihre Hartnäckigkeit kam er gewöhnlich nicht an.

Weil sie unerwartet früh aufgestanden war, blieb ihm nichts anderes übrig, als die Beseitigung seiner Untat zu verschieben und auf eine Gelegenheit zu hoffen, seinen Fehler auszubügeln. Vor allen Dingen musste er endlich etwas unternehmen, um herauszufinden, was er tat, wenn er schlief. Seit dem Fund der toten Katze machte er sich ernsthaft Sorgen.

Der wahre Grund, warum er den Besuch bei Dr. Manford aufschob, waren die traumatischen Erinnerungen an das Mansardenfenster und den irren Blick seiner Mutter. Die Ärzte hatten sie mit Medikamenten vollgestopft und in einen Zombie im Dämmerzustand verwandelt. Am Ende war sie trotzdem in den Tod gesprungen.

Was sollte er Manford erzählen? „Hi Doc! Können Sie mir ein paar bunte Pillen verschreiben, die verhindern, dass ich nachts losziehe, meine Frau einsperre, mit Messern herumspiele und Katzen die Kehle durchschneide? Ich will nicht wie meine schizophrene Mutter enden."

Wenn der Arzt ihm die gleiche Diagnose stellte und etwas davon durchsickerte, würde das einschneidende Konsequenzen nach sich ziehen. Vor allem fürchtete er sich davor, dass Heather ihn verlassen könnte. Sie war sein Halt vor dem Absturz ins Bodenlose. Dan klammerte sich an die Hoffnung, dass seine Schreibblockade der Grund für das Schlafwandeln war. Wenn er sie überwand, würden die Dinge wieder ins Lot geraten. Es musste so sein, weil die Alternative unvorstellbar war. Allerdings hatte er im Augenblick keine Ahnung, wie er seine Angst vor dem leeren Blatt überwinden sollte.

Er ging in die Küche hinunter und spürte sofort, dass Heather schlechter Laune war. Sie lehnte an der Anrichte, trank Kaffee und blickte ihn an, als wollte sie ihm die Augen auskratzen.

„Guten Morgen", sagte er. „Du bist früh auf. Hast du schlecht geschlafen?"

„Ich mache mir Sorgen um Fluffy. Sie ist immer noch nicht aufgetaucht."

Dan dachte an den verflixten Spaten. Heather stellte die leere Tasse auf der Spüle ab.

„Ich geh sie suchen", sagte sie.

„Heather, ich bin die halbe Insel abgelaufen. Sie wird schon ..."

„Dann suche ich eben weiter. So lange, bis ich sie gefunden habe. Du unternimmst ja nichts."

Sie strafte ihn mit einem Mörderblick und verließ die Küche. Dan hörte, wie sie ihre Schuhe anzog, die Regenjacke überstreifte und die Haustür hinter sich zuschlug. Sofort ging er ins Wohnzimmer, öffnete die breite Schiebetür zum Garten und lief zu dem verräterischen Loch unter dem Sanddornstrauch.

Der verdammte Spaten steckte tatsächlich noch im Boden. Dan zog ihn heraus und ebnete hastig das leere Katzengrab ein, bis er vor Anstrengung keuchte. Dann säuberte er den Spaten, brachte ihn in den Schuppen und kehrte in sein Arbeitszimmer zurück.

Es hatte zu regnen begonnen. Er überlegte, ob er Heather suchen sollte, aber seine Gedanken drehten sich unentwegt um die tote Katze. Er wusste, dass er sich etwas vormachte, seine Probleme würden nicht von selbst verschwinden. Was, wenn er Heather Schlimmeres antat, als sie nur einzusperren?

Er schämte sich für sein Zögern, der Wahrheit ins Gesicht zu blicken. Solange er zurückdenken konnte, hatte er den Kopf in den Sand gesteckt, wenn er in Schwierigkeiten geriet, und war in die tröstliche Welt seiner Fantasie abgetaucht. Doch diesmal fasste er einen Entschluss. Dan wollte nicht länger ein Feigling sein. Er rief in der Praxis von Dr. Manford an und vereinbarte einen neuen Termin. Zu seiner Erleichterung konnte er den Arzt sofort aufsuchen. Er verließ das Haus und fuhr nach Saint Anne.

Eine halbe Stunde später stellte er den Volvo auf dem Parkplatz des Alderney Medical Centres ab. Kurz darauf saß er im Wartezimmer und rang die Panik nieder, die in ihm aufstieg.

„Dr. Manford hat jetzt Zeit für Sie, Mr Jacobs.“

Überrascht blickte er auf. Die Arzthelferin stand vor ihm, ohne dass er ihr Kommen bemerkt hatte.

Der weißhaarige Arzt begrüßte ihn wie einen alten Freund und schüttelte ihm die Hand. Er strahlte die gleiche Mischung aus Ruhe und Zuversicht aus, die ihm schon vor dreißig Jahren zu eigen gewesen war.

„Nun, Dan. Wo drückt der Schuh? Ist es okay, wenn ich dich duze? Wir kennen uns ja, seit du ein kleiner Junge warst.“

Dan nickte fahrig.

„Setz dich doch.“

Manford nahm hinter seinem Schreibtisch Platz.

„Sie haben damals die Schizophrenie meiner Mutter diagnostiziert, erinnern Sie sich?“, sagte Dan.

„Ja. Ich bedaure ihren tragischen Tod noch heute.“

„Ist diese furchtbare Krankheit vererbbar?“

Der Doktor zog die buschigen Brauen zusammen und lehnte sich zurück.

„Gibt es für die Frage einen bestimmten Grund?"

Dan sprudelte hastig seine Geschichte hervor. Er sprach von Konzentrationsstörungen, seiner Schreibblockade und der Insomnie – ohne jedoch die tote Katze oder den Vorfall mit Heather zu erwähnen.

„Schlafwandeln kann viele Ursachen haben", antwortete Manford. „Dr. Miller wird sich deiner annehmen. Er ist ein hervorragender junger Psychiater, du kannst ihm bedenkenlos vertrauen. Ich werde sehen, ob er Zeit für dich hat." Er griff zum Telefon und sprach mit seinem Kollegen. Dans Unruhe wuchs. Manford legte auf.

„Du kannst gleich zu ihm", sagte er. „Wenn er dich untersucht hat, wissen wir mehr."

Dan verließ das Sprechzimmer, eine Arzthelferin brachte ihn zu Dr. Miller. Der Psychiater stellte ihm eine Reihe seltsam anmutender Fragen.

„Hören Sie kommentierende Stimmen, oder sehen Sie Menschen und Dinge, die nicht vorhanden sind?"

Dan dachte an den Morgen, als er Heather mit dem Fremden auf dem Dach des Schuppens überrascht hatte. Inzwischen war klar, dass er sich nicht getäuscht hatte. Der Mann war kein Phantom, er hatte einen Namen und eine Telefonnummer. Heather hatte ihm ins Gesicht gelogen. Wenn er Owen erreichte, würde er mehr über Thomas Moore wissen.

„Nein", sagte er.

Miller hakte eine Liste von mehreren Dutzend Punkten ab.

„Leiden Sie unter außergewöhnlichen Sinneswahrnehmungen? Fühlen Sie sich verfolgt oder bedroht? Haben Sie ein gestörtes Verhältnis zu Ihrem Ich?"

Die meisten Fragen konnte Dan zu seiner Erleichterung mit „Nein" beantworten, lediglich die innere Unruhe, die Antriebsschwäche und die Niedergeschlagenheit musste er bejahen. Seinen immensen Alkoholkonsum verschwieg er, ebenso den Vorfall mit Heather, das blutige Messer und die tote Fluffy. Miller spickte Dans Kopf mit Elektroden und schrieb ein EEG. Kritisch begutachtete er den Monitor, auf dem Dans Gehirnströme sichtbar wurden. Anschließend blätterte er in einem Holzkasten voll vergilbter Karteikarten. Auf einer von ihnen stand der Name von Dans Mutter.

Vierzig Minuten später saß er wieder vor Manfords Schreibtisch. Der alte Arzt studierte die Ergebnisse und schien zufrieden zu sein. Er nahm seine Brille ab und rieb sich mit Daumen und Zeigefinger die Nasenwurzel.

„Wir werden noch einen Bluttest machen und ein MRT des Gehirns, aber Dr. Miller kann jetzt schon mit ziemlicher Sicherheit ausschließen, dass wir es mit einer Schizophrenie zu tun haben. Die Art der Erkrankung, an der deine Mutter litt, wird nur in sehr seltenen Fällen vererbt. Ich habe vielmehr den Eindruck, dass du unter enormem Stress stehst, Dan. Du kannst nicht arbeiten, weil du völlig übermüdet bist, und du kannst nicht schlafen, weil du nichts zu Papier bringst. Wir müssen diesen Teufelskreis unbedingt durchbrechen."

Er tippte etwas in seinen Computer ein.

„Ich verschreibe dir ein leichtes Sedativum für die
Nacht, das sollte ausreichen. Wie wäre es mit einem Tapetenwechsel? Mach ein paar Tage Urlaub, und komme
auf andere Gedanken. Lass dir am Empfang einen Termin für das MRT geben. Danach sprechen wir uns wieder.“

Dan stand auf. An der Tür blieb er stehen und wandte
sich um.

„Kann ich Sie noch etwas fragen, Doktor?“

„Aber ja.“

„Nun, es ist eine seltsame Frage. Es betrifft die Recherchen zu meinem neuen Roman. Ich bin ständig auf der
Suche nach Stoff, den ich verarbeiten kann.“

„Ich hörte von deinem Erfolg, Dan. Wenn ich dir helfen kann, nur zu.“

„Ist es möglich, dass man im Schlaf einen Mord
begeht?“

„Solche Fälle sind äußerst selten, aber bekannt. Ist alles okay bei dir zu Hause?“

Dan lächelte. „Klar. Als Schriftsteller verarbeite ich
eben alles, was ich erlebe, sehe und höre. Vielen Dank.“

Manford runzelte besorgt die Stirn. „Pass auf dich
auf, Dan.“

Er verließ die Praxis und trat ins Freie. Ein stürmi-
scher Wind fegte über die Insel und brachte neuen Regen. Dan spürte ihn kaum. Die Erleichterung, die
furchtbare Krankheit nicht geerbt zu haben, verflog
und machte bohrender Unruhe Platz. Wenn er nicht an
Schizophrenie litt, was war dann mit ihm los? Und wie
sollte er die Dämonen kontrollieren, die erwachten,
wenn er schlief? Wozu würden sie ihn als Nächstes
zwingen?

14

Dan schloss das nutzlose Textverarbeitungsprogramm und blickte zur Vitrine hinüber, aus der zwei Dutzend Preise und Auszeichnungen missbilligend auf ihn herabschauten. Im Zentrum des Glaskastens stand eine klobige schwarze Schreibmaschine, auf der angeblich Edgar Allan Poe seine Erzählung The black cat geschrieben hatte. Heather hatte sie in einem Londoner Antiquitätenladen entdeckt und Dan zum Geburtstag geschenkt. Er war gerührt von dem Geschenk. Erst Monate später hatte er sich getraut, ihr zu erklären, dass die Schreibmaschine zu Poes Lebzeiten noch nicht erfunden worden war. Der Händler hatte Heather übers Ohr gehauen. Sie hatten Tränen gelacht und eine heiße Nacht verbracht. Wo war all das geblieben? Die tiefe Verbundenheit, die Übereinstimmung, die keiner Worte bedurfte, und die Leidenschaft. Eine der Eigenschaften, die er am meisten an ihr schätzte, war ihre Fähigkeit, ihn zum Lachen zu bringen. Heather schaffte es, ihn zu überreden, Dinge zu tun, die er für ausgeschlossen hielt.

Ich sollte es mit der alten Maschine versuchen, dachte er. Vielleicht wohnt ihr eine Magie inne, die ich verloren habe: das Unmögliche zu wagen.

Er nahm die Schreibmaschine aus der Vitrine und stellte sie auf den Tisch. Eine Weile saß er unentschlossen davor, dann spannte er einen Bogen in die Walze und schlug wahllos ein paar Tasten an. Blasse, beinahe unsichtbare Buchstabenkonturen erschienen wie von Zauberhand auf dem Papier, das fadenscheinige, uralte Farbband war längst eingetrocknet. Es war fraglich, ob er ein passendes auftreiben konnte.

Die Haustür fiel ins Schloss. Er hörte Schritte auf der Treppe. Seit zwei Tagen suchte Heather Fluffy. Natürlich würde sie die Katze niemals finden, aber das wollte er ihr auf keinen Fall sagen.

Früher hatte er ihre Rückkehr voller Ungeduld und Vorfreude erwartet, heute überfiel ihn ein kalter Schauer. Seine Eingeweide zogen sich krampfhaft zusammen und wappneten sich für den Stress einer neuen, ermüdenden Auseinandersetzung. Die Tür flog auf, Heather stürmte in das Arbeitszimmer. Ihre Augen leuchteten wie das Meer bei Sonnenaufgang.

„Sie lebt!", rief sie voller Freude.

Dan drehte sich um und blickte sie verständnislos an. Sie beugte sich über ihn, umarmte und küsste ihn. Überrascht atmete er den vertrauten Duft von Rosen und einer Spur Vanille ein und spürte ihren warmen Körper. Eine Erinnerung regte sich in ihm, eine Hoffnung, dass alles wieder so werden könnte wie zu Beginn ihrer Ehe.

Sie löste sich von ihm. „Der Hafenmeister schwört, dass er sie am Platte Saline gesehen hat."

„Bist du sicher?"

Was sie ihm erzählte, war unmöglich. Fluffy verrottete in einem mit Steinen beschwerten Plastiksack auf dem Meeresgrund. Der alte Lewis war so blind, dass er eine Ratte nicht von einer Katze unterscheiden konnte, wenn sie ihm über die Füße lief. Dan behielt den Einwand für sich und brachte ein Lächeln zustande. Er wollte den seltenen Augenblick der Nähe und Vertrautheit nicht zerstören.

„Hey, das ist großartig. Wahrscheinlich hat sie nur einen ausgedehnten Streifzug unternommen. Stellen wir den Futternapf auf die Terrasse, das wird sie anlocken."

Heather löste sich von ihm, lachte und drehte sich mit ausgebreiteten Armen um sich selbst. „Ja, das machen wir. Fluffy kommt nach Hause."

Es war diese Begeisterung und Lebensfreude, die ihn stets an ihr fasziniert hatte und die er noch immer liebte. Sie war wie der Wind – mal ruhig und sanft, dann wieder stürmisch und aufbrausend wie ein Wirbelsturm, aber immer sie selbst. Heather tat, was sie wollte, pfiff auf Konventionen und auf das, was die Leute über sie dachten. Die Selbstunsicherheit, die Zweifel und Ängste, die ihn quälten, waren ihr fremd. Aus diesem Grund hatte er sich in sie verliebt. Die Ungezwungenheit und Hingabe, mit der sie das Leben annahm und neugierig erkundete, fehlten ihm. Dan versteckte sich vor den Problemen, die dort draußen auf ihn warteten, und schuf sich lieber seine eigene Welt. Heather repräsentierte den fehlenden Teil seines Charakters, nach dem er sich sehnte und den er niemals besitzen würde.

Dan lachte mit ihr. Er zog sie in seine Arme, und sie ließ es geschehen. Sie küsste ihn leidenschaftlich und drängte ihn zur Couch.

Ins Schlafzimmer schafften sie es nicht mehr. Als er sie kennengelernt hatte, war Dan in Liebesdingen unerfahren gewesen wie ein Teenager. Gehemmt durch die starken Brillengläser und seine Ungeschicklichkeit, bewunderte er Frauen wie Heather nur aus der Ferne. Mit ihrer Unbekümmertheit und direkten Art hatte sie ihn mühelos aus seinem Schneckenhaus geholt und ungeahnte Talente in ihm geweckt. Geduldig führte sie ihn in die Kunst der Liebe ein und fand in ihm einen gelehrigen Schüler.

Eine halbe Stunde später saßen sie nackt, in eine Wolldecke gewickelt, auf der Couch. Sie lehnte ihren Kopf an seine Schulter. Dan genoss die Entspannung, die sich nach dem Sex stets einstellte. Heather deutete auf die Schreibmaschine.

„Was hast du denn mit dem alten Ding vor?", fragte sie.

„Ich wollte nachschauen, ob sie eine Inspiration in ihren staubigen Eingeweiden verbirgt, die darauf wartet, befreit zu werden."

„Und hast du sie gefunden?"

Er schüttelte den Kopf und grinste wie ein Kind, das ein riesiges Schokoladeneis vernascht hatte. „Ich kam nicht dazu. Ich hatte Wichtigeres zu tun."

„Was wirst du unternehmen, wenn die Blockade anhält?"

„Nichts dauert ewig."

„Vielleicht hängt es zusammen."

„Was denn?"

„Der Verlust der Kreativität und das Schlafwandeln."

„Ich war heute bei Dr. Manford."

Er spürte, wie sich ihre Muskeln versteiften.

„Er hat mich zu seinem Kollegen geschickt, einem jungen Psychiater, der mit sehr kompetent erschien. Er wird noch ein paar Tests machen, ist sich aber schon jetzt sicher, dass ich die Schizophrenie meiner Mutter nicht geerbt habe."

„Und warum geisterst du nachts durch Haus und Garten, ohne dich daran erinnern zu können?"

„Du hast das verdreckte Laken in der Mülltonne entdeckt", sagte Dan.

„Es macht mich nervös, wenn aus unserem Schlafzimmer Betttücher verschwinden. Also habe ich danach gesucht."

Er schmiegte sich an sie.

„Ich wollte dich nicht beunruhigen."

„Es bedrückt mich mehr, dass du Geheimnisse vor mir hast."

„Es tut mir leid. Ich werde mich bessern. Letzte Nacht habe ich geschlafen wie ein Baby."

„Weil du betrunken warst."

„Ich hatte nur einen oder zwei Drinks."

Die Whiskyflasche stand mahnend auf dem Schreibtisch und strafte Dan schon wieder Lügen.

„Das Zeug wird dich noch umbringen", sagte sie. „Du hast die Flasche vor zwei Tagen in Saint Anne gekauft. Sie ist fast leer. Was habe ich von einem Genie, das so enden wird wie Hemingway? Ich will dich nicht verlieren, Dan."

Er schwieg beschämt, wusste, dass sie recht hatte, und liebkoste sanft ihre Wange mit den Lippen. „Ich glaube, ich weiß jetzt, was mir fehlt."

Sie befreite sich aus seiner Umarmung und ging auf Abstand.

„Es wird nicht einfach von selbst verschwinden", sagte sie eisig.

„Wer weiß das schon?"

„Du musst etwas unternehmen. Dass du mich in den Schuppen gesperrt hast, war nicht besonders lustig."

„Ich kann mich noch immer nicht daran erinnern."

„Das macht es noch beunruhigender. Was ist, wenn du Schlimmeres anstellst?"

Er schüttelte den Kopf. „Ich könnte dir nie wehtun, Heather. Und ich kann nicht glauben, dass ich das getan haben soll."

„Die Sache lässt mir keine Ruhe, Dan. Wir müssen herausfinden, was mit dir nicht stimmt; und dazu müssen wir wissen, was du anstellst, wenn du schlafwandelst."

„Darüber habe ich auch schon nachgedacht, aber mir ist noch keine Lösung eingefallen", sagte er.

„Wie wäre es, wenn wir im Haus Kameras installieren? Im Garten natürlich auch. So können wir alles aufzeichnen, was nachts vor sich geht."

„Ich bin doch keine Labormaus", brummte er.

„Ich meine es ernst, Dan. Deine nächtlichen Exkursionen machen mir Angst." Sie drängte sich an ihn. „Tu's für mich. Für uns. Bitte."

„Okay, ich gebe mich geschlagen", seufzte er. „Ich mach's."

„Dan?"

„Mmh?"

„Du weißt, dass du zwei linke Hände hast. Beauftrage jemanden damit, der etwas davon versteht. Es reicht nicht, eine Videokamera aufzuhängen. Du musst eine

App aufspielen, Software auf dem Rechner einrichten und …“

Er schmiegte sein Gesicht an ihren Hals. Ihr Haar kitzelte ihn. „Du hast mich überredet, Heather. Wenn wir's machen, dann richtig.“

„Wovon sprichst du?“

„Na, davon.“

Sie liebten sich noch einmal.

Zwei Stunden später fuhr Dan nach Saint Anne. Fremde, die Alderney besuchten, wunderten sich über die vielfältigen Wirtschaftszweige und Möglichkeiten, auf der kleinen Insel Geld zu verdienen. Wie auch auf Jersey und Guernsey arbeiteten viele Einwohner in der Finanzbranche, aber auch im Tourismus. Fischerei und Landwirtschaft waren gute Einnahmequellen. Dan war hier aufgewachsen und kannte die meisten ansässigen Firmen.

Während der Fahrt entsann er sich an Ruby Nolan. Ihr Vater hatte Alarmanlagen in den Häusern der oberen Zehntausend von Alderney eingebaut, bevor er von einem Polizisten erschossen worden war, der ihn irrtümlich für einen Einbrecher gehalten hatte. Manche munkelten, der alte Nolan wäre tatsächlich ein Dieb gewesen. Bewiesen worden war es nie. Dan hatte Gerüchte aufgeschnappt, dass Ruby das Geschäft ihres Vaters wieder aufleben ließ. Die Tankstelle und die kleine Autowerkstatt warfen vermutlich nicht genug zum Leben ab.

Er traf sie im Hof hinter der Werkstatthalle, wo sie aus rostigen Auspufftöpfen, Rohren und Schrott skurrile Kunstwerke zusammenschweißte. Fasziniert von ihrer Arbeit, setzte er sich auf einen ausrangierten Autositz und schaute ihr eine Weile zu, ohne dass sie ihn bemerkte. Schließlich nahm sie ihre Schweißermaske ab.

„Hallo, Ruby.“

„Oh. Hi Dan. Was treibt dich denn hierher?“

Er stand auf und ging um die Schrottskulpturen herum.

„Beeindruckend“, sagte er anerkennend.

„Ich verkaufe sie an Touristen. Natürlich kann ich meine Arbeit nicht mit deinem Erfolg messen. Du bist ja jetzt bekannt wie ein bunter Hund.“

„Die Leute reden viel und übertreiben.“

Er blieb vor einem Ungeheuer aus rostigen Blechen und Baustahlmatten stehen und betrachtete es eingehend. Die subtilen Details erkannte man erst, wenn man sich Zeit nahm, danach zu suchen. Sie erinnerten ihn an die Schockmomente, die er seinen Lesern wohldosiert bereitete.

„Wenn du in London eine Galerie eröffnen würdest, könntest du mit den Plastiken ein Vermögen verdienen. Sie sind verdammt gut“, sagte er.

„Ich kann hier nicht weg. Mum ist krank, und Robbie …“

„Ich habe davon gehört. Tut mir leid.“

„Du bist doch nicht gekommen, um mit mir über meinen kleinen Bruder zu quatschen. Was willst du, Dan?“

„Die Leute sagen, du führst das Geschäft deines Vaters weiter.“

„Kommst du wegen einer Alarmanlage?“

„Ich habe mein Elternhaus in der Nähe der alten Wassermühle zurückgekauft. Ich brauche ein paar Überwachungskameras. Hast du Lust, den Job zu übernehmen?“

„Klar, das ist keine große Sache.“

Dan erklärte, was er sich vorstellte. Ruby runzelte nachdenklich die Stirn.

„In jedem Zimmer eine Kamera? Für Nachtaufnahmen brauchst du welche mit einer guten Low-Light-Fähigkeit.“

„Kannst du die besorgen?“, fragte Dan.

„Ich habe ein Dutzend davon auf Lager. Aber wozu soll das Ganze gut sein?“

„Irgendwas geht in dem Haus vor, und ich will wissen, was.“

„Hast du einen Geist vom Festland mitgebracht?“

„Keine Ahnung. Manchmal kommt es mir so vor.“

Sollte Ruby glauben, dass er übergeschnappt war. Er würde ihr jedenfalls nicht auf die Nase binden, dass er nachts mit Messern bewaffnet durch das Haus schlich, ohne sich am nächsten Morgen daran erinnern zu können.

„Wie schnell kannst du das erledigen?“, fragte er.

Ruby warf einen Blick auf ihre Armbanduhr. „Was ich brauche, habe ich hier. Sagen wir, in zwei Stunden?“

„Also heute noch?“

„In der Werkstatt ist nicht viel los. Ist es eigentlich nie. Ich bin froh über jeden Auftrag.“

„Okay, das ist ein Wort. Bis nachher.“

„Bis gleich.“

Er ging zum Wagen zurück. Auf dem Display seines Handys leuchtete Owen Hunters Nummer auf.

„Hi Owen. Hast du etwas herausgefunden?", meldete er sich.

„Wie man's nimmt. Warum interessiert dich dieser Thomas Moore?"

„Heather hat ihn beauftragt, das Dach des Schuppens zu reparieren."

Dass sie behauptet hatte, er hätte sich Moore nur eingebildet, verschwieg er.

„Du befürchtest, dass er sich noch um einige andere Dinge kümmern könnte, hab ich recht?", fragte Owen.

Dan suchte nach einer unverfänglichen Antwort.

„Der Typ kommt mir merkwürdig vor, das ist alles."

„Okay, ich sag dir, was ich über ihn weiß. Er wohnt in Eastbourne und fährt ein sündhaft teures Wohnmobil, mit dem er die meiste Zeit auf Achse ist."

„Wovon lebt er?"

„Schwer zu sagen. Ich habe seine Nachbarn ein bisschen ausgehorcht. Er geht jedenfalls keinem regelmäßigen Acht-Stunden-Job nach. Trotzdem muss er Geld haben, sonst könnte er sich den Camper nicht leisten."

„Ist das alles?"

„Nein. Es gibt da etwas, was dir nicht gefallen wird. Ich habe das Foto, das du mir geschickt hast, durch ein Suchprogramm gejagt. Moore ist in diversen Internetforen und Partnerbörsen im Netz aktiv und hat sich einen ziemlich miesen Ruf erworben. Obwohl er sich unter verschiedenen Nicknames angemeldet hat, haben ihn einige Damen, die er beglückt hat, ausfindig gemacht, und warnen vor ihm. Zwei haben ihn sogar angezeigt, weil er sie um größere Summen erleichtert haben soll. Die Ermittlungen wurden jedoch eingestellt, weil ihm weder ein Diebstahl noch ein Betrug nachgewiesen werden konnte. Die Frauen gaben ihm das Geld freiwillig."

„Die klassische Methode. Er erschleicht sich ihr Vertrauen und bringt sie um ihre Ersparnisse", sagte Dan. „Hat er sich auch an verheiratete Frauen herangemacht?"

„Zumindest nicht in einer der Kontaktbörsen. Wahrscheinlich aber wechselt er seine Masche von Zeit zu Zeit und ist auch außerhalb des Internets aktiv. Sei ehrlich, Dan. Warum interessiert dich der Kerl? Schleicht er um Heather herum?"

„Ich muss Schluss machen, Owen. Ich danke dir für die Informationen und melde mich wieder."

Dan wischte über das Display und beendete das Gespräch. Sollte er Heather warnen? Er hielt sie für zu klug, um auf die Schmeicheleien eines Schwindlers hereinzufallen. Außerdem bestand die Gefahr, dass er das zarte Pflänzchen neu gewonnenen Vertrauens zertrampelte. Sie würde annehmen, dass er ihr nachspionierte – was ja der Wahrheit entsprach. Nein, vielversprechender war es, Moore im Auge zu behalten. Er war ihm nun einen Schritt voraus, und das sollte auch so bleiben.

Ruby Nolan hielt Wort und kam am späten Nachmittag. Heather grub, schnitt und pflanzte im Garten, während Dan Ruby dabei zuschaute, wie sie die Kameras aufhängte und ausrichtete.

„Ich brauche dein Handy", sagte sie.

„Wozu?"

„Ich lade dir eine App herunter, mit der du die Aufnahmen verwalten kannst.“

Dan stöhnte.

„Smartphones und Computer sind für ihn eine Her-
ausforderung.“

Dan wandte sich um. Heather stand in der Tür zum
Garten. Sie war verschwitzt, Hände, Gesicht und Overall waren mit Erde verschmiert. So wie Dan in die Welt
seiner Fantasie eintauchte, erlebte sie die Gartenarbeit
mit allen Sinnen.

„Hi, ich bin Heather.“

Sie bot Ruby ihren Ellenbogen zur Begrüßung an.

Ruby wandte sich an Dan. „Du lebst ganz schön hinter dem Mond, was?“

„Es wundert mich, dass er keinen Federkiel benutzt“,
sagte Heather.

Dan reichte Ruby sein Smartphone.

„Macht euch nur lustig über mich“, brummte er. „Die
Verbindung zwischen Hand und Verstand ist der
Schlüssel zur Kreativität.“

Ruby begutachtete das Telefon. „Dieses Ding ist genauso vorsintflutlich wie deine Schreibmaschine.
Auch wenn du es mit einer zusätzlichen Speicherkarte
ausrüstet, bezweifle ich, dass der Prozessor schnell genug ist, um die Überwachungsvideos zu verwalten.“

„Ich habe ihm eine externe Festplatte zum Sichern
seiner Manuskripte eingerichtet“, sagte Heather. „Wie
wäre es damit?“

Ruby nickte. „Das hört sich schon besser an.“

Sie ging mit Dan ins Arbeitszimmer und installierte
eine Software auf seinem Rechner. Dann erklärte sie
ihm, wie er die aufgenommenen Videos ansehen

konnte. Er hörte konzentriert zu, verlor aber nach wenigen Minuten den Faden und schielte sehnsüchtig nach der alten Schreibmaschine. Er fühlt sich vom Schicksal auf lächerliche Weise betrogen; zu spät geboren worden zu sein in einer zu komplizierten Welt.

„Big Brother ist watching you", sagte Ruby kopfschüttelnd. „Du hast dich doch nicht zu 'ner Art Kontrollfreak entwickelt und stalkst deine Frau auf Schritt und Tritt?"

„Es war ihre Idee", antwortete Dan. „Sie glaubt, dass nachts jemand durch das Haus schleicht. Ich halte es für Unsinn, aber mit den Kameras wird sie sich sicherer fühlen." Die Lüge kam ihm spontan über die Lippen. Geschichten zu erfinden, war nun mal seine Stärke.

„Vielleicht solltest ihr mal die Schlösser austauschen lassen", sagte Ruby. „Soll ich im Schlafzimmer auch eine installieren?", fragte sie augenzwinkernd.

„Nein."

„Okay. Na, dann viel Spaß damit."

Sie gab ihm eine Visitenkarte mit ihrer Handynummer für den Fall, dass er mit der Datensicherung nicht zurechtkam, und verabschiedete sich.

Gegen 19:00 Uhr beendete Heather ihre Gartenarbeit. Das Abendessen verlief in ungewohnt gelöster Atmosphäre. Sie war zu Scherzen aufgelegt und bestand darauf, dass Dan das T-Shirt anzog, das sie ihm gekauft hatte. Sie behauptete, es würde seiner Schreibblockade solche Angst einjagen, dass sie das Weite suchte.

Dan streifte es lachend über und zog sich in sein Schreibzimmer zurück, um einen neuen Anlauf zu nehmen. Er fühlte sich so entspannt wie lange nicht und ging seine Notizen durch, ordnete sie und schrieb einzelne Wörter und kurze Sätze auf kleine Zettel, die er auf dem Tisch hin und her schob, bis sie eine sinnvolle Reihenfolge ergaben. Nicht zum ersten Mal bemerkte er, dass der physische Kontakt mit Stift und Papier etwas in ihm auslöste und seine Kreativität ankurbelte. Schon länger dachte er darüber nach, einen Roman mit der Hand zu schreiben – eine ungeheure Fleißarbeit, die sich jedoch möglicherweise auszahlen würde. Vielleicht war es auch das neu erwachte Einvernehmen zwischen ihm und Heather, das seinen Arbeitseifer entfachte.

Er schob die Computertastatur zur Seite, ignorierte Rechner und Monitor und stellte stattdessen die alte Schreibmaschine vor sich hin. In einer Schublade hatte er ein passendes Farbband gefunden, fummelte es auf die Aufnahmedorne und spannte es. Das Wunder geschah. Dan tippte zuerst einen Buchstaben, dann ein Wort, einen Satz, weitere Sätze, die eine Seite füllten und noch eine.

Gegen zehn erwog er, Heather Gesellschaft zu leisten und ihr die gute Nachricht zu überbringen, dass er ein Heilmittel gegen seine Schreibblockade gefunden hatte. Doch er befürchtete, dass die neu gewonnene Schaffenskraft wieder versiegen könnte, wenn er eine Pause einlegte. Stattdessen goss er zwei Fingerbreit Whisky in ein Glas, spannte ein neues Blatt in den klapprigen alten Kasten und schrieb und trank weiter, ohne es wahrzunehmen.

Gegen elf hörte er, wie Heather die Treppe heraufkam. Sie war es gewohnt, dass er oft bis tief in die Nacht arbeitete und dass er dabei nicht gestört werden wollte.

Er hoffte, dass sie es als gutes Zeichen nahm, wenn er sich wieder in seinem Schreibzimmer vergrub.

Inzwischen war er mehr als nur beschwipst. Dan gehörte zu den wenigen Menschen, die vollkommen betrunken sein konnten, ohne dass man es ihnen äußerlich anmerkte. Auch seine Kreativität litt nicht darunter. Mit einem warmen Gefühl glückseliger Zufriedenheit streichelte er den Stapel eng beschriebener Blätter neben sich.

Nach einer Weile ging er in die Küche hinunter und holte sich frisches Eis aus dem Kühlschrank. Zurück in seinem Arbeitszimmer, mixte er sich einen letzten Drink. Gegen eins schluckte er zwei der Tabletten, die Heather ihm besorgt hatte, obwohl er das homöopathische Zeug für wirkungslos hielt. Er tat es, um ihr eine Freude zu machen.

Kurz darauf überfiel ihn eine bleierne Müdigkeit. Bis ins Schlafzimmer schaffte er es nicht mehr. Er rollte sich auf der Couch im Schreibzimmer zusammen und schlief auf der Stelle ein.

15

Steve war der Erste, der an diesem Morgen das Revier betrat. Es gab keinen Anlass mehr, vor Dienstbeginn im Mignot Memorial vorbeizuschauen, Abby war fort. Zwar wollte er sich so schnell wie möglich davon überzeugen, dass sie im Royal Sussex County Hospital gut aufgehoben war, aber solange der Mord an Maxwell Harper nicht aufgeklärt war, blieb er auf Alderney unabkömmlich.

Er füllte Wasser und Pulver in die Maschine und wartete, bis der Kaffee durchgelaufen war. Dann ging er mit seiner Tasse in sein Büro. Watson rollte sich auf seiner Decke neben dem Schreibtisch zusammen, Bill Henderson blickte leicht missbilligend von seinem Porträt herab. Es war ein Tag wie jeder andere in den vergangenen zwei Jahren, und doch unterschied er sich grundlegend von den anderen. Ein Streifen Ozean trennte ihn von Abby, es war still geworden auf Alderney. Oberflächlich betrachtet, machte es keinen Unterschied, trotzdem verließ ihn das Gefühl nicht, dass er sie im Stich gelassen hatte.

Er suchte in der Kontaktliste seines Smartphones nach der Telefonnummer von Kate Bonham, um sie über Abbys Verlegung und ihre damit gestiegenen Chancen zu informieren, als aus der Schreibtischschublade ein leises Summen ertönte. Das Display des Prepaidhandys zeigte die Nummer an, die Sorokin auf der Patientenverfügung hinterlassen hatte. Er nahm das Telefon aus der Schublade und meldete sich.

„Hallo?“

„Guten Morgen, Chief Cole. Hier spricht Ihr Freund Viktor.“

„Was wollen Sie?“

„Wie geht es Abby? Ich hörte, sie ist im Royal Sussex County Hospital angekommen.“

„Ihr Zustand ist unverändert. Sie führen weitere Untersuchungen durch und machen Tests, die sie im Mignot Memorial nicht durchführen konnten.“

„Gut. Es freut mich zu hören, dass meine Investition Früchte trägt.“

„Sie rufen mich doch nicht an, um sich nach Abbys Gesundheitszustand zu erkundigen.“

„Ob Sie es glauben oder nicht, es tut mir ehrlich leid, was passiert ist. Ich habe Abby immer gemocht. Aber Sie irren sich nicht, meine Sorge um sie ist nicht der einzige Grund meines Anrufes.“

Es begann also. Nun, er hatte sich auf das Spiel eingelassen, jetzt musste er eine Karte ziehen.

„Der Bericht an die Steuerbehörde liegt in meiner Schublade“, sagte er.

„Ich wusste, ich kann mich auf Sie verlassen, mein Freund. Ich habe eine Bitte an Sie. Keine große Sache, nur eine kleine Gefälligkeit.“

„Und deswegen rufen Sie mich in aller Herrgottsfrühe an?“

Sorokin lachte. „Der frühe Vogel fängt den Wurm. So sind wir unter uns. Wir wollen doch nicht, dass unser Geplauder an falsche Ohren gelangt. Zum Beispiel an die von Sergeant Lyme.“

„Okay, ich höre", sagte Steve, „aber ich verspreche nichts."

„Ich verlange nichts von Ihnen, was Ihren Status gefährdet", fuhr Sorokin fort. „Jetzt, wo wir uns so gut verstehen, wäre es doch jammerschade, wenn Sie Ihren Posten als Chief verlieren würden. Unser gemeinsamer Bekannter John Baxter empfängt heute einen Gast, der mir besonders am Herzen liegt. Ich möchte, dass er sich auf Alderney wohlfühlt."

„Wenn er sich benimmt, sehe ich da keine Schwierigkeiten."

„Sie werden ihn überhaupt nicht bemerken. Ich will lediglich sichergehen, dass Sie Ihren übereifrigen Constable unter Kontrolle haben. Mein Freund soll ohne Störung seinen Besuch genießen dürfen, das ist alles."

„In Ordnung."

„Fein. Was für ein wundervoller Morgen, nicht wahr, Chief? Ich wünsche Ihnen einen angenehmen Tag."

Sorokin legte auf. Steve biss sich auf die Unterlippe. Auf welches gefährliche Spiel hatte er sich da eingelassen?

Er nahm den Hörer des Festnetzapparates ab und wählte Kate Bonhams Nummer. Sie war kurz angebunden, ihr Verhältnis blieb kühl und distanziert. Sie hatte nie offen ausgesprochen, dass sie ihn für Abbys Unglück verantwortlich machte, ließ es ihn jedoch unterschwellig spüren. Steve gab ihr die Adresse der Klinik in Brighton und den Namen des behandelnden Arztes. Sie bedankte sich steif und beendete das Gespräch.

Die Außentür des Reviers fiel ins Schloss. Die Stimmen von Penny und Dave vermischten sich in seinem

Kopf mit der von Sorokin. Er ging nach vorn in die Wache.

„Morgen, Steve“, begrüßte ihn Dave.

„Morgen.“

Penny stand vor der Kaffeemaschine und schenkte sich eine Tasse ein. Sie zog spöttisch eine Augenbraue hoch.

„Welch unerwartet früher Besuch“, sagte sie.

„Bin schon wieder weg.“

„Wohin so eilig?“, fragte sie.

„Das Food & Drink Festival beginnt morgen. Ich will mir die Stadt ansehen, damit McGinley nichts an unserer Arbeit auszusetzen hat.“ Er grinste schief. „Das ist Chefsache.“

„Und was tun wir?“, fragte Dave.

Steve überlegte. Sorokin hatte ihn nicht umsonst gewarnt. Er musste Dave beschäftigen, damit er nicht durch einen dummen Zufall in die Schusslinie geriet. Doch zuerst wollte er wissen, wer der angekündigte Besucher war, und das musste er allein herausfinden. Arbeit gab es mehr als genug. Gordon hatte die Grippe schlimm erwischt, er würde noch ein paar Tage ausfallen, wahrscheinlich die gesamte kommende Woche.

„Du fühlst diesem Schriftsteller auf den Zahn“, sagte er. „Ich will wissen, in welchem Verhältnis er zu Harper stand. Überprüfe seine finanzielle Situation, das Umfeld und sein Alibi – das volle Programm eben. Besitzt Jacobs eine Waffe, Kaliber 9 mm? Falls ja, stell die Pistole sicher. Er hatte ein starkes Motiv, Harper zu ermorden.“

„Mach ich.“

„Okay, ich verlasse mich auf dich. Anschließend zeigst du das Foto von Olivia Harper im Hafen herum. Ich will wissen, ob sie jemand am Abend des 30. August gesehen hat. Klappere die Hotels und Ferienunterkünfte ab und frag, ob sie sich irgendwo eingemietet hatte. Vergiss das Braye Beach und Nellies Apartments nicht."

Penny setzte eine säuerliche Miene auf.

„Das bedeutet wohl, dass ich wieder den Telefondienst übernehme?"

Steve überdachte seine Entscheidung. Vielleicht wäre es klüger gewesen, Dave ans Telefon zu setzen. Damit war das Risiko minimiert, dass er Baxters Besuch über den Weg lief. Man konnte nie wissen. Der Junge steckte seine Nase viel zu gerne in Dinge, die ihn nichts angingen, als dass er sich die Verhaftung eines Mafiosos entgehen lassen würde. Und das könnte sie alle in Gefahr bringen. Doch dazu war es jetzt zu spät. Ihm fiel kein plausibler Grund ein, die Aufgaben zu vertauschen.

„Genau", sagte er.

„Wann bist du zurück?"

„Kann ich noch nicht sagen."

Steve verließ mit Watson im Schlepptau das Revier, stieg in den Streifenwagen und durchquerte Saint Anne. Die Vorbereitungen für das Festival liefen auf Hochtouren. Er stoppte kurz vor PJ's Café und besorgte sich Toast und Kaffee, dann bog er in die Longis Road ein und suchte in der Nähe des Golfclubs einen geschützten Platz, von dem aus er Baxters Villa beobachten konnte.

Bis zum Mittag blieb er auf seinem Posten, hing seinen Gedanken nach und suchte nach einem Weg, sich von Sorokin zu befreien und zugleich Abbys Überleben zu sichern. Watson döste auf dem Rücksitz. Er schien ab und zu wild zu träumen, denn er winselte im Schlaf. Ob er in die Zeit zurückkehrte, in der ihn Louie Harris misshandelt hatte?

Gegen eins hielt ein schwarzer Range Rover vor dem Haus. Ein riesenhafter Mann stieg aus, der aussah, als hätte man einen Gorilla in einen Maßanzug gezwängt. Seine Wangen waren mit Pockennarben übersät, die Boxernase saß schief im Gesicht. Das von grauen Strähnen durchzogene Haar war zu einem Bürstenschnitt getrimmt. Steve schätzte ihn auf etwa vierzig Jahre.

Er blickte sich aufmerksam um, als wollte er sich versichern, dass ihn niemand beobachtete, und drückte dann auf den Klingelknopf in der Pforte des breiten Tores, das die Zufahrt zu Baxters Anwesen abriegelte.

Steve fotografierte ihn mit seinem Handy. Ob er denselben Wagen fuhr, der Dave auf Jersey aufgefallen war? Der Rover war ein beliebtes Modell, die meisten davon waren schwarz. Er rief Penny an.

„Kannst du ein Kennzeichen für mich überprüfen?", fragte er.

„Okay, ich höre."

Er nannte die Nummer, legte auf und wartete. Nach ein paar Minuten rief sie zurück.

„Der Wagen gehört einer Autovermietung in Southampton. Er wurde vor einer Woche von einem Mann namens Peter Smith gemietet. Stimmt etwas nicht mit ihm?"

„Ein dreister Falschparker, reine Routine. Danke dir, Penny."

Er legte auf und rief Matt Frazer an, seinen Freund und ehemaligen Vorgesetzten bei der Londoner Metropolitan Police.

„Hallo, Tom.“

„Ich heiße jetzt Steve Cole.“

Matt lachte. „Ich habe mich immer noch nicht daran gewöhnt, obwohl ich den Namen selbst ausgesucht habe. Wie geht’s dir, Steve?“

„Ich schlage mich so durch.“

„Was bleibt uns anderes übrig? Hast du über mein Angebot nachgedacht, deinen alten Namen wieder anzunehmen? Ich kann das arrangieren.“

„Ich habe mich gerade an Steve Cole gewöhnt. Thomas McCallum ist tot. Belassen wir es dabei.“

„Wie du willst. Wie steht es um Abby Bonham?“

Auch wenn er Matt restlos vertraute, durfte sein Freund auf keinen Fall erfahren, dass er gemeinsame Sache mit einem Mafiaboss machte.

„Sie wurde nach Brighton verlegt. Dort hat sie eine bessere medizinische Versorgung als auf Alderney.“

„Was passiert ist, tut mir unendlich leid, Steve.“

„Es ist nicht deine Schuld. Unser Plan war gut, wir hatten an alles gedacht.“

„Aber nicht daran, dass Cataldo die Seiten wechseln könnte und mit Sorokins Geliebter durchbrennt.“

„Das konnte niemand ahnen.“

„Sag mir Bescheid, wenn du Hilfe brauchst.“

„Du kannst gleich damit anfangen.“

Er schickte ihm eine Textnachricht mit dem Foto von Baxters Besucher.

„Ich muss wissen, wer das ist.“

„Warum benutzt du nicht die offiziellen Kanäle? Ihr habt in Saint Anne genügend Möglichkeiten, jemanden zu identifizieren."

„Du bist und bleibst ein misstrauischer alter Bursche", sagte Steve.

Matt kicherte. „Darum lebe ich noch. Sag mir, was du vorhast."

„Ich habe einen Tipp bekommen, dass auf Alderney eine größere Sache anläuft. Baxter und Sorokin stecken wieder die Köpfe zusammen. Beim Anblick des Besuchers unseres Inselkönigs stellen sich mir die Nackenhaare auf. Meine Leute sind zu unerfahren im Umgang mit Typen wie Cataldo. Ich will sie nicht in Gefahr bringen. Bevor ich sie einbinde, muss ich wissen, wer der Kerl ist."

„Okay. Ich jage das Bild durch unsere Datenbanken und rufe dich zurück."

Matt legte auf. Steve beobachtete das Haus mit einem Fernglas. Durch das große Panoramafenster des Wohnraums konnte er Baxter und den Fremden sehen, aber natürlich nicht verfolgen, was sie besprachen. Zehn Minuten später meldete sich Matt.

„Dein Instinkt trügt dich nicht", sagte er. „Der Mann heißt Giulio Garcia. Nach Cataldos Verschwinden ist er zu seinem Nachfolger aufgestiegen – ein verflucht unangenehmer Kerl, mindestens ebenso brutal und gefährlich wie Cataldo."

„Ein Killer also?"

„Er wird international wegen mehrerer Auftragsmorde gesucht. Brauchst du Unterstützung?"

„Noch nicht. Erst will ich wissen, was er hier zu suchen hat."

„Ich hör mich mal ein bisschen um", sagte Matt.

„Kannst du außerdem überprüfen, ob Sorokin in Verbindung mit einem Mann namens Maxwell Harper stand?"

„Stand?"

„Harper wurde auf eine Weise umgebracht, die einen Racheakt des organisierten Verbrechens vermuten lässt. Vielleicht steht Garcias Auftauchen mit dem Mord in Zusammenhang."

„Das würde zu Sorokin passen."

„Sehe ich auch so", sagte Steve. „Schick mir alles, was du finden kannst. Benutze die E-Mail-Adresse, die ich dir eingerichtet habe."

„Es gibt also keine offizielle Zusammenarbeit zwischen der Met und der Alderney Police Force?"

„Vorerst nicht. Ich will nicht, dass mein eifriger Constable über einen Mafiakiller stolpert. Er neigt dazu, sich zu überschätzen und durch Alleingänge zu glänzen. Das könnte diesmal böse enden."

„Das erinnert mich an einen jungen Polizisten namens Thomas McCallum. Er musste untertauchen und eine neue Identität annehmen."

„Garcia ist eine Nummer zu groß für Dave und den Rest meines Teams."

„Du kannst nicht tatenlos zuschauen, wie er auf deiner schönen Insel herumspaziert und seiner Arbeit nachgeht. Du musst ihn sofort aus dem Verkehr ziehen, Steve."

„Alles zu seiner Zeit. Ich will erst wissen, was er vorhat. Wenn ich Garcia nicht mehr kontrollieren kann, melde ich mich."

Matt seufzte. „Das hatte ich befürchtet."

„Gib mir drei Tage Zeit."

Matt zögerte. „Okay. Drei Tage, mehr nicht."

„Danke. Halt die Ohren steif."

„Du auch."

Steve legte auf. Die Sache gefiel ihm nicht. Sie gefiel ihm ganz und gar nicht.

16

Dan tappte orientierungslos durch die Dunkelheit. Angstvolle Schreie hallten die Gänge der verfallenen Bunkeranlage entlang. Als Kind hatte ihn das verbotene Labyrinth magisch angezogen und seine Fantasie beflügelt. Wenn man still war, konnte man die Brandung hören, die sich an den Felswänden brach, und dahinter das Flüstern der Ertrunkenen. Irgendwo durch diesen steinernen Irrgarten irrte Heather. Dan spürte ihre Furcht. Sie war nicht allein, jemand folgte ihr durch die Finsternis. Er hielt die große Axt in den Händen, die er aus dem Schuppen hinter der Garage gestohlen hatte.

„Heather! Wo bist du?"

Das Bild des Fremden auf dem Dach schob sich vor seine Augen. Er war weder tot noch lebendig, kein Spuk und auch nicht real, sondern ein Geschöpf der Verlustangst, die Dans Herz umklammerte. Er sah ihn an und lachte. Seine Zähne verwandelten sich in mit Widerhaken bewehrte Tentakel, die sich um Heathers Leib wanden und sie in das schreckliche Maul zogen.

Dan wusste, dass er träumte und dass die Gesetze der Wirklichkeit in dieser surrealen Welt außer Kraft gesetzt waren. Es gab nur einen Weg, um sie vor dem Monster zu retten. Irgendwo in diesem Labyrinth wartete die magische Schreibmaschine auf ihn, mit der er die Geschichte dieses Albtraums umschreiben konnte.

Immer tiefer stieg er in Sphären seines Unbewussten hinab, in denen namenlose Schrecken hausten. Plötzlich saß er in seinem Arbeitszimmer, die leere Seite seines Textverarbeitungsprogramms leuchtete grell vor ihm auf, und der Cursor blinkte wie eine Sonne kurz vor der Explosion.

Dan blickte an sich herab und schrie auf. Der Fußboden hatte sich aufgelöst, ein bodenloser Schacht, in dem das Meer brodelte und kochte, gähnte unter ihm. Ihm blieb nicht mehr viel Zeit, bevor ihn die Flut verschlang.

Verzweifelt suchte er nach den richtigen Worten, nach dem erlösenden Zauberspruch, der Heather befreien und den Albtraum beenden würde. In seinem Kopf wirbelten Buchstaben durcheinander wie Glühwürmchen in einem Wirbelsturm. Er wollte sie fangen und ordnen, vermochte es aber nicht. Sie neckten ihn, wechselten die Plätze und bildeten Reihenfolgen ohne Bedeutung.

Als er aufsah, waren Monitor und Tastatur verschwunden. Er hatte gefunden, wonach er suchte. Vor ihm stand eine monströse Schreibmaschine. Dan schrumpfte, während die Maschine gleichzeitig wuchs, bis ihre Tasten so groß waren, dass er von einer zur anderen springen musste, um Buchstaben auf das Papier zu stanzen. Fluffy hockte auf dem Schlitten und funkelte ihn aus heimtückischen Katzenaugen an. In ihrer Kehle klaffte ein blutiger Schnitt.

„Du musst schreiben, Dan“, zischte sie. „Schreiben, sonst wird Heather sterben.“

Doch sobald er es versuchte, fauchte sie und schlug mit ihren Krallen nach ihm. Aus dem durchtrennten

Hals strömte Blut und tropfte in den Schacht, wo es sich mit der steigenden Flut vermischte.

Heathers Stimme echote in seinem Kopf: „Dan, hilf mir! Du musst schreiben! Schreiben!"

Die verhexte Schreibmaschine schrumpfte auf ein normales Maß. Dan versuchte zu tippen, doch er konnte seine Finger nicht bewegen. Seine Hände begannen zu versteinern.

„Du bist ein Feigling, Dan", sagte Heather. „Das warst du schon immer. Ich wusste, dass du mich im Stich lassen würdest."

Er fuhr herum. In einer klaffenden Wunde in ihrem Schädel steckte die Schneide der großen Holzfälleraxt. Hinter ihr stand der Mann, der sie durch die Korridore des Bunkers gejagt hatte. Er trug Dans Gesicht.

Mit einem Schrei schreckte Dan aus dem Albtraum auf. Er lag auf dem Boden seines Arbeitszimmers inmitten eines Durcheinanders eng beschriebener Manuskriptseiten. Mehrere Minuten vergingen, bevor er in der Wirklichkeit ankam. Wieder hatte er endlose Zeilen getippt, ohne sich daran erinnern zu können. Er nahm ein Blatt in die Hand, kniff die Augen zusammen und las.

Töte sie. Töte sie. Töte sie.

Er musste den größten Teil der Nacht damit zugebracht haben, diesen furchtbaren Satz in die Tasten der alten Maschine zu hämmern. Von Angst erfüllt und zornig auf sich selbst, kroch er umher, raffte die Seiten zusammen, zerriss und zerfetzte sie und stopfte sie in den Papierkorb. Als er sich an der scharfen Kante eines Blattes schnitt, bemerkte er die rostroten Flecken an seinen Händen. Sie waren mit getrocknetem Blut beschmutzt.

Hatte er dem schrecklichen Traum Taten folgen lassen? Die Vorstellung erfüllte ihn mit Grauen, ihm wurde übel. Er wankte zum Fenster, öffnete es und atmete tief die kalte Morgenluft ein. Aus dem Küchenfenster im Erdgeschoss fiel ein gelber Lichtschein auf die Terrassenplatten.

Von einer bangen Hoffnung erfüllt, verließ er sein Schreibzimmer und ging nach unten. In der Küche brannte Licht, ansonsten gab es keine Anzeichen, dass Heather hier gewesen war und gefrühstückt hatte – kein benutztes Geschirr in der Spüle, keine Brotkrümel auf der Anrichte und kein Rest Kaffee in der Maschine. Zitternd drehte er den Wasserhahn über der Spüle auf und begann, seine Hände und Fingernägel mit einem Küchenschwamm und Scheuermilch zu säubern. Ein wässrig rotes Rinnsal ergoss sich in den Abfluss und wurde allmählich von klarem Wasser verdrängt.

Die verrückte Hoffnung geisterte durch seinen überhitzten Verstand, dass das ritualhafte Waschen alles ungeschehen machte, was in der Nacht passiert war. Aber die Realität ließ sich nicht so einfach auslöschen. Woher stammte das Blut? Wo war Heather?

Er ging ins Wohnzimmer, zog die gläserne Schiebetür auf und betrat den Garten. Würde er dieses Mal ein größeres Grab finden, geschaufelt nicht für eine Katze, sondern für den Menschen, den er am meisten liebte?

Es hatte zu regnen begonnen. Schwere, kalte Tropfen fielen auf Bäume und Sträucher, zerplatzten auf Gehwegen, Kieseln und explodierten in den Pfützen. Es war ungewöhnlich still. Außer dem stetigen Prasseln des

Regens war kein Laut zu hören, selbst die Brandung des nahen Ozeans schien verstummt angesichts dessen, was er getan hatte.

Vergeblich suchte er den Garten ab. Die Senke unter dem Lorbeerstrauch, in der Fluffy gelegen hatte, war kaum noch zu erkennen. Ein Grabhügel, der eine menschliche Leiche verbarg, wäre ihm aufgefallen. Aber da war nichts außer schwarzer, feuchter Erde, die Heather in mühevoller Arbeit gelockert hatte.

An der Längswand des Schuppens hingen ordentlich aufgereiht Rechen, Spaten und Hacken. Nur ein Werkzeug fehlte: die schwere, langstielige Holzfälleraxt.

Dan kehrte ins Haus zurück und ging ins Obergeschoss hinauf. Mit jeder Stufe wuchs seine Gewissheit, dass er etwas Entsetzliches getan hatte. Er blieb vor der Schlafzimmertür stehen und wagte es nicht, sie zu öffnen.

17

Dan wusste nicht zu sagen, wovor er sich mehr fürchtete: vor dem, was er finden würde, oder vor dem Wahnsinn, der in den Tiefen seines Unbewussten schlummerte und sich einen Weg in die Wirklichkeit bahnte. Er musste all seine Willenskraft aufbringen, um die Tür aufzustoßen. Die Türangeln quietschten leise, ein kühler Luftzug strich über sein heißes Gesicht.

Auf dem zerwühlten, leeren Bett lag die Axt. Die Klinge war mit geronnenem Blut verschmiert. Heather blieb wie vom Erdboden verschluckt.

Der Anblick löste seine Schockstarre. In fliegender Hast durchsuchte er die beiden anderen Zimmer, die sie kaum benutzten. Sie waren leer, das Bad sauber und aufgeräumt. Er stieß auf keine weiteren Spuren einer Wahnsinnstat.

Sein Blick streifte die Überwachungskamera an der Decke des Korridors. Warum hatte er nicht sofort daran gedacht? Er eilte in sein Arbeitszimmer und schaltete den Computer ein. Ungeduldig wartete er, bis der alte Rechner hochgefahren war, und versuchte sich an Rubys Erklärungen zu entsinnen. Er brauchte kostbare Minuten, bis er endlich den Ordner mit den Überwachungsvideos fand. In ihm befanden sich fünf Dateien. Ruby hatte zwei Aufzeichnungen gemacht, um ihm die Funktionsweise des Programms zu demonstrieren. In der Nacht waren neue Videos hinzugekommen. Dan öffnete die erste der drei Dateien. Am oberen Rand wurden Uhrzeit und Dauer der Aufnahme eingeblendet. Der Bildschirm war in sechs Segmente unterteilt, die verschiedene Räume des Hauses zeigten, dazu den Eingangsbereich und einen Teil des Gartens. Die Kameras hatten sich gegen 6:15 Uhr eingeschaltet und zehn Minuten lang gefilmt.

Ein Schatten huschte über den Bildschirm und schien durch die Glasscheibe der Schiebetür im Wohnzimmer zu gleiten wie ein Geist. Dan drückte auf die Stopptaste und ließ die Aufnahme rückwärtslaufen. Der Geist bewegte sich in der Zeit rückwärts. Er trug das bedruckte T-Shirt, das Heather ihm geschenkt hatte, und Dans schwarze Wollmütze, mit der er seinen allmählich kahl werdenden Schädel bei kaltem Wetter schützte. Das Gesicht war aus dem Aufnahmewinkel heraus nicht zu erkennen, aber er zweifelte nicht daran, wer auf dem Video zu sehen war.

Sein digitaler Zwilling trat auf die Terrasse hinaus und verlor sich zwischen den Lorbeerbüschen in der Dämmerung. Drei Minuten später kehrte er zurück. Die Mütze tief ins Gesicht gezogen, schlüpfte er durch den Spalt der geöffneten Terrassentür ins Haus. In den Händen hielt er die Holzfälleraxt.

Er durchquerte das Wohnzimmer und verschwand aus dem Aufnahmebereich. Die Aufzeichnung endete, weil die Kamera keine Bewegung mehr erkannte. Dan suchte fieberhaft nach dem chronologisch zweiten Video und drückte auf die Playtaste. Sein Abbild tauchte in der Diele wieder auf. Er zögerte und drehte sich im Kreis, als wäre er unsicher, was er dort wollte, dann schien er sich zu erinnern und steuerte mit der Axt in den Händen auf die Treppe zum Obergeschoss zu.

Als er den Fuß auf die unterste Stufe setzte, trat ihm Heather entgegen. Sie öffnete den Mund zu einem entsetzten Schrei und wich vor ihm zurück. Dan versetzte ihr einen Stoß vor die Brust. Sie strauchelte und fiel auf die Treppenstufen. Deutlich sah er die Panik in ihren Augen, Heather hatte Todesangst. Angst vor ihm.

Der nächtliche, wahnsinnige Dan schwang die Axt und schlug zu. Heather duckte sich unter dem Hieb weg, die Klinge streifte das Geländer und schlug Funken aus der Steinstufe. Heather stieß ihn zur Seite und floh auf die Eingangstür zu, wohl wissend, dass er sie auf der engen Treppe einholen würde und ihr das obere Geschoss keine Fluchtmöglichkeit bot.

Der Zombie-Dan drehte sich um und schleifte die Axt über den Boden. Heather rüttelte an der Türklinke, doch die Haustür war wie jeden Abend verschlossen. Heather blieb keine Zeit mehr, sie zu entriegeln. Langsam begannen sie, sich zu umkreisen. Heather redete auf ihn ein. An ihrer Mimik und ihren Gesten sah Dan, dass sie sich bemühte, ihn zu beruhigen, was ihr jedoch offensichtlich misslang.

Als sie sich dem Durchgang zum Wohnzimmer näherte, versuchte sie, ihm zu entkommen. Wahrscheinlich plante sie, das Haus durch die Terrassentür zu verlassen und sich in Sicherheit zu bringen. Dan schnitt ihr den Weg ab und griff an. Sie wich ihm in letzter Sekunde aus und stieß mit dem Rücken gegen die Kellertür. Dan holte aus und schlug zu. Die Klinge drang neben ihrem Kopf tief in das dünne Holzblatt ein. Er zerrte wütend an der Axt, die fest im Türblatt steckte.

Schließlich gelang es ihm, sie herauszuziehen. Die Tür schwang auf und ließ ihn taumeln. Heather nutzte den Moment der Verwirrung, um ihm das Mordwerkzeug zu entreißen. Die Axt fiel zu Boden. Dan streckte die Arme aus und griff mit beiden Händen nach Heathers Kehle. Sie wehrte sich nach Kräften, doch er war stärker. Schließlich stieß er sie von sich und ohrfeigte sie. Sie verlor den Halt und verschwand im Dunkel der Stiege zum Keller hinab. Der alberne Spruch auf der Rückseite des Shirts hob die Szene ins Absurde: „Kiss a writer.“

Der schlafwandelnde Dan warf die Kellertür zu, legte den Riegel vor und verschwand aus dem Bild. Dan startete die dritte Aufnahme. Sein Schwarz-Weiß-Zwilling erschien im oberen Korridor. Eine Sekunde lang war deutlich sein Gesicht zu sehen. Seine Augen wirkten glasig und starr wie die einer Marionette. Unwillkürlich suchte Dan nach den Fäden, mit denen ihm ein grausamer Puppenspieler seinen Willen aufzwang. Schließlich öffnete er im Video die Schlafzimmertür und ging hinein, die Kamera schaltete sich aus. Weitere Videos gab es nicht.

Entsetzt schaltete Dan den Monitor aus, schraubte den Verschluss der Whiskyflasche ab und trank, bis er spürte, dass der Alkohol seinen Verstand benebelte und sich das irrsinnige Karussell seiner Gedanken verlangsamte. Er verfiel dem Wahnsinn, eine andere Erklärung gab es nicht. Hatte Heather den Sturz überlebt? Was erwartete ihn, wenn er die Kellertür öffnete?

Betäubt ging er nach unten und näherte sich der schmalen Tür, hinter der ausgetretene Stufen ins Dunkel hinabführten. Dan entriegelte sie und schaltete das Licht an. Am Fuß der Treppe lag Heather.

Dan verharrte auf der obersten Stufe. Der Alkohol entfaltete seine Wirkung auf nüchternen Magen viel schneller, als er es gewohnt war, er konnte kaum noch einen klaren Gedanken fassen.

Heather lag auf dem Bauch, den Kopf zur Seite geneigt. Langsam, wie in einem Albtraum gefangen, ging Dan die Stufen hinab und kniete sich neben sie. Er tastete nach ihrer Halsschlagader und spürte einen regelmäßigen Puls. Dan schluchzte vor Erleichterung auf. Die einzige Verletzung, die er entdeckte, war eine harmlose Platzwunde über der linken Augenbraue. Vielleicht war sie auf den unebenen Stufen nur gestolpert und gestürzt. Sie hatte ihn mehrfach aufgefordert, endlich das wackelige Geländer zu reparieren, doch wie so vieles hatte er es vergessen. Er strich ihr eine blonde Haarsträhne aus dem Gesicht und berührte sie leicht an der Schulter.

„Heather?"

Sie reagierte nicht.

„Heather, wach auf. Bitte." Seine Stimme klang flehend, weinerlich wie die eines Kindes, dem klar wurde, dass es sein Spielzeug zerbrochen hatte.

Er tätschelte leicht ihre Wange.

„Heather!"

Ihre Augenlider bewegten sich, sie kam zu sich und sah ihn verwirrt an.

„Was ist passiert?", fragte er.

„Ich ... ich weiß es nicht. Wo bin ich?"

„Im Keller. Du bist auf der Treppe gestürzt."

„Ich ... ich kann mich nicht erinnern."

Er half ihr auf. Ihn durchzuckte eine irrsinnige Hoffnung, für die er sich schämte. Vielleicht hatte der Sturz eine retrograde Amnesie ausgelöst.

„Ich bringe dich ins Mignot Memorial."

Sie schüttelte den Kopf. „Ich bin okay."

Um es zu beweisen, versuchte sie aufzustehen. Dan musste ihr helfen. Sie stützte sich auf ihn und schwankte.

„Wie bin ich hierhergekommen? Hast du ...?"

„Ich habe im Arbeitszimmer geschlafen, es war spät geworden, und ich wollte dich nicht wecken", antwortete er schnell.

Er half ihr die Stufen hinauf.

„Warte hier, ich bin gleich wieder bei dir."

Er ging nach oben, um Verbandszeug aus dem Arzneischrank im Bad zu holen. Vor der Schlafzimmertür blieb er stehen. Als er die Hand nach der Klinke ausstreckte, nahm er im Augenwinkel eine Bewegung wahr. Er fuhr herum, doch da war nichts. Ein leises Kratzen und Klopfen schreckten ihn auf – ein Geräusch, ähnlich dem, das er gehört hatte, als er Heather aus dem Schuppen befreite. Dan trat an das Dachfenster des Korridors. Ein Rabe flatterte auf und flog krächzend davon. War er so weit, dass er Gespenster sah?

Er ging ins Schlafzimmer. Die verfluchte Axt musste verschwinden, Heather durfte sie nicht finden.

„Wo bleibst du so lange?", rief sie.

Dan nahm die Axt und versteckte sie hastig unter der Couch in seinem Arbeitszimmer. Er würde sie säubern und in den Schuppen zurückbringen, sobald er unbeobachtet war. Dann holte er den Verbandskasten aus dem Bad und ging ins Erdgeschoss hinab, um Heathers Wunde zu versorgen.

„Du bist so blass, als hättest du ein Gespenst gesehen", sagte sie. „Sehe ich so schlimm aus?"

Seine Hände zitterten, als er ein Pflaster über ihre Augenbraue klebte.

„Du hast mir einen Riesenschreck eingejagt. Was wolltest du so früh am Morgen im Keller?"

„Ich weiß nicht … Ich glaube, ich wollte sichergehen, dass ich Fluffy nicht versehentlich dort unten eingesperrt hatte." Sie roch an ihm. „Dan, du hast getrunken."

Hatte sie vergessen, dass der alte Lewis glaubte, Fluffy am Platte Saline gesehen zu haben?

„Nur einen Schluck, um meine Nerven zu beruhigen", erwiderte er. „Himmel, ich dachte, du wärst tot."

„Unkraut vergeht nicht", scherzte sie.

Er verfiel in hektische Betriebsamkeit, um seine Unsicherheit zu überspielen.

„Ich koche dir Kaffee. Soll ich dich nicht doch ins Krankenhaus bringen? Du könntest dir eine Gehirnerschütterung zugezogen haben."

„Ich bin okay, Dan."

„Wirklich?"

Sie legte die Arme um ihn.

„Ja. Dan?"

„Was?"

„Du musst mit dem Trinken aufhören."

„Es … es war wirklich nur ein Schluck …"

„Am frühen Morgen."

Er erwiderte ihre Umarmung. Sie löste sich von ihm.

„Was ist mit der Kellertür passiert?"

„Ich … ich konnte dich nicht finden … du warst wie vom Erdboden verschluckt, und dann klemmte der verdammte Riegel. Ich glaube, ich bin ein bisschen in Panik geraten und …"

Sie fuhr durch sein Haar. „Schon gut."

„Ich bin so froh, dass dir nichts passiert ist. Kannst du dich an gar nichts erinnern?"

Sie schüttelte den Kopf.

„Nein. Autsch."

„Was ist?"

„Ich schätze, ich habe eine Riesenbeule am Hinterkopf."

Dan betrachtete sie besorgt.

„Mach nicht so ein gluckenhaftes Gesicht. Wie wäre es mit einem kräftigen Frühstück? Das wird mir wieder auf die Beine helfen."

Dan löste sich von ihr und begab sich in die Küche. Heather ging ins Obergeschoss. Kurz darauf hörte er das unverwechselbare Quietschen der Badezimmertür und das Rauschen der Dusche.

Er musste die Aufnahmen der Überwachungskameras löschen, Heather durfte sie niemals zu Gesicht bekommen. Offenbar hatte der Sturz tatsächlich eine Störung ihres Kurzzeitgedächtnisses ausgelöst. Sie war jedoch nicht die einzige beteiligte Person, die Schwierigkeiten hatte, Wahn und Wirklichkeit auseinanderzuhalten. Es war nicht mehr zu leugnen, dass er Hilfe brauchte.

Dan verließ die Küche und ging nach oben in sein Arbeitszimmer. Er suchte nach dem verräterischen Video und schob es in den Papierkorb, den er sicherheitshalber entleerte. Als er die Treppe zum Eingangsbereich hinunterging, läutete es an der Tür. Auf der Schwelle stand ein Polizist. Er trug die Uniform der Alderney Police Force.

18

„Mortenson hat das Ergebnis des DNA-Abgleichs der Speichelprobe von Olivia Harper geschickt", sagte Penny.

Steve schenkte sich einen Kaffee ein und warf einen Blick auf die Uhr in der Wache. Es war früher Nachmittag.

„Und was ist dabei herausgekommen?", fragte er.

„Er konnte keine DNA von ihr auf der Jacht sicherstellen."

„Das beweist noch nicht, dass sie nicht an Bord war. Wie sieht's mit der Untersuchung des Rasierpinsels aus?"

„Das Ergebnis stimmt zu hundert Prozent mit der DNA der Leiche überein. Es gibt keinen Zweifel mehr, der Tote ist Maxwell Harper."

„Was zu erwarten war", sagte Steve. „Leider bringt uns das nicht wirklich weiter."

„Vielleicht hat Dave Neuigkeiten", sagte Penny. „Er ist schon den ganzen Morgen unterwegs. Der Chief übrigens auch."

„Hast du mich nicht gedrängt, ihm mehr Freiraum zu geben und verantwortungsvollere Aufgaben zu übertragen, als Strafzettel für Falschparken zu schreiben? Ein Job, dem der Chief demutsvoll nachgeht."

„Es wäre hilfreich, wenn ihr euch nicht dauernd gleichzeitig da draußen herumtreiben würdet."

„Herumtreiben? Du hältst mich für einen Herumtreiber?"

Penny ging auf seinen Spott nicht ein. „Ich möchte lediglich an den Ermittlungen beteiligt werden."

Steve nickte. „Du willst also wissen, wo ich gewesen bin."

„Ich mache mir Sorgen um dich, Steve. Seit dem Attentat auf Abby kapselst du dich ab. Wenn du jemanden zum Reden brauchst …"

„… komme ich als Erstes zu dir, Penny. Versprochen."

„Du hast doch nicht wieder einen Mafiakiller aufgespürt?"

Ihre Intuition beunruhigte ihn. Wie kam es, dass er vor Penny nichts verheimlichen konnte? Sie schien in ihm zu lesen wie in einem offenen Buch - was ihn einerseits freute, ihm aber andererseits auch wenig behagte.

„Könnte sein, dass ich wieder mal deine Hilfe brauche", sagte er.

Sie seufzte. „Ich hatte recht. Es geht um Sorokin."

„Vielleicht ist er in den Fall verwickelt."

„Gehört er zu den Investoren, die Harper geprellt hat?"

„Das weiß ich noch nicht. Auf jeden Fall kannten sie sich. Dave hat im Netz ein Foto aufgetrieben, auf dem sie gemeinsam bei einer Spendengala auftraten."

„Ein Mafiaboss gibt sich die Ehre bei einer Wohltätigkeitsveranstaltung?"

„Außen hui und innen pfui", sagte Steve.

Die Außentür des Reviers quietschte in den Angeln. Dave kam in die Wache. Er trug eine große Papiertüte und kaute mit vollen Backen. Watson lief erwartungsvoll auf ihn zu und strich um seine Beine. Der

Constable griff in die Tüte, brach ein Stück von einem Gâche Melée ab, einem auf Alderney beliebten Apfelkuchen, und warf es dem Hund zu, der es geschickt auffing.

„Hast du uns nur Leckereien mitgebracht oder auch Neuigkeiten?“, fragte Penny.

„Jede Menge von beidem.“

„Lass uns in den Pausenraum gehen“, schlug Steve vor.

Sie versorgten sich mit Kaffee und setzten sich an den großen Besprechungstisch. Dave reichte die Tüte herum, jeder nahm sich ein Stück.

„Isch hab mir die Lischte der Inveschtoren vorgenommen, die Harper Geld geliehen haben“, sagte Dave und schluckte. „Diejenigen, die ich erreichen konnte, waren sofort zu einer Stellungnahme bereit. Sie sind allesamt stinksauer. Allerdings wusste keiner von ihnen, dass Harper ermordet wurde.“

„Das behaupten sie zumindest“, sagte Penny. „Wir brauchen ihre Alibis.“

Dave nickte. „Ich bin dran.“

Steve lehnte sich zurück und wischte sich die Finger an einer Papierserviette ab.

„Wir kennen den genauen Todeszeitpunkt nicht, was die Überprüfung schwierig macht.“

„Aber wir können nachforschen, wer von ihnen am Abend vor Harpers Verschwinden auf Alderney war und möglicherweise Streit mit ihm hatte“, sagte Penny.

„Dazu brauchen wir Fotos der Betreffenden.“

Dave blätterte in seinem Notizbuch. „Von zwei Verdächtigen wissen wir jedenfalls, dass sie zur fraglichen

Zeit auf der Insel waren: Olivia Harper und Daniel Jacobs."

„Harpers Frau war hier?", fragte Penny.

„Hab ich überprüft. Sie checkte am Nachmittag des 30. August im Braye Beach ein", sagte Dave.

„Und dann ist da noch seine Tochter", überlegte sie. „Lewis hat gesehen, wie sie am fraglichen Abend an Bord ging und die Jacht kurze Zeit später wieder ziemlich aufgelöst verließ."

„Waren wir uns nicht einig, dass wir ihr keinen Mord zutrauen?", fragte Steve.

„Vielleicht war's nicht geplant. Auch das haben wir in Betracht gezogen. Auf jeden Fall hatte sie Gelegenheit, sich die Waffe zu beschaffen."

Dave nahm sich ein zweites Stück Kuchen. „Es gibt noch jemanden, der ein Motiv hat."

„Daniel Jacobs", sagte Penny.

„Ich habe ihm heute Morgen ein bisschen auf den Zahn gefühlt", fuhr Dave fort. „Er behauptet, am fraglichen Abend zu Hause gewesen zu sein und an einem neuen Roman zu arbeiten. Seine Frau hat die Aussage bestätigt, aber irgendetwas stimmt bei den Jacobs nicht."

Steve riskierte einen Blick in die Tüte. Ein letztes Stück Apfelkuchen war noch übrig.

„Was bringt dich zu dieser Vermutung?", fragte er.

„Er war ziemlich durcheinander. Ich musste meine Fragen mehrfach wiederholen."

„Das soll bei solchen Künstlergenies vorkommen", sagte Penny. „Sicher schwebt er durch die Welten seiner Fantasie."

„Seine Frau hat ein sehr reales blaues Auge und eine Platzwunde im Gesicht."

„Hast du dich erkundigt, woher das Veilchen stammt?"

„Sie behauptet, auf der Kellertreppe gestürzt zu sein."

„Aber du glaubst ihr nicht", sagte Steve.

„Vielleicht stimmt's ja, vielleicht auch nicht, und ihr Mann hat sie verprügelt."

Steves Finger bewegten sich langsam auf die Papiertüte zu. „Welchen Eindruck machte er denn auf dich?"

„Wie ein Schlägertyp wirkt er nicht gerade. Er ist kurzsichtig wie ein Maulwurf und scheint ehrlich besorgt um seine Frau." Er schüttelte den Kopf. „Heather Jacobs ist 'ne Wucht."

„Was meinst du damit?"

„Sie sieht verteufelt gut aus. Irgendwie passen die beiden nicht zueinander."

„Das alte Klischee von der Blondine, die den reichen Knacker heiratet", grollte Penny. „Nur weil sie nicht aussehen wie Ken und Barbie, heißt das nicht, dass sie ihn nur wegen seines Erfolgs geheiratet hat."

„Verdient er denn so viel mit seinen Romanen?", fragte Steve.

„Jacobs stürmt mit seinen Horrorthrillern regelmäßig die Bestsellerlisten. Er hat das Drehbuch zu Die letzte Nacht geschrieben", sagte Penny. „Gehst du etwa nie ins Kino?"

„Haben wir denn ein Kino in Saint Anne?"

Sie verdrehte die Augen. „Du bist ein hoffnungsloser Fall. Ich schätze, ich muss mich mal um deine kulturelle Fortbildung kümmern."

„Ist das etwa eine Einladung zu einem Date?"

„Nur zu einem Kinobesuch. Bilde dir ja nichts darauf ein.“

„Wie steht's denn um seine Finanzen?“

„Green hat die Wahrheit gesagt“, antwortete Dave. „Es war Jacobs sichtlich unangenehm, als ich danach fragte. Er sprach nur unter vier Augen mit mir darüber und gab zu, dass er den größten Teil seiner Tantiemen in das Filmprojekt gesteckt hat. Seine Frau scheint nicht zu ahnen, dass er so gut wie pleite ist.“

„Vielleicht weiß sie's ja und es gab Streit deswegen“, sagte Steve.

„Wir sollten uns auf jeden Fall eingehender mit ihm beschäftigen. Jacobs besitzt eine Beretta, Kaliber 9 mm.“

„Ups.“

„Das reicht für eine Vorladung“, sagte Penny.

Steve nickte. „Hast du die Waffe sichergestellt?“

„Hab ich. Sie ist schon unterwegs nach Guernsey zur ballistischen Untersuchung.“

„Gute Arbeit. Fahr zu Jacobs, und bring ihn aufs Revier. Penny, hör dich mal im Hafen um, ob jemand ihn am Abend des 30. August dort gesehen hat. Außerdem will ich wissen, ob sich Stella Harper immer noch auf Alderney herumtreibt. Ich möchte mich zu gerne noch mal mit ihr unterhalten.“

„Das könnte Gordon übernehmen“, sagte Dave.

„Wann ist er denn wieder einsatzfähig?“, fragte Steve.

Penny streifte ihre Uniformjacke über. „Morgen“, antwortete sie. „Und was macht der Chief?“

„Die Wache besetzt halten. Ich übernehme freiwillig den Telefondienst.“

„Er will sich ungestört das letzte Stück Apfelkuchen nehmen", sagte Dave vorwurfsvoll.

„Eine Unverfrorenheit", stimmte ihm Penny zu.

„Ihr habt Watson vergessen."

Die beiden verließen das Revier. Steve ging in sein Büro und öffnete den privaten Account, auf dem ihn E-Mails ohne Umweg über den zentralen Maileingang erreichten. Außer ihm wusste nur Penny, dass es diese Adresse gab.

Matt Frazer hatte ein umfangreiches Dossier über Giulio Garcia geschickt. Sorokin setzte ihn gezielt für Strafaktionen ein. Er war ebenso kaltblütig wie Cataldo, aber ihm fehlte der Sadismus des Mexikaners. Er ging zudem weniger impulsiv, sondern äußerst planvoll vor. Die Schnelligkeit und Präzision, mit der er seine Aufträge erledigte, hatte ihm den Spitznamen Die Mamba eingebracht. Darauf schien er mächtig stolz zu sein, denn er hatte sich eine entsprechende Tätowierung stechen lassen, eine schwarze Schlange, die sich um seinen linken Unterarm ringelte. Und dieser brandgefährliche Verbrecher trieb sich auf Alderney herum.

Steve lehnte sich in dem knarrenden alten Drehstuhl zurück. Hatte die Mamba bereits zugeschlagen? War Harper einer von Garcias Aufträgen gewesen? Das war fraglich, denn er tauchte erst jetzt auf, vier Wochen nach dessen Verschwinden.

Er überflog die restlichen Informationen, die Matt ihm besorgt hatte. Es gab keinen Hinweis darauf, dass Harper Sorokin Geld geschuldet hatte. Eine Sache war jedoch bemerkenswert: Ausgerechnet er war es gewesen, der den Russen vor zehn Jahren in die gehobene

Londoner Gesellschaft eingeführt und seinen geschäftlichen Aufstieg begünstigt hatte. Dies war also die Verbindung zwischen den beiden Männern. Sorokin war Harper zu Dank verpflichtet, doch beim Geld hörte die Freundschaft bekanntermaßen auf. Man blieb dem Russen nichts schuldig, das wusste Steve aus leidvoller Erfahrung.

Die Außentür fiel ins Schloss, vor der Milchglasscheibe mit der Aufschrift Chief tauchte ein Schatten auf. Es klopfte, Dave schob einen Mann mit Stirnglatze und starken Brillengläsern ins Büro. Er war blass, schwitzte und machte einen gehetzten Eindruck.

„Mr Jacobs hatte noch einen Platz in seinem Terminkalender frei", sagte Dave.

Steve deutete auf den Stuhl vor dem Schreibtisch. „Setzen Sie sich bitte, Mr Jacobs. Ich bin gleich bei Ihnen."

Er trat auf den Korridor hinaus und schloss die Tür hinter sich.

„Ich habe ihn in den Streifenwagen gesetzt und mich mit seiner Frau unterhalten."

Aufmerksam verfolgte er, was Dave zu berichten hatte.

„Das entlastet ihn nicht gerade, oder?"

„Nicht im Geringsten", sagte Dave.

„Gut, halte die Stellung, bis Penny zurück ist."

Er ging in sein Büro. Jacobs rutschte nervös auf seinem Stuhl herum.

„Worum geht es, Chief? Falls Constable Bailey mich verdächtigt, meiner Frau Gewalt angetan zu haben, irrt er sich. Sie hatte einen Unfall, das hat sie klar zum Ausdruck gebracht."

„Er hat nichts dergleichen angedeutet, Mr Jacobs.“

„Nicht?“

„Nein. Wäre ein solcher Verdacht denn begründet?“

„Ich liebe meine Frau. Ich könnte ihr niemals wehtun.“

„Fein, dann haben wir das ja geklärt.“

„Warum wollen Sie mich sprechen, wenn es nicht um
Heather geht?“, fragte Jacobs.

„Ich möchte Ihnen einige Fragen zu Ihrem Freund
Maxwell Harper stellen.“

„Max! Warum interessieren Sie sich ausgerechnet für
ihn?“

„Er hat die Verfilmung Ihres letzten Romans finan-
ziert, nicht wahr?“, sagte Steve.

„Ja, und er hat die Produktion in den Sand gesetzt. Das
ist kein Geheimnis.“

„Was Sie eine Stange Geld gekostet hat. Genauer gesagt: Sie sind pleite, Mr Jacobs.“

„Ich kann jederzeit neues Geld verdienen. Meine Bücher verkaufen sich wie geschnittenes Brot.“

„Wie viel haben Sie denn verloren?“

„Was geht das die Polizei an?“

„Es interessiert mich, weil ich nach einem Mordmotiv
suche.“

„Mord?“

„Mr Harper wurde erschossen.“

Jacobs machte ein betroffenes Gesicht. „Das wusste
ich nicht … tut mir leid … trotz all unserer Differenzen.
Das ist … schrecklich.“

Wenn er sein Bedauern spielte, war er verdammt gut
darin. Oder hatte er wirklich nichts von Harpers Tod
gewusst?

„Es erstaunt mich, dass Sie nichts von dem tragischen Ende Ihres Geschäftspartners gehört haben", sagte Steve. „Die Guernsey Press brachte kürzlich einen Artikel auf Seite eins über das Verbrechen."

„Mir fehlt die Muße, um Zeitung zu lesen. Wenn ich an einem Roman arbeite, sehe ich nur die Wände meines Schreibzimmers." Er nickte, als habe er verstanden. „Darum hat Constable Bailey meine Beretta eingezogen. Demnach wurde Max mit einer Pistole, Kaliber 9 mm, erschossen?"

„Korrekt. Wir überprüfen routinemäßig Ihre Waffe. Wenn sie nicht für die Tat benutzt wurde, bekommen Sie sie zurück."

„Ich hätte wohl kaum die Mordwaffe in meinem Schreibtisch versteckt, nicht wahr?"

„Ich weiß es nicht. Haben Sie?"

„Nein, natürlich nicht."

„Wann haben Sie Harper zuletzt gesehen?"

„Bei der Premierenvorstellung des Kinofilms im April."

Die Antwort kam schnell, vielleicht ein bisschen zu schnell.

„Danach hatten Sie keinen Kontakt mehr?"

„Nur telefonisch. Ich habe ihn ein paarmal angerufen, weil es Gerüchte gab, dass seine Produktionsfirma in Schwierigkeiten steckte."

„Was sich ja bewahrheitete", sagte Steve. „Also noch mal: Wie viel Geld haben Sie verloren, Mr Jacobs?"

„Muss ich die Frage beantworten?"

„Nein, aber ich krieg's sowieso raus. Ich kann mir einen richterlichen Beschluss besorgen, dann durchleuchten wir Ihre finanzielle Situation offiziell."

„Sie glauben, ich hätte Max umgebracht, weil er einen Flop produziert hat? Das ist Unsinn. Ja, wir hatten Meinungsverschiedenheiten über die Umsetzung des Stoffs, doch zuletzt waren wir uns einig. Wir ...“

„Wie viel, Mr Jacobs?“, fragte Steve noch einmal.

Jacobs schwieg. Nach einer Weile sagte er leise: „Den größten Teil meines Vermögens, achtzigtausend Pfund. Ich bin so gut wie pleite.“

Steve pfiff leise durch die Zähne.

„Ich habe Max nicht ermordet“, entgegnete Jacobs. „Der Verlust bedeutet nichts. Ich kann ihn leicht ausgleichen.“

„Ich glaube nicht, dass Sie dazu in der Lage sind. Sie leiden unter einer Schreibblockade. Das ist eine ziemlich ernste Angelegenheit für einen Schriftsteller.“

„Woher wissen Sie das? Es war Heather, nicht wahr? Sie hat es Ihrem Deputy erzählt.“

„Kann schon sein.“

„Eine Blockade dauert nicht ewig“, beharrte Jacobs. „Sie kann überwunden werden.“

„Viel Erfolg dabei.“

Das Telefon klingelte. Steve nahm ab und hörte schweigend zu.

„Danke. Das ist sehr aufschlussreich“, sagte er mit einem Blick auf Jacobs, der auf seinem Stuhl zu schrumpfen schien. Er legte den Hörer auf die Gabel.

„Sie haben mich angelogen.“

„Warum sollte ich?“

„Weil Sie befürchten müssen, dass Sie unser Haupttatverdächtiger sind. Sagten Sie nicht vorhin, Sie hätten keinen Kontakt mehr zu Harper gehabt?“

„Das ist richtig.“

„Sie waren am Abend des 30. August an Bord der Thetis.“

„Das stimmt nicht. Ich wusste nicht, dass Max auf Alderney war.“

„Es gibt Zeugen, die bestätigen, dass Sie gegen 18:00 Uhr seine Segeljacht betraten. Sie berichten weiter von einem heftigen Streit. Was wollten Sie von ihm? Forderten Sie Ihr investiertes Geld zurück?“

Jacobs fuhr sich über das unrasierte Kinn. Steve betrachtete ihn genauer. Dave hatte recht, mit dem Mann stimmte etwas nicht. Er sah aus, als hätte er seit mehreren Nächten nicht geschlafen, war fahrig und unkonzentriert. Als ob er unter einer großen seelischen Last leiden würde. Fühlte er sich schuldig, weil er im Affekt jemanden getötet hatte, auf den er verflucht wütend gewesen war?

„Also gut. Ja, ich war dort. Ich wollte noch einmal mit ihm reden, doch es hatte keinen Sinn. Er war betrunken und nannte mich einen Idioten. Max behauptete, ich wäre verantwortlich für die Pleite, weil ich darauf bestanden hatte, dass er meinen Roman werkgetreu umsetzt.“ Er fuhr erregt auf und lief unruhig im Büro auf und ab. „Aber es waren seine Änderungen im Drehbuch, die das Desaster verursachten. Schließlich setzte er sie ohne Absprache mit mir um. Damit beging er einen klaren Vertragsbruch.“

„Setzen Sie sich wieder hin.“

Jacobs schlurfte zu seinem Stuhl zurück wie ein alter Mann.

„Das muss Sie ganz schön wütend gemacht haben“, sagte Steve.

Er antwortete nicht.

„Sie wussten, dass Harper sich absetzen wollte, nicht wahr? Für eine Reise, wie er sie plante, braucht man Bargeld. Sein Stopp auf Alderney war die letzte Gelegenheit, sich einen Teil des Geldes wiederzuholen, das er Ihnen schuldete. Um Ihrer Forderung Nachdruck zu verleihen, nahmen Sie die Beretta mit. Es kam zum Streit, ein Schuss löste sich, und die Kugel traf Ihren ehemaligen Partner tödlich.“

„Nein. So war es nicht.“

„Dabei fing es so harmlos an. Harper war angetrunken und feierte seine neue Freiheit. Er hatte alles hinter sich gelassen, was ihn belastete – die unglückselige Ehe, sein berufliches Scheitern –, er war bester Stimmung. Und dann tauchen Sie auf. Er lädt Sie zu einem Drink ein, aber Sie lehnen ab und bestehen auf Ihrer Forderung. Er will, dass Sie gehen, und dann schmeißt er Sie achtkantig raus – ihn, den alten Freund. Ein Wort gibt das andere …“

„Nein, nein, nein.“

Jacobs schwitzte. Er wusste, dass er aus der Sache nicht mehr herauskam.

„Dann sagen Sie mir, wie es gewesen ist.“

„Ja, er wollte sich absetzen, Versäumtes nachholen und seinen letzten Tagen mehr Leben schenken. So viel es eben ging.“

„Seinen letzten Tagen?“

„Max hatte Parkinson im fortgeschrittenen Stadium. Er verriet es mir an jenem Abend.“

Steve nickte. „Das hat die Obduktion bestätigt.“

„Er war nicht allein an Bord. Da war dieses Mädchen, Kitty hieß sie, glaube ich. Max hatte dauernd Affären.“

„Weiter.“

„Wir stritten uns wegen des Geldes, und ich war sauer auf ihn. Aber als er sagte, dass er nicht mehr lange zu leben hatte, war ich erschüttert. Schließlich waren wir einmal gute Freunde. Ich sah ein, dass ich verloren hatte. Also wünschte ich ihm viel Glück und ging von Bord.“

„Einfach so?“

„Was hätte ich denn tun sollen? Ihn erschießen? Was hätte es für einen Sinn gehabt, einen todkranken Mann zu ermorden?“

„Da fallen mir eine Menge Motiv ein“, sagte Steve, „Rache, Wut, fehlende Impulskontrolle …“

Das Telefon klingelte. Es war Penny.

„Ich habe Mr Trenton in Leitung eins“, sagte sie.

„Sag mir nicht, dass er wieder auf eine Leiche gestoßen ist. Nicht jetzt, wo das Food & Drink Festival in den Startlöchern steht.“

„Ich fürchte, darauf nimmt er keine Rücksicht. Möchtest du ihn sprechen?“

Steve seufzte. „Stell ihn durch.“

Es knackte im Hörer, dann dröhnte Trentons Bassstimme aus dem Lautsprecher.

„Hallo, Chief Cole.“

„Mr Trenton, Sie werden allmählich lästig.“

„Tut mir leid, Chief, aber ich denke, Sie sollten sich das ansehen.“

„Wo stecken Sie denn?“

„In der Veaux Trembliers Bay im Nordosten. Hier liegt ’ne Leiche. Die Flut hat sie angeschwemmt. Ich schätze, sie war schon ’ne ganze Weile im Wasser. Ist kein schöner Anblick.“

„Wir sind so gut wie da. Warten Sie bitte auf uns, und fassen Sie nichts an.“

Steve legte auf.

„Kann ich jetzt gehen?“, fragte Jacobs.

„Nein.“ Steve stand auf und angelte seine Uniformjacke vom Haken. „Ich muss Sie bitten, mich zu begleiten.“

Jacobs sprang auf. „Ich habe Ihnen alles gesagt, was ich weiß. Begleiten ... Wohin denn?“

„Zur Veaux Trembliers Bay. Ich möchte, dass Sie jemanden identifizieren.“

„Dann stehe ich nicht länger unter Verdacht?“

„Sie werden Alderney vorerst nicht verlassen und sich zu unserer Verfügung halten. Und jetzt kommen Sie bitte mit.“

Die Veaux Trembliers Bay lag in unmittelbarer Nähe von Fort Corblets, einer viktorianischen Küstenfestung aus dem 19. Jahrhundert. Riffe und Felsen rahmten die kleine, halbmondförmige Bucht ein.

Trenton erwartete sie bereits. Steve hatte während der Flutmorde im vergangenen Jahr mehrfach die Bekanntschaft des alten Fischers gemacht. Auf seinen ausgedehnten Spaziergängen, die er mit seinem Mischlingshund Jappo unternahm, war er einer der Ersten, die über alles stolperten, was das Meer freigab. Dazu gehörten auch immer wieder die Wasserleichen leichtsinniger Surfer und Segler.

Steve stellte den Streifenwagen auf der Zufahrt zum Fort ab. Dave ging voraus und sperrte den Strand ab.

„Hab sie zuerst für’n Stück Treibholz gehalten“, begrüßte Trenton sie. „Sie liegt da vorn bei den Felsen.“

Steve ging über den nassen Sand zur Wasserlinie hinab. Er brauchte sich keine Sorgen darüber zu machen, mögliche Spuren zu vernichten. Die ablaufende Tide hatte bereits ganze Arbeit geleistet. Die Leiche trieb bäuchlings im flachen Wasser und hatte sich zwischen den Felsen verkeilt.

„Dave? Hilf mir mal!", rief er.

Sie zogen den toten Körper auf den Strand und drehten ihn um. Der Kleidung nach zu urteilen, handelte es sich um eine Frau. Viel mehr war ohne eingehende Untersuchung des Coroners nicht festzustellen. Ihr Gesicht war von Fischen angefressen und vom Salzwasser aufgedunsen und verfärbt. Jacobs begann zu würgen.

„Ich schätze, sie trieb mindestens drei Wochen lang im Wasser", sagte Dave.

Draußen vor der Bucht tauchte aus dem Nichts eine feine weiße Linie auf, die rasch breiter wurde und sich auf das Land zubewegte. Eine Bö kräuselte das Meer und ließ Steve frösteln. Überrascht beobachtete er, wie schnell der Wind die anrollende Welle in die enge Veaux Trembliers Bay drückte. Ihm blieb kaum genug Zeit, zurückzuweichen, bevor er sich nasse Füße holte. Jacobs ergriff die Flucht, stolperte und fiel auf den Hintern. Die Brandung erreichte die Leiche, hob sie an und spülte sie den Strand hinauf. Als das Wasser sich spielerisch wieder zurückzog, blieb sie unmittelbar vor Jacobs Füßen liegen. Es sah aus, als wolle sie den Schriftsteller umarmen. Er war aschfahl und starrte entsetzt auf die Tote.

„Könnte das die Frau sein, die Sie auf Harpers Jacht gesehen haben?", fragte Steve.

„Vielleicht. Die Haarfarbe stimmt überein. Ich erinnere mich daran, dass sie blond war."

„Hat Harper zufällig ihren Nachnamen erwähnt?"

Jacobs schüttelte den Kopf und wandte sich ab.

Steve unterzog die Leiche einer oberflächlichen Untersuchung. Deutlich war das Einschussloch in ihrem T-Shirt zu sehen.

„Sie wurde erschossen, genau wie Harper", sagte er.

„Soll ich Mortenson anrufen?", fragte Dave.

„Ja. Warten wir ab, was die Obduktion ergibt. Wenn die Kugel aus derselben Waffe stammt, mit der Harper getötet wurde, können wir wohl davon ausgehen, dass es sich um seine Bekanntschaft handelt."

Steve blickte zur Straße hinauf, wo sich bereits einige Schaulustige eingefunden hatten. „Bleib hier, bis das Team aus Guernsey eintrifft. Penny kann dich nachher abholen."

„Okay."

„Brauchen Sie mich noch, Chief?", fragte Trenton.

„Nein. Falls ich noch Fragen habe, melde ich mich."

Der Fischer tippte sich an die Mütze und rief seinen zottigen Hund herbei, der mit Watson herumtollte.

Dave wandte sich an den Schriftsteller. „Besitzen Sie ein Boot, Mr Jacobs?"

„Nein. Ich kann nicht schwimmen, und darum habe ich lieber festen Boden unter den Füßen."

Dave ging wie zufällig dicht an Steve vorbei. „Kann ich dich kurz unter vier Augen sprechen?", raunte er.

„Klar. Gehen Sie schon mal zum Streifenwagen vor, Mr Jacobs. Ich fahre Sie gleich zu Ihrem Haus."

Er wartete, bis der Autor außer Hörweite war.

„Hast du bemerkt, wie panisch er auf die harmlose Welle reagiert hat?", fragte Dave.

„Ist mir auch aufgefallen. Aber ich dachte zuerst, es wäre die Leiche, die ihn so sehr erschreckte."

„Die Thetis lag weit draußen in der Braye Bay, als Harper ermordet wurde. Genau wie Olivia Harper scheint auch Jacobs nicht gerade eine Wasserratte zu sein. Damit scheidet er als Täter ebenso aus."

„Wenn Harper nicht schon im Hafen erschossen wurde."

„Weder Lewis noch einer der Hafenarbeiter haben einen Schuss gehört. Auch den Bedienungen der Pubs und Fish-and-Chips-Buden ist nichts aufgefallen."

„Das bestätigt unsere Hypothese", sagte Steve.

„Jacobs schreibt Thriller und Kriminalromane. Er dürfte sich mit den Ermittlungsmethoden der Polizei auskennen und kaum so dämlich sein, die Tatwaffe in seinem Schreibtisch aufzubewahren, nachdem er damit einen Menschen erschossen hat."

„Eher nicht. Also suchen wir mal wieder den großen Unbekannten", sagte Steve.

„Jemanden, der sich mit Booten auskennt. Jemand, der weiß, dass die GPS-Daten einer Jacht im Navigationssystem gespeichert werden." Dave blickte zu der Hochebene hinüber, wo im Sommer Touristen zelteten. „Ein Surfbrett wäre auch denkbar."

„Du meinst diesen Moore, den ich auf dem Campingplatz überprüft habe?"

„Es könnte ja nicht schaden, wenn wir uns den mal genauer ansehen. Was ist eigentlich mit dem Mädchen?"

„Angeblich hat er sie nur in seinem Wohnmobil übernachten lassen, aber vielleicht kennen die beiden sich
ja besser, als sie zugeben", sagte Steve.

„Dann lassen wir Jacobs laufen?"

„Ich frage mich, warum ihm seine Frau ein falsches
Alibi gegeben hat."

„Um ihn zu schützen", sagte Dave.

„Sagtest du nicht, dass bei den Jacobs der Haussegen
schief hängt?"

„Ihre Version eines Unfalls dürfte der Wahrheit ent-
sprechen. Hätte Jacobs sie misshandelt, würde sie ihm
sicher kein Alibi verschaffen."

„Es sei denn, sie hängt mit drin", sagte Steve. „Beide
müssen über Harpers Tod informiert gewesen sein.
Hätte sie nichts von dem Mord gewusst, hätte sie nicht
zu lügen brauchen."

„Dann ist Jacobs noch nicht aus dem Schneider", sagte
Dave.

„Nein, ist er nicht", antwortete Steve. „Aber für eine
Festnahme reicht's auch nicht."

19

24. September

Steve saß auf der Terrasse des Quarterdecks im inneren Hafen und aß einen Salat mit gegrillten Steakstreifen. Watson wartete geduldig darauf, dass ein Happen für ihn abfiel.

Nach den verregneten Herbsttagen kam endlich wieder die Sonne zum Vorschein und lockte Kurzurlauber und Einheimische an den Strand. Bunte Lenkdrachen zogen ihre Bahnen am wolkenlosen, stahlblauen Himmel, die Segel von Jollen und Surfbrettern tanzten wie Vogelfedern auf den weiß bemützten Wellen.

Auch im Quarterdeck herrschte zur Mittagszeit reger Betrieb. An einem der Tische saß ein hünenhafter Mann mit pockennarbigem Gesicht. Er trug helle Baumwollshorts und ein eng anliegendes dunkles T-Shirt, das bei jeder Bewegung das Spiel seiner Muskeln betonte. Die pechschwarze Tätowierung einer Schlange, die sich um seinen linken Unterarm wand, schien zum Leben zu erwachen, als er sein leeres Bierglas hob und einer Bedienung winkte.

Er stopfte unglaubliche Mengen Essen in sich hinein. Nach einem Hummersalat war er zu Fish and Chips übergegangen und arbeitete sich nun an einem Steak, einer Platte mit gegrilltem Gemüse und einer riesigen Ofenkartoffel ab. Dazu trank er Ale. Offenbar war er immun gegen die Wirkung des Alkohols. Steve beobachtete Garcia seit einer Stunde. Er nahm soeben sein viertes Bier in Empfang, schob den leeren Teller zur Seite und bestellte zum Abschluss Schokoladenkuchen, Crème crûlée und einen doppelten Espresso.

„Auch ein Killer muss mal ausspannen", murmelte Steve.

Watson hatte dazu nichts zu sagen. Er leckte sich die Lefzen und beobachtete den Vielfraß zugleich ängstlich und fasziniert.

Steve wartete, bis Garcia bezahlt hatte, und folgte ihm dann in einigem Abstand. Der Killer schlenderte zum Braye Beach, suchte sich einen Platz nahe der Wasserlinie und breitete ein Strandtuch auf dem Sand aus.

Steve ließ sich einige Meter hinter ihm nieder. Watson legte den Kopf auf die Vorderpfoten und seufzte.

„Nein, ich glaube nicht, dass er Hunde frisst", sagte Steve.

Watson winselte zweifelnd.

„Auch keine Revierhunde."

Der struppige Hund stellte die übergroßen Ohren auf und beobachtete misstrauisch einen dicken Jungen, der einem Ball nachjagte und ihm bedrohlich nahe kam.

Steve drückte den Panamahut, den er sich von Dave geliehen hatte, tiefer in die Stirn und kontrollierte den Sitz seiner Sonnenbrille. Ein Mann wie Garcia machte keinen Urlaub. Wahrscheinlicher war es, dass er sich als harmlos wirkender Tourist gab, um die Insel auszukundschaften. Da Sorokin nichts dem Zufall überließ, ging Steve davon aus, dass der Killer bestens über ihn informiert war. Möglicherweise überwachte er ihn seit

Tagen, ohne dass es ihm aufgefallen war. Hatte Sorokin ihn abkommandiert, um aufzupassen, dass er sich an die Absprachen hielt? Ob seine Maskerade ausreichte, um Garcia zu täuschen, war fraglich. Einen Versuch war es immerhin wert.

Eine Windbö trieb den Ball den Strand hinauf vor Watsons Nasenspitze. Der dicke Junge japste und ließ sich auf die Knie fallen. Watson geriet in Panik und versteckte sich hinter Steves Rücken. Der gab dem Ball einen Schubs und bereinigte die Situation. Der Junge tollte zum Wasser hinab.

„Du kannst wieder rauskommen", sagte Steve. „Der Drache hat sich in seine Höhle zurückgezogen."

Watson streckte ihm das Hinterteil entgegen. Steve hätte schwören können, dass er beleidigt war.

Ein Surfer hielt auf das Land zu. Er hatte eine steife Brise erwischt, die ihn über die Wellenkämme fliegen ließ. Gekonnt drehte er in einem waghalsigen Manöver bei und ließ das Brett ins flache Wasser treiben.

„Schau an", murmelte Steve.

Thomas Moore zog sein Surfbrett an Land und strich sich das nasse Haar aus der Stirn. Er sah blendend aus und besaß einen sonnengebräunten durchtrainierten Körper, den er offenbar gerne zur Schau stellte.

Bevor er Garcia ins Quarterdeck gefolgt war, hatte er den Vormittag damit verbracht, Moore zu beschatten. Währenddessen hatte der Surfer die Aufmerksamkeit von drei jungen Frauen erregt, die ihn nacheinander in Gespräche verwickelten und heftig mit ihm flirteten. Mit einer von ihnen schien er sich für den Abend verabredet zu haben. In diesem Augenblick rempelte er eine Frau an, die etwa doppelt so alt war wie er. Sie strauchelte, Moore fing sie schwungvoll auf und lachte. Der Wind trug Fetzen ihrer Unterhaltung herüber. Moore entschuldigte sich tausendmal und lud sie zu einem Drink im The Moorings ein.

Was Steve verwunderte, war die Tatsache, dass Moore zwar offenbar einen attraktiven Sparringspartner für die Nacht suchte, den Strandschönheiten aber keine große Aufmerksamkeit schenkte. Die Rothaarige, die er ausgewählt hatte, schien eher eine Art Beifang zu sein, denn er hatte es eindeutig auf Frauen abgesehen, die älter waren als er.

Am Morgen hatte Steve einen kleinen Spaziergang unternommen, war umhergeschlendert und hatte herausgefunden, dass Moore ein nicht zu leugnendes Talent besaß, die Damen um den Finger zu wickeln. Ob er hoffte, sich von ihnen aushalten lassen zu können? Er stützte sich auf die Ellenbogen und hielt Ausschau nach Stella Harper.

„Wäre interessant zu wissen, worum es bei der Auseinandersetzung auf der Campsite wirklich ging", sagte er.

Watson wusste es auch nicht.

Steve wandte seine Aufmerksamkeit wieder dem Killer zu. Garcia war aufgestanden, zur Wasserlinie geschlendert und bewunderte nun Moores Board. Er stützte nachdenklich das Kinn in die Hand, schüttelte den Kopf, als könne er nicht begreifen, wie man auf einem wackeligen Brett mit einem Fetzen Segeltuch das Gleichgewicht halten konnte. Moore bemerkte sein Interesse. Garcia verwickelte ihn in ein angeregtes Gespräch, lachte laut über einen Witz und schlug ihm auf die Schulter. Der leichte Klaps reichte aus, um Moore ins Wanken zu bringen, obwohl er ein kräftiger Mann war. Er lächelte etwas unsicher und erklärte dem Killer, wie man steuerte, wendete und bremste. Garcia hörte aufmerksam zu, stellte gezielte Fragen und schien sich sehr für die Technik des Windsurfens zu interessieren.

Schließlich zog er ein Bündel Pfundnoten aus der Hosentasche, zählte ein paar Scheine ab und reichte sie Moore, der sie einsteckte und ihm die Hand schüttelte. Sie trennten sich. Moore zog sein Surfbrett aus dem Wasser, der Killer kam den Strand herauf und setzte sich neben Steve in den Sand.

„Herrliches Wetter heute, nicht wahr?", sagte er.

„Besser als in den letzten Tagen."

„Ich glaube, wir sollten uns mal unterhalten."

„Worüber möchten Sie denn plaudern?"

„Zum Beispiel über Ihren Strohhut. Sie können Ihre Verkleidung jetzt abnehmen, Chief Cole."

„Na, so ein Mist. Fast hätte ich geglaubt, es funktioniert."

Garcia lächelte und zeigte zwei Reihen strahlend weißer Zähne. Watson rückte näher an Steve heran, als er es gewöhnlich tat.

„Was hat er denn?", erkundigte sich der Killer.

„Er ist ein bisschen eigen in der Wahl seiner Gesellschaft."

„Recht hat er. Man sollte sich seine Freunde gut aussuchen."

„Was wollen Sie?"

„Ich soll Sie von Viktor grüßen. Er lässt fragen, ob alles nach Wunsch läuft."

„Nach seinem Wunsch oder nach meinem?"

„Ich glaube nicht, dass Sie eine Wahl haben.“

Eine Bö drückte einen knallgelben Lenkdrachen auf den Boden nieder. Er sauste dicht vor Garcias Nasenspitze vorbei. Der Junge an der Steuerleine schaffte es kaum, den Drachen zu bändigen.

„Heieiei!“, rief Garcia und lachte. Bei ihm sah es aus, als wollte er den Jungen fressen. „Ganz schön windig heute.“

„Ich hätte nicht gedacht, dass Auftragskiller Urlaub machen“, sagte Steve. „Man lernt doch nie aus.“

„Man muss das Angenehme mit dem Nützlichen verbinden. Ich wollte schon immer mal Windsurfen.“

„Sie sind also hier, um einen Job zu erledigen?“

„Das braucht Sie nicht zu beunruhigen. In ein paar Tagen bin ich wieder verschwunden.“

„Wenn Sie auf meiner Insel einen Mord begehen, werde ich Sie verhaften“, sagte Steve.

Garcia lachte. „Sie wissen doch, dass in diesem Fall noch jemand sterben wird.“

„Ich könnte Sie im Alleingang aus dem Verkehr ziehen. Auf Alderney gibt es jede Menge Möglichkeiten, sich einer Leiche zu entledigen. Ganz besonders, wenn man der Chief der Alderney Police Force ist.“

Garcia stand auf und klopfte sich Sand von den Shorts.

„Und was passiert dann? Viktor schickt Ersatz. Und Ihrer Freundin ist damit auch nicht geholfen.“

„Ich werd’s trotzdem versuchen.“

„Tun Sie, was Ihnen Spaß macht, Cole, aber kommen Sie mir nicht in die Quere.“

Pfeifend schlenderte Garcia den Strand entlang.

„Wir stecken in der Klemme“, sagte Steve.

Watson robbte über den Sand und überzeugte sich, dass der Killer in sicherer Entfernung war. Er knurrte leise, ein Laut, den Steve erst einmal von ihm vernommen hatte – an dem Tag, an dem er den suspendierten Polizisten Louie Harris verhaftet hatte. Watson hatte ihn und Penny damals aus einer brenzligen Situation gerettet und sein eigenes Leben aufs Spiel gesetzt. Solchen Mut hatte er weder vorher nach danach je wieder gezeigt und war in sein altes, ängstliches Verhalten zurückgefallen. Vielleicht brauchte es eine extreme Gefahr, damit er über seinen Schatten springen konnte. Steve dachte an die Thetis, die wie ein Geisterschiff aus dem Nebel aufgetaucht und ihm wie eine stumme Warnung erschienen war.

„Ich schätze, wir müssen auf uns aufpassen, Watson", sagte er.

Er stand auf und begab sich auf die Suche nach Moore. Falls er Garcias Auftrag war, musste er jemanden abstellen, der ihn im Auge behielt. Sein kleines Team konnte jedoch keinen permanenten Personenschutz leisten. Er brauchte Matts Unterstützung ... oder er musste schnellstens herausfinden, wie das alles zusammenhing.

Thomas Moore war damit beschäftigt, sein Surfbrett auf dem Dach des Wohnmobils zu verstauen. Steve ging über die Wiese der Campsite auf ihn zu.

„Hallo, Mr Moore. Wie geht's?"

„Ah, der Chief der Alderney Police. Bestens."

„Sie reisen ab?"

Moore kletterte die Leiter am Heck hinab.

„Eigentlich hatte ich vor, länger zu bleiben, aber das Wetter soll umschlagen. Bin wohl zu spät dran in diesem Jahr."

„Hatten Sie noch mal Ärger mit Stella Harper?"

„Sie hat sich nicht mehr blicken lassen, nachdem ich ihr klargemacht habe, dass mein Camper kein kostenloses Hotel ist."

„Hat sie gesagt, wo sie stattdessen übernachten will?"

„Nein."

Steve betrachtete das luxuriöse Wohnmobil.

„Ein hübschen Zuhause auf Rädern haben Sie da, Mr Moore. Haben Sie den Camper auf dem Festland gemietet?"

„Nein, er gehört mir."

„Der hat sicher 'ne schöne Stange Geld gekostet."

„Billig war's nicht. Andere stottern ihre Reihenhäuser ab, mein Heim rollt über die Straßen."

„Dann verdienen Sie gut in Ihrem Job?"

„Ich schreibe Computerprogramme auf Kundenwunsch, erstelle Websites und solche Sachen. Dazu brauche ich nur einen Laptop und ein schnelles Mobilfunknetz. Ich kann überall arbeiten. Gibt es ein Problem damit?"

„Solange Sie Ihr Geld auf ehrliche Weise verdienen, nicht."

„Okay, lassen wir den Small Talk", sagte Moore. „Sie sind doch nicht gekommen, um mit mir über meinen Job zu plaudern."

„Nein. Haben Sie den Mann, der Sie vorhin am Braye Beach angesprochen hat, vorher schon mal gesehen?"

„Spionieren Sie mir nach?"

„Ich war zufällig am Strand. Auch ein Chief muss mal ausspannen."

„Ich kenne ihn nicht."

„Was wollte er denn?"

„Ich soll ihm das Windsurfen beibringen."

„Daraus wird ja wohl nichts mehr, da Sie nun abreisen."

„Hey, ich bescheiße niemanden. Falls das Wetter uns einen Strich durch die Rechnung macht, bekommt er sein Geld zurück. Das haben wir so abgemacht."

„Ihre Privatgeschäfte interessieren mich nicht, Mr Moore. Ich ermittle in einem Mordfall, das erwähnte ich ja bereits."

„Ich wüsste nicht, wie ich Ihnen da helfen könnte."

„Dann frage ich Sie ganz direkt: Wo waren Sie am Abend des 30. August und am folgenden Tag?"

Moore hob abwehrend die Hände und schüttelte den Kopf. „Ich lass mir nichts anhängen. Damit hab ich nichts zu tun."

„Ich hab Ihnen doch noch gar nicht verraten, wer ermordet wurde."

„Na und? Ich habe niemanden umgebracht."

„Hab ich auch nicht behauptet. Also, wo waren Sie am Abend des 30. August?"

„Keine Ahnung, das ist immerhin drei Wochen her. Wahrscheinlich war ich draußen auf dem Meer. Warten Sie ... abends hab ich im The Moorings gegessen. Anschließend habe ich an der Bar des Braye Beach Hotels etwas getrunken."

„Warum erinnern Sie sich plötzlich so genau daran?"
„Weil ich dort jemanden kennengelernt habe."
„Eine Frau?"

„Ja.“

„Dann kann sie Ihre Anwesenheit ja bestätigen.“

„Schon, aber das wäre ihr sicher nicht recht.“

„Hat sie was ausgefressen?“

„Nein, sie ist verheiratet. Was zwischen uns lief, war ein One-Night-Stand, also machen Sie bitte keine große Sache daraus.“

„Es wäre schon wichtig für Sie, Mr Moore. Schließlich wollen Sie ja ein Alibi für die Tatzeit haben, oder nicht?“

Moore zögerte.

„Solange es die Ermittlungen nicht erfordern, erfährt ihr Mann nichts von dem Seitensprung“, sagte Steve. „So viel kann ich Ihnen versprechen.“

„Sie heißt Heather Jacobs“, sagte Moore schließlich. „Sie wohnt hier auf Alderney. Die Adresse müssen Sie schon selbst herausfinden.“

„Kein Problem.“

„Wir waren auch am nächsten Tag zusammen.“

„Die ganze Zeit?“

„Sie sagte, ihr Mann hocke nur zu Hause und arbeite. Ist so ’ne Art Schriftsteller. Sie langweilte sich zu Tode und wollte, dass ich ihr das Surfen beibringe. Wir haben den Nachmittag zusammen verbracht.“

„Und den Abend?“

„So ein Wohnmobil ist ganz praktisch ... Wir haben ... na ja, Sie wissen schon.“

„Sagt Ihnen der Name Maxwell Harper etwas?“

Moore schüttelte den Kopf. „Nie gehört. Ist er das Mordopfer?“

Steve antwortete mit einer Frage. „Besitzen Sie eine Waffe, Mr Moore?“

„Nein.“

„Okay. Wenn ich noch Fragen habe, melde ich mich bei Ihnen.

Steves Diensthandy klingelte. Er wandte sich ab und nahm das Gespräch an. Penny war in der Leitung.

„Die Kollegen aus Jersey haben angerufen. Sie bitten dich, sofort nach Saint Brélade zu kommen.“

„Worum geht’s denn?“

„Olivia Harper ist tot.“

20

Als Steve das Revier betrat, saß Gordon an seinem Platz und putzte sich geräuschvoll die Nase.

„Was machst du denn hier?", fragte er.

„Mir geht's besser. Da wir doch eine Menge zusätzliche Arbeit wegen des Festivals haben, dachte ich, ich schau mal vorbei und unterstütze euch ein bisschen."

„Wir können tatsächlich jede helfende Hand gebrauchen. Aber übertreib's nicht."

„Die Kollegen aus Jersey bitten dich, nach Saint Brélade zu kommen", sagte Penny. „Stella Harper hat ihre Mutter tot in der Badewanne gefunden. Es deutet einiges darauf hin, dass sie stark alkoholisiert war, im Wasser bewusstlos wurde und ertrank."

„Suizid oder ein Unfall?", fragte Steve.

„Nach der ersten Beschreibung hört es sich eher wie eine tragische Verkettung der Ereignisse an."

„Die Untersuchung ist Aufgabe der Jersey Police. Gibt es einen besonderen Grund, warum Sie mich anfordern?"

„Stella glaubt, ihre Mutter wäre ermordet worden, aber mit der Jersey Police will sie nicht reden. Sie verlangt ausdrücklich nach dir und behauptet, du hättest ihr versprochen, dass sie sich jederzeit an dich wenden kann."

„Hab ich wohl. Und Versprechen muss man halten."

„Dann hast du ja ordentlich Eindruck auf sie gemacht.“

„Ich gebe eben mein Bestes. Wann geht der nächste Flug?“

„Ich habe bei Aurigny Air Services einen Helikopter angefragt“, sagte Dave. „Der Direktflug nach Saint Helier dauert nur zehn Minuten. Wir können sofort zum Flughafen fahren.“

„Du bleibst diesmal hier. Penny, ich möchte dich dabeihaben.“

„Sag bloß, du baust auf meine weibliche Intuition.“

„Könnte nicht schaden.“

Dave setzte zu einem leisen Protest an. „Ich war beim letzten Mal auch mit von der Partie.“

„Du bekommst die verantwortungsvolle Aufgabe, dich um die Beschwerden des Stadtrats zu kümmern. Gordon, für dich habe ich einen Auftrag, der sicherstellt, dass du nicht das ganze Revier ansteckst. Auf der Campsite oberhalb der Veaux Trembliers Bay steht ein silbernes Wohnmobil. Ich möchte, dass du den Besitzer observierst. Der Mann heißt Thomas Moore. Ich will wissen, was er treibt, wenn er nicht gerade auf seinem Surfbrett unterwegs ist.“

„Das kann ich doch übernehmen“, sagte Dave hoffnungsvoll.

„Ist etwas unklar an meinen Dienstanweisungen?“, fragte Steve.

„Dave klappte den Mund zu und zog eine Schnute. „Nein.“

Penny hob fragend die Augenbraue, verkniff sich aber eine Bemerkung.

„Aye, aye, Chief“, sagte Gordon. „Haben wir ein Foto von Moore?“

„Dave schickt dir eine Kopie von Moores Ausweis auf dein Smartphone. Beobachte ihn, aber greife nicht ein, ganz egal, was passiert und mit wem er redet. Klar?“

„Völlig klar.“

„Gut. Vor allem interessiert mich, in welchem Verhältnis Moore zu Heather Jacobs steht und ob er sie trifft. Falls du herausfinden kannst, was die beiden zu besprechen haben, wäre das nicht von Nachteil.“

Gordon nieste. „Wird gemacht, Chief.“

Watson kam auf die Wache und lief unruhig umher. Jede Veränderung in seinem Tagesablauf bedeutete für ihn Stress.

Dave seufzte. „Dann werde ich mich wohl um unseren Deputy kümmern müssen.“

Penny zog ihre Uniformjacke an. „Watson wird eine große Hilfe sein. Er hat gelernt, jeden anzuknurren, der das Revier ohne triftigen Grund betritt.“

„Ich hoffe, dass wir in zwei Stunden zurück sein werden“, sagte Steve.

Sie verließen das Revier und fuhren mit dem Streifenwagen zum Flugplatz. Der Hubschrauber stand bereit und hob ab, kaum dass sie eingestiegen waren.

„Du hast Dave ganz schön angefahren“, sagte Penny. „So streng kenne ich dich gar nicht.“

„Sorokin hat Cataldos Nachfolger nach Alderney geschickt. Er hat Kontakt zu Moore aufgenommen.“

Er berichtete von seinen Beobachtungen am Strand, verschwieg jedoch das verräterische Gespräch mit Garcia.

„Ich glaube kaum, dass er daran interessiert ist, wie man ein Surfbrett steuert. Du kennst Dave. Er liebt Alleingänge und neigt dazu, sich zu überschätzen. Und er hat Garcias Wagen in der Nähe von Harpers Haus in Saint Brélade gesehen. Wenn er den Rover hier auf Alderney wiedererkennt, wird er Garcia nachschnüffeln, und das könnte böse enden. Darum ist er auf dem Revier am besten aufgehoben. Die Mamba ist mindestens so gefährlich wie Cataldo.“

„Was könnte Garcia vorhaben?“

„Ich weiß es nicht. Irgendwie hängt das alles zusammen.“

„Du glaubst, dass er Olivia Harper umgebracht hat und Stella auch in Gefahr ist?“

„Vielleicht. Ich kann meine Augen nicht überall haben. Es kann nicht schaden, wenn sie auch zu dir Vertrauen fasst.“

Zwanzig Minuten später landeten sie auf dem Jersey Airport.

„So schnell sieht man sich wieder“, begrüßte sie der Constable, der Steve schon einmal als Chauffeur begleitet hatte. Er fuhr vom Flughafen südwärts nach Saint Brélade und stoppte vor dem Anwesen der Harpers.

„Das Mädchen ist ziemlich durch den Wind“, erklärte er.

Steve und Penny betraten das Haus, vor dem zwei Streifenwagen und Leichenwagen parkten. Ein untersetzter Mann kam auf sie zu und stellte sich vor.

„Chief Officer Mark Davis. Herzlich willkommen auf Jersey, Mr Cole. Freut mich, Sie kennenzulernen. Allerdings hätte ich mir einen angenehmeren Anlass gewünscht. Erst der Mord an Harper und jetzt der Tod seiner Frau – scheußliche Sache."

Seine abgehackte Sprache erinnerte Steve an Ian Laney, den Chef der Guernsey Police. Ob das eine Eigenheit der Insulaner war? Er stellte Penny als seine Mitarbeiterin vor.

„Sie gehen von einem Unfall aus?", fragte er.

„Es deutet alles darauf hin. Kommen Sie bitte mit."

Sie folgten dem Officer ins Obergeschoss. Vor einer der Türen stand ein Sergeant der Jersey Police. Das Bad hinter ihm war hell erleuchtet.

„Immer hereinspaziert", rief Dr. Mortenson, der Coroner aus Guernsey. „Die Spusi ist schon durch."

„Was hat Sie denn nach Saint Brélade verschlagen?", fragte Steve.

„Urlaubsvertretung." Er grinste. „Und Sie, Chief? Wenn wir es mit einem Leichenfund zu tun haben, sind Sie nicht weit weg."

Sie betraten das Badezimmer. In der Wanne lag Olivia Harper, den Kopf leicht zur Seite geneigt. Ihre Lippen waren blau verfärbt. Auf den Fliesen standen zwei leere Rotweinflaschen.

„Können Sie schon etwas zur Todesursache sagen?", fragte Steve.

„Es deutet alles darauf hin, dass sie das Bewusstsein verloren hat und ertrunken ist. Ob neben Alkohol auch Schlaftabletten eine Rolle spielen, kann ich Ihnen erst nach der toxikologischen Untersuchung sagen. Die Tochter hat sie gefunden und die Polizei alarmiert. Das Mädchen hat ihre Mutter unter den Achseln gepackt und den Kopf auf dem Wannenrand platziert, weil sie hoffte, sie retten zu können. Aber sie war bereits tot.“

„Sie schließen einen Suizid also nicht aus?“

„Wäre durchaus möglich. Vielleicht war's aber auch nur ein Unfall. Auf jeden Fall weist sie keine äußeren Verletzungen auf, die auf einen gewaltsamen Tod hindeuten. Genaueres – wie immer – nach der Obduktion.“

„Wann ist sie gestorben?“

„So gegen 18:00 Uhr gestern Abend. Aber das ist nur eine vorläufige Schätzung“, erwiderte Mortenson. „Die Wassertemperatur könnte meine Prognose verfälschen.“

„Meine Mutter hat sich nicht umgebracht. Sie wurde ermordet!“

Stella drängte sich an dem Sergeant vorbei. Steve hielt sie davon ab, das Bad zu betreten.

„Penny, bringst du sie nach unten? Ich komme gleich nach.“

Sie führte das Mädchen zur Treppe. Er wandte sich an den Coroner.

„Schicken Sie mir das Ergebnis der Obduktion schnellstens nach Saint Anne.“

„Wie immer machen wir das Unmögliche möglich“, seufzte Mortenson. „Wie ruhig waren doch die Zeiten, als Henderson die Alderney Police Force leitete.“

„Wir wollen ja nicht, dass Sie einrosten, Doc.“

„Würden Sie bitte die Flaschen sicherstellen, Chief Davis?“, sagte Steve.

„Sie wittern doch nicht etwa ein Verbrechen? Alles sieht nach einem Unfall aus.“

„Niemand soll uns nachsagen, wir wären nicht jeder Spur nachgegangen, nicht wahr?“

Davis brummte eine Antwort und wies den Sergeant an, die Flaschen in Asservatenbeutel zu packen. Steve folgte Penny ins Erdgeschoss.

Im Wohnzimmer herrschte das gleiche Durcheinander wie bei seinem ersten Besuch. Penny stand vor dem Fenster, Stella hockte auf der Kante eines Sessels und kaute an den Fingernägeln.

„Erzähl mal, was passiert ist", forderte er sie auf.

„Sie haben gesagt, ich soll nach Hause fahren. Ich hab mich daran gehalten." Sie zuckte mit den Schultern. „Es gab ja auch keinen Grund mehr, auf Alderney zu bleiben."

„Bis auf die Tatsache, dass du deine Sozialstunden nicht abgeleistet hast, die die Jersey Police dir aufgebrummt hat."

„Sie wissen davon?"

Er lächelte. „Klar. Dir ging das Geld aus, richtig? Hast du dich deshalb mit Thomas Moore gestritten? Wolltest du ihn erpressen, weil er dich in seinem Camper schlafen ließ? Immerhin wirft es kein gutes Licht auf ihn, wenn er eine Minderjährige dort übernachten lässt."

„Nein, so war das nicht. Der Typ hat mir nichts getan, und ich hab ihn nicht angepumpt. Ich wusste nur nicht, wo ich schlafen sollte. Wegen des Food & Drink Festivals ist in Saint Anne alles ausgebucht. Ich konnte doch schon mal bei ihm unterkriechen, also hab ich ihn wieder gefragt. Aber er war richtig mies drauf und sagte, ich solle mich verpissen. Deswegen war ich sauer und hab mit den verdammten Steinen geworfen."

„Okay, du bist also nach Saint Brélade zurück", sagte Penny. „Wie war das, als du nach Hause kamst?"

„Ich hab die Haustür aufgeschlossen und nach Mum gerufen, aber sie antwortete nicht. Erst dachte ich, sie wäre wieder betrunken, doch dann fand ich sie in der Badewanne. Ich hab noch versucht, ihr zu helfen, aber es war zu spät. Es war kein Unfall und auch kein Selbstmord."

„Warum schließt du beides aus?", fragte Steve.

„Weil sie mich gestern angerufen hat. Sie sagte, alles würde nun gut werden. Doch dazu müssten wir fortgehen. Sehr weit."

„Hat sie gesagt, welche Pläne sie hatte?"

„Es klingt verrückt, aber sie war aufgekratzt und total nüchtern. Ich hab sie ewig nicht so gut gelaunt erlebt. Sie meinte, wir würden bald zu ihrer Schwester nach Sidney fliegen. Am Flughafen liegen zwei Flugtickets für uns bereit."

„Kannst du dir vorstellen, was sie so euphorisch gestimmt hat?"

„Nein. Sie machte ein großes Geheimnis daraus, von wegen Überraschung und so. Ich sollte mit niemandem darüber reden und so schnell wie möglich nach Hause kommen. Darum hab ich die nächste Fähre genommen und mit meiner letzten Kohle ein Taxi nach Saint Brélade bezahlt."

„Ich sehe mich mal im Haus um", sagte Penny. „Vielleicht finde ich etwas, das ihren Stimmungsumschwung erklärt."

Steve wandte sich an Stella. „Wieso glaubst du, dass deine Mutter ermordet wurde?"

„Als ich aus dem Taxi stieg, war der schwarze Rover wieder da. Vor ein paar Tagen war Mum total durch den Wind. Ich hab sie so lange gelöchert, bis sie mir verriet, dass der Typ unser Haus beobachtet.“

„Du warst in der Zwischenzeit hier?“

„Ich brauchte Geld.“

„Kannst du den Fahrer beschreiben?“

„Das ist ein Riese. Dunkles Haar, schiefe Nase, ’ne Menge Pockennarben auf den Wangen, so um die vierzig. Mum sagte, einmal ist er ihr sogar in die Stadt gefolgt.“

„Warum hat sie nicht die Polizei eingeschaltet?“

„Sie hat die Jersey Police angerufen, aber die Pfeifen haben nichts unternommen. Deshalb wollte ich doch unbedingt, dass Sie herkommen. Können Sie nicht irgendwas tun, Chief? Für die Dummköpfe hier war’s ein Unfall ... oder Selbstmord. Aber das stimmt nicht. Ich glaube, Mum hat herausgefunden, wer Dad umgebracht hat, und der Mörder hat’s gemerkt und sie zum Schweigen gebracht. Ich kann’s nur nicht beweisen.“

Steve suchte in der Bilddatenbank seines Smartphones nach dem Foto von Garcia, das er vor Baxters Haus aufgenommen hatte, und zeigte es ihr.

„Ist das der Mann, der euch beobachtet hat?“, fragte er.

„Ja. Wer ist das?“ Sie schlang die Arme um ihren Oberkörper, als wäre ihr plötzlich kalt. „Der Typ ist echt unheimlich. Haben Sie seine Augen gesehen? So schwarz wie die von ’nem verdammten Hai.“

„Warte hier, und rühr dich nicht vom Fleck.“

„Wieso nicht? Sie haben kein Recht, mich hier festzuhalten. Ich ...“

„Du willst doch, dass ich dir helfe, oder? Also mach, was ich dir sage. Ich bin gleich zurück. Es dauert nicht lange.“

Er ging Penny suchen und traf sie in Harpers Arbeitszimmer an. Der Safe hinter dem Ölgemälde stand offen, auf dem Schreibtisch lagen Ordner, Dokumente und stapelweise Akten.

„Hast du etwas entdeckt, das uns weiterhilft?“, fragte er.

„Ein Motiv für einen Mord konnte ich bisher nicht finden, aber ich weiß jetzt, wie Harper seine Weltumsegelung finanzieren wollte.“

„Nämlich?“

„Er hat vor sechs Wochen eine Lebensversicherung aufgelöst, die hunderttausend Pfund schwer war.“

Sie reichte ihm eine Police und ein Schreiben der Versicherungsgesellschaft sowie Kontoauszüge, die belegten, dass das Geld eingegangen und umgehend abgehoben worden war.

Steve pfiff durch die Zähne. „Damit hat er die Ausrüstung bezahlt, die er bei Trip Bowman gekauft hat.“

„Und er muss noch eine Menge für die Reise übrig behalten haben.“

„Die restliche Summe kann er nur auf der Thetis aufbewahrt haben.“

„Dann haben wir es mit einem Raubmord und einer Verdeckungstat zu tun.“

„Möglich. Stella erzählte gerade, dass ihre Mutter offenbar seit ein paar Tagen keine Geldsorgen mehr hatte und mit ihr nach Australien zu ihrer Schwester auswandern wollte.“

Penny zog einen Zettel aus dem Chaos.

„Schau dir das an."

Sie reichte ihm drei zusammengeheftete Blätter. Steve überflog den Inhalt.

„Das ist eine Kopie von Harpers Testament", sagte er. „Seine Frau und die Tochter erben zu gleichen Teilen."

„Olivia haftet zwar nicht für die Pleite ihres Mannes, aber die Schulden werden aus der Hinterlassenschaft getilgt und übersteigen die Vermögenswerte", sagte Penny. „Ihr bleibt nichts. Der Tresor stand offen, als ich reinkam. Sieht so aus, als hätte ihn jemand durchsucht, um sich einen Überblick über die finanzielle Lage zu verschaffen."

„Oder er hatte es auf das Geld aus der Lebensversicherung abgesehen", sagte Steve.

„Und wenn seine Frau auf die Police und die Kontoauszüge gestoßen ist? Ihr muss sofort klar gewesen sein, dass sie das Geld zur Seite schaffen muss, weil es sonst in die Konkursmasse fließt. Und dann hat sie gemerkt, dass ihr Mann bereits alles abgehoben hat."

„Das Geld kann aber nur auf der Thetis gewesen sein", sagte Steve.

„Wir wissen, dass sie am 30. August im Braye Beach eingecheckt hat", entgegnete Penny.

„Und wir waren uns einig, dass sie nicht die Kenntnisse und Fähigkeiten hatte, den Mord durchzuführen. Aber vielleicht war sie später noch mal auf Alderney und hat die Thetis nach dem Geld durchsucht."

„Du glaubst, sie hat es gefunden. Dann ist sie damit zurück nach Jersey gefahren. Euphorisch rief sie Stella an und plante ein neues Leben", sagte Penny.

„Der Täter überrascht sie, täuscht einen Suizid vor und verschwindet mit der Beute."

„Oder er hat sie gefoltert, um von ihr zu erpressen, wo Harper das Geld versteckte, und hat es selbst von der Jacht geholt."

„Mortenson hat keine äußeren Spuren von Gewalteinwirkung festgestellt, keine Blutergüsse an den Armen, keine Abwehrverletzungen", sagte Steve.

„Es gibt Methoden, Menschen zu quälen, ohne sichtbare Spuren zu hinterlassen", sagte Penny. „Wasser eignet sich da hervorragend."

„Ich wusste gar nicht, welche Abgründe in dir schlummern."

„Vielleicht verbringe ich zu viel Zeit mit Dave. Er hat ständig solche Geschichten auf Lager."

Steve dachte an Garcia. Was Penny vermutete, kam der Wahrheit wahrscheinlich näher, als sie ahnte.

„Wir haben ein Problem, Penny."

„Du denkst, es war Sorokins Killer?"

„Was ist, wenn er Harpers Schulden eintreiben sollte? Entweder hatte er Erfolg, oder er hat sie ein bisschen zu hart angefasst und nicht erfahren, was er wissen wollte."

„Dann könnte er sich als Nächstes ..."

„... Stella vornehmen. Und es gibt noch eine weitere Möglichkeit. Garcia hat erst Harper umgebracht und dann seine Frau."

„Ein Racheakt der Mafia?", fragte Penny.

„Die Art und Weise, wie Harpers Leiche zur Schau gestellt wurde, deutet darauf hin. So oder so. Wenn meine Vermutung stimmt, schwebt Stella in großer Gefahr und ist Garcias nächstes Ziel. Wir müssen sie mit nach Alderney nehmen. Auf Jersey ist sie so lange nicht sicher, bis wir den Fall aufgeklärt haben."

„Ich ahne, warum du mich mitgenommen hast und nicht Dave. Du denkst nicht zufällig daran, mich als ihre Leibwächterin abzustellen?“

„Es ist die naheliegende Lösung, Penny. Laney wird nicht begeistert sein, wenn ich eine Minderjährige in meinem Haus übernachten lasse. Wenn sie vorübergehend bei dir einzieht, kannst du am besten ein Auge auf sie werfen.“

„Sie ist fast achtzehn.“

„Baxter sucht nur nach einem Anlass, mich loszuwerden, und er greift nach jedem Strohhalm. Eine solche Gelegenheit lässt er sich nicht entgehen.“

„Dann hol dir Laneys Erlaubnis“, sagte Penny.

Steve seufzte. Der Prinzipienreiter auf Guernsey würde sich kaum auf seinen Vorschlag einlassen.

„Ich werde mal mit ihm reden, aber versprich dir nicht zu viel davon.“

„Auf einen Teenager aufzupassen, kann anstrengender sein, als einen Sack Flöhe zu hüten“, sagte Penny. „Vor allem, wenn er Stella Harper heißt.“

„Da ist was dran“, entgegnete Steve, „aber wir können sie so lange nicht allein auf Jersey zurücklassen, bis wir sicher sind, dass ihr keine Gefahr droht.“

„Ich befürchte, dass du recht hast.“

Sie kehrten ins Wohnzimmer zurück. Stella hockte unsicher auf der Sessellehne.

„Pack ein paar Sachen ein“, sagte Penny. „Wir halten es für das Beste, wenn du mit uns nach Alderney kommst.“

„Sie glauben, dass der Typ wiederkommt, nicht wahr? Er hat Mum getötet, aber nicht bekommen, was er wollte. Und jetzt ist er hinter mir her.“

„Wir können es nicht ausschließen“, sagte Steve.

„Es ist ja nur für eine Weile“, meinte Penny. „Wenn wir den Tod deiner Eltern aufgeklärt haben, sehen wir weiter.“

„Okay.“

Sie rutschte von der Lehne und ging widerstrebend nach oben.

„Lass sie nicht aus den Augen“, sagte Steve.

„Du glaubst doch nicht, dass sie bei der ersten Gelegenheit durchbrennt?“

„Ist nur so ein Gefühl. Sie sagt uns nicht die ganze Wahrheit.“

„Glaubst du, dass sie das Geld aus der Lebensversicherung eingesteckt hat?“

„Entweder hat sie es schon, oder sie weiß, wo es ist. Darum versuchte sie zweimal, an Bord der Jacht zu gelangen.“

„Gegen Garcia liegt ein internationaler Haftbefehl vor. Warum nehmen wir ihn nicht einfach fest?“, fragte Penny.

„Weil wir dann vermutlich unseren Fall nicht aufklären können. Uns fehlt ein Beweis, dass er der Täter ist. Wir müssen erst mal herausfinden, was er vorhat.“

Steve verließ das Haus, er brauchte frische Luft. Es fing bereits an, er belog Penny. Der wahre Grund, warum er Garcia gewähren ließ, war seine freiwillig eingegangene Abhängigkeit von Sorokin. Eine böse Ahnung beschlich ihn, dass er seine Entscheidung bereuen würde. Schon einmal hatte er zwei Menschen, die er liebte, versprochen, sie zu beschützen. Beide hatte er verloren.

21

Maxwell war also tot. Dans Trauer hielt sich in Grenzen. Ihre Freundschaft war längst erloschen, bevor jemand beschlossen hatte, ihn ins Jenseits zu befördern. Die Polizei würde Monate brauchen, um jeden zu überprüfen, der ein Motiv gehabt hatte.

Er zog die Schreibtischschublade auf. Das versteckte Fach, in dem die Beretta gelegen hatte, war leer. Obwohl er sie nie benutzt hatte, fühlte er sich schutzlos ohne sie. Mit seiner zunehmenden Popularität als Autor hatte er zeitweise eine Paranoia entwickelt, die ihn dazu bewogen hatte, sich eine Schusswaffe zu besorgen und ein Schießtraining zu absolvieren. Seine Sehschwäche hinderte ihn jedoch daran, jemals ein guter Schütze zu werden. Trotzdem hatte ihm der Besitz der Waffe ein Gefühl der Sicherheit verliehen.

Chief Cole schien ein harter Hund zu sein, der nicht lockerließ. Dennoch machte sich Dan im Moment keine allzu großen Sorgen. Er hatte Harper nicht erschossen. Die Ballistiker würden die Beretta mit den Merkmalen der Tatwaffe vergleichen und schnell feststellen, dass sie nicht übereinstimmten. Ähnlich einem Fingerabdruck besaß jede Waffe ein einzigartiges Erkennungsmuster.

Wer hatte Harper ermordet? Ein Motiv für die Wahnsinnstat konnte nur in seinem Größenwahn und dem verfluchten Geld zu finden sein. Er hatte Leute schwindelig reden können und war mit dem Talent gesegnet gewesen, Katzen an Mäuse zu verkaufen. Seine Begeisterungsfähigkeit und Durchsetzungskraft hatten Dan, den introvertierten und unerfahrenen jungen Autor, der sich unversehens mit der glitzernden Welt des Jetsets konfrontiert sah, überrollt wie die Brandung in der Clonque Bay einen ungeübten Schwimmer. War Harper von einer Sache überzeugt gewesen, war er losgestürmt und hatte jedes Hindernis aus dem Weg geräumt, als gelte es, mit einem Panzer eine Bresche in die feindlichen Linien zu schlagen. Blieben Weggefährten auf der Strecke, die mit seiner überschäumenden Energie nicht mithalten konnten, bemerkte er es entweder nicht oder es war ihm gleichgültig. Das galt auch für seine zahllosen Affären und Frauengeschichten.

Zu Beginn ihrer Freundschaft, die sich trotz ihrer gegensätzlichen Charaktere rasch entwickelte, hatte sich Dan glücklich geschätzt, einen Partner an seiner Seite zu wissen, der ihn durch das komplizierte Geflecht geschäftlicher Beziehungen lotste. Harper hatte nach und nach die Funktion eines Agenten übernommen und Dans ursprünglichen Mentor aus dem Geschäft gedrängt. Zu spät hatte er erkannt, dass Harper zu oft von seiner eigenen Begeisterung mitgerissen wurde und dabei Realitäten ignorierte und unüberwindbare Schwierigkeiten als Bagatellen beiseitewischte. Seine Selbstverliebtheit war ihm am Ende zum Verhängnis geworden. Wahrscheinlich hatte er seinen Mörder gekannt und das drohende Unheil kommen sehen, aber nicht wahrhaben wollen.

Dan legte die Fingerspitzen auf die Tasten der alten Schreibmaschine. Er stellte sich intensiv vor, wie eine geheimnisvolle Macht in seine Nervenbahnen strömte und einen Weg in die verborgenen Kammern seines Gehirns fand, in denen neue Geschichten und Figuren darauf warteten, befreit zu werden. Er schloss die Augen und hoffte auf eine Inspiration, doch nichts geschah. Die Magie, die von dem alten Kasten ausgegangen war, schien verbraucht zu sein. Sie war eben kein Zauberkasten, sondern nur ein Haufen Altmetall, der seit Jahren unbenutzt in der Vitrine verstaubte.

Es war still im Haus. Heather war nach Saint Anne gefahren. Sie erinnerte sich noch immer nicht daran, was vor zwei Nächten passiert war. Dan fühlte sich wie ein Mörder, der noch einmal davongekommen war, aber ständig mit Enttarnung rechnen musste. Auch wenn er nun wusste, dass er die Schizophrenie seiner Mutter nicht geerbt hatte, stimmte etwas nicht mit ihm. Sein Problem würde sich nicht von selbst lösen. Irgendwann beging er eine Tat, die noch drastischere Folgen haben würde als Heathers Treppensturz und die er nicht mehr ungeschehen machen konnte.

Ein verrückter Gedanke durchzuckte ihn. Warum war er nicht schon früher darauf gekommen? Das Schlafwandeln hatte zur selben Zeit begonnen wie seine Unfähigkeit, etwas Brauchbares zu Papier zu bringen. War es denkbar, dass sein Unterbewusstsein nach einem Weg suchte, die dunklen Fantasien, die nach wie vor in ihm schlummerten, auszuleben, nachdem der wache Daniel Jacobs sich weigerte, sie niederzuschreiben? Mit der Tinte, die aus seiner Feder floss, entließ er die Dämonen, die in den Tiefen seines Herzens hausten, in die Freiheit. Sie dankten es ihm damit, dass sie niemals wiederkehrten, um ihn zu quälen. Doch was geschah, wenn die Feder verstopft war?

Alles, was er tun musste, war, die verdammte Blockade zu überwinden. Dann würden auch die Albträume und das Schlafwandeln aufhören.

Die Lösung zu erkennen war jedoch leichter, als sie umzusetzen. Er hatte inzwischen jeden nur erdenklichen Trick versucht, um wieder schreiben zu können. Genutzt hatte es nichts. Vielleicht brauchte er einen Tapetenwechsel, neue Inspiration, andere Menschen und Eindrücke, um die magische Tinte zum Fließen zu bringen. Alderney war sein Elfenbeinturm. Seit Wochen hatte er niemanden außer Heather um sich.

Er überlegte, seinen Verlagslektor anzurufen und ihn zu bitten, eine kleine Lesereise zu organisieren. Dans Hand schwebte über dem Telefon, dann zog er sie zurück. Wenn er sich mit mehr als drei Leuten in einem Raum aufhielt, reagierte er panisch. Collins würde außerdem sofort wissen wollen, wie er vorankam. Dan war ein noch schlechterer Lügner als Gesellschafter. Seine Blicke flogen verzweifelt umher auf der Suche nach einem Ausweg.

In der Glasvitrine lag eine alte Polizeimarke mit seinem eingravierten Namen - ein Geschenk seines Freundes Owen Hunter. Dan beschloss, ihn anzurufen und zu fragen, ob er Lust verspürte, nach Alderney zu kommen. Er würde ihm einen Kurzurlaub spendieren und ihn bitten, ein paar Tage zu bleiben. Owen war stets bereit, Geschichten aus der Zeit zum Besten zu geben, als er noch als Police Officer der Mordkommission gearbeitet hatte. Er konnte von Dutzenden rätselhaften Mordfällen, bei deren Aufklärung er mitgeholfen hatte, unterhaltsam erzählen. Vielleicht brachte seine Anwesenheit die Kreativität wieder zum Sprudeln.

Dan suchte in den Kontakten seines Smartphones nach der Nummer des Privatdetektivs und rief ihn an.

Diesmal meldete sich Owen sofort. „Hi Dan. Wie steht's? Kann ich dir bei Recherchen helfen?"

„Nicht direkt."

„Es geht immer noch um diesen Thomas Moore, hab ich recht?"

„Er ist nicht wieder aufgetaucht", antwortete Dan.

In Wahrheit hatte er keine Minute Zeit gefunden, sich mit dem geheimnisvollen Fremden weiter zu beschäftigen.

„Was treibst du gerade, Owen?", fragte er. „Gibt es einen neuen Fall, in den du deine Nase steckst?"

„Dies und das. Eifersüchtige Ehefrauen und entlaufene Hunde. Nichts wirklich Interessantes."

Katzen mit durchtrennter Kehle, die spurlos verschwinden, dachte Dan beklommen.

„Kannst du dich für ein paar Tage freimachen?", fragte er.

„Für dich immer. Worum geht's denn?"

„Alderney kann im Herbst ziemlich eintönig sein. Ich könnte ein bisschen Abwechslung gebrauchen, um meine grauen Zellen anzuregen. Wie wäre es, wenn wir den Grill anwerfen und kaltes Bier trinken? Heather macht ihren berühmten Salat. Was denkst du?"

„Ein kurzer Trip über den Kanal ist keine üble Idee", erwiderte Owen.

„Dann ist es abgemacht. Ich freue mich auf deinen Besuch. Wann kannst du hier sein?"

„Warte, ich schaue in meinen Terminkalender."

Dan hörte das Rascheln von Papier.

„Heute klappt's nicht mehr, aber am Samstag könnte ich bei dir sein."

„Ruf mich an, wenn die Fähre einläuft. Ich hole dich am Hafen ab."

„Okay, bis dann."

Dan legte auf. Er hatte nicht die geringste Vorstellung davon, wie Owen ihm helfen könnte oder ob er ihm die Wahrheit beichten sollte. Auf jeden Fall würde er mehr als erleichtert sein, wenn er die Nächte in diesem Haus nicht mit Heather allein verbrachte, bis er sein Problem gelöst hatte. Nun musste er nur noch dafür sorgen, dass er seine Dämonen bis zum Wochenende unter Kontrolle behielt und keinen Mord beging.

22

25. September

„Sie will unbedingt, dass du auf sie aufpasst", sagte Penny.

Steve blickte zum Streifenwagen hinüber. Er hatte mehr als genug Probleme, nun musste er sich auch noch mit einem bockigen Teenager herumschlagen. Stella saß auf dem Rücksitz, bearbeitete wütend einen Kaugummi und warf ihnen herausfordernde Blicke zu.

„Mir wäre es lieber, du würdest den Babysitter spielen", sagte er.

Penny schnitt eine gequälte Grimasse. „Sie weigert sich, auch nur eine Minute in meinem spießigen Haus zu bleiben."

„Spießig? Wie kommt sie denn darauf? Mag sie keine Porzellanhunde an der Türschwelle? Oder Blumenkästen mit Geranien auf den Fensterbänken?"

„Mach dich nur lustig über mich. Dir wird das Lachen schon noch vergehen, wenn du sie länger als zwei Stunden beaufsichtigen musst."

„Sie gibt sich tough, aber das ist nur Maskerade", erwiderte Steve. „Niemand steckt den Tod der eigenen Eltern mit einem Achselzucken weg, auch wenn das Verhältnis alles andere als harmonisch war."

Watson winselte leise und drückte sich an Steves Hosenbein, was er sonst nie tat.

„Was hat er denn?", fragte Penny.

„Er fürchtet sich mal wieder vor seinem eigenen Schatten. Stella mag ihn, kommt ihm aber für seinen Geschmack deutlich zu nahe. Vielleicht kann er ja das Eis brechen und sie dazu bringen, mit der Wahrheit herauszurücken."

„Du glaubst immer noch, dass sie mehr weiß, als sie zugibt?"

„Ganz sicher sogar."

„Ich habe ihr erzählt, dass du bei der Met die ganz schweren Jungs gejagt hast und ein harter Brocken bist. Das hat sie tief beeindruckt."

„Musste das sein?"

„Je mehr sie in dir einen Beschützer sieht, desto eher wird sie bereit sein, mit uns zusammenzuarbeiten."

Steve seufzte. „Gegen weibliche Intuition komme ich nicht an."

„Und ich nicht gegen deinen männlich herben Charme."

Er grinste. „Hab ich den? Scheint so, als hätte ich dich auch beeindruckt."

„Pffh. Für meinen herben Spott bist du jedenfalls nicht empfänglich. Du bist und bleibst ein Macho."

„Die muss es ja auch geben", antwortete er.

„Unbelehrbar! Er ist einfach unbelehrbar."

Penny schüttelte den Kopf und ging zum Streifenwagen und öffnete die Tür. Stella stieg aus, zog einen Rollkoffer hinter sich her und legte den Kopf schief.

„Sie hausen in dieser Hütte? Ich wusste nicht, dass man als Polizist so schlecht verdient."

„Ich bekomme einen Zuschlag, wenn ich dafür sorge, dass du deine Sozialstunden ableistest. Du kannst

gleich anfangen. Ich zeige dir, wo du Besen und Putz-
lappen findest."

Ihre Miene gefror zu Eis. Sie drehte sich zu Penny um.

„Das meint er nicht im Ernst, oder?"

„Ich fürchte doch. Du hast die Wahl: Spießiges trautes
Heim oder Männerhaushalt."

„Oh Mann!"

Sie stapfte sichtlich genervt auf die zweiundvierzig
Stufen des steilen Klippenwegs zu. Der Rollkoffer rum-
pelte hinter ihr her, was Watson dazu veranlasste, in
Deckung zu gehen. Dann blieb sie abrupt stehen.

„He! Soll ich den blöden Koffer etwa da runterschlep-
pen?"

„Ich kann ihn werfen", antwortete Steve.

„Okay, war nur ’ne Frage."

Sie hob ihr Gepäck an und trug es umständlich die un-
regelmäßigen Stufen hinunter.

„Wie galant", kommentierte Penny die Szene. „Du bist
ein echter Gentleman."

Ihr Handy klingelte. Sie meldete sich. Nach einer Minute legte sie wieder auf.

„Das war Dave. McGinley hat schon viermal angerufen. Es gibt ein Problem wegen einer Straßensperrung
für das Food & Drink Festival."

„Dann kümmern Sie sich bitte darum, Constable
Saunders."

„Kommst du allein klar?"

„Werde ich wohl müssen. Ich rufe Laney an, um ihn
über Stellas Umzug zu informieren und mir seine Gar-
dinenpredigt anzuhören, anschließend fühle ich ihr
auf den Zahn."

„Schaust du heute noch im Revier vorbei?"

„Ja. Sag Dave, er soll uns gegen drei abholen.“

„Okay.“

Sie stieg in den Streifenwagen. Steve humpelte den Klippenweg hinab und schloss die Haustür auf. Stella beobachtete ihn neugierig.

„Penny hat erzählt, dass Sie einen Bombenanschlag überlebt haben. Hinken Sie deshalb?“

„Ja. Ich muss telefonieren. In der Zwischenzeit kannst du uns einen Tee kochen.“

„Was, ich?“

„Hast du noch nie Wasser heiß gemacht?“

„Doch ... klar.“

„Dann weißt du ja, wie’s geht. In der Küche findest du alles, was du brauchst.“

Er ging ins Wohnzimmer und wählte Laneys Nummer. Der Chief Officer ließ sich nur schwer überzeugen.

„Sie ist eine wichtige Zeugin, die helfen kann, die Morde an den Harpers schnell aufzuklären“, sagte Steve.

„Wenn ihr etwas passiert, tragen Sie die Verantwortung, Cole.“

„Das ist mir bewusst, Sir.“

„Weiß die Jersey Police, dass Sie das Mädchen nach Alderney gebracht haben?“

„Das ließ sich nicht vermeiden. Ich möchte Sie bitten, mit Chief Officer Davis zu sprechen. Er soll ein paar Gerüchte streuen.“

„Was für Gerüchte?“

„Er soll durchsickern lassen, dass das Jugendamt veranlasst hat, Stella in einer Einrichtung auf dem Festland unterzubringen.“

„Sie befürchten also wirklich, dass sie in Gefahr schwebt?“

„Ich kann’s nicht ausschließen. Auf Alderney kann ich sie im Auge behalten – wenigstens eine Zeit lang.“

„Mir widerstreben Ihre unkonventionellen Maßnahmen … aber gut. Ich gebe Ihnen eine Woche. Keinen Tag länger. Und ich will täglich über den Stand der Ermittlungen informiert werden, ist das klar?“

„Völlig klar.“

„Mmpfh.“

Laney legte auf. Aus der Küche drang das Blubbern des Wasserkochers. Steve zog den Kopf ein, als er durch die niedrige Tür trat. Stella stellte gerade zwei Tassen auf den Tisch vor dem Fenster. Watson verfolgte argwöhnisch jede ihrer Bewegungen. Sie versuchte, ihn anzulocken, was zur Folge hatte, dass er sich noch tiefer in die Ecke neben dem alten Herd drückte.

„Ob er irgendwann begreift, dass es auch Menschen gibt, die’s gut mit ihm meinen?“, überlegte sie.

„Ich schätze, das weiß er, aber er hat eben seine eigene Vorstellung von Nähe“, sagte Steve. „Das müssen wir respektieren.“

Sie setzte sich an den kleinen Küchentisch und schaufelte löffelweise Zucker in ihren Tee.

„Wie lange muss ich hierbleiben?“

„Kann ich noch nicht sagen. Das hängt auch von dir ab.“

„Wieso von mir?“

„Gibt es noch etwas, von dem ich wissen sollte?“

„Keine Ahnung, warum der Typ hinter mir her ist. Glauben Sie wirklich, dass er meine Mum umgebracht hat?“

„Ich befürchte es.“

Stella biss sich auf die Unterlippe und rührte in ihrer Tasse. Der Löffel klapperte nervtötend. Tränen rollten ihr über die Wangen, die sie trotzig wegwischte.

„Meine Mutter hatte ’ne Menge Probleme, und sie hat vieles falsch gemacht, aber sie war kein schlechter Mensch. Sie hat keinem was getan.“ Sie schniefte. „Scheiße, Mann.“

Steve nickte. „Kann man so ausdrücken.“

Er warf Watson einen Blick zu, den der Hund ungewöhnlich lange erwiderte. Er stand auf, setzte sich wieder auf die Hinterbeine und winselte resigniert. Dann legte er den Kopf auf die Vorderpfoten und beobachtete Stella.

„Kennst du Freunde deines Vaters oder seine Geschäftspartner?“, fragte Steve.

„Nur den ein oder anderen Namen. Einmal war Andy Garfield bei uns, das war echt cool. Dad wollte ihm unbedingt eine Rolle in Die letzte Nacht geben.“

„Hast du den Namen Viktor Sorokin mal gehört?“

„Ein Typ namens Viktor hat Dad ab und zu auf Jersey besucht.“

Steve suchte im Browser seines Smartphones nach einem Foto von Sorokin und zeigte es ihr.

„Ist er das?“, fragte er.

„Ja. Ich glaube, er und Dad waren befreundet. Als ich jünger war, brachte er mir jedes Mal ein kleines Geschenk mit. Er war ’ne Art Onkel für mich – echt nett. Wieso fragen Sie nach ihm? Hat er etwas mit Dads Tod zu tun?“

Steve erklärte ihr, wer Sorokin war, und erzählte ihr von der Razzia im Red Door.

„Sie haben nur überlebt, weil Sie ausgerutscht und in den Pool gefallen sind?"

„Glück gehabt", sagte er.

„Das ist krass. Und Abby? Ich meine, Ihre Freundin? Ist sie ... tot?"

„Sorokins Adoptivsohn Juan Cataldo hat auf sie geschossen, nachdem sie den Zeugenschutz verlassen konnte und auf Alderney ankam. Sie liegt im Koma. Niemand weiß, ob sie jemals wieder aufwachen wird."

Stella nestelte an einer zerknitterten Zigarettenpackung herum. „Tut mir echt leid. Darf ich rauchen?"

„Ausnahmsweise. Hast 'ne Menge durchgemacht."

Sie zündete sich eine Zigarette an. Ihre Finger zitterten. Sie begann wieder zu weinen.

„Ich war sicher, dass ich meine Mum hasse, weil sie immer nur an sich dachte. Sie verjubelte Dads Geld, alles andere war ihr egal. Ich war ihr egal."

„Es war ihre Art, deinem Vater zu zeigen, dass sie sich nach Liebe sehnt."

Stella blies eine Rauchwolke in die Luft. „Oder nach teuren Klamotten. Einmal hat sie an einem einzigen Tag sechstausend Pfund auf den Kopf gehauen."

„Ich schätze, ihre Kaufsucht war ein Symbol dafür, dass sie sich vernachlässigt fühlte."

„Trotzdem hat sie's gerne genommen."

„Und du hast geklaut, obwohl du es nicht nötig hattest."

Sie senkte den Kopf und zog hastig an der Zigarette. Watson robbte millimeterweise auf ihre Füße zu.

„Na und? Hat eh keinen interessiert. Hatten Sie noch nie Ärger mit der Polizei? Ich meine ... als Sie jung waren."

„Als ich so alt war wie du, habe ich sogar eine Menge Mist gebaut. Mehr, als du dir vorstellen kannst."

„Echt? Erzählen Sie mal."

Sollte er ihr verraten, dass er die Schuld am Tod seines jüngeren Bruders trug? Wenn er sein Innerstes preisgab, könnte er vielleicht ihr Vertrauen gewinnen. Er hatte niemandem je erzählt, was wirklich an jenem Nachmittag in Birmingham passiert war, weder Abby noch Penny.

„Im Augenblick ist es wichtiger, herauszufinden, warum der Mann in dem schwarzen SUV dich und deine Mutter verfolgte", sagte er.

„Wissen Sie inzwischen, wer er ist?"

Steve nickte. „Er heißt Giulio Garcia und arbeitet für Viktor Sorokin."

„Ist er so was wie ein Geldeintreiber?"

„Er ist ein Profikiller."

„Ach du Scheiße."

Sie schwieg eine Weile. Watson war unter dem Tisch verschwunden und schnupperte an Stellas Handrücken.

„Darum haben Sie mich mit nach Alderney genommen", sagte sie. „Sie glauben, dass er jetzt hinter mir her ist." Sie sah erschrocken auf. „Ist er das?"

„Könnte sein. Du wirst eine Weile in Deckung bleiben müssen."

„Wie lange?"

„Bis ich herausgefunden habe, ob an meiner Theorie etwas dran ist. Weißt du irgendetwas über Sorokin? Hatte dein Vater mal Streit mit ihm? Hat deine Mum ihm Grund gegeben, ihr einen Denkzettel zu verpassen?"

„Keine Ahnung. Wenn Garcia ein Profikiller ist, warum verhaften Sie ihn nicht einfach?"

Weil ich mich selbst zu Sorokins Handlanger gemacht habe, dachte Steve. Und ein Lügner bin ich auch. Entsetzt wurde ihm klar, dass er im Begriff war, seinen Fehler zu wiederholen. Er hatte Abby in Gefahr gebracht, um an Sorokin heranzukommen; und nun zog er das Mädchen in die Sache hinein. Wie konnte er sich aus der Klemme, in die er sich manövriert hatte, bloß wieder befreien?

„Ich bin nur der Chief der kleinen Alderney Police Force und kann das nicht allein entscheiden", log er. „Das ist Aufgabe der Met. Wir können Garcia aus dem Verkehr ziehen, aber dann tritt ein anderer Mann an seine Stelle. Sorokins Mafianetzwerk zerstören wir dadurch nicht."

„Was werden Sie jetzt unternehmen?", fragte Stella.

„Ich will herausfinden, wer deinen Vater erschossen hat."

„Glauben Sie, es war Garcia?"

„Das wäre eine Möglichkeit. Wusstest du, dass dein Dad sehr krank war?"

Sie schüttelte den Kopf. „Darüber hat er nie gesprochen."

„Er litt an Parkinson. Die Reise mit der Thetis wäre seine letzte gewesen. Wahrscheinlich hat er sie deshalb so überstürzt angetreten."

„Weil er noch mal etwas erleben wollte?"

„Vielleicht hat er bereut, dass er so viel gearbeitet hat und an nichts anderes dachte als daran, immer mehr Geld zu verdienen."

Stella drückte die Kippe in der Untertasse aus.

„Er hat sich bis zum Schluss nicht geändert und nur an sich selbst gedacht. Sonst hätte er die Zeit, die ihm noch blieb, mit seiner Familie verbracht. Wir waren ihm scheißegal. Er war'n Arschloch."

„Bist du deswegen nach Alderney gekommen? Um ihm das ins Gesicht zu sagen?"

Sie streckte die Hand nach Watson aus, der den Kopf einzog, die Berührung aber überraschenderweise duldete.

„Er war schon weg, das hab ich Ihnen doch erzählt."

„Wenn wir seinen Mörder überführen wollen, könnte es helfen, wenn du allmählich mit der Wahrheit herausrücken würdest."

„Ich hab nicht gelogen."

„Du warst am Abend des 30. August auf der Thetis."

„War ich nicht."

„Der Hafenmeister hat gesehen, wie du an Bord gegangen bist. Zehn Minuten später bist du getürmt, als wären alle Teufel der Hölle hinter dir her."

„Hey, er lässt sich ja doch streicheln", sagte sie.

„Lenk nicht ab. Was wolltest du an Bord?"

Sie antwortete nicht. Steve stand auf und stellte die Tassen in die Spüle.

„Okay. Du kannst nach Jersey zurückfahren. Ich informiere das Jugendamt, damit sie einen Mitarbeiter schicken, der dich am Hafen abholt."

„Hey! Und was ist mit diesem Auftragskiller? Sie haben versprochen, auf mich aufzupassen. Ich sag denen, dass Sie mich loswerden wollen. Sie werden 'nen Riesenärger bekommen."

„Versuch lieber nicht, mich zu manipulieren, Stella. Du wirst den Kürzeren ziehen. Ich gebe dir noch eine letzte Chance, mit der Wahrheit herauszurücken. Wenn du mich noch mal anlügst, schicke ich dich zurück nach Jersey. Also, was ist auf der Thetis passiert? Wieso wolltest du unbedingt an Bord gehen? Und warum warst du so wütend auf Moore?"

Sie nahm eine Zigarette aus der Packung, spielte nervös damit herum und zündete sie schließlich an.

„Okay. Weil ich so 'n komisches Gefühl hatte, bin ich Dad nachgefahren. Ich wusste ja nicht, dass er krank ist."

„Er war nicht besonders erfreut, dich zu sehen, hab ich recht?"

„Nein. Und er war nicht allein. Die Bitch war bei ihm. Er hatte ihr eine Rolle in seinem neuen Filmprojekt versprochen. Er machte das ständig. Wer ein Star werden wollte, musste erst in sein Bett. Sie wissen schon, was ich meine." Sie zog hastig an der Zigarette. „Wenn sie begannen, ihm auf die Nerven zu gehen, ließ er sie wieder fallen. Ihm wurde schnell langweilig, dauernd brauchte er ein neues Spielzeug. Aber er hatte noch nie eine der Frauen mit nach Alderney genommen. Als ich auf die Thetis kam, hat sich diese Kitty aufgeführt, als wäre sie die Queen. Sie verlangte, dass Dad mich rausschmeißt."

„Was hat er gemacht?"

„Was er immer getan hat: Mir ein paar Scheine zugesteckt. Sie hat sich halb totgelacht, und ich stand da wie 'n Vollidiot."

„Das hat dich ganz schön wütend gemacht", sagte Steve.

„Klar hat es das."

„Und wie hast du reagiert?"

Sie drückte die Kippe aus, senkte den Kopf und knetete ihre Finger.

„Hast du auf deinen Vater geschossen, Stella?“

Sie antwortete nicht.

„Du kennst die Geheimzahl des Safes in seinem Arbeitszimmer, nicht wahr?“

Sie nickte.

„Okay. Du hast ihn geöffnet, weil du Geld brauchtest, um nach Alderney zu fahren. Du machst also den Tresor auf und findest die Pistole. Du steckst sie ein, denn du hast eine Scheißwut.“

Wieder ein Nicken.

„Du hattest vorher noch nie eine Waffe in der Hand, nicht wahr?“

Sie schüttelte heftig den Kopf. „Ich hab meinen Dad nicht erschossen. Das müssen Sie mir glauben.“

„Dann sag mir jetzt, was passiert ist.“

„Ja, ich war sauer. Ich hab die verdammte Pistole genommen und auf ihn gezielt. Die Bitch hat immer noch gelacht, sie war total zugedröhnt. Dann ... dann hab ich abgedrückt. Aber ich wollte niemanden umbringen. Ich wollte ...“

„... dir Respekt verschaffen.“

„Der blöden Ziege einen Schreck einjagen. Aber dann ... Ich glaube ... Ich glaube, ich habe sie getroffen. Sie hat am Arm geblutet.“

„Was hast du dann gemacht?“

„Ich bin weggelaufen. Komme ich jetzt ins Gefängnis?“

„Warte hier.“

Steve ging nach draußen und rief Penny an.

„Check mal bitte, ob am Abend des 30. August eine Frau im Mignot Memorial wegen einer Schusswunde am linken Arm behandelt wurde.“

„Davon wüssten wir bereits. Solche Verletzungen sind meldepflichtig.“

„Es war nur ein Streifschuss. Vielleicht hat sie eine andere Erklärung abgegeben, um keinen Ärger zu bekommen.“

„Okay, mach ich.“

Steve kehrte ins Haus zurück.

„Was hast du mit der Pistole gemacht?“, fragte er.

„Ich hab sie Tom gegeben.“

„Thomas Moore?“

„Ich war total durch den Wind und hab im Hafen erst mal was getrunken. Im The Moorings hab ich ihn kennengelernt. Die letzte Fähre nach Jersey war weg. Ich wusste nicht, wo ich schlafen sollte, und für das Braye Beach Hotel hatte ich nicht genug Geld. Er erzählte mir von seinem Camper und bot mir an, dass ich dort übernachten könnte. Ich fand ihn ganz nett und nahm das Angebot an.“

„Hat er …?“

„Nein“, antwortete sie schnell. „Wir haben nur gequatscht und ’ne Flasche Wein getrunken.“

„Mach das nie wieder, Stella.“

Sie nickte betroffen.

„Die Pistole ist mir blöderweise aus dem Rucksack gefallen“, fuhr sie fort. „Er hat sie aufgehoben und mich gefragt, woher ich sie habe. Da hab ich ihm alles erzählt. Er wollte nicht, dass ich mit ’ner Knarre durch die Gegend laufe, und meinte, er würde sie für mich aufheben.“

„Und du hast dich darauf eingelassen?"

„Ich war ziemlich voll. Außerdem war ich irgendwie froh, das Ding los zu sein."

„Darum ging's also bei dem Streit vor ein paar Tagen", sagte Steve. „Du wolltest die Pistole zurückhaben, und er hat sie nicht rausgerückt."

Sie streckte die Hand vorsichtig nach Watson aus.

„Er sagte, ich solle verschwinden, sonst würde er der Polizei erzählen, dass ich auf Kitty und Dad geschossen habe. Bekommt er jetzt Ärger?"

„Kommt darauf an, was er mit der Waffe angestellt hat. Auf jeden Fall gehört sie ihm nicht. Du hast sie ihm zwar freiwillig überlassen, aber wenn er sich weigert, sie zurückzugeben, nennt man es Unterschlagung."

Sie blickte überrascht auf. „Glauben Sie, er hat meinen Dad damit erschossen?"

„Um das beweisen zu können, brauchen wir die Pistole."

„Warum sollte er meinen Dad töten?"

„Weil er etwas an sich bringen wollte, das er auf der Thetis vermutete", entgegnete Steve. „Der Hafenmeister behauptet, du wärst völlig versessen darauf gewesen, an Bord zu gelangen. Was wolltest wirklich auf dem Boot?"

Stella schwieg.

„Ich werd's dir sagen: Dein Dad hatte einen Haufen Bargeld dort deponiert. Geld, das er für seine lange Reise brauchte. Du musst mir jetzt die Wahrheit sagen, Stella. Hast du das Geld genommen?"

„Nein."

„Hast du Thomas Moore davon erzählt?"

Sie druckste herum. „Kann sein. Ich weiß es nicht mehr. Glauben Sie, Tom hat meinen Dad deshalb erschossen?"

„Genau das werden wir ihn fragen."

23

26. September

„Das Wohnmobil steht noch auf der Saye Campsite", sagte Dave. „Gordon ist auf seinem Posten am Bibette Head. Von Moore fehlt allerdings jede Spur. Auch einen Kaffee?"

Steve wartete, bis er die Tasse bis zum Rand gefüllt hatte.

„Moore wird schon wieder auftauchen", sagte er. „Er kann die Insel nicht verlassen, ohne dass wir es erfahren."

Dave nickte grimmig. „Das Personal des Fährterminals und des Flughafens ist informiert. Wir haben überall Fotos von ihm verteilt."

„Dann brauchen wir ja nur abzuwarten."

„Und wenn er ein Boot mietet, um Alderney zu verlassen?", fragte Dave.

„Warum sollte er? Noch weiß er nicht, dass wir hinter ihm her sind", sagte Penny. „Außerdem wird er kaum das Wohnmobil zurücklassen."

„Habt ihr eigentlich alle überprüft, die am 1. September ein Boot oder ein Surfbrett gemietet haben?", fragte Steve.

„Die Liste ist so lang wie der Breakwater-Damm", stöhnte Dave. „Wir kommen voran, aber wenn wir eine

Sonderkommission mit zwanzig Beamten zur Verfügung hätten, ging es schneller.“

„Was gibt es Neues vom Coroner?“

„Dr. Mortenson hat den Obduktionsbericht der Toten aus der Veaux Trembliers Bay gemailt“, sagte Dave. „Ihre Identität ist bestätigt. Sie heißt Kitty Marsden.“

„Wie hast du denn das so schnell herausgefunden?“, fragte Steve.

„Ich habe mir die Vermisstenanzeigen der Kanalinseln und der Südküste des Festlands schicken lassen. Am 6. September hat ein Mann namens Andrew Page in Newport auf der Isle of Wight seine Freundin als vermisst gemeldet. Anhand des Fotos in der Anzeige besteht eigentlich kein Zweifel. Soll ich anfragen, ob er uns Material für einen DNA-Abgleich zur Verfügung stellen kann?“

„Auf jeden Fall, wir müssen sichergehen. Was wissen wir über Kitty Marsden?“

„Es gibt eine Verbindung zu Maxwell Harper. Sie ging vor einem halben Jahr nach London, um Karriere als Schauspielerin zu machen. Page hielt Kontakt zu ihr, der aber am 20. August abrupt abbrach. In ihrem letzten Telefonanruf klang Kitty euphorisch. Sie sagte, sie hätte das große Los gezogen und jemanden kennengelernt, der sie in den Starhimmel katapultieren würde.“

„Maxwell Harper.“

„So ist es. Ich habe mit ihrem Lebensgefährten gesprochen. Page hatte das Pendeln zwischen der Isle of Wight und London satt und war im Begriff, sich in der Hauptstadt einen Job zu suchen. Wohnen wollte er zunächst bei Kitty. Doch sie druckste herum und vertröstete ihn auf einen späteren Zeitpunkt. Sie behauptete, sie müsste für Probeaufnahmen nach Alderney reisen.“

„So kann man's auch nennen“, brummte Steve. „Gute Recherchearbeit übrigens.“

Dave strahlte.

„Hier kommt gerade eine Mail aus Guernsey“, sagte Penny.

Sie öffnete ihren Account und las die Nachricht.

„Es ist der Bericht der ballistischen Untersuchung von Daniel Jacobs' Beretta. Es gibt keine Übereinstimmung mit dem Projektil aus Harpers Leiche. Also ist sie nicht die Tatwaffe.“

Dave zog ein enttäuschtes Gesicht. „Dann können wir ihn von der Liste der Verdächtigen streichen.“

„Es scheint so“, sagte Penny. „Die Spurensicherung schickt uns die Waffe umgehend zurück. Du wirst sie unserem Bestsellerautor zurückgeben müssen.“

Steve hörte, wie die Außentür geöffnet wurde und ins Schloss fiel. Gordon betrat in Begleitung von Thomas Moore die Wache.

„Ich hab ihn erwischt, als er sich gerade davonschleichen wollte“, sagte er.

Moore schüttelte Gordons Hand von seiner Schulter.

„Ich kann gehen, wohin ich will. Dies ist ein freies Land.“

„Wann immer Sie wollen, Mr Moore“, sagte Steve. „Aber zuvor möchte ich mich mit Ihnen unterhalten. Bringen Sie unseren Gast bitte in mein Büro, Sergeant Lyme.“

„Aye, aye, Chief.“

Gordon führte Moore aus der Wache. Dave verdrückte sich mit einer Papiertüte aus PJ's Café in den Frühstücksraum.

„Warum bestätigt Gordon eigentlich jede meiner Dienstanweisungen mit ‚Aye, aye, Chief'?", fragte Steve.

„Sein Onkel war bei der Marine, bevor er Chef der Guernsey Police wurde", erklärte Penny. „Wie läuft es denn mit Stella?"

„Watson passt im Pfarrhaus auf sie auf."

„Glaubst du, dass er seiner Aufgabe gewachsen ist?"

„Eher nicht. Deshalb möchte ich, dass du dorthin fährst und die beiden beschäftigst."

„Ich kann aber nicht gleichzeitig Garcia observieren."

„Darum kümmere ich mich. Die Sicherheit des Mädchens geht vor."

„Du hast doch gute Verbindungen nach London", sagte Penny.

„Warum fragst du?"

„Die Sache wächst uns über den Kopf. Die Met hat bessere Möglichkeiten, Stella zu schützen. Falls Garcia wirklich hinter ihr her ist, können wir sie auf Alderney nicht rund um die Uhr im Auge behalten."

„Da ist leider was dran. Außerdem hat sie ihre Aussage gemacht, viel mehr werde ich aus ihr ohnehin nicht herausbekommen. Bis ich mit Matt Frazer gesprochen habe, musst du aber noch eine Weile den Bodyguard spielen."

Penny seufzte. „Okay. Dave wird übrigens misstrauisch, weil ich kaum noch an meinem Platz sitze."

„Du solltest dich darüber beklagen, dass ich dich dazu verdonnert habe, wegen des Festivals Präsenz zu zeigen."

„Anfangs hat er das auch geschluckt, aber inzwischen wittert er einen Spezialauftrag. Du weißt doch, wie er ist.“

„Ja. Aus diesem Grund habe ich dich und nicht ihn mit der Überwachung von Garcia beauftragt.“

„Der Typ ist mir ein Rätsel“, sagte Penny. „Er verhält sich wie ein harmloser Tourist – wenn man davon absieht, dass er so viel Essen in sich hineinstopft wie eine komplette Reisegruppe. Vor zwei Tagen ist er mit einer jungen Frau, die er am Strand aufgegabelt hat, in Baxters Haus verschwunden. Außerdem nimmt er Unterricht im Surfen.“

„Bei Thomas Moore?“

Penny nickte. „Was hat er vor? So verhält sich doch kein Auftragskiller.“

„Vielleicht verbindet er das Angenehme mit dem Nützlichen. Behalte ihn im Auge. Und ich werde Daves Neugier einen Dämpfer verpassen.“

„Wie willst das denn anstellen?“

„Weiß ich noch nicht.“

Steve ging in sein Büro. Moore hockte auf dem Stuhl vor dem Schreibtisch. Sein Mundwinkel zuckte nervös. Er schien jeden Moment aufspringen zu wollen, beherrschte sich aber, weil er wusste, dass eine Flucht sinnlos war. Steve stellte seine Tasse auf den Tisch und zog sich den knarrenden Ledersessel heran.

„Einen Augenblick bitte, Mr Moore. Ich widme Ihnen gleich meine Aufmerksamkeit.“

Er las den Obduktionsbericht von Kitty Marsden und das Protokoll der ballistischen Untersuchung, um Moore schmoren zu lassen. Der war angespannt wie eine Feder.

„Hören Sie, Chief. Wenn es um das Mädchen geht … da war nichts. Keine Ahnung, welche Geschichte sie Ihnen aufgetischt hat. Ich stehe nicht auf Kinder."

Steve lehnte sich zurück, der Sessel quietschte protestierend.

„Stella Harper hat Sie nicht der sexuellen Belästigung beschuldigt."

„Was wollen Sie dann von mir?"

„Sie haben mir über Ihr Verhältnis nicht die ganze Wahrheit gesagt."

„Ich traf sie am Braye Beach. Da wusste ich noch nicht, dass sie minderjährig ist. Sie war völlig durch den Wind, also lud ich sie zu einem Drink im Quarterdeck ein. Da sie nicht wusste, wo sie die Nacht verbringen sollte, bot ich ihr einen Schlafplatz an. Das ist alles."

„Diese Geschichte haben Sie mir schon mal aufgetischt", sagte Steve.

„Weil es die Wahrheit ist. Sonst war da nichts."

„Wirklich nicht? Wo ist die Waffe, die Stella bei sich trug?"

Eine Sekunde lang blitzte Panik in Moores Augen auf. Dann nickte er – beinahe erleichtert –, als hätte er verstanden. Der Typ war gerissen und biegsam wie ein Windhund. Er reagierte sofort auf die neue Situation und passte sich an.

„Okay, darum geht es also. Ich wollte keinen Wirbel veranstalten, weil die Jersey Police die Kleine ohnehin auf dem Schirm hat. Die Knarre hab ich zufällig entdeckt. Sie fiel aus ihrem Rucksack, als sie ihn abstreifte. Ich sagte: ‚Hey, was hast du mit dem Ding vor?' Sie erzählte mir, dass ihr Alter auf seiner Jacht mit 'nem Mädchen vögelt. Stella war sauer, weil er seine eigene Tochter vom Boot geworfen hatte und stattdessen eins seiner Betthäschen mit auf den Trip in die Karibik nahm. Die Pistole hatte sie ihm geklaut, ohne eine klare Vorstellung davon zu haben, was sie damit anstellen sollte. Ich schätze, sie wollte ihm nur ein bisschen Angst einjagen, damit er seine Gespielin zum Teufel jagt und sich zur Abwechslung mal um seine Tochter kümmert. Ich konnte sie überzeugen, dass es klüger ist, wenn ich die Waffe für sie aufbewahre. Hätten Sie es lieber gesehen, wenn das Mädchen mit einer geladenen Pistole auf der Insel herumspaziert?"

„Warum haben Sie die Waffe nicht auf dem Revier abgegeben?"

„Sie hatte doch schon genug Ärger, und irgendwie tat sie mir auch leid."

„Wo ist die Pistole jetzt?"

„Ich hab sie ins Meer geworfen. War besser so. Jetzt kann sie keinen Schaden mehr anrichten."

„Ich schätze, das war das Dümmste, was Sie machen konnten."

„Warum?"

„Weil ich nun nicht mehr ausschließen kann, dass Harper mit dieser Waffe erschossen wurde, und Sie im Moment mein Hauptverdächtiger sind."

Moore sprang auf. „He! Ich lasse mir keinen Mord anhängen. Ich hab den Alten nicht erschossen."

„Setzen Sie sich wieder hin."

„Warum sollte ich den Vater der Kleinen umbringen?"

„Harper wollte zu einer Weltumsegelung aufbrechen. Er führte eine ausreichende Menge Bargeld mit sich,

um die Reise zu finanzieren. Genug, um Begehrlichkei-
ten zu wecken. Sie wussten davon, Stella hat es Ihnen
erzählt.“

„Wenn sie das behauptet, lügt sie. Hey, bestimmt hat
sie sich die Kohle selbst unter den Nagel gerissen. Und
jetzt lenkt sie den Verdacht von sich ab und will mir
eins auswischen, weil ich ihr die Pistole abgenommen
habe. Okay, es war ein Fehler, das Ding nicht sofort auf
dem Revier abzugeben, aber mit dem Mord habe ich
nichts zu tun.“

„Wo haben Sie die Waffe ins Meer geworfen?“, fragte
Steve.

„Bei den Felsen in der Nähe des Arch Beach.“

„Würden Sie die Stelle wiederfinden?“

„Ich glaube schon. Aber bei den Strömungsverhältnis-
sen da oben werden Sie sie niemals finden.“

„Warten wir es ab.“

Steve griff zum Hörer und rief Gordon an.

„Ich möchte, dass du mit Mr Moore zum Arch Beach
fährst. Er soll dir zeigen, wo er die Waffe ins Meer geworfen hat, die Stella Harper bei sich trug.“

„Aye, aye, Chief.“

Steve legte auf. Kurz darauf klopfte es an der Bürotür,
Gordon trat ein.

„Wenn du die Waffe gefunden hast, schick sie sofort
nach Guernsey in die Ballistik“, sagte Steve. „Sie ist
möglicherweise die Tatwaffe im Fall Harper.“

„Ich habe in der Gezeitentabelle nachgeschaut“, sagte
Gordon. „Uns bleiben zwei Stunden bis zur Flut. Beim
höchsten Wasserstand müssen wie die Suche abbre-
chen und können erst bei Ebbe weitermachen.“

„Dann beeilt euch. Ruf Lewis an, er soll den Coastguard zur Unterstützung anfordern. Frag ihn, ob er ein Metallsuchgerät auftreiben kann."

Gordon tippte sich mit zwei Fingern an die Schläfe.

„Wird gemacht, Chief."

Moore protestierte. „Reden Sie mit Heather Jacobs. Sie wird bestätigen, dass ich am Abend des 30. August ununterbrochen mit ihr zusammen war."

„Keine Sorge. Wir kümmern uns darum. Sie sind vorläufig festgenommen, Mr Moore."

„Was? Wieso?"

„Sie stehen unter dem dringenden Tatverdacht, Maxwell Harper und Kitty Marsden erschossen zu haben. Darf ich Sie um den Schlüssel zu Ihrem Wohnmobil bitten?"

„Sie haben kein Recht dazu, den Camper zu durchsuchen."

„Es liegt ganz in Ihrem Interesse. Sie können Ihr Einverständnis natürlich verweigern. In dem Fall muss ich den Staatsanwalt überzeugen, beim zuständigen Richter auf Guernsey einen Durchsuchungsbeschluss zu beantragen. Dazu braucht er meinen Bericht, den ich erst einmal schreiben muss. Bis das Food & Drink Festival über die Bühne gegangen ist, werde ich kaum dazu kommen. Soweit ich informiert bin, ist Richter Clarkson zurzeit beim Hochseeangeln. Er mag es gar nicht, wenn man ihn in seiner Freizeit stört. Die Angelegenheit wird also nach Southampton weitergereicht werden. Mit ein paar Tagen in einer gemütlichen Zelle können Sie schon rechnen."

Moore war blass geworden. Er griff in seine Hosentasche und warf ihm den Schlüssel zu.

„Pass auf, dass er nicht abhaut", sagte Steve.

„Aye, aye, Chief."

Gordon führte Moore ab. Zwei Minuten später klopfte Dave an die Milchglastür und trat ein.

„Hat er gestanden?"

„Nein, aber er steht unter dringendem Tatverdacht und wird eine Weile unsere Gastfreundschaft genießen."

„Was denkst du? Hat er Harper erschossen?"

„Möglich wär's, aber schwer zu beweisen. Auf jeden Fall hat er die mutmaßliche Tatwaffe verschwinden lassen. Gordon wird versuchen, sie aufzutreiben."

„Und wenn er sie nicht findet?"

„Dann werden wir Moore laufen lassen müssen. Er behauptet, den mutmaßlichen Mordabend und den nächsten Tag mit Heather Jacobs verbracht zu haben. Wenn sie seine Angaben bestätigt und wir ihn nicht mit der Waffe in Verbindung bringen können, ist er aus dem Schneider. Und darum schnüffeln wir jetzt ein bisschen herum. Vielleicht stolpern wir ja über etwas."

Der Besitzer des Quarterdecks im Hafen erkannte Moore wieder und bestätigte dessen Aussage. Steve und Dave fuhren weiter zum Haus des Schriftstellers. Sie trafen seine Frau im Garten an.

„Mein Mann arbeitet. Wenn er schreibt, will er nicht gestört werden", erklärte sie.

„Wir möchten mit Ihnen reden, Mrs Jacobs."

„Ich habe Harper kaum gekannt."

Sie wandte sich wieder ihrer Gartenarbeit zu und beschnitt einen Buchsbaumstrauch mit einer Heckenschere.

„Aber der Name Thomas Moore sagt Ihnen sicher etwas", meinte Dave.

Sie ließ die Schere sinken.

„Was wollen Sie von mir?"

„Wir wissen, dass Sie eine Affäre mit ihm haben", sagte Steve.

„Keine Affäre. Es war ein einmaliger Ausrutscher, den ich bereue." Sie blickte sich hastig um. „Mein Mann darf davon nichts erfahren. Er macht eine schwere Zeit durch, und ich will ihn nicht noch zusätzlich belasten. Unsere Ehe läuft gerade nicht besonders gut, was aber nicht heißt, dass ich ihn verlassen will."

„Sie können also bestätigen, dass Sie am Abend des 30. August mit Moore zusammen waren?"

„Ja. Ich hatte mich mit Dan gestritten und war nach Saint Anne gefahren, um mich abzulenken. An der Bar des Braye Beach Hotels traf ich Tom. Das war so gegen fünf. Er hat ein sehr feines Gespür für Stimmungen und merkte schnell, dass es mir nicht gut ging. Wir hatten ein paar Drinks, und ich ließ mich zu einem Spaziergang überreden. Ich hatte nie vor, Daniel zu betrügen, aber ich hatte zu viel getrunken und suchte jemanden, dem ich mein Herz ausschütten konnte."

„Dabei blieb es aber nicht", sagte Dave.

„Nein. Wir sind in seinem Wohnmobil gelandet und hatten Sex. Und jetzt gehen Sie bitte. Ich habe diesen Tag aus meinem Gedächtnis gestrichen und will mich nie wieder daran erinnern."

„Mr Moore behauptet, Sie hätten auch den nächsten Tag gemeinsam verbracht."

„Das stimmt. Aber es war nicht mehr als ein Urlaubsflirt. Mir war klar, dass er bald abreisen und wir uns nicht wiedersehen würden. Wir trennten uns am späten Nachmittag."

„Danke, Mrs Jacobs. Das wäre für den Augenblick alles", sagte Steve.

Sie gingen zum Streifenwagen zurück.

„Wie sollen wir die Alibis von Verdächtigen überprüfen, wenn wir nicht mal den Todeszeitpunkt des Opfers kennen?", sagte Dave frustriert.

„Immerhin wissen wir jetzt, dass Moore uns nicht angelogen hat."

„Aber er hat uns verschwiegen, dass er Harpers Pistole an sich gebracht hat."

„Das hätte ich an seiner Stelle auch getan."

„Glaubst du, Heather Jacobs hat uns die Wahrheit gesagt?"

„Wieso sollte sie lügen?"

„Tja, warum?"

„Schauen wir uns noch mal an Bord der Jacht um", sagte Steve.

„Wonach suchen wir?"

„Würdest du zu einer Weltumsegelung aufbrechen, wenn du pleite wärst?"

„Bestimmt nicht."

„Deine Gläubiger sitzen dir im Nacken, deinen Konten droht die Pfändung. Was machst du?"

„Ich brauche Bargeld."

„Nun weißt du, wonach wir suchen", sagte Steve.

„Du glaubst, Moore hat von Stella erfahren, dass auf der Thetis etwas zu holen ist?"

„Davon gehe ich aus. Lass uns das mal durchspielen. Durch einen glücklichen Zufall fällt ihm die Waffe vor die Füße. Am nächsten Tag paddelt er mit seinem Surfboard in die Braye Bay hinaus und gibt vor, dass er in Seenot geraten ist. Harper nimmt ihn an Bord, Moore bedroht ihn mit der Pistole und fordert Geld von ihm. Doch er hat nicht mit Kitty Marsden gerechnet und ist gezwungen zu schießen. Sie fällt ins Wasser, was ihn einen Moment lang ablenkt. Harper nutzt die Gelegenheit und wehrt sich. Moore erschießt ihn und durchsucht das Boot. Er findet das Geld und fährt an Land zurück.“

„Und warum bindet er Harper ans Steuerrad?“, fragte Dave.

„Vielleicht war es tatsächlich die einzige Möglichkeit, das Ruder festzustellen und die Thetis auf den Atlantik hinaustreiben zu lassen.“

„Vorher hat Moore zur Sicherheit noch die Navigationsanlage entfernt“, überlegte Dave. „Er ist Wassersportler und weiß, was er tun muss, um zu verhindern, dass man den Kurs der Jacht rekonstruieren kann, falls sie aufgebracht wird.“

„So könnte es gewesen sein.“

„Und wie beweisen wir das?“, fragte Dave.

„Indem wir das Geld und die Tatwaffe finden.“

Sie brauchten eine Stunde, um die Thetis vom Bug bis zum Heck zu durchsuchen.

„Fehlanzeige“, sagte Dave.

„Falls es hier keine Geheimfächer gibt, die wir übersehen haben, wissen wir zumindest, dass das Geld nicht mehr an Bord ist.“

„Und wie bringt uns das weiter?“

Steve schüttelte den Kopf. „Leider überhaupt nicht.“

„Die Spurensicherung hat doch die DNA von vier Personen sichergestellt", sagte Dave.

„Drei konnten wir zuordnen."

„Dann sollten wir uns eine Speichelprobe von Thomas Moore besorgen."

„Das wollte ich gerade vorschlagen", sagte Steve. „Vielleicht finden wir auch in seinem Wohnmobil genügend Material."

Sie fuhren zur Braye Campsite und durchsuchten den Wagen eine Stunde lang, ohne auf eine Spur oder eine größere Menge Bargeld zu stoßen. Dave machte ein finsteres Gesicht, was er immer tat, wenn er angestrengt nachdachte.

„Was spukt dir durch den Kopf?", fragte Steve.

„Wir gehen davon aus, dass die Morde an Harper und seiner Frau zusammenhängen und Kitty Marsdens Tod ein Kollateralschaden ist."

„Richtig. Und weiter?"

„Wenn Moore ihn aus Habgier ermordet hat, warum hat er dann auch noch Olivia Harper umgebracht?"

„Dafür kann es nur eine Erklärung geben", sagte Steve. „Er hat auf der Thetis nichts gefunden."

„Weil sich das Geld schon jemand geholt hatte."

„Du denkst an Stella?"

„Ich traue es ihr zu, du nicht?", sagte Dave.

Steve antwortete nicht. Vielleicht lagen sie völlig daneben und der Mann, den sie suchten, bewegte sich frei auf Alderney, weil er ihn nicht dingfest machen konnte, ohne Abbys Leben zu gefährden.

„Wir haben keinen einzigen handfesten Beweis gegen Moore", sagte er. „Jeder halbwegs tüchtige Anwalt würde eine Anklage im Handumdrehen zerpflücken."

Steve musste mit Sorokin reden und ihm klarma-
chen, dass er zu weit gegangen war.

24

27. September

Das Verlangen, mit einem kleinen Whisky die grauen Zellen zu schmieren, wurde übermächtig. Dan zog die Schreibtischschublade einen Spalt auf und schloss sie wieder. Dann wiederholte er das Spiel. Beim siebten Mal siegte die Vernunft über die Sucht. Ein Drink war okay, aber er wusste, dass es nicht dabei blieb. Es würde ablaufen wie an den Tagen und Wochen zuvor: Der Alkohol machte ihn locker und ertränkte seine Zweifel. Irgendwann flogen die Finger über die Tastatur und er würde überzeugt sein, nie eine bessere Arbeit abgeliefert zu haben. Am nächsten Morgen plagte ihn dann ein ausgewachsener Kater, und das, was er für ein Meisterwerk gehalten hatte, wanderte in den Schredder. Er musste einen anderen Weg finden.

Die Haustür fiel ins Schloss. Dan hörte Schritte im Eingangsbereich und ging nach unten. Heather war aus Saint Anne zurückgekehrt. Sie hatte trotz des Regenwetters eine Sonnenbrille aufgesetzt und trug zwei prall gefüllte Einkaufstaschen. Er eilte zu ihr und nahm ihr die Sachen ab. Wenn er schon in seinem Arbeitszimmer nichts zustande brachte, konnte er sich wenigstens in der Küche nützlich machen.

„Bist du okay?", fragte er. „Du bist ein bisschen blass um die Nase."

„Kein Wunder."

Sie nahm die Brille ab. Dan erschrak. Rings um das Pflaster über der Augenbraue schillerte ein Bluterguss in allen Regenbogenfarben. Er fühlte sich hundsmiserabel. Für all das war er verantwortlich. Aber wenn er ihr die Wahrheit sagte, würde alles nur noch schlimmer werden.

Heather lächelte gequält. „An deiner Stelle würde ich mich in der Stadt eine Weile nicht sehen lassen. Die Leute schauen mich an, als wäre ich das Opfer eines prügelnden Machos."

„Warst du bei Dr. Manford?"

„Ja. Außer ein paar Prellungen ist alles in Ordnung."

„Wir brauchen endlich ein Geländer an der verfluchten Kellertreppe. Ich suche sofort einen Handwerker, der das erledigt. Das darf nie wieder passieren. Es ist alles meine Schuld."

„Beruhige dich, Dan. Es geht mir gut."

Die Blässe auf ihrem Gesicht strafte ihre Aussage Lügen.

„Wie läuft es mit dem neuen Roman?", fragte sie.

„Gut", log er. „Ich komme voran. Was hast du eingekauft?"

„Im Hafen gab's frischen Seebarsch."

„Hey, ich mache uns einen Eintopf. Owen mag Hodge. Du doch auch, oder?"

Sie strich sich eine Haarsträhne zurück und nickte abwesend.

„Ist Fluffy aufgetaucht?"

„Nein, noch nicht."

Die Katze hatte er ganz vergessen. Vielleicht war es an der Zeit, einen Ersatz zu besorgen, das würde Heather auf andere Gedanken bringen. Der Neustart, den sie geschafft hatten, durfte nicht an einem verschwundenen Haustier scheitern.

„Soll ich Owen anrufen und ihm absagen, weil du dich nicht wohlfühlst?", fragte er.

Sie lächelte. „Nein, es war eine gute Idee, ihn einzuladen. Du gehst ohnehin zu wenig unter Menschen. Ein bisschen Abwechslung wird uns guttun. Ich habe genug Bier für eine ganze Kompanie mitgebracht."

Erleichtert begann er, die Einkäufe auszupacken. Es lief besser, als er erwartet hatte. Auch das Essen verlief in entspannter Atmosphäre. Anschließend kümmerte er sich um den Abwasch. Heather zog sich zu einem Mittagsschlummer zurück.

Owen Hunter rief gegen 19:30 Uhr an. Dan fuhr zum Hafen, um ihn am Fährterminal abzuholen.

„Du siehst müde aus", begrüßte ihn sein Freund. „Ich wette, du arbeitest zu viel."

Dan umarmte ihn. Owen hielt ihn auf Armeslänge von sich und musterte ihn besorgt.

„Du bestehst ja nur noch aus Haut, Knochen und Brillengläsern", sagte er. „Hast du abgenommen?"

„Die letzten Tage waren ein bisschen stressig."

„Junge, du gefällst mir nicht. Was ist los?"

„Ich erklär's dir später."

Sie fuhren an der Küste entlang nach Westen. Dan präsentierte seinem Freund das Haus, in dem er aufgewachsen war und das er nach seinen Vorstellungen hatte umbauen lassen. Owen war fasziniert von dem parkähnlichen Garten mit seiner Blütenfülle und den Ruheoasen.

Heather hatte den Nachmittag genutzt, um sich auszuruhen, und war bester Laune. Sie scherzte über ihr Missgeschick auf der Kellertreppe und gab die perfekte Gastgeberin. Dan wusste, dass sie Owen mochte. Erfreut beobachtete er, dass sie aufblühte wie seit Wochen nicht. Das hatte ihr also gefehlt: Abwechslung und menschliche Gesellschaft. Er schämte sich für sein Eremitendasein und schwor sich, um ihretwillen sein Schneckenhaus öfter zu verlassen.

Sie verbrachten einen angeregten Abend zu dritt, scherzten, lachten und genossen das Zusammensein. Dan machte sich Notizen, als Owen einige seiner Fälle zum Besten gab, die er als Privatdetektiv bearbeitete. Gegen elf zog sich Heather zurück, weil sie Kopfschmerzen bekam. Dan war ehrlich besorgt. Er hoffte inständig, dass der Sturz keine Folgen nach sich ziehen würde. Mehr noch als sein Gewissen plagte ihn die Angst davor, was er in einer der kommenden Nächte anstellen könnte.

Nachdem Heather zu Bett gegangen war, öffnete Owen zwei Flaschen eiskaltes Stout und reichte Dan eine davon.

„Okay. Und jetzt sag mir, was hier los ist."

„Wie meinst du das?"

„Woher stammt das Veilchen?"

Dan nippte an seinem Bier. „Ich habe Heather nicht geschlagen, falls du das glauben solltest. Ich würde ihr niemals wehtun. Sie ist auf der Kellertreppe ausgerutscht und gestürzt, weil ich zu faul war, mich um ein Geländer und eine funktionierende Beleuchtung zu kümmern."

Owen lehnte sich zurück.

„Meine Frau ist im Dunkeln gegen den Schrank gelaufen, sie ist ein bisschen ungeschickt. Ihr passieren ständig solche Sachen", sagte er mit spöttischem Unterton. „Ich weiß nicht, wie oft ich diese Ausreden schon gehört habe, Dan. Kannst du dir vorstellen, wie viele prügelnde Ehemänner ich während meiner Zeit als Police Officer unbehelligt lassen musste, weil ihre Frauen zu eingeschüchtert waren, um sie anzuzeigen?"

„Hältst du mich wirklich für einen von ihnen? Du kennst doch Heather. Wie würde sie reagieren, wenn ich sie misshandle? Ich werd's dir sagen, Owen: Sie würde auf der Stelle ihre Koffer packen."

„Da ist was dran ... Aber irgendwas stimmt hier nicht. Ich spür's in meinen arthritischen Knochen. Heather ist eine Spur zu lustig, zu bemüht und aufgekratzt; und du trinkst zu viel. Warum hast du mich gebeten zu kommen?"

„Ich brauche deine Hilfe."

„Also die Wahrheit", sagte Owen.

Dan nickte. „Die Wahrheit."

Er holte tief Luft und begann zu erzählen. Von den Albträumen, den nächtlichen Ausflügen und der toten Katze. Von dem blutigen Messer und der Axt im Bett.

„Hast du die Kameras im Haus bemerkt?"

„Allerdings. Ich habe mich schon gefragt, ob du eine ausgewachsene Paranoia entwickelt hast."

Dan berichtete von der Nacht und dem Morgen, an dem er Heather am Fuß der Treppe gefunden hatte.

Owen nahm sich ein zweites Stout.

„Zeig mir das Video."

„Ich hab's gelöscht."

„Mmh, die Vernichtung von Beweisen ist keine gute
Idee. Wäre ich noch bei der Mordkommission, hättest
du jetzt ein Problem, Dan. Um es mit den Worten eines
Polizisten zu sagen: Du machst dich gerade sehr verdächtig.“

„Heather kann sich an den Sturz nicht erinnern. Soll
ich sie mit der Nase darauf stoßen, dass sie das blaue
Auge mir zu verdanken hat? Es reicht, wenn ich nachts
durch das Haus irre wie ein Gespenst nach Mitternacht.“

„Bist du sicher, dass du es warst, der der Katze die
Kehle durchgeschnitten hat?“, fragte er.

Dan stützte die Stirn in die Hände und stöhnte.

„Wer sonst sollte es getan haben?“

„Und welche Art von Hilfe erwartest du nun von
mir?“

„Ich möchte dich bitten, ein paar Tage zu bleiben.“

„Ich soll aufpassen, dass du keinen Unsinn anstellst,
hab ich recht?“

„Du wirst mich jeden Abend im Arbeitszimmer ein-
schließen. Dort werde ich so lange vor dem verdammten Bildschirm sitzen, bis ich wieder arbeiten kann.“

„Wozu soll das gut sein?“

„Ich glaube, es liegt an der Schreibblockade“, antwortete Dan. „Wenn ich schreiben kann, wird es verschwinden.“

„Und wenn nicht?“

„Dann werde ich mich in die Hände eines guten Psy-
chiaters begeben.“

„Warum bittest du Heather nicht darum?“

„Weil … weil ich mich schäme, Owen. Und weil sie nicht wissen soll, wie schlimm es wirklich um mich steht.“

„Meinst du nicht, dass sie das längst weiß?“ Er wiegte zweifelnd den Kopf. „Du hattest schon bessere Einfälle, Dan.“

„Lass es uns ausprobieren. Wenn es nicht funktioniert, gehe ich zu einem Therapeuten. Versprochen.“

Owen trank einen Schluck Bier.

„Ich schätze, mir bleibt keine andere Wahl, oder?“

„Natürlich hast du die. Du kannst ablehnen, ich kündige dir deswegen nicht die Freundschaft auf.“

„Mach dir darüber keine Gedanken. Ich mag dich, Dan. Und ich mag deine Frau. Ich will nicht, dass ihr etwas zustößt, nur weil ich deine Gruselgeschichten nicht ernst genommen habe. Gib mir den Schlüssel zum Schreibzimmer.“

Die Tasten der Schreibmaschine klapperten seit drei Stunden, der Papierstapel neben Dan wuchs. Seine Augen brannten vor Müdigkeit, aber er wollte nicht aufhören. Nicht jetzt, wo es endlich lief. Fast fühlte er sich wie in alten Zeiten. Der Aschenbecher quoll über, die Luft im Arbeitszimmer war zum Schneiden dick. Er zog ein weiteres Blatt aus der Maschine und legte es zu den anderen. Schreiben konnte ungeheuer befriedigend sein … oder die Hölle auf Erden. Der Trick funktionierte. Owens Anwesenheit bewirkte ein Wunder. Er fühlte sich sicher und konnte sich auf seine Arbeit konzentrieren.

Dan lehnte sich zurück und dehnte die verkrampften Muskeln. Er fand, dass es an der Zeit war, sich einen kleinen Drink zu gönnen. Der Alkohol würde seine Gehirnwindungen auf Betriebstemperatur halten. Er zog die unterste Schublade auf und stellte eine Flasche Scotch auf den Tisch. Dann stand er auf, um Eis zu holen. Erst als er an der Klinke rüttelte, entsann er sich, dass er Owen gebeten hatte, ihn einzuschließen. Leider hatte er nicht daran gedacht, dass er Hunger oder Durst bekommen könnte oder zur Toilette musste.

Dan klopfte seine Hosentaschen ab. Den Hausschlüssel trug er bei sich. Kurz dachte er darüber nach, über die Brüstung des Balkons zu steigen und an dem mit Efeu bewachsenen Rankgitter nach unten zu klettern. Von der Terrasse aus könnte er das Haus umrunden und es von vorn wieder betreten, aber er entschied sich dagegen. Er trainierte regelmäßig nur die Muskeln, die er zum Tippen brauchte, und sah auch mit Brille in der Dunkelheit nur schlecht. Wenn er abrutschte und aus drei Metern Höhe auf die Betonplatten stürzte, bestand die Gefahr, dass er sich den Hals brach. Außerdem wollte er keine längere Pause einlegen und würde gegen die Abmachung verstoßen. Vielleicht sollte er für heute Schluss machen, sich auf dem Ohrensofa zusammenrollen und schlafen. Der Alkohol war eine Krücke gewesen, die ihn locker gemacht und ihm über eine kritische Phase hinweggeholfen hatte.

„Ich brauche dich nicht mehr, alter Freund", sagte er lächelnd. „Wir müssen uns verabschieden."

Er stellte die Flasche zurück. Sein Blick fiel in die offene Schublade. Schuldbewusst griff er nach dem homöopathischen Schlafmittel, das Heather ihm besorgt hatte. Gestern Abend hatte er vergessen, es einzunehmen. War es deshalb zu dem Streit gekommen? Er wusste es nicht mehr. Schließlich drückte er zwei Tabletten aus dem Blister und spülte sie mit einem großen Schluck Scotch hinunter, den man schließlich auch ohne Eis genießen konnte. Doch an Schlaf war nicht zu denken, die alte Maschine zog ihn wieder in ihren magischen Bann. Dan schrieb bis halb vier morgens, dann umarmte ihn tiefschwarze Dunkelheit.

„Dan! Dan, wach auf!"

Heathers Stimme drang wie durch dicke Watteschichten langsam zu ihm vor. Er blinzelte, grelles Tageslicht bohrte sich schmerzhaft in seine Augen. Seine Stirn ruhte auf der Schreibmaschine, in seinem Schädel rumorte ein dumpfes Pochen. Jeder Muskel in seinem verkrampften Köper schmerzte. Heather knallte die leere Whiskyflasche auf den Schreibtisch.

„Die Sauferei wird dich noch umbringen", sagte sie.

Er richtete sich auf, tastete umher und streichelte dann den sauber geordneten Stapel Papier.

„Ich habe gearbeitet", krächzte er, „die ganze Nacht. Du musst es lesen. Ich glaube, es ist gut. Es ist wirklich gut."

„Was kümmert mich ein geniales Manuskript, wenn der Verfasser, den ich liebe, sich zu Tode säuft?", schrie sie.

Dan kniff vor Schmerz die Augen zusammen und stöhnte.

„Ich habe nichts getrunken. Ich brauche das Zeug nicht mehr."

„Du hast die ganze Flasche geleert, Dan!"

„Das ... das kann nicht sein, es war doch nur ..." Angestrengt versuchte er, sich zu erinnern. „Ich hatte kein

Eis, wollte in die Küche hinunter und dann ... ich weiß nicht mehr."

„Ich ertrag's nicht, wenn du mich anlügst, Dan. Wenn du dich unbedingt umbringen willst, spring von den Klippen ins Meer oder jag dir eine Kugel in den Kopf. Aber sag mir vorher Bescheid, denn dann werde ich nicht mehr da sein, um dein bisschen Gehirn von der Wand zu kratzen. Wo ist Owen?"

„Er wird noch schlafen, falls ihn dein Geschrei nicht aufgeweckt hat", murmelte er.

„Das Gästezimmer ist leer."

„Vielleicht macht er einen Spaziergang, um einen klaren Kopf zu bekommen." Er grinste. „Wir haben unser Wiedersehen gefeiert."

„Wart ihr am Strand?"

„Wie kommst du darauf?"

„Sieh dir die Dreckspur an. Sie zieht sich durch das ganze Haus. Mach gefälligst sauber, ich bin nicht deine Putzfrau!"

Er blickte an sich herab. Seine Schuhe waren völlig verschmutzt. Eine Spur aus halb getrocknetem Sand und Algenfäden zog sich von der Tür zum Schreibtisch. Dan wurde schlagartig nüchtern. Owen sollte ihn wecken, bevor Heather aufwachte. Sie schlief gewöhnlich lange. Wieso hatte er sich nicht an die Vereinbarung gehalten?

„Ich war ... war die ganze Zeit hier", stammelte er. „Glaube ich jedenfalls."

Mühsam versuchte er, seine Erinnerung an die vergangenen Stunden zusammenzusetzen. Er kam zu dem Schluss, dass er das Arbeitszimmer nicht verlassen hatte, nicht hatte verlassen können, weil die Tür versperrt gewesen war. Doch Heather sollte nichts davon erfahren.

„Wie spät ist es?", fragte er.

„Es ist zehn durch. Wozu haben wir die Kameras installieren lassen?", fragte sie ärgerlich. „Ruf die Videos auf. Dann werden wir ja sehen, was ihr zwei Saufbrüder angestellt habt."

Dan stierte auf den Bildschirmschoner. Er konnte sich nicht mehr herausreden. Ganz gleich, was in der Nacht passiert war, in wenigen Augenblicken würden sie beide die Wahrheit kennen.

Heather schnalzte ungeduldig mit der Zunge und griff nach der Maus. Dan sog den vertrauten Duft ihres Parfums ein und wusste plötzlich, dass er sie verlieren würde. Die Katastrophe war unvermeidlich. Es kam ihm vor, als offenbare sich ihm für den Bruchteil einer Sekunde die Zukunft. Er sah, wie sein Albtraum Realität wurde und er ihre Leiche über die Salzwiesen zu den Klippen trug.

Heather hatte die Videodateien gefunden. Es gab nur eine einzige Aufzeichnung aus dem Eingangsbereich. Die Kamera war um 01:46 Uhr angesprungen. Sie zeigte Dan, wie er die Halle durchquerte und aus dem Aufnahmebereich verschwand. Sein Gesicht war nicht zu sehen, dafür aber das T-Shirt, das er trug – das Geschenk von Heather. Support the arts, kiss a writer. Er bewegte sich traumwandlerisch, eckig und ungelenk wie ein ferngesteuertes Spielzeug, in dem der wirkliche Dan steckte und hilflos mit ansah, was mit ihm geschah.

Kurz darauf tauchte Owen auf. Er warf einen Blick in das Objektiv und folgte Dan nach draußen. Danach nahm der Sensor keine Bewegungen mehr wahr und schaltete die Kamera aus.

„Würdest du mir mal verraten, was euch mitten in der Nacht aus dem Haus getrieben hat?", fragte Heather.

„Ich weiß es nicht."

„Er müsste längst zurück sein", sagte sie. „Ich mache mir Sorgen um ihn."

„Ich gehe ihn suchen."

Dan bemühte sich, seinen Schwerpunkt zu finden, verließ das Arbeitszimmer und streifte eine Regenjacke über. Als er ins Freie trat, biss ein scharfer Wind mit kalten Zähnen in sein Gesicht und klarte seinen Verstand. Er war absolut sicher, dem Alkohol entsagt zu haben. Der Kater, der in seinem Schädel tobte, strafte seine Erinnerung indessen Lügen. War es möglich, dass er sich betrunken hatte, während er schlief? Wenn ein Schlafwandler einen Mord begehen konnte, dann war auch das nicht unmöglich.

Was hatte Owen davon abgehalten, ihn zu wecken? Noch in der Nacht musste er die Tür zum Arbeitszimmer aufgeschlossen und ihn herausgelassen haben. Anders hätte Dan das Haus nicht verlassen können. Aber warum hatte er das getan? Und vor allem ... wo steckte Owen?

Dan überquerte die kahle Hochebene und ging auf die Klippen im Nordwesten zu. Sie waren nicht besonders hoch, doch die Küste war zerklüftet und mit Felsspalten und Senken durchzogen, in denen ein Ortsunkundiger leicht verunglücken konnte; vor allem bei Dunkelheit.

Von düsteren Ahnungen geplagt, wanderte Dan an Fort Tourgis vorbei, wandte sich nach Süden und erreichte die Steilküste der Clonque Bay. Über einer kleinen Bucht kreiste eine Schar Möwen und stieß schrille Schreie aus. Dan beugte sich über den Rand der Klippen und suchte den Strand ab, als die Erde unter seinen Füßen plötzlich nachgab. Er ruderte mit den Armen, um nicht das Gleichgewicht zu verlieren, und stolperte erschrocken zurück. Der tagelange Regen hatte den Boden aufgeweicht. Erdklumpen lösten sich, Steine polterten in die Tiefe.

Dann sah er Owen. Zwischen den zerklüfteten Felsen, die bei Ebbe wie faulige Zähne aus dem Brackwasser ragten, lag eine menschliche Gestalt. Die Brandung spielte mit dem regungslosen Körper, hob ihn hoch, um ihn einige Meter in die Bucht hineinzutreiben, und nahm ihn wieder mit.

Dans Herz krampfte sich zusammen. Deutlich erkannte er die blaue Windjacke, die Owen bei seiner Ankunft getragen hatte.

Dan suchte einen Weg zum Strand hinab, doch der nächste Pfad verlief hundertfünfzig Meter weiter nördlich. Verzweifelt lief er los und gelangte atemlos an die Gabelung, von der der unbefestigte Weg abzweigte. Sand und Kies gaben unter seinen Schritten nach, er wich Brackwasserpfützen aus, stolperte kopflos über angespültes Treibholz und erreichte schließlich die schwarzen Riffe.

Owen war tot. Die steigende Flut trieb ihn mal hierhin, mal dorthin und bewegte seinen Kopf auf und ab, als wollte er Dan mit einem grässlichen Nicken begrüßen. Krabben krochen seine Beine und Arme hinauf, um das Fleisch von seinen Wangenknochen abzunagen. Dan schrie wütend auf, fiel auf die Knie und wischte sie zur Seite.

Was hatte Owen am frühen Morgen an diesem gottverlassenen Strandabschnitt gesucht? War er ihm gefolgt, um herauszufinden, wohin Dan ging, und in der Dunkelheit über den Rand des Steilabhangs gestürzt?

Dan blickte zu den Klippen hinauf. War sein Freund wirklich Opfer eines unglücklichen Fehltritts geworden, oder steckte mehr hinter seinem Tod? Sein Verstand arbeitete jetzt eiskalt. Gegen halb zwölf hatte Owen ihn in seinem Arbeitszimmer eingeschlossen. Als sie nacheinander das Haus verlassen hatten, war es 01:46 Uhr gewesen.

An den Felsen ringsum konnte er leicht den höchstmöglichen Wasserstand ablesen. Er verglich ihn mit der gegenwärtigen Meereshöhe und kam zu dem Schluss, dass die Flut gegen 03:00 Uhr die größte Tide erreicht hatte. Das ablaufende Wasser hätte die Leiche auf das offene Meer hinausziehen müssen. Doch das war nicht geschehen. Dan kam ein furchtbarer Verdacht.

Widerstrebend kehrte er zu dem Toten zurück. Die Brandung hob ihn an und schob ihn einige Zentimeter den Strand hinauf. Owens Kopf fiel zur Seite, sodass Dan sein Gesicht nicht mehr sehen konnte. Das Haar am Hinterkopf war blutverschmiert. Dan überwand seine Abscheu und betrachtete die Wunde genauer. Wäre Owen wirklich von der Steilküste gestürzt, hätte er Verletzungen im Gesicht haben müssen. Sein Tod war kein Unfall gewesen, er war ermordet worden; erschlagen mit einem Kantholz oder einem Stück Treibgut. Ermordet von jemandem, der hinter ihm gestanden hatte.

Dan dachte an die nasse Fußspur im Arbeitszimmer und die verriegelte Tür. Wenn Owen sie nicht aufgeschlossen hatte, konnte es nur Heather gewesen sein. Hatte sie geahnt, was sie damit auslöste?

Gott allein wusste, welch irrsinnigen Plan Dans Unterbewusstsein ersonnen hatte. Owen hatte bemerkt, was vor sich ging, und war ihm gefolgt. Das Überwachungsvideo lieferte den Beweis. Auf den Klippen hatte sein Freund ihn eingeholt. War es zum Streit zwischen ihnen gekommen, in dessen Verlauf er ihn niedergeschlagen hatte, so wie er Heather die Kellertreppe hinuntergestoßen hatte? Sein schlafwandelndes Ich war ein völlig anderer Mensch als der wache Dan – aggressiv, rücksichtslos und gewalttätig. Ein nächtlicher Mr Hyde, der mit dem Dr. Jekyll des hellen Tages nichts gemein hatte.

Dan geriet in Panik. Die Polizei würde nicht lange brauchen, um dahinterzukommen, dass Owens Tod kein Unfall gewesen war. Diesmal konnte er sich nicht herausreden, nichts und niemand konnte ihn vor dem Gefängnis retten. Owen hatte ein Fährticket nach Alderney gelöst und bei ihm übernachtet. Und nun lag er mit einem faustgroßen Loch im Kopf am Strand unweit des Hauses. Chief Cole würde Heather so lange unter Druck setzen, bis sie gestand, dass ihr Mann allmählich den Verstand verlor, unter einer gefährlichen Insomnie litt und Gewalt gegen sie ausgeübt hatte. Die Verletzungen, die sie sich beim Sturz auf der Kellertreppe zugezogen hatte, würden den Verdacht gegen ihn erhärten und ihre Aussagen bestätigen. Cole konnte gar keine andere Schlussfolgerung ziehen: Daniel Jacobs hatte in geistiger Umnachtung seinen besten Freund umgebracht. Er dachte an das blutige Messer, die Axt im Bett, die tote Katze ...

Selbst wenn ihm das Gefängnis erspart blieb, würde er den Rest seines Lebens in der geschlossenen Psychiatrie verbringen, ein gefundenes Fressen für die Boulevardpresse: Daniel Jacobs, der Bestsellerautor von Horrorromanen und Thrillern, war übergeschnappt und hatte die Rolle seiner erfolgreichsten Romanfigur angenommen. Das Allerschlimmste war: Er würde Heather verlieren!

Es gab nur eine Möglichkeit, mit einem blauen Auge aus der Sache herauszukommen: Owens Leiche durfte niemals gefunden werden.

Dan blickte auf das Meer hinaus. In den letzten Minuten war die Dünung zunehmend unruhiger geworden, als missbillige sie seinen Plan. Was sollte er tun? Er musste den Toten ins tiefe Wasser ziehen, aber ihm graute davor. Owen war sein Freund und Vertrauter gewesen. Außerdem konnte er nicht schwimmen und besaß kein Boot. Es war sinnlos, er würde Fehler machen, die jeder Täter unweigerlich beging.

Sollte er den Mord gestehen? Konnte er denn sicher sein, dass er ein Mörder war? Vielleicht sollte er in die Queen Elizabeth II Street fahren und die Polizei zur Leiche führen. Chief Cole schien ein vernünftiger Mann zu sein. Dan rang mit sich, konnte sich lange nicht entscheiden. Die Indizien sprachen gegen ihn, waren geradezu überwältigend.

Und wenn alles ganz anders abgelaufen war? Wenn noch jemand auf den Klippen gewesen war? Was würde er eine seiner Romanfiguren jetzt tun lassen? Dan verzweifelte. Das Leben war kein Roman. Wie er es drehte und wendete, er kam aus der Sache nicht mehr heraus. Heather würde ihn mit Fragen bestürmen. Wieder musste er ihr die Wahrheit verschweigen; so lange, bis das Kartenhaus aus Ausreden und Lügen irgendwann zusammenbrach.

Schließlich siegte sein Überlebensdrang. Er lief zum Haus zurück und betrat den Geräteschuppen durch die Garage. Die hintere Tür stand offen, ein Stromkabel schlängelte sich hinaus. Er hörte das Surren einer Heckenschere. Heather arbeitete im Garten. Rasch nahm er unbemerkt Hacke und Schaufel vom Haken, legte die Werkzeuge in den Kofferraum des Volvos und fuhr zur Clonque Bay zurück. So früh am Morgen waren weder Touristen noch Einheimische unterwegs. Über der Küste lag eine dichte Nebelbank, die Sicht war schlecht. Das trübe Wetter begünstigte seinen Plan.

Nach wenigen Minuten stoppte er den Wagen auf der Küstenstraße. Er nahm Hacke und Schaufel aus dem Kofferraum und lief zu dem menschenleeren Strand hinunter. In der Nähe der schwarzen Felsen stolperte er und fiel der Länge nach in den nassen Sand. Die Tide war gestiegen. Owens Leiche trieb im knietiefen Wasser, eingeklemmt zwischen den Riffen. War dies der Grund, warum die ablaufende Flut ihn nicht auf das offene Meer hinausgezogen hatte? War es nicht immer ein unbedeutender, kleiner Zufall, der den perfekten Mordplan durchkreuzte?

Dan kroch auf allen vieren auf den Toten zu, halb verrückt vor Angst, Panik und Schuldgefühlen. Er könnte warten, bis die ablaufende Flut die Leiche mit sich nahm, doch das dauerte noch Stunden. Die Gefahr, dass sie in der Zwischenzeit jemand entdeckte, war zu groß.

Er suchte nach einer geeigneten Stelle und begann dicht unterhalb der Steilwand auf dem schmalen Streifen Strand, den das Meer freigegeben hatte, zu graben. Sein Herz stampfte wie eine wahnsinnig gewordene Lokomotive aus Angst vor Entdeckung und Anstrengung. Nach einer Viertelstunde ließ er erschöpft die Schaufel fallen. Seine Hände waren von der ungewohnten Arbeit mit Blasen übersät. War das Loch tief genug? Die Brandung war an diesem Abschnitt nicht besonders stark und wurde durch die Riffe gebrochen. Touristen und Spaziergänger verirrten sich selten hierher. Dan zweifelte und blickte sich um. Es gab keine Zufahrt zum Strand. Die Leiche den Pfad hinauf bis zum Wagen zu schleifen, überstieg seine Kräfte. Außerdem würde er Spuren im Kofferraum hinterlassen, die eindeutig bewiesen, dass Owens Leiche im Wagen gelegen hatte. Es gab keine andere Möglichkeit, er musste ihn an Ort und Stelle begraben.

Dan watete durch das Brackwasser, fasste den Toten unter den Achseln und zog ihn den Strand hinauf. Gott, war der Kerl schwer!

Mit letzter Kraft schaffte er es, den Leichnam in die Grube zu legen. Es war ein flaches Grab, aber es musste genügen. So schnell er konnte, schaufelte er Sand und Kies hinein. Die erste Ladung traf Owens Gesicht. Dan brach in die Knie und übergab sich, tastete nach dem

Schaufelstiel und arbeitete weiter, bis von seiner wahnsinnigen Tat nichts mehr zu sehen war.

Eine kleine Steinlawine löste sich, prasselte den Steilhang herab und formte einen natürlichen Grabstein. Dan legte den Kopf in den Nacken und sah in den bleigrauen Himmel hinauf. Ein Schatten verschwand hastig vom Rand der Klippen.

25

„Wer als Erster im Revier ist, kocht Kaffee. So will es das Gesetz", erklärte Steve.

Watson spitzte die Ohren, interessierte sich dann jedoch nicht weiter für die Aktivitäten seines Herrn und inspizierte wie jeden Morgen die Räumlichkeiten der kleinen Polizeistation. Erst wenn er sicher war, dass sich über Nacht nichts verändert oder ereignet hatte, was ihm Angst einflößte, entspannte er sich. Offenbar hatte er eine bestimmte, komplizierte Vorstellung von Ordnung, die sich Steve nicht erschloss. Ein Papierkorb, der am falschen Platz stand, konnte den Hund so irritieren, dass er einen Bogen darum machte, während er andere Dinge nicht beachtete. Er schnüffelte an Daves Schreibtisch, in dem es nie an Schokoriegeln mangelte, und trottete weiter zu Pennys Arbeitsplatz. Schließlich schien er zufrieden und lief über den Korridor zum Büro des Chiefs. Steve beobachtete ihn amüsiert. Watson schob mit der Schnauze die Milchglastür auf und ließ sich auf seiner Decke neben dem Schreibtisch nieder, nachdem er sich dreimal umständlich um die eigene Achse gedreht hatte. Dann legte er den Kopf auf die Vorderpfoten und sah ihn schuldbewusst an.

„Macht ja nichts", sagte Steve. „Wir haben alle unsere Marotten."

Die Außentür quietschte in den Angeln.

„Guten Morgen, Steve“, begrüßte ihn Penny.

„Morgen.“

Er folgte ihr in die Wache. Dort füllte er eine Tasse mit Kaffee, gab einen Schuss Milch dazu und stellte sie auf ihren Schreibtisch.

Sie bedachte ihn mit einem misstrauischen Blick. „Womit habe ich denn so viel Aufmerksamkeit verdient?“, fragte sie.

„Ich bin eben wie ein Vater zu euch.“

Sie setzte sich, probierte den Kaffee und verzog das Gesicht.

„Mir scheint eher, du willst, dass ich einen Herzinfarkt bekomme. Oder du hast einen unangenehmen Spezialauftrag für mich?“

„Mit der Observierung von Garcia bist du ausgelastet.“

„Dave hat sich bitter beklagt, weil er jetzt das Kindermädchen für Stella spielen muss. Darf ich fragen, warum du deine Meinung geändert hast und wir ‚Bäumchen, wechsle dich‘ spielen?“

„Ich hatte das Gefühl, dass Dave anfängt, sich zu langweilen. Wenn ihm beim Strafzettelschreiben zufällig Garcia über den Weg läuft, könnte das böse Folgen haben, die ich nicht verantworten kann. So ist er wenigstens beschäftigt und kommt nicht auf dumme Gedanken.“

„Allerdings. Auf Stella aufzupassen, dürfte seine ganze Aufmerksamkeit in Anspruch nehmen. Ich habe mich übrigens im Mignot Memorial erkundigt, ob dort vor drei Wochen eine Frau mit einer Schussverletzung behandelt wurde.“

„Und?“

„Nichts. Stellas Aussage, dass ihre Mutter mit ihr ein neues Leben beginnen wollte, scheint auch zu stimmen. Olivia hat tatsächlich zwei Flugtickets nach Sidney gebucht. Was hat denn die Suche nach der Tatwaffe im Fall Harper ergeben?“, fragte Penny.

„Gordon hat mithilfe des Coastguard die Arch Bay abgesucht. Sie haben Metalldetektoren eingesetzt, aber außer einer halben Tonne Schrott nichts gefunden. Entweder lügt Moore, oder die Pistole liegt so tief unter Sand und Schlick begraben, dass man sie nicht orten kann.“

„Dann wird es ziemlich schwierig werden, Moore festzunageln. Es sei denn, er legt ein Geständnis ab.“

„Ich musste ihn vorerst laufen lassen. Wir haben nichts gegen ihn in der Hand, um ihn unter Druck zu setzen“, stimmte Steve ihr zu.

„Das stimmt nicht ganz.“

Dave kam mit Stella im Schlepptau herein.

„Kümmerst du dich um Watson?“, sagte Steve zu ihr. „Er hat sicher noch nichts gefressen. Du weißt ja, wo sein Futter steht.“

Stella zog eine gelangweilte Grimasse und verschwand im Büro des Chiefs. Steve schloss die Tür zum Korridor.

„Wenn mich nicht alles täuscht, hat unser junger Constable eine Spur aufgenommen“, sagte er.

Dave grinste. „Und ob.“

„Mach's nicht so spannend“, sagte Penny.

„Eigentlich war es Stellas Idee“, gab Dave zu. „Ich glaube, sie hat ein schlechtes Gewissen, weil sie ihren Vater mit einer Waffe bedroht hat und dessen Geliebte beinahe erschossen hätte. Sie gibt sich große Mühe, uns bei der Suche nach dem Mörder zu unterstützen. Stella schlug vor, das Internet nach Thomas Moore zu durchsuchen. Ihr werdet nie erraten, worauf wir gestoßen sind."

Penny seufzte. „Du hattest deinen großen Auftritt. Wir bewundern alle deinen Scharfsinn. Verrate es uns einfach."

„Moore treibt sich unter verschiedenen Namen auf Datingplattformen und in Kontaktbörsen herum. Er scheint es vor allem auf Frauen abgesehen zu haben, die etliche Jahre älter sind als er."

Steve kam seine Beobachtung am Strand in den Sinn. Er hatte den gleichen Eindruck gewonnen.

„Stella hat ein Fakeprofil angelegt, das wir als Köder verwendet haben. Moore hat sofort angebissen."

„Er sucht im Netz nach frustrierten Ehefrauen, bandelt mit ihnen an und nimmt sie aus?", fragte Penny.

„Genau das. Da er seinen Klarnamen nicht benutzt, ist das nicht leicht zu beweisen", sagte Dave. „Wir sind aber auf einige Posts gestoßen, in denen vor ihm gewarnt wird und die man eindeutig mit ihm in Verbindung bringen kann. Und jetzt kommt's: Stella hat Kontakt zu drei Frauen aufgenommen, die sich mit ihm eingelassen hatten. Sie hat sie vorsichtig ausgefragt, ob man ihm trauen kann und ob er's ehrlich meint. Die Antworten überraschten uns, denn sie waren durchweg positiv. Dann stießen wir auf ein Portal für Seitensprünge, auf dem sich die weibliche Kundschaft begeistert von Moore zeigte. Es gab da einige ziemlich kryptische Posts, die mich stutzig machten, also besorgte ich mir die Klarnamen der User und nahm sie unter die Lupe."

„Jetzt kommt die Pointe", murmelte Penny.

„Von den zehn Frauen, die ich durchleuchtet habe, sind inzwischen acht Witwen."

„Das ist ein Ding", sagte Steve. „Gibt es Anzeichen dafür, dass die Ehemänner ermordet wurden?"

„Es fanden die üblichen Untersuchungen bei ungeklärten Todesfällen statt, aber in keinem Fall wurde eine Mordermittlung eingeleitet", sagte Dave. „Auf den ersten Blick betrachtet, existiert keinerlei Verbindung zwischen ihnen. Man erkennt es erst, wenn man weiß, dass Moore das Bindeglied ist. Unser Heiratsschwindler ist ein eiskalter Serienmörder. Seine Opfer starben an Herzinfarkten oder bei Verkehrsunfällen, einer verschied infolge einer Vergiftung von Pilzen, die er selbst gesammelt hatte. Ein anderer stürzte unglücklich auf einer vereisten Treppe und brach sich das Genick."

„Und einer wurde an Bord seiner Jacht mit seiner eigenen Pistole erschossen", sagte Penny.

„Die Moore durch einen glücklichen Zufall vor die Füße purzelte", stimmte Steve ihr zu. „Er beginnt eine Affäre mit den Frauen, gewinnt ihr Vertrauen und horcht sie aus. Ich wette, er ist ein guter Zuhörer. Sie schütten ihm ihr Herz aus und beklagen sich über ihre Ehemänner, weil sie sich ungeliebt und vernachlässigt fühlen."

„Moore gibt ihnen beides", vermutete Penny, „und im richtigen Augenblick rückt er dann mit einem Vorschlag heraus."

„Er verspricht ihnen, das Problem still und leise zu erledigen", sagte Steve.

„Darunter sind doch sicher auch Frauen, die es ablehnten, ihre Ehemänner ermorden zu lassen", überlegte Penny. „Moore geht ein großes Risiko ein, wenn er seine Dienste anbietet. Ich frage mich, warum keine von ihnen zur Polizei gegangen ist."

„Vielleicht setzt er sie unter Druck, weil sie eine Affäre mit ihm begonnen haben", sagte Steve. „Hast du überprüft, ob die Witwen nach dem Tod ihrer Ehemänner eine größere Erbschaft machten?"

„Noch nicht. Das wird mein nächster Schritt sein. Ich wollte erst mit euch sprechen."

„Nehmen wir mal an, Olivia Harper plante, ihren Mann loszuwerden. Die Ehe lief ja alles andere als perfekt", sagte Penny.

„Sie sagte wörtlich: Von Maxwell Harper trennt man sich nicht", bestätigte Dave.

„Jedenfalls nicht auf die übliche Weise", sagte Steve. „Das könnte den Druck erhöht haben, ihn auf andere Weise loszuwerden."

„Aber wenn Moore tatsächlich Harper erschossen hat, warum bringt er anschließend seine Auftraggeberin um?", fragte Penny.

„Vielleicht bekam sie kalte Füße und wollte eine Aussage machen", meinte Dave.

„Oder sie konnte ihn nicht bezahlen", entgegnete Steve. „Sie rechnete mit einem fetten Erbe und musste feststellen, dass ihr Mann pleite war. Und dann taucht Moore auf und verlangt sein Honorar. Auf jeden Fall reicht das für einen Haftbefehl. Das war verdammt gute Arbeit."

Dave wuchs ein Stück. „Danke."

„Weiß Stella, dass es vermutlich Moore war, der ihren Vater umgebracht hat?", fragte Penny.

„Nein. Sie glaubt, wir wären einem Heiratsschwindler auf der Spur. Ich hielt es für klüger, ihr vorerst nichts zu sagen. Dass sie ihm, ohne es zu ahnen, die Mordwaffe besorgt hat, könnte sie schwer belasten."

„Hoffen wir, dass sie nicht eins und eins zusammenzählt", sagte Penny.

„Ich rede mit Laney, er soll sich mit dem Staatsanwalt in Verbindung setzen und einen Haftbefehl beantragen", sagte Steve.

„Ein klarer Beweis fehlt uns immer noch", sagte Penny.

„Die Met wird die anderen Fälle aufrollen und Moore weichkochen. Irgendwann hat er einen Fehler gemacht, über den er stolpern wird."

Er ging in sein Büro.

„Du darfst einen weiteren wundervollen Tag mit Constable Bailey verbringen", sagte Steve.

Stella verdrehte die Augen.

„Wie lange soll dieses Versteckspiel denn noch weitergehen?"

„Bis ich weiß, was hier gespielt wird. Dave wartet auf dich. Unser vierbeiniger Deputy darf dich begleiten."

Stella leinte Watson an und verließ mit ihm das Büro. Überrascht verfolgte Steve, dass der Hund ihre Berührungen akzeptierte.

„Was mache ich nur falsch?", brummte er leise.

Er setzte sich in den knarrenden, alten Drehstuhl und wählte Pennys Durchwahl. Sie nahm sofort ab.

„Ja?"

„Schaust du kurz in meinem Büro vorbei?", sagte er.

„Ich komme."

Eine Minute später saß Penny vor Steves Schreibtisch.

„Wir sollten Dave einweihen", sagte sie. „Er muss wissen, von wem Stella Gefahr droht."

„Und wenn wir uns irren? Wenn Garcia mit dem Mord an Olivia Harper nichts zu tun hat, machen wir uns grundlos Sorgen um das Mädchen. Was hat die Observierung denn ergeben?"

„Nichts Neues. Wenn ich nicht wüsste, dass Garcia ein Auftragskiller ist, käme ich zu dem Schluss, dass ich es mit zwei Urlaubern zu tun habe, die Freundschaft geschlossen haben. Moore bringt ihm das Surfen bei. Abends ziehen sie durch die Pubs, reißen Frauen auf und betrinken sich."

„An Stella zeigt keiner der beiden Interesse?"

„Nein. Hast du schon mal daran gedacht, dass Moore Garcias Auftrag sein könnte?"

„Ja. Wir schreiben ihn zur Fahndung aus. Dave soll auch die Kollegen in Frankreich informieren. Vielleicht versucht Moore, sich in die Bretagne abzusetzen. Ich möchte, dass du Streife fährst und die Augen offen hältst. So können wir gleichzeitig McGinley und den Stadtrat zufriedenstellen. Melde dich, wenn du Moore findest. Ich schicke dir dann Gordon zur Unterstützung."

„Ich denke, ich werde allein mit ihm fertig."

„Davon bin ich überzeugt. Geh trotzdem kein Risiko ein."

„Keine Sorge. Was unternimmt Chief Steve?"

„Bei Dave ein Croissant schnorren. Anschließend muss ich ein Telefonat führen, das sehr interessant werden könnte."

„Was machen wir mit Garcia?"

„Das verrate ich dir, wenn ich es weiß."

„Wie geht es Abby?", fragte Penny.

„Ihr Zustand ist unverändert."

„Okay. Ich melde mich, wenn ich Moore gefunden habe."

„Viel Erfolg."

Steve wartete, bis sie das Büro verlassen hatte, und nahm das Prepaidhandy aus der Schublade. Es war ungewöhnlich still. Ihm wurde plötzlich bewusst, wie sehr er sich an die Anwesenheit Watsons gewöhnt hatte.

„Wer sich mit Hunden schlafen legt, wacht mit Flöhen auf", hatte er ihm nach seinem Deal mit Sorokin erklärt. Wenn er Garcia gewähren ließ, würde er vielleicht Abbys Leben retten, aber Thomas Moore müsste sterben. Darüber zu richten, ob er den Tod verdient hatte, weil er selbst ein vielfacher Mörder war, stand ihm nicht zu. Wenn er nicht eingriff, würde er bald wieder vor der gleichen Entscheidung stehen. Ein Leben für ein Leben. Wie viele Leben war ihm Abby wert? Es spielte keine Rolle, denn er hatte nicht das Recht, sie gegeneinander aufzuwiegen. Er musste diesem teuflischen Spiel ein Ende bereiten.

Er wählte die einzige Nummer, die in der Kontaktliste abgespeichert war, und wartete.

„Hallo, Chief Cole", meldete sich Sorokin. „Es freut mich, von einem alten Weggefährten zu hören. Wie geht es Ihnen? Ist Abby wohlauf?"

„Jetzt, da wir so gute Freunde sind, werden Sie mir sicher verraten, wer Maxwell Harper und seine Frau umgebracht hat", antwortete Steve.

„Ach ja, der arme Max … Das interessiert Sie brennend, nicht wahr?"

„Haben Sie den Auftrag dazu gegeben? Schuldete er Ihnen Geld?"

Sorokin schwieg eine Weile.

„Nun, ich sehe keinen Grund, warum ich Ihnen die Wahrheit verschweigen sollte. Max und ich waren Freunde. Ich war erschüttert, als ich von seinem Tod erfuhr – mit dem ich übrigens nichts zu tun hatte."

„Dann war es Thomas Moore?"

„Dieser unangenehme Mensch hat eine sehr unmoralische Methode entwickelt, seinen Lebensunterhalt zu bestreiten. Da Sie seinen Namen erwähnen, gehe ich davon aus, dass Sie bereits auf der richtigen Spur sind."

„Er gewinnt das Vertrauen von frustrierten Ehefrauen und schafft ihnen ihre verhassten Männer vom Hals. Danach wird das Erbe brüderlich geteilt", sagte Steve.

„Ah, das haben Sie bereits herausgefunden. Sie werden verstehen, dass er eine Lektion verdient hat. Niemand ermordet ungestraft meine Freunde."

„Dann hat Garcia Harpers Frau getötet, weil sie Moore den Auftrag erteilte, ihren Mann aus dem Weg zu räumen?"

„Zunächst hatte ich nur einen Verdacht, aber ich musste mir Gewissheit verschaffen. Sagen wir, Giulio hat Olivia überredet, dass es besser für alle Beteiligten ist, wenn sie freiwillig aus dem Leben scheidet. Falls Sie mich fragen, es ist nicht schade um sie. Ich habe nie verstanden, was Max an ihr fand."

„Warum die theatralische Pose des Toten am Steuer seiner Jacht?"

Sorokin lachte. „Ich muss zugeben, der Einfall hätte von mir stammen können. Es war Olivias Idee. Max hatte vor, sich aus dem Staub zu machen, aber das wissen Sie ja bereits. Olivia wünschte sich, dass er tatsächlich auf große Fahrt ging. Allerdings erst, nachdem Moore ihm ein Loch in den Schädel geblasen hatte."

„Und Kitty Marsden?"

„Ein Kollateralschaden. Ich nehme an, Moore wusste nicht, dass sie an Bord war. Ich sehe, Sie haben den Fall gelöst. Darf ich fragen, aus welchem Grund Sie mich damit behelligen?"

„Pfeifen Sie Garcia zurück, sonst werde ich ihn verhaften."

„Tut mir leid, Chief. Das ist unmöglich. Ich lebe nun einmal auch von meinem Ruf. Wie sähe es denn aus, wenn ich nicht in angemessener Weise auf den Mord an einem guten Freund reagieren würde?"

„Betrifft das auch seine Tochter?"

„Stella besitzt etwas, das mir gehört. Sie sollten sie besser davon überzeugen, es mir zurückzugeben."

„Sollte dem Mädchen etwas zustoßen, werde ich dafür sorgen, dass Sie nach Pentonville zurückkehren. Diesmal für immer, verlassen Sie sich darauf."

Sorokin lachte. „Aber Chief Cole, Sie überschätzen Ihre Möglichkeiten."

„Unsere Abmachung ist hiermit gegenstandslos."

„Haben Sie sich das gut überlegt? Wie ich hörte, sind Abbys Chancen, aufzuwachen, durch die intensive Pflege deutlich gestiegen."

„Ihr Killer wird Alderney sofort verlassen, oder ich werde ihn festnehmen. Weitere Deals wird es nicht geben."

„Wie Sie wollen, Chief. Abbys Behandlung ist bis zum nächsten Ersten gesichert. Wir haben heute den 29. September. Sie sollten sich umgehend mit dem Royal Sussex County Hospital in Brighton in Verbindung setzen."

„Garcia ist bis morgen früh verschwunden, sonst geht das Dossier über Baxters Geschäfte an die Steuerfahndung raus."

Steve beendete das Gespräch und warf das Prepaidhandy in die Schublade. Es war kurz nach zehn. Der Wettlauf hatte begonnen, ihm blieben keine achtundvierzig Stunden mehr, um eine Lösung zu finden. Er hatte die ganze Nacht darüber nachgedacht und war zu dem Schluss gekommen, dass Harpers Tod möglicherweise nicht der einzige Grund war, warum Garcia nach Alderney gekommen war. Sorokin vermisste seit dem Sommer vierhunderttausend Pfund. Ruby Nolan behauptete, dass die beiden Aluminiumkoffer mit dem Geld auf dem Meeresgrund lagen. Was, wenn dem nicht so war?

Es klopfte an der Bürotür. Gordon trat ein.

„Mr Jacobs ist hier", sagte er.

„Ist er immer noch auf der Suche nach seiner Katze?", fragte Steve.

„Er behauptet, seine Frau ermordet zu haben."

26

Zwei Stunden vorher

Dan erwachte nicht dort, wo er sein sollte: in seinem Bett. Langsam realisierte er, dass er im Wohnzimmer auf dem Boden lag. Aus seiner Wurmperspektive betrachtet, breitete sich der sandfarbene Flokati vor ihm aus wie eine tropische Savanne.

Träge begann sich das betäubte Räderwerk in seinem Gehirn zu drehen. Am Sonntagmorgen hatte ihn Heather auf die Suche nach Owen geschickt. Sofort drängten sich die Albtraumbilder wieder in sein Bewusstsein. Owens tote Augen, die blauweiße, vom Salzwasser aufgeweichte Haut, die Knochensplitter in der Wunde am Hinterkopf und die Krebse, die seinen alten Freund langsam auffraßen. Das schmatzende Geräusch, wenn der Spaten in den nassen Boden stieß, verfolgte ihn noch immer, ebenso der flüchtige Schatten oberhalb des Kliffs, der hastig das Weite suchte, als er nach oben blickte. Hatte ihn tatsächlich jemand beobachtet?

Nachdem die Leiche vom Sand bedeckt war, hatte er Hacke und Schaufel in den Kofferraum des Volvos geworfen und war nach Hause gefahren, ohne einer Menschenseele zu begegnen. Heathers Laune war auf einem neuen Tiefpunkt angelangt. Sie hatte ihn mit Fragen bestürmt. Dan hatte eine Ausrede improvisiert und erklärt, dass sein Freund ihm eine Textnachricht geschickt hatte.

„Er musste dringend wegen eines laufenden Falls nach London zurück", hatte er gelogen. „Er entschuldigt sich tausendmal, dass er sich nicht verabschieden konnte. Der Anruf kam um 06:00 Uhr heute Morgen, er wollte uns nicht wecken und ist sofort aufgebrochen. Ich habe die Nachricht gerade erst gelesen."

Er war ein miserabler Lügner, sein Herz hämmerte so schnell gegen seine Rippen, dass er befürchtete, Heather müsse es hören. Hätte sie darauf bestanden, die Nachricht zu lesen, wäre er erledigt gewesen. Doch zu Dans Erleichterung hatte sie darauf verzichtet.

Stattdessen zog sie ihren alten Overall an und ging in den Garten, wo sie den ganzen Sonntag über wie eine Verrückte arbeitete. Dan grübelte darüber nach, warum sich ihre Stimmung so plötzlich verschlechtert hatte und ob er den Grund dazu geliefert hatte, ohne es zu ahnen oder zu verstehen. Heather blieb ihm ein Rätsel. Er traute sich nicht zu fragen, was mit ihr los war, weil er Angst hatte, dass sie einen neuen Streit vom Zaun brechen würde.

Um 08:00 Uhr abends war sie ins Haus zurückgekehrt und hatte ein Bad genommen. Dan hatte bis Mitternacht gearbeitet. Obwohl ihn die Erinnerung an seine furchtbare Entdeckung quälte, widerstand er der Versuchung, sie mit Alkohol zu betäuben. Der Knoten in seinem Kopf schien sich langsam zu lösen, denn er konnte wieder schreiben und tauchte in den Dschungel seiner Fantasie ab. Nach einer Weile hatte er alles um sich herum vergessen – Owens anklagenden Blick, Heathers finstere Miene, seine mörderischen nächtlichen Ausflüge.

Langsam kam er zu sich. Ein ausgewachsener Kater plagte ihn, obwohl er sicher war, nichts getrunken zu haben. Er wusste noch, dass er doppelt so viel Schlaftabletten wie gewöhnlich genommen hatte. Kurz darauf musste er in eine bleierne Bewusstlosigkeit gefallen sein, aus der er vielleicht nicht mehr erwacht wäre, hätte sein Körper nicht Alarm geschlagen, getrieben von einem letzten Rest Selbsterhaltung. Er war an seinem Schreibtisch aufgeschreckt und ins Bad getaumelt, wo er sich in die Toilettenschüssel erbrochen hatte. Was danach geschehen und wie er hierhergekommen war, lag im Dunkel des Vergessens.

Dan stemmte sich hoch und kniff die Augen zusammen. Als er sie wieder öffnete, sah er sie. Heather lag auf dem Boden vor dem Kamin. Sie war nur mit ihrem Bademantel bekleidet, der mit Ascheflecken übersät war. Ihre linke Hand ruhte auf einem erkalteten Holzscheit, der Kopf war zur Seite geneigt, die Augen geschlossen. Er hätte es nicht ertragen, wenn sie ihn angestarrt hätte. Der Gürtel ihres Bademantels schlang sich um ihren Hals. Sie war tot, erdrosselt wie das tragische Opfer in Die letzte Nacht.

Entsetzt kroch Dan auf sie zu. Er weinte. Trotz aller Spannungen und Gegensätze hatte er Heather geliebt. Wie war es möglich, dass er sich selbst das Liebste genommen hatte, was er besaß? Er war weder ein manischer Kontrollfreak, noch hätte ihn die Angst, Heather könnte ihn verlassen, dazu treiben können, sie umzubringen. Und doch hatte er es getan, daran zweifelte er

keine Sekunde. Das Messer, die tote Katze, die Axt ...
nach all dem Unerklärlichen war er nun endgültig zum
Mörder geworden. Spiegelten seine Geschichten von
den Abgründen, die in der menschlichen Psyche lauerten, den erbärmlichen Zustand seiner eigenen Seele wider? Wurde das, was er im Wachbewusstsein schrieb,
zur Realität, wenn er schlief?

Er streckte den Arm aus, um ihr Gesicht zu berühren,
zog ihn aber zurück, weil ihn die Vorstellung entsetzte,
sie mit derselben Hand zu liebkosen, die sie getötet
hatte. Seine Gedanken wirbelten durcheinander und
führten einen verrückten Veitstanz auf, verzweifelt
suchte er nach einer Ausrede, einer anderen Erklärung.
Hatte er wirklich die beiden Menschen, die ihm am
Teuersten waren, im Wahn ermordet? Er musste Gewissheit haben.

Umständlich kam er auf die Beine, taumelte aus dem
Wohnzimmer und ging hinauf in sein Arbeitszimmer.
Der Papierstapel neben der alten Schreibmaschine war
erfreulich gewachsen, doch was bedeutete die Über-
windung seiner Blockade jetzt noch? Nichts war mehr
wichtig. Er schaltete den Computer ein und suchte den
Ordner mit den Überwachungsvideos. Die Kameras
waren nur ein einziges Mal angesprungen, in der Zeit
zwischen 00:45 Uhr und 01:05 Uhr. Er startete die Aufnahme in der Gewissheit, dass der Anblick ihn vollends
zerbrechen würde.

Auf dem Bildschirm tauchte ein Mann auf, der die Badezimmertür öffnete. „Kiss a writer", stand auf seinem
T-Shirt. Sekunden später floh Heather auf den Korridor

hinaus. Sie trug den Bademantel, in dem er sie gefunden hatte. Dans grobkörniger Schwarz-Weiß-Zwilling folgte ihr und riss sie unsanft an der Schulter herum.

Sie stritten lautlos und heftig. Er versetzte ihr einen Stoß vor die Brust, sie wich zurück und stolperte. Einen Moment lang zeigte die Kamera ihr Gesicht, in dem sich Todesangst spiegelte; die Erkenntnis, dass Dan vollends den Verstand verloren hatte und der Dämon, der sich in seiner Seele eingenistet hatte, zu Ende führen würde, was er seit Wochen plante. Heather rannte um ihr Leben.

Eine halbe Minute später tauchte sie im Eingangsbereich des Erdgeschosses auf. Sie versuchte, das Haus zu verlassen, aber Dan hinderte sie daran und schlug ihr ins Gesicht. Sie rutschte an der Wand herab, kauerte sich furchtsam zusammen, um sich vor seinen Schlägen zu schützen, redete auf ihn ein, schrie, bettelte und flehte stumm um ihr Leben. Vergebens.

Kiss a writer.

Noch einmal konnte sie ihm entkommen und tauchte im Kamerabereich des Wohnzimmers wieder auf. Da war etwas in ihren Augen; ein Begreifen, dass es keine Rettung gab. Wenige Augenblicke später war es vorbei.

Kiss a writer.

Dan schaltete den Computer aus. Er wusste, was er nun zu tun hatte.

27

„Nehmen Sie bitte Platz, Mr Jacobs", sagte Steve. „Ich bin sofort für Sie da."

Der Schriftsteller schwankte und stierte durch ihn hindurch, als wäre er in einen seiner Horrorromane hineingekrochen und könnte den Ausgang nicht mehr finden.

„Alles okay?", fragte Steve. „Kann ich Ihnen einen Kaffee anbieten?"

Jacobs schien aus tiefer Trance zu erwachen. „Ei... ein Glas Wasser ... bitte."

Er floss auf den Stuhl vor dem Schreibtisch wie ein Gespenst.

„Kommt sofort."

Steve verließ sein Büro und schloss die Tür hinter sich.

„Hat er Einzelheiten genannt?", fragte er Gordon.

„Er stolperte in die Wache und stammelte, dass er den Chief sprechen will – nur den Chief. Der ist völlig fertig."

„Hat er sonst noch etwas gesagt?"

„Nur, dass er glaubt, seine Frau getötet zu haben."

„Er ist sich also nicht sicher?"

„Ich hatte den Eindruck, als wäre er sternhagelvoll. Es würde mich nicht wundern, wenn er in seinem Zustand sieht, wie Würmer aus den Wänden kriechen."

„Eine Fahne hat er jedenfalls nicht. Vielleicht hat er sich ja eine Ladung Kokain durch die Nase gejagt", sagte Steve.

„Möchtest du, dass ich bei dem Gespräch anwesend bin?"

Die Telefone auf den Plätzen von Penny und Dave klingelten gleichzeitig.

„Ich sag dir Bescheid, wenn ich Unterstützung brauche. Ruf Penny an, sie soll zum Revier zurückkommen. Ich will einen möglichen Tatort nicht allein betreten."

„Aye, aye, Chief."

Er ging in die kleine Teeküche, nahm eine Flasche Mineralwasser aus dem Kasten und kehrte mit einem Glas in sein Büro zurück. Jacobs stierte durch seine starken Brillengläser, als wollte er ein Loch in den Fußboden brennen. Steve füllte das Glas und stellte es auf den Schreibtisch. Dann nahm er in seinem Sessel Platz.

„Dann erzählen Sie mal, was passiert ist."

Jacobs griff zitternd nach dem Glas, stieß es beinahe um und trank es in einem Zug aus.

„Ich muss einen Mord anzeigen", sagte er. „Ich habe in der vergangenen Nacht meine Frau Heather getötet."

Steve tastete nach dem Hebel unter der Sitzfläche und kippte den betagten Ledersessel nach hinten. Der Stuhl protestierte quietschend. Er hörte Ian Laneys schnarrende Stimme an seinem Ohr.

„Auf Alderney brauche ich jemanden, der den Laden am Laufen hält. Sie werden es mit Jugendlichen zu tun bekommen, die über die Stränge schlagen, und mit Touristen, die ihre leeren Getränkedosen in der Landschaft entsorgen und nicht im Abfalleimer. Kapitalverbrechen sind auf Alderney unbekannt."

Seit er den Posten von Bill Henderson übernommen hatte, war er mit einer Mordserie an Rucksacktouristinnen konfrontiert gewesen und hatte das Verschwinden eines Ex-Polizisten aufgeklärt, der im Sommer aus Habgier zwei Menschen umgebracht hatte. Zu den Morden an Harper, seiner Frau und seiner Geliebten gesellten sich nun auch noch ein Profikiller und Daniel Jacobs mit seinem Geständnis.

Steve verschränkte die Arme hinter dem Rücken und seufzte. Warum konnte eine Arbeitswoche nicht mal ausnahmsweise ruhig beginnen? Ein simpler Verkehrsunfall mit Blechschaden hätte auch gereicht.

„Sie behaupten also, Ihre Frau getötet zu haben, Mr Jacobs. Verraten Sie mir, aus welchem Grund Sie das getan haben?"

„Das kann ich nicht."

Steve betrachtete den erfolgreichen Autor, der nach Alderney zurückgekehrt war, um in der Abgeschiedenheit der Insel an seinem neuen Roman zu arbeiten. Zunächst hatte er das überspannte Auftreten für die Marotte eines Künstlers gehalten; eines Nerds, der sich abkapselte, um Meisterwerke hervorzubringen, und der die Normen der Konversation nicht gewohnt war oder es verpönte, sie zu befolgen. Nun betrachtete er Jacobs mit den Augen eines erfahrenen Mordermittlers, der nach Anzeichen eines Verbrechens suchte. Das schief geknöpfte Hemd, die unrasierten Wangen und das ungekämmte Haar deuteten darauf hin, dass er in aller Eile aufgebrochen war. Jacobs' Augen flackerten wie zwei Irrlichter. Gordon hatte recht, der Schriftsteller war völlig verstört und befand sich in einer Ausnahmesituation. Dieser Mann log nicht, dazu war er gar nicht mehr in der Lage. Zumindest war er überzeugt davon, etwas Furchtbares getan zu haben.

„Und warum nicht?", fragte Steve.

„Ich kann mich an die letzten zwölf Stunden nicht erinnern."

„Aber dass Sie einen Mord begangen haben, wissen Sie noch."

„Ja. Heather ist tot. Sie liegt in unserem Haus in der Route de Picaterre bei der alten Wassermühle. Was geschieht jetzt?"

„Was würde denn in einem Ihrer Romane passieren?"

„Die Polizei würde zum Tatort fahren, die Leiche untersuchen, Beweise sammeln und Spuren sichern."

„Genau das werden wir machen. Warten Sie bitte hier."

Er ging nach vorn in die Wache.

„Was denkst du?", fragte Gordon. „Sagt er die Wahrheit?"

„Weiß ich noch nicht. Mal sehen, was der angebliche Tatort hergibt. Hast du Penny erreicht?"

In diesem Moment öffnete sich die Außentür des Reviers.

„Bin schon zur Stelle. Was gibt's denn? Gordon sagte am Telefon, wir haben schon wieder einen ungeklärten Todesfall."

„Möglicherweise."

Steve erklärte ihr Jacobs' Gestammel, dann holte er ihn aus seinem Büro. Sie stiegen zu dritt in den Streifenwagen und fuhren zur alten Wassermühle.

Das Haus von Dan und Heather Jacobs lag am westlichen Rand von Saint Anne auf einer Anhöhe, Buchen und Keulenlilien schirmten das Anwesen zur Straße hin ab. Penny stoppte vor einem breiten Tor aus gebeizten Kiefernbrettern. Steve stieg aus und öffnete die hintere Tür. Jacobs war seit seinem überraschenden Geständnis in brütendem Schweigen versunken. Er schien in sich gekehrt, aber gefasst, als wäre mit seiner Entscheidung, die Tat zu gestehen, eine ungeheure Last von seiner Seele genommen worden.

„Bitte, nach Ihnen."

Jacobs ging voraus über die gepflasterte Einfahrt und öffnete die Haustür. Er war totenbleich.

„Sie liegt im Wohnzimmer", sagte er. „Dort entlang. Ich zeige es Ihnen."

Steve hielt ihn zurück. „Sie warten hier bei Constable Saunders."

Er durchquerte den mit Terrakottafliesen ausgelegten Eingangsbereich und betrat durch eine doppelflügelige Glastür ein großes Wohnzimmer. Das raumhohe Fenster in der Westwand gewährte einen grandiosen Blick auf die Klippen und das Meer. Ihr gegenüber befand sich ein offener Kamin aus Natursteinen. Rustikal gezimmerte Regale rahmten ihn stilvoll ein, jeder freie Fleck war mit Büchern vollgestopft. Eine Sitzgruppe aus schwarzem Leder und ein großer Flachbildfernseher komplettierten die Einrichtung. Was fehlte, war eine Leiche. Nichts deutete auf ein Verbrechen hin. Es gab kein Blut auf dem Teppich und keine Spuren einer Auseinandersetzung. Rasch durchsuchte er die angrenzenden Räume: eine offene Küche mit Essbereich und einer Kochinsel sowie einen Hauswirtschaftsraum mit Waschmaschine, Trockner und Bügelbrett.

Steve kehrte zurück in den Eingangsbereich. Jacobs hockte auf einer Truhe und barg das Gesicht in den

Händen. Er schien einem Zusammenbruch nahe. Als er Steves Schritte hörte, hob er den Kopf.

„Sie ist tot, nicht wahr?", sagte er. „Ich habe es sofort gespürt. Es ist ein seltsames Gefühl ... als wäre sie gegangen und hätte nur eine leere Hülle zurückgelassen. Warum habe ich das getan, Chief? Mein Gott, ich habe sie umgebracht. Wie soll ich mit dieser Schuld leben? Helfen Sie mir zu verstehen."

Er stand auf und torkelte auf den Eingang zum Wohnbereich zu. Penny legte ihm eine Hand auf die Schulter.

„Bleiben Sie bitte hier, Mr Jacobs."

Steve antwortete nicht. Er ging ins Obergeschoss und öffnete die Türen zum Badezimmer und einem großen Schlafzimmer. Überall herrschte Unordnung, das Bett war zerwühlt, Wäschestücke und Handtücher lagen auf dem Boden, aber auch hier deutete nichts auf einen Mord hin. Es gab noch zwei weitere, offenbar unbenutzte Zimmer. Auch hier fand er keine Hinweise darauf, dass ein Kampf oder gar ein Verbrechen stattgefunden hatte.

Ein dritter Raum mit Balkon und einem großen Mansardenfenster offenbarte sich als Jacobs' Arbeitszimmer. Auf dem mit Manuskriptseiten, Papierstapeln und Büchern übersäten Schreibtisch standen ein Computerbildschirm und ein Relikt aus längst vergangenen Tagen: eine klobige schwarze Schreibmaschine. Von Heather Jacobs fehlte jede Spur. Mit Ausnahme des Schlafzimmers war in jedem Raum sowie auf dem Korridor jeweils eine Videokamera angebracht worden. Litt Jacobs unter Paranoia, oder war er ein Kontrollfanatiker, der jeden Schritt seiner Frau überwacht hatte?

Steve kehrte ins Erdgeschoss zurück.

„Würden Sie mir bitte genau beschreiben, was in der vergangenen Nacht geschehen ist?", fragte er. „Was ist das Letzte, woran Sie sich erinnern?"

„Ich habe bis kurz vor Mitternacht gearbeitet, dann bin ich schlafen gegangen. Heather nahm ein Bad, das macht ... machte sie immer nach der Gartenarbeit. Sie liebte den Garten und die Natur."

„Und was geschah weiter?"

„Ich weiß es nicht. Ich fand sie vor einer Stunde im Wohnzimmer auf dem Boden, dort, wo sie jetzt liegt."

Jacobs würgte plötzlich. Er riss sich los und stürzte durch eine Tür in die Gästetoilette, wo er sich übergab.

„Hast du sie gefunden?", fragte Penny.

„Nichts. Keine Leiche, kein Hinweis auf ein Verbrechen."

„Und er gesteht einen Mord? Warum macht er das?"

„Ich weiß es nicht. Er wäre nicht das erste Genie, das überschnappt. Vielleicht kann er Fiktion und Wirklichkeit nicht mehr auseinanderhalten. So wie Don Quichotte."

„Der hat zu viele Bücher gelesen, nicht geschrieben."

Steve zuckte mit den Schultern. „Auch wieder wahr."

„Du glaubst nicht an ein Verbrechen?", fragte sie.

„Schwer zu sagen. Auf jeden Fall ist Jacobs fest davon überzeugt, seine Frau umgebracht zu haben."

„Aber wenn sie noch lebt, wo ist sie dann?"

„Vielleicht ist sie nur nach Saint Anne zum Einkaufen gefahren."

„Oder sie hat in der Nacht die Koffer gepackt und ihn verlassen. Wir wissen, dass sie eine Affäre mit Moore hat."

„Sie behauptet, es wäre ein Ausrutscher gewesen, den sie bedauert“, entgegnete Steve.

„Und wenn sie uns angelogen hat?“, sagte Penny. „Wie wäre es mit folgender Theorie: Erst ist es nur ein unbedachter One-Night-Stand, aber Jacobs erfährt davon. Er rastet aus und verprügelt sie, woraufhin sie ihn verlassen will. Dave kann ihre Verletzungen bezeugen. Jacobs steigert sich in den Wahn hinein, sie getötet zu haben, und gesteht eine Tat, die er gar nicht begangen hat.“

„Du meinst, er fantasiert einen Mord herbei, um sich zu bestrafen, weil er sich die Schuld am Scheitern seiner Ehe gibt?“, sagte Steve.

„Nicht auszuschließen.“

„Das ist mir zu viel Küchenpsychologie.“

„Es könnten auch Halluzinogene im Spiel sein“, sagte Penny. „Wir sollten ihn auf LSD und andere bewusstseinsverändernde Substanzen testen. Manche Künstler nehmen Drogen, um ihre Kreativität anzukurbeln.“

„Möglich wär’s schon.“

Er blickte sich um und deutete auf einen Winkel unter der Decke.

„Hast du die Kameras bemerkt? Er hat überall im Haus welche aufgehängt. Wir sollten uns mal die Aufzeichnungen der vergangenen Nacht ansehen.“

„Ziemlich abgedreht, was?“, meinte Penny. „Ob er an Verfolgungswahn leidet? Vielleicht liege ich ja richtig und seine Frau hatte die Nase voll von seinen Macken. Sie lernt Moore kennen und brennt mit ihm durch.“

„Moore ist nicht der Typ, der sich Hals über Kopf verliebt, sondern ein eiskalt vorgehender Erbschleicher und Mörder. Er wird sich nicht mit einer komplizierten Beziehung belasten.“

Sie hörten, wie Jacobs die Toilettenspülung betätigte. Kurz darauf schwebte er wie ein Schatten aus dem Reich der Toten herein.

„Hatten Sie Streit?", fragte Steve. „Gab es Anlass für eine Auseinandersetzung, die Sie nicht mehr unter Kontrolle hatten?"

„In letzter Zeit lief es nicht besonders gut zwischen uns. Ich habe berufliche Probleme und leide unter Schlafstörungen."

„Haben Sie gestern Abend Alkohol getrunken?"

„Nein."

„Nahmen Sie Medikamente, um einschlafen zu können?"

„Ja ... ja, die Tabletten, die Heather mir besorgt hat."

„Sind Sie mit einem Drogenscreening einverstanden?"

„Ja, natürlich. Ich habe nichts Illegales eingenommen." Er presste die Hände an die Schläfen und stöhnte. „Was habe ich getan?"

„Das versuchen wir herauszufinden, Mr Jacobs. Vor allem fragen wir uns, wo die Leiche ist."

„Was soll das heißen?"

„Im Wohnzimmer liegt sie jedenfalls nicht."

„Das ... das ist unmöglich."

Er drängte sich an Steve vorbei.

„Sie hat hier gelegen", rief er, „dort vor dem Kamin. Sie war tot. Ich habe sie mit dem Gürtel ihres Bademantels erwürgt."

„Nun, da Sie so hilfsbereit waren, Ihr Haus lückenlos zu überwachen, lässt sich das überprüfen. Ich würde mir gerne die Aufzeichnungen der Überwachungskameras ansehen."

„Ja. Ja … natürlich … sie werden auf einer Festplatte in meinem Arbeitszimmer gespeichert. Kommen Sie bitte mit.“

„Penny, schau dich mal im Keller um.“

Steve folgte Jacobs ins Obergeschoss und betrat hinter ihm das Mansardenzimmer. Jacobs setzte sich an den Schreibtisch und erweckte den Bildschirm zum Leben.

„Die Kameras sind mit Bewegungsmeldern versehen und zeichnen auf, was nachts im Haus geschieht.“

„Gibt es dafür einen bestimmten Grund?“, fragte Steve.

„Es war Heathers Vorschlag. Ich schlafwandle. Es gab einige beunruhigende Vorfälle … Begebenheiten, an die ich mich nicht erinnern kann und die … nun … bedrohlich waren.“

Jacobs klickte hektisch mit der Maus.

„Das … das ist unmöglich“, murmelte er.

„Stimmt etwas nicht?“, fragte Steve.

„Es gibt keine Aufzeichnung von vergangener Nacht.“

Steve presste nachdenklich die Lippen aufeinander. Diese Geschichte wurde immer undurchsichtiger. Er hatte Wichtigeres zu tun, als sich mit diesem Verrückten herumzuschlagen.

„Schalten Sie den Computer aus.“

„Aber …“

„Wir nehmen den Rechner mit und lassen ihn von unseren IT-Spezialisten durchchecken. Sie können die gelöschten Daten wiederherstellen.“

„Ich habe sie nicht gelöscht!“

„Vielleicht erinnern Sie sich daran ja auch nicht.“

Steve zog den Netzstecker und die Verbindungskabel aus dem Gehäuse, klemmte sich Computer und die externe Festplatte unter den Arm und ging nach unten.

„Hat er's getan?", fragte Penny.

„Ich weiß es nicht. Entweder hat er die Aufnahmen gelöscht, oder es hat nie welche gegeben."

„Er legt ein Geständnis ab, vernichtet aber alle Beweise? Das wird ja immer mysteriöser", sagte sie. „Nehmen wir ihn fest?"

„Außer seinen wirren Behauptungen haben wir nichts, was ihn belastet; nicht mal eine Leiche."

„Und die Verletzungen seiner Frau?"

„Selbst wenn er sie geschlagen hat, können wir ihm deshalb keinen Mord nachweisen", antwortete Steve.

Penny schüttelte den Kopf. „Das ergibt keinen Sinn. Er gesteht, seine Frau getötet zu haben, kann sich aber nicht an die Tat erinnern. Dann stolpert er über eine Leiche, die's gar nicht gibt."

„Zumindest keine, die wir auf Anhieb finden können."

„Sollen wir das Haus versiegeln und Guernsey informieren?"

„Laney ist im Augenblick nicht besonders gut auf mich zu sprechen", erwiderte Steve. „Das Food & Drink Festival steht vor der Tür. Das bedeutet massenhaft Touristen auf Alderney. Wenn wir nur auf einen vagen Verdacht hin schon wieder das komplette Team der Gerichtsmedizin antanzen lassen und die Sache sich als Hirngespinst eines überspannten Schriftstellers erweist, bekomme ich mächtigen Ärger."

„Von hier aus ist es nicht weit zu den Klippen im Nordwesten", überlegte Penny.

„Du meinst, er hat sie ins Meer geworfen? Er ist doch kaum in der Lage zu stehen, geschweige denn einen menschlichen Körper zweihundert Meter weit zu tragen."

„Eine Sache ist auf jeden Fall besonders bemerkenswert."

„Und welche?", fragte Steve.

„Wenn es stimmt, was er behauptet, hat er seine Frau auf die gleiche Weise ermordet wie die Hauptfigur in seinem Bestseller Die letzte Nacht."

„Und verschwindet in der Geschichte auch die Leiche?"

„Nein. Der Täter legt auch kein Geständnis ab", erklärte Penny. „Er begeht Selbstmord, nachdem ihm klar wird, was er getan hat."

„Mmh. In einem Punkt hast du recht. Das ist eine verdammt merkwürdige Sache ... ein Mord und ein geständiger Täter, aber keine Spur vom Opfer."

„Es kommt doch vor, dass Leute ihre Tat vollständig verdrängen, weil sie zu schrecklich ist, um vom Wachbewusstsein verarbeitet werden zu können", sagte Penny.

„Davon wird berichtet", bestätigte Steve. „In meiner Laufbahn bin ich allerdings mit keinem einzigen solchen Fall konfrontiert worden. Normalerweise wissen die Verdächtigen genau, was sie getan haben, und sind eher daran interessiert, es unter allen Umständen zu verbergen. Sie gestehen nur, wenn Leugnen keinen Sinn mehr hat. Jacobs ist freiwillig zu uns gekommen, vergiss das nicht."

„Wir sollten einen Psychiater als Berater hinzuziehen."

„Wir wissen ja nicht einmal, ob überhaupt ein Verbrechen vorliegt. Heather Jacobs wäre nicht die erste Frau, die untertaucht, um einem prügelnden Kontrollfreak zu entkommen.“

„Hältst du ihn dazu fähig?“, fragte sie.

„Sagen wir mal so: Ich hätte auch nicht geglaubt, dass dein Mann dich verprügelt.“

„Eins steht jedenfalls fest. Daniel Jacobs ist einer der berühmtesten Söhne Alderneys. Wenn wir ihn wegen Mordes festnehmen, lösen wir einen Riesenwirbel aus. Dann wird es in der Queen Elizabeth II Street von Reportern nur so wimmeln.“

„Und das ausgerechnet kurz vor dem Festival.“

Penny nickte. „Du hast recht, Laney wird dich vierteilen.“

„Wir brauchen jemanden, der sich mit Computern und Überwachungstechnik auskennt“, sagte Steve.

„Wie wäre es mit Ruby Nolan?“

„Gute Idee. Überprüf bitte noch die Garage und den Garten.“

„Okay.“

Penny öffnete die Glastür im Wohnzimmer und trat auf die Terrasse hinaus. Jacobs kam mit schweren Schritten die Treppe herab.

„Was geschieht jetzt?“, fragte er.

„Ich muss Sie bitten, Alderney vorerst nicht zu verlassen und sich zu unserer Verfügung zu halten. Wenn wir den Computer ausgewertet haben, sehen wir weiter. Melden Sie sich im Mignot Memorial bei Dr. Hopkins für ein Drogenscreening.“

„Sie werden mich nicht verhaften?“

„Im Augenblick nicht.“

Penny kehrte zurück.

„Ich habe etwas entdeckt, was du dir anschauen solltest", sagte er. „Sieht aus wie ein Grabhügel."

Jacobs stierte sie mit blutunterlaufenen Augen an. Es war offensichtlich, dass er kurz vor einem Nervenzusammenbruch stand. Entweder hatte der Schriftsteller den Verstand verloren, oder sie hatten es mit dem perfidesten Mordfall zu tun, in dem Steve je ermittelt hatte.

„Ich denke, wir sollten uns mal über diese Vorfälle unterhalten, die Sie erwähnten", sagte er, „und uns dieses Grab ansehen."

28

Dan folgte Chief Cole in den Garten. Ein für Ende September ungewöhnlich scharfer Wind wehte über die Hochebene und fegte ihm eiskalte Regentropfen ins Gesicht. Er spürte weder die Kälte noch den Regen, war empfindungslos geworden für alles, was um ihn herum geschah. Der hilflos ausgelieferte Zuschauer eines surrealen Films, der mit jeder Szene grotesker wurde.

Tief in seinem Innern erhob sich indessen eine leise Stimme. Zunächst nur ein fast unhörbares Flüstern, wurde sie allmählich lauter und forderte Gehör. Sie wisperte und raunte ihm zu, dass alles, was ihm widerfuhr, ein mörderisches Schauspiel war, ein klug ersonnener Plan mit einer ihm noch unbekannten Absicht. Aber welcher dämonische Marionettenspieler zog an den Fäden, an denen er hing? Heather konnte es nicht sein, denn sie war tot und kehrte nicht zurück. Sie war ein Opfer wie er selbst. Die Tatsache, dass ihre Leiche spurlos verschwunden war, bewies, dass er nicht der einzige Teilnehmer in diesem teuflischen Versteckspiel war. Es spielte noch jemand mit; jemand, der ein Interesse daran hatte, dass Dan nicht wegen eines Verbrechens verhaftet wurde, das er ebenso wenig begangen hatte wie den Mord an Owen Hunter. War es nur die unerträgliche Last seiner Schuld, die ihn dazu trieb, sich an diesem erlösenden Gedanken festzukrallen, oder eine Ahnung, die sich aus vielen kleinen Widersprüchen zusammensetzte? Aus Hinweisen, die er übersehen hatte, weil er zu sehr mit sich selbst und seinen Problemen beschäftigt gewesen war? Heathers Tod bewirkte, dass sich der Nebel um ihn herum allmählich lichtete.

Noch war keine Stunde vergangen, seit er in Coles Büro gesessen und den Mord an Heather gestanden hatte. Es war die logische, unausweichliche Konsequenz gewesen, die Polizei einzuschalten, ganz gleich, welche Folgen dies nach sich zog. Vielleicht hätte er irgendwann damit leben können, dass er seinen besten Freund wie einen Hundekadaver im Sand verscharrt hatte ... dass er Heather getötet hatte, war dagegen ein furchtbares, unverzeihliches Verbrechen, für das er büßen musste. Zumindest hatte er das noch vor einer Stunde geglaubt. Und war da nicht das Video, das jedes Leugnen der Tat unmöglich machte? Hatte der Mörder die Aufnahme gelöscht? Aus welchem Grund?

Der Schmerz, die schreckliche Gewissheit, dass Heather tot war, hatte Dan fast um den Verstand gebracht. Doch nun befand er sich unversehens in einer völlig anderen Situation. Alles, was ihm in den vergangenen Wochen widerfahren war, kam ihm zunehmend zweifelhaft vor. Auf dem Weg zum Garten war ihm ein unglaublicher Verdacht gekommen, eine zunächst absurde Hoffnung, die mit jedem Meter, den er sich Fluffys leerem Grab näherte, an Substanz gewann.

Wenn Dan einen Roman begann, war sein erster Schritt, eine Handlung zu ersinnen, die unsichtbar hinter der eigentlichen Geschichte ablief; ein Mordplan, der bereits in allen Einzelheiten existierte, noch bevor er den ersten Satz schrieb. Dies war der Teil seiner Arbeit, der erst sehr viel später an der Oberfläche des tiefen Ozeans auftauchte, den er erschuf. Welch ausgeklügelten Plan er am Grund ersonnen hatte, erfuhren seine Leser erst auf der letzten Seite, so wie Dan bisher nur die Effekte bemerkt hatte, nicht aber die Ursachen.

Der Albtraum, den er erlebte, ähnelte seiner Vorgehensweise frappierend. Dan verglich seine Tätigkeit gerne mit der eines Puppenspielers, der seine hölzernen Geschöpfe an unsichtbaren Fäden steuerte und ihnen Leben einhauchte. Konnte es sein, dass er, ohne es zu bemerken, die ganze Zeit gesteuert und in die Irre geführt worden war?

Existierte ein Plan, ihn in den Wahnsinn zu treiben, so wie er es mit seiner tragischen Hauptfigur in Die letzte Nacht getan hatte? Um dies zu ergründen, musste er den Plot hinter der Geschichte offenlegen. Er musste gerissener sein als der Schurke dieses abgrundtief bösen Stücks, klüger, schneller, stärker und kaltblütiger. Er musste sich verhalten wie eine seiner Romanfiguren – überlebensgroß, furchtlos und mutig. Es war an der Zeit, die Rollen zu tauschen und über sich selbst hinauszuwachsen. Es galt nun, als echter Protagonist aufzutreten und die Richtung zu bestimmen, die die Handlung nun nehmen sollte.

Wenn die Cops ihn jetzt verhafteten, weil er einen Mord gestand, den er nicht begangen hatte, war er aller Möglichkeiten beraubt, die Wahrheit ans Licht zu bringen, dann hatte sein Gegner gewonnen. Wer war dieser Feind? Wer war der unbekannte Dritte?

Dans Entschlossenheit wankte angesichts der Tatsache, dass er - ganz gleich, was er nun unternahm - unwiderruflich das Wertvollste verloren hatte, was er besaß; den Preis, den der Held von seiner Reise mit nach Hause brachte: Heather. Entweder war sie Teil des Plans gewesen oder sein Opfer. Trotzdem wollte er nicht für einen Mord büßen, den er nicht begangen hatte. Der wahre Täter durfte nicht ungestraft davonkommen.

Ohne es zu bemerken, hatten sie den eingesunkenen Erdhügel erreicht. Das Katzengrab war viel zu klein für eine menschliche Leiche. Das musste auch den Polizisten klar sein. Constable Saunders stocherte mit der Fußspitze in der lockeren Erde.

„Was werden wir finden, wenn wir graben, Mr Jacobs?", fragte sie.

„Gar nichts, weil ich sie wieder ausgegraben habe."

Saunders blickte ihn fragend an.

„Ich spreche von einer Katze, Constable", sagte Dan. „Vor zwei Wochen verschwand sie spurlos. Ich ging sie suchen und fand sie keine fünfzig Meter von hier auf der Tourgis Road an der Abzweigung zur alten Wassermühle. Sie wurde überfahren. Ich begrub sie unter dem Lorbeerbusch, aber ich befürchtete später, Heather könnte bei der Gartenarbeit auf den Kadaver stoßen. Also grub ich ihn wieder aus und warf ihn ins Meer."

„Warum haben Sie Ihrer Frau nicht die Wahrheit gesagt?"

„Sie hing sehr an Fluffy. Ich wollte mich erst nach einem Ersatz umschauen, bevor ich ihr die schlechte Nachricht überbrachte."

Je mehr er über das Verschwinden der Katze sprach, desto sicherer begann er sich zu fühlen. Er bewegte sich wieder auf vertrautem Gelände. Aus dem Stehgreif eine Geschichte zu erfinden, war seine tägliche Arbeit.

„Wir haben Hinweise darauf, dass Ihre Frau eine Affäre hatte, Mr Jacobs", sagte Chief Cole.

Dan hob irritiert den Kopf. „Was haben Sie gesagt?"

„Haben Sie diesen Mann schon einmal gesehen?" Cole zeigte ihm das Foto eines Ausweises.

„Ja, der war hier. Heather hatte ihn beauftragt, das Schuppendach zu reparieren."

Die Cops warfen sich vielsagende Blicke zu.

„Erzählen Sie uns etwas über die seltsamen Vorfälle, die Sie erwähnten", sagte Saunders.

„Ich ... widerrufe mein Geständnis", entgegnete Dan. „Ich habe meine Frau nicht getötet."

„Und sicher haben Sie für Ihren plötzlichen Sinneswandel eine glaubwürdige Erklärung", sagte Cole.

„Sie müssen dazu verstehen, dass ich mich völlig in meine innere Vorstellungswelt zurückziehe, wenn ich an einem Buch arbeite", erwiderte Dan. „Ich lebe gewissermaßen in der Geschichte, die ich schreibe. Vielleicht ... habe ich Fiktion und Realität ein bisschen durcheinandergebracht. Ich leide seit einiger Zeit an Schlaflosigkeit und nehme Medikamente dagegen. Die Tabletten haben Nebenwirkungen. Sie können Halluzinationen hervorrufen."

Cole antwortete nicht. Ob er die Geschichte schluckte? Er blickte sich im Garten um, sah zum Schuppen, dann zum Haus und schließlich auf Dan.

„Das ist eine ziemliche Räuberpistole, die Sie uns da auftischen, Mr Jacobs."

„Es tut mir leid. Ich entschuldige mich dafür, Ihre Zeit in Anspruch genommen zu haben."

„Nehmen wir mal an, Ihre Frau lebt. Wo könnte sie sich jetzt aufhalten?", fragte Saunders.

„Ich weiß es nicht."

„Informieren Sie uns sofort, wenn sie wieder auftaucht", sagte Cole. „Sie soll sich im Revier melden. Ich möchte mich persönlich davon überzeugen, dass sie unversehrt ist."

Er wandte sich zum Gehen, blieb aber noch einmal stehen und drehte sich um.

„Ich weiß nicht, was hier vorgeht, aber wir werden die Sache nicht auf sich beruhen lassen. Ich gebe Ihnen vierundzwanzig Stunden Zeit, Mr Jacobs. Wenn Ihre Frau dann nicht aufgetaucht ist, drehen wir Haus und Grundstück auf links. Haben Sie das verstanden?"

Dan nickte betreten. „Selbstverständlich. Ich werde Sie unterstützen, wie ich nur kann."

Die beiden Polizisten verließen den Garten durch die hintere Pforte. Einen Tag Galgenfrist. Das war besser als nichts.

Dan ging ins Haus zurück, um einen Plan zu schmieden. Bisher hatte er sich so passiv verhalten wie eine schlecht entworfene Romanfigur und teilnahmslos akzeptiert, was mit ihm geschah – und damit den schlimmsten Fehler gemacht, dem ein Schriftsteller erliegen konnte. Doch das sollte sich nun ändern. Er war jedoch kein Held mit Superkräften, sondern musste das einzige Talent einsetzen, das er besaß: seine Fantasie.

Das Haus war leer und totenstill. Etwas Entscheidendes fehlte, war für immer gegangen. Seine Geliebte und

Gefährtin, die dieses Heim mit Leben und Lachen erfüllt hatte, war fort. Heather war tot.

Dan betrat das Arbeitszimmer und setzte sich an seinen gewohnten Platz am Schreibtisch. Er schloss die Augen und rief sich die Bilder ins Gedächtnis, den Schock, als er sie gefunden hatte. Nachdem er nun den Entschluss gefasst hatte, die Wahrheit herauszufinden, arbeitete sein Verstand überraschend klar. Das Überwachungsvideo ließ keinen Zweifel aufkommen, was er getan hatte. Um sich zu vergewissern, dass er sich nicht geirrt hatte, musste er es wieder und wieder ansehen; bis er das Undenkbare entweder akzeptiert hatte oder die Lösung des Rätsels fand. Doch das war nicht möglich, die Aufnahme war nicht mehr da. Jemand hatte sie gelöscht und alle Spuren beseitigt. Was beabsichtigte er damit? Welchen Vorteil zog er daraus, dass er Dans Geständnis unglaubhaft machte? Wer konnte überhaupt von den Vorgängen im Haus wissen?

Konnte er wirklich sicher sein, dass Heather tot war? Das Entsetzen über die schreckliche Tat hatte ihn davon abgehalten, ihre Leiche zu berühren. Weder hatte er nach ihrem Herzschlag getastet noch sich davon überzeugt, dass sie nicht mehr atmete. Und doch war da der blutunterlaufene Striemen, der sich um ihre Kehle zog, der Gürtel des Bademantels ... hatte er nur gesehen, was er erwartete, und sich täuschen lassen?

Was er nach der Entdeckung der Leiche getan hatte, wusste er nicht mehr genau. Bis zum Betreten des Polizeireviers fehlte ihm eine geschlagene Stunde. Er glaubte, eine Weile halb wahnsinnig vor Schuldgefühlen und Verzweiflung im Haus umhergeirrt zu sein.

Dann war er nach Saint Anne gefahren, entschlossen, sich zu stellen und die Strafe für den Mord auf sich zu nehmen. Das erinnerte ihn daran, dass der Volvo noch in der Queen Elizabeth II Street stand.

Dan nahm einige Zettel aus der Box auf dem Schreibtisch und schrieb die wenigen Fakten auf, von denen er Kenntnis hatte. Dann folgte er dem Ritual, das er immer durchspielte, wenn er einen neuen Roman plante. Er begann, die Stichwörter hin und her zu schieben, versuchte die Lücken zu füllen und in eine sinnvolle Reihenfolge zu bringen.

Eins erschien ihm sicher. Während er in Coles Büro ein Geständnis ablegte, hatte sich jemand Zutritt zu seinem Haus verschafft und alle Spuren des Verbrechens beseitigt. Es konnte nur einen Grund dafür geben: Der Mörder war zum Tatort zurückgekehrt, um Material verschwinden zu lassen, das ihn belastete. Offensichtlich musste er befürchten, entlarvt zu werden. Was wiederum bedeutete, dass Dan keine Schuld an Heathers Tod trug. Aber wie sollte er das beweisen?

Spontan schrieb er seine Gedankenfetzen auf, kreiste sie ein und verband sie mit Pfeilen und Strichen, bis ein verwirrendes Diagramm entstand. Er benutzte eine Technik, die die beiden Gehirnhälften anregen sollte, enger miteinander zusammenzuarbeiten. Schließlich ging er dazu über, das Durcheinander auf dem Tisch zu ordnen. Dabei stieß er auf die Schlaftabletten, die Heather ihm besorgt hatte. Nachdenklich drehte er die Medikamentenpackung in den Fingern und betrachtete sie von allen Seiten, als verberge sie die Antwort.

Dan öffnete die Packung und nahm einen der Blister heraus. Er erinnerte sich daran, dass er gestern Abend standhaft auf Alkohol verzichtet und stattdessen die doppelte Dosis geschluckt hatte. Warum plagte ihn trotzdem ein mordsmäßiger Kater?

Eine Ecke der beschrifteten Plastikfolie hatte sich gelöst, als er eine der Tabletten herausgedrückt hatte. Nachdenklich schob er einen Fingernagel in den Spalt zwischen dem Träger und der silbernen Folie und vergrößerte ihn spielerisch, während er seinen Gedanken freien Lauf ließ. Doch dann stutzte er, untersuchte den Blister genauer und zog schließlich die Plastikfolie ab. Darunter kam die Originalverpackung zum Vorschein.

Elektrisiert öffnete er den Internetbrowser seines Smartphones und gab den Namen des Medikaments in eine Suchmaschine ein. Nach kurzer Suche fand er seinen Verdacht bestätigt. Was er seit zwei Wochen schluckte wie Schokoladenbonbons waren keine wirkungslosen homöopathischen Zuckerpillen, sondern ein Mittel gegen die Parkinsonerkrankung. Nebenwirkungen waren unter anderem das Auftreten von starken Kopfschmerzen, Insomnie, Schlafwandeln, Schwindelanfälle und Halluzinationen.

Waren die albtraumhaften Vorkommnisse der vergangenen Nächte nur Illusionen gewesen, ein Wahn, hervorgerufen durch die Tabletten, die Heather ihm untergeschoben hatte?

Die tote Katze, das Messer und die blutige Axt, der Sturz auf der Kellertreppe ... waren all diese Ereignisse tatsächlich passiert, oder hatten sie nur in seinem von Drogen vernebelten Verstand stattgefunden? Welches Ziel hatte Heather damit verfolgt? War sie am Ende selbst in die Falle getappt, die sie ihm gestellt hatte?

Wenn es so gewesen war, hatte der Täter in seiner Hast, die Spuren zu verwischen, vielleicht etwas übersehen.

Der Gedanke erinnerte ihn daran, dass er die Axt in aller Eile unter der Couch im Arbeitszimmer versteckt hatte. Er ließ sich auf die Knie herab und spähte unter das Sofa. Alles, was er entdeckte, waren Staubflusen und eine leere Whiskyflasche.

Dan begann, systematisch das Haus zu durchsuchen. In einem Winkel des Dachbodens stieß er schließlich auf die in einen Lappen gewickelte Axt. Nachdenklich betrachtete er sie und rief sich den Morgen ins Gedächtnis, an dem er sie im Schlafzimmer gefunden hatte, die Klinge mit Blut verschmiert. Er war nach unten gegangen, hatte das Haus durchsucht und Heather am Fuß der Kellertreppe gefunden. Als er nach oben gelaufen war, um Verbandsmaterial zu holen, hatte er aus dem Augenwinkel eine flüchtige Bewegung wahrgenommen, nicht mehr als ein verwischter Schatten, der sich als neugieriger Vogel entpuppt hatte, der das Dachfenster untersuchte. Und doch hatte ihn danach das unheimliche Gefühl nicht verlassen, nicht allein zu sein. Heather konnte es nicht gewesen sein. War doch jemand im Haus gewesen und hatte sich beinahe verraten? In neuem Licht betrachtet, bedeutete seine Beobachtung, die er damals als Einbildung seines überreizten Verstands abgetan hatte, dass sie Hilfe gehabt hatte; vermutlich die des Mannes, dessen Existenz sie beharrlich geleugnet hatte: Thomas Moore. Steckten die beiden unter einer Decke?

Dan suchte den Rest des Dachbodens ab und fand Owens Reisetasche. Sein gewaltsamer Tod erschien nun in einem völlig neuen Licht. War sein Freund vor zwei Nächten Heather und Moore auf die Schliche gekommen und hatte mit seinem Leben dafür bezahlen müssen?

Dan war sicher, dass er den Anfang des Fadens gefunden hatte, der ihn aus dem Labyrinth führte. Er erinnerte sich daran, was Owen über Thomas Moore in Erfahrung gebracht hatte. War dieser Moore viel mehr als ein Gigolo, der im Internet nach Frauen suchte und sich eine Zeit lang von ihnen aushalten ließ? Er zweifelte nicht mehr daran, dass Heather und ihr Komplize versucht hatten, ihn in den Wahnsinn zu treiben. Sollte er sich am Ende von den Klippen stürzen wie sein tragischer Held in Die letzte Nacht? Heather hätte sein gesamtes Vermögen geerbt. Dass er pleite war, wusste sie nicht, denn er hatte es ihr aus Scham verschwiegen. Auch Moore konnte nicht ahnen, dass bei Daniel Jacobs nichts mehr zu holen war. Im Erdgeschoss klingelte das Telefon. Dan ging nach unten und nahm den Apparat aus der Ladestation.

„Hallo?“

„Hi Dan. Hattest du einen angenehmen Vormittag?“

„Wer spricht da?“

„Wenn du tust, was ich verlange, werde ich ein guter Freund sein.“

„Was wollen Sie?“

„Hunderttausend Pfund in bar.“

„Sind Sie verrückt? Warum sollte ich Ihnen so viel Geld geben?“

„Weil ich weiß, was mit deinem Freund Owen passiert ist.“

Ein eiskalter Schauer überlief ihn. Er dachte an den Schatten, den er auf dem Cliff gesehen hatte, als er die Leiche im Sand vergraben hatte.

„Was haben Sie mit Heather gemacht?"

„Ich? Gar nichts. Aber du hast etwas getan, Dan. Ich weiß, dass du ein Mörder bist. Du hast deine Frau getötet."

Dan wurde schlagartig klar, dass es Moore gewesen war, der Heathers Leiche hatte verschwinden lassen und damit sein Geständnis ins Absurde führte. Wenn er wegen Mordes im Gefängnis saß, nutzte er ihm nichts.

„Wohin haben Sie sie gebracht?", fragte er.

Moore schwieg.

Dan presste die Finger um den Hörer, bis seine Knöchel weiß wurden.

„Ich weiß, wer Sie sind", sagte Dan. „Ich werde zur Polizei gehen und …"

„Es ist jetzt genau 12:00 Uhr. Ich gebe dir vierundzwanzig Stunden, um die Kohle herbeizuschaffen", unterbrach ihn Moore.

„Ich kann das Geld nicht so schnell besorgen."

„Das solltest du aber besser. Es gab eine kleine Planänderung. Es wird Zeit für mich, Alderney den Rücken zu kehren."

„Und wenn ich mich weigere zu zahlen?"

„Dann bekommt die Polizei eine Kopie des Videos der vergangenen Nacht. Und du willst doch nicht für einen Mord büßen, den du nicht begangen hast, oder?"

Es klickte in der Leitung. Dan saß in der Falle.

29

„Das ist der seltsamste Fall, von dem ich je gehört habe!"
Die Stimme von Chief Officer Laney dröhnte aus dem
Hörer.

„Das ist auch meine Meinung, Sir. Deshalb möchte ich
das weitere Vorgehen mit Ihnen abstimmen", antwortete Steve.

„Diskretion ist nicht gerade Ihre Stärke, Cole. Um das
unter Beweis zu stellen, hatten Sie im Fall von John
Baxter ja reichlich Gelegenheit."

„Aber am Ende lag ich richtig."

„Mag sein", brummte Laney. „Was schlagen Sie also
vor?"

„Jacobs hat gestanden, seine Frau ermordet zu haben.
Er hat ein Motiv, nämlich Eifersucht, und er hatte die
Gelegenheit dazu. Er selbst kann sich an die Tat nicht
erinnern. Es gibt keine auf den ersten Blick erkennba-
ren Spuren im Haus, die auf ein Verbrechen hindeuten.
Wir haben keine Leiche gefunden. Nachdem er uns
zum angeblichen Tatort geführt hatte, widerrief er
kurz darauf sein Geständnis."

„Haben Sie Nachforschungen zum Verbleib seiner
Frau angestellt?"

„Meine Leute arbeiten daran, aber ich möchte Sie darauf hinweisen, dass wir wegen des Festivals völlig

überlastet sind. Und dann ist da ja auch noch der Doppelmord an Maxwell Harper und seiner Geliebten, den wir aufklären müssen.“

„Sie haben doch einen dringend Tatverdächtigen zur Fahndung ausschreiben lassen.“

„Das ist richtig, Sir, aber noch haben wir ihn nicht. Sehr wahrscheinlich befindet er sich noch immer auf Alderney. Wir suchen mit Hochdruck nach ihm.“

„Mmpfh. Und was machen wir nun mit Jacobs?“, fragte Laney.

„Darf ich etwas vorschlagen, Sir?“

„Bitte.“

„Schicken Sie uns ein Team der Spurensicherung, um Haus und Garten auf den Kopf zu stellen. Wir halten den Deckel auf der Angelegenheit, gehen aber trotzdem einem möglichen Verbrechen nach. Es soll uns niemand nachsagen, wir hätten Jacobs geschont, weil er Prominentenstatus genießt. Wenn nichts dabei herauskommt, braucht keiner davon zu erfahren.“

„Das schmeckt mir nicht. Was ist, wenn die Presse von der Aktion Wind bekommt?“

„Instruieren Sie den Coroner und sein Team persönlich, und ordnen Sie absolute Diskretion an. Für meine Leute lege ich die Hand ins Feuer. Aus meinem Revier dringt kein Wort nach außen.“

„Also gut“, sagte Laney. „Ich weise Dr. Mortenson an, so schnell wie möglich nach Alderney zu fliegen.“

„Vielen Dank, Sir. Es ist die richtige Entscheidung.“

„Ihr Wort in Gottes Ohr.“

Laney legte auf. Dave klopfte und trat ein.

„Ich habe mich am Flughafen erkundigt. Es wurde kein Flugticket auf Heather Jacobs ausgestellt.“

„Vielleicht hat Moore es auf seinen Namen gekauft.“

„Ohne Vorlage eines gültigen Ausweises bekommt man keins“, antwortete Dave. „Das gilt übrigens auch für die Fährtickets.“

„Gute Arbeit. Hör dich mal bei den Bootsverleihern um, ob jemand ein Boot vermisst.“

„Du glaubst, sie sind nach Frankreich rüber?“

„Es wäre eine Möglichkeit. Könnte aber auch sein, dass Heather Jacobs tot ist und ihr Mann sich plötzlich der Konsequenzen seines Geständnisses bewusst wurde, nachdem er den ersten Schock verdaut hatte.“

„Und wo ist die Leiche?“

Steve fuhr sich über die Bartstoppeln.

„Ich weiß es nicht. Irgendetwas ist faul an der Sache. Als er heute Morgen in mein Büro kam, was er fix und fertig. Wenn er gelogen hat, war’s die beste Darbietung, die ich je erlebt habe. Ich bin sicher, dass er seine tote Frau gesehen hat. Zumindest hat er geglaubt, dass sie nicht mehr lebt.“

„Soll ich ihm noch mal auf den Zahn fühlen?“

„Im Augenblick nicht. Wir warten ab, ob er irgendetwas Verdächtiges unternimmt.“

„Ich könnte ihn observieren.“

„Nein. Jemand muss auf Stella aufpassen“, sagte Steve.

„Du glaubst wirklich, dass sie in Gefahr ist?“

„Ja. Sonst würde ich deine wertvolle Arbeitszeit nicht damit verschwenden. Wir haben hier mehr als genug zu tun. Ich hoffe, dass Matt Frazer sich im Lauf des Tages meldet und seine Abteilung den Schutz des Mädchens übernimmt.“

Dave trat von einem Bein aufs andere.

„Hast du noch was auf dem Herzen?", fragte Steve.

„Ich habe den Mann identifiziert, der uns auf Jersey in dem schwarzen Rover gefolgt ist. Er heißt Giulio Garcia und steht auf der Fahndungsliste von Interpol. Ihm werden mehrere Auftragsmorde zugeschrieben."

Steve presste die Lippen zusammen. Was er befürchtet hatte, war eingetreten.

„Ich bin über Garcia im Bilde, Dave. Und genau deshalb ist der Typ Chefsache. Hast du das verstanden?"

„Ich dachte ..."

„Was immer du vorhast, Dave. Lass die Finger von ihm. Das ist eine dienstliche Anweisung."

„Wir können doch nicht dulden, dass ein Mafiakiller auf unserer Insel herumläuft."

„Nein, das können wir nicht. Weiß Gordon davon?"

„Ich hab noch niemandem davon erzählt."

„Gut. Das wird auch so bleiben. Das Specialist Operations Directorate ist informiert. Sie kümmern sich um ihn. Er ist eine Nummer zu groß für uns, Garcia ist brandgefährlich. Keine Alleingänge, Dave. Ich will deinen Eltern nicht erklären müssen, dass ein Auftragsmörder ihren Sohn erschossen hat. Ist das klar?"

Dave nickte widerstrebend. Steve beschlich eine böse Ahnung. Er würde es sich nicht verzeihen, wenn dem Jungen etwas passierte. Er kippte seinen Sessel zurück, verschränkte die Arme hinter dem Kopf und schloss die Augen.

„Was denkst du?", fragte Dave.

„Ich übe mich gerade im Nichtdenken."

„Oh."

Als er die Augen wieder öffnete, war Dave immer noch da. Steve seufzte. Er hatte Alderney lieb gewonnen, er mochte sein Team und seine Arbeit. Und dennoch wünschte er sich manchmal in die Zeit zurück, in der er als verdeckter Ermittler für die Metropolitan Police gearbeitet hatte. Es war ein gefährlicher Job gewesen, bei dem er jedoch nur für sich selbst verantwortlich gewesen war.

Dave hängte Hendersons Bild in die Waagerechte. „Ob die Beweislage für eine Hausdurchsuchung bei Daniel Jacobs reicht?", überlegte er.

„Es hat mich meine ganze Überredungskunst gekostet, aber Laney schickt Mortenson und sein Team", entgegnete Steve. Ihm kam ein Gedanke. „Sag mal, wer hat eigentlich die Kameras im Haus installiert? Ich hatte den Eindruck, dass Jacobs sich mit solchen Sachen nicht besonders gut auskennt."

„Vielleicht war's Ruby Nolan. Soll ich zu ihr fahren und sie fragen? Jacobs' Computer und die Festplatte kann ich auch gleich mitnehmen. Sie weiß, wie man gelöschte Dateien wiederherstellt. Sie hat mal mein Laptop repariert und verloren gegangene Dateien gerettet."

„Ruby ...", murmelte Steve.

Er stand auf und angelte seine Jacke vom Kleiderhaken neben der Tür. „Das übernehme ich. Für dich habe ich einen Spezialauftrag."

„Hast du es dir anders überlegt? Soll ich Garcia beschatten?"

„Nein. Du wirst bis auf Widerruf auf Stella aufpassen."

Dave zog ein langes Gesicht. Steve streifte die Jacke über.

„Wenn du Garcia auch nur in der Ferne siehst, kommst du mit Stella sofort hierher, ist das klar? Ich versohle dir den Hintern, wenn einem von euch etwas passiert."

Er verließ das Revier mit dem unguten Gefühl, einen Fehler begangen zu haben. Besser wäre es gewesen, Dave zum Telefondienst zu verdonnern und Penny den Job zu übertragen, so wie er es geplant hatte. Gordon hingegen war völlig ungeeignet, auf das Mädchen aufzupassen. Es würde niemals Vertrauen zu ihm fassen und sich bei der ersten Gelegenheit aus dem Staub machen. Aber wer observierte dann Garcia? Er hatte einfach zu wenig Personal. Blieb zu hoffen, dass sich Matt schnell meldete. Er stieg in den Streifenwagen und fuhr mit Watson zum Hafen.

Ruby Nolan arbeitete im Hof hinter der Tankstelle an einer ihrer Skulpturen, die sie aus Schrott und ausrangierten Autoteilen zusammenschweißte. Im Sommer war sie ins Visier der Ermittlungen geraten, als der suspendierte Police Sergeant Louie Harris verschwunden war. Ihr Bruder Robbie saß eine Gefängnisstrafe wegen schwerer Körperverletzung ab. Auch in diesem Fall hatte Steve Grenzen überschritten, ein Auge zugedrückt und Ruby eine Anklage wegen Verschleierung einer Straftat erspart. Um ihren Bruder und die depressive Mutter zu schützen, hatte Ruby sich sogar mit Juan Cataldo angelegt. Dank ihrer Mithilfe konnte Steve den Killer, der auf Abby geschossen hatte, endlich dingfest machen. Die beiden Koffer mit fast vierhunderttausend Pfund – Schwarzgeld aus den Geschäften von Baxter und Sorokin – lagen auf dem Meeresgrund. Zumindest behauptete Ruby, dass das Geld über Bord gegangen war, als sie um ihr Leben gekämpft und Cataldo mit mehr Glück als Verstand überwältigt hatte. Daves Erwähnung ihres Namens hatte ihn daran erinnert, dass er Rubys Geschichte nie geglaubt hatte. Eine kleine Flamme der Hoffnung glomm in ihm auf, sich aus Sorokins Fängen befreien zu können, ohne Abbys Leben aufs Spiel zu setzen.

Ruby bemerkte ihn, schaltete den Schweißbrenner aus und nahm die Schutzmaske ab.

„Hi Chief. Was kann ich für Sie tun? Macht das Getriebe des Streifenwagens wieder Probleme?"

Steve setzte sich auf ein leeres Ölfass.

„Nein, alles bestens."

Sie musterte ihn argwöhnisch. „Sind Sie wegen der alten Geschichte hier?"

„Ist Ihnen Daniel Jacobs ein Begriff?"

Ruby schien sich zu entspannen. „Er ist ein paar Jahre älter als ich, wir sind zusammen auf Alderney aufgewachsen. Vor ein paar Tagen kam er hier vorbei und wollte, dass ich in seinem Haus einige Kameras installiere."

„Haben Sie den Auftrag angenommen?"

„Klar. Wieso sollte ich ablehnen? Werkstatt und Tankstelle werfen kaum genug zum Leben ab."

„Hat er Ihnen verraten, warum er sein Zuhause so exzessiv überwachen wollte?"

„Ich hab ihn nicht gefragt, aber er erwähnte, dass er schlafwandelt. Seine Frau kam wohl auf die Idee mit den Kameras. Stimmt etwas nicht damit?"

„Jacobs war heute Morgen im Revier und behauptete, seine Frau ermordet zu haben."

„Das nenne ich mal einen einfachen Fall“, sagte Ruby.

„So hätte es sein können, wäre da nicht die Tatsache, dass wir keine Leiche gefunden haben, als wir zum mutmaßlichen Tatort kamen. Um ehrlich zu sein, nicht die geringste Spur eines Verbrechens.“

„Seltsame Geschichte, aber was habe ich damit zu tun?“

„Ich hoffte, Sie hätten vielleicht etwas aufgeschnappt, als Sie die Kameras installierten.“

„Was zum Beispiel?“

„Haben die beiden sich gestritten? Erwähnte Heather Jacobs, dass sie ihren Mann verlassen wollte? Wir wissen, dass sie eine Affäre hatte.“

„Ich hab mich um meinen Auftrag gekümmert. Wenn’s so war, hab ich jedenfalls nichts davon mitbekommen“, antwortete Ruby.

„Wie haben Sie die Software eingerichtet? Werden die Aufnahmen in einer Cloud gesichert?“

„Nein, nur auf einer externen Festplatte. Ich hab’s Dan vorgeschlagen, weil der Prozessor seines Uralthandys nicht ausreichte, um die App aufzuspielen und die Videos zu sichern.“

„Ich habe den Rechner dabei. Könnten Sie sich ihn mal anschauen?“

„Was genau interessiert Sie denn?“

„Jemand hat die Aufzeichnungen von vergangener Nacht gelöscht. Es wäre sehr hilfreich für meine Ermittlungen, wenn Sie sie wiederherstellen könnten.“

„Wenn der Betreffende sie nicht durch einen Datenschredder gejagt hat, lässt sich das machen. Das kann aber ein paar Tage dauern. Ich hab ’ne Menge zu tun.

Seit Robbie im Gefängnis sitzt, muss ich den Laden allein schmeißen. Meine Mum ist nicht gerade eine große Hilfe.“

Steve nickte. „Kann ich mir vorstellen.“ Er ging zum Streifenwagen und holte Rechner und Festplatte.

„Verkaufen Sie viele Skulpturen?“

„Nein. Ab und zu kaufen Touristen mir eine ab.“

„Hatten Sie in der Zwischenzeit mal Besuch von Viktor Sorokin?“

Ruby kniff argwöhnisch die Augen zusammen.

„Wer soll das sein?“

„Jemand, mit dem Sie sich besser nicht anlegen sollten. Juan Cataldo arbeitete für ihn, und der schuldet ihm einen Haufen Geld. Ich kann mir nicht vorstellen, dass er darauf verzichtet, seine Außenstände einzutreiben. Und da Cataldo auf seinen Prozess wartet und Sorokin nicht an ihn herankommt, würde es mich nicht wundern, wenn er jemanden nach Alderney schickt, um nach dem Geld zu suchen.“

„Falls er kommt, wird er eine herbe Enttäuschung erleben. Die beiden Koffer sind im Hurd Deep über Bord gegangen. Die sehen wir niemals wieder.“

„Hoffen wir, dass er sich damit zufriedengibt.“ Steve nahm sein Handy aus der Jackentasche, öffnete die Bilddatenbank und zeigte ihr ein Foto von Garcia.

„Haben Sie diesen Mann schon mal gesehen?“

„Nein.“

„Sagen Sie mir Bescheid, wenn er hier auftaucht“, sagte Steve.

„Mach ich. Wie geht’s eigentlich Ihrer Freundin?“

„Sie liegt noch immer im Koma. Sie wissen nicht, ob sie jemals wieder aufwacht.“

„Oh. Tut mir echt leid."

Steve wanderte um die Skulptur herum, an der Ruby arbeitete, und betrachtete sie von allen Seiten.

„Die Behandlung einer Komapatientin kostet eine Menge Geld", sagte er. „Das Royal Sussex County Hospital in Brighton ist nicht gerade billig. Ich weiß nicht, wie lange ich den Aufenthalt in der Spezialklinik noch finanzieren kann."

„Ist sie denn nicht krankenversichert?"

„Die Kasse bezahlt nur die Grundversorgung. Aber ich möchte, dass Abby die bestmögliche Behandlung bekommt, denn nur dann hat sie eine Chance, wieder aufzuwachen."

„Verstehe."

Ruby befingerte ihren Schweißbrenner.

„Erinnern Sie sich noch an den Deal, den Sie mir im Sommer vorgeschlagen haben?", fuhr Steve fort. „Robbie ist einigermaßen glimpflich davongekommen. In einem halben Jahr ist er wieder frei. Wenn er keine Dummheiten anstellt und sich an die Auflagen hält, hat er gute Chancen, wieder in die Spur zurückzukommen."

„Das war ein feiner Zug von Ihnen", antwortete Ruby.

Steve schwieg eine Weile und ließ ihr Zeit zum Nachdenken.

„Der Mann, dessen Foto ich Ihnen gezeigt habe, heißt Giulio Garcia", sagte er dann. „Er ist Cataldos Nachfolger. Vielleicht nicht ganz so verrückt wie der Mexikaner, aber nicht weniger gefährlich und skrupellos. Sie werden nicht noch mal so viel Dusel haben und die Mafia aufs Kreuz legen können."

Sie wischte sich die Hände an einem Lappen ab und nickte.

„Okay, Chief. Was wollen Sie?“

„Ich will einen der beiden Koffer, die Sorokin und Baxter vermissen.“

„Glauben Sie wirklich, ich säße noch auf diesem öden Felsen im Ärmelkanal fest, wenn ich das Geld hätte?“

„Sie können nicht weg, weil Sie niemals Ihre kranke Mutter im Stich lassen würden.“

„Die Koffer liegen auf dem Meeresgrund.“

„Glaub ich gerne. Fragt sich nur, wo und wie tief. Die Geschichte vom Hurd Deep nehme ich Ihnen keine Sekunde lang ab. Die Untiefen liegen nicht auf dem Kurs nach Frankreich, den sie mit Cataldo genommen haben.“

Ruby antwortete nicht. Steve wandte sich zum Gehen.

„Denken Sie über mein Angebot in Ruhe nach. Aber warten Sie nicht zu lange. Garcia ist bereits auf Alderney, um einen Auftrag auszuführen. Ich weiß nicht, was er vorhat, doch wenn er nach dem Geld sucht, wird er früher oder später auf Sie stoßen. Und er wird es nicht bei höflichem Nachfragen belassen.“

„Ich verstehe.“

„Gut. Heute ist der 29. September. Ich brauche das Geld bis übermorgen.“

Er ging zum Streifenwagen zurück. Watson erwartete ihn sehnsüchtig und drückte seine feuchte Nase an der Seitenscheibe platt. Steve stieg in den Wagen.

„Ich weiß, dass ich das Geld nicht behalten darf“, sagte er.

Watson nieste.

„Der Zweck heiligt die Mittel. Du verbringst zu viel Zeit mit Dave. Hast du etwa heimlich einen Lehrgang für Hundedeputys besucht?"

Der Hund wuffte fragend.

„Wenn Ruby die Wahrheit sagt und die Koffer wirklich im Hurd Deep liegen, dann weiß ich auch nicht weiter", sagte Steve.

Er ließ den Motor an und fuhr zum Revier zurück.

30

30. September

Auf dem Tisch vor Dan lag die Beretta, die Constable Bailey ihm mit der Ermahnung ausgehändigt hatte, die Pistole in Zukunft ordnungsgemäß in einem Waffenschrank zu verstauen.

Ein Verbrechen zu planen, eiskalt durchzuführen und unbehelligt davonzukommen, war kinderleicht. In seiner Fantasie hatte er es oft getan, war in die Rolle des Mörders geschlüpft und hatte immer perfider getötet. Wenn er Fehler bemerkte, sprang er in der Zeit zurück und vermied sie, bevor sie Schaden anrichten konnten. Er beseitigte Spuren und vernichtete Beweise. In der Realität hatte er nur einen einzigen Versuch. Alles musste beim ersten Mal klappen.

Nachdenklich drehte er den Blister mit der überklebten Folie in den Fingern. Seit er die Tabletten nicht mehr schluckte, löste sich allmählich der Nebel auf, der seinen Verstand eingehüllt hatte. Es kam Dan vor, als betrachtete er die Welt durch ein Mikroskop, das sich nach und nach scharf stellte. Das nun fast glasklare Bild zeigte die Ereignisse der vergangenen Wochen in einem völlig neuen Licht.

Heute Morgen hatte er die Ursachen für seine Kopfschmerzen entdeckt. Es war kein Übermaß an Alkohol, das in seinem Schädel tobte, sondern ein Bluterguss hinter dem rechten Ohr. Jemand hatte ihn in der Nacht, in der Heather gestorben war, niedergeschlagen, und dieser Jemand konnte nur Thomas Moore sein. Dans Zweifel an seiner Wahnsinnstat wuchsen.

Eine Zeit lang erwog er ernsthaft, die Polizei einzuschalten. Doch nach seiner Vorstellung heute Morgen befürchtete er, dass Chief Cole ihm keinen Glauben mehr schenken würde. Dass Heather und ihr Liebhaber versucht haben sollten, ihn in den Wahnsinn zu treiben, um sich zu bereichern, war alles andere als überzeugend. Er hatte zudem nicht den geringsten Beweis für seinen Verdacht. Moores Chancen – niemand anderes konnte hinter der Erpressung stecken – standen da erheblich besser. Er brauchte Cole nur einen anonymen Tipp zu geben, wo er nach Heathers Leiche suchen musste. Anschließend ließ er der Polizei eine Kopie des Überwachungsvideos zukommen, die Dans Geständnis untermauerte, das er unter fadenscheinigen Argumenten zurückgezogen hatte. Eine Frage beschäftigte Dan schon die ganze Zeit: Wenn Heather und Moore unter einer Decke steckten, warum hatte er sie dann umgebracht und die Leiche erst verschwinden lassen, nachdem Dan sie entdeckt hatte? War es zum Streit zwischen den beiden Verschwörern gekommen? Ebenso wenig, wie Moore Interesse daran haben konnte, dass Dan ins Gefängnis ging – denn dann taugte er als Erpressungsopfer nichts mehr –, brachte Heathers Tod Moore einen Vorteil. Sie war die Alleinerbin von Dans Vermögen. Ohne sie kam Moore nicht an das Geld heran. War der Plan, ihn in den Wahnsinn und damit in den Selbstmord zu treiben, in der vergangenen Nacht gescheitert?

Und dann war da noch der tote Owen, der auf keinen Fall gefunden werden durfte. Er stellte im Moment die größte Gefahr dar. Dan musste davon ausgehen, dass Moore ihm gefolgt war und ihn beobachtet hatte. Er war der Schatten oberhalb der Klippen gewesen, der sich hastig zurückgezogen hatte.

Hatte Owen jemandem mitgeteilt, dass er nach Alderney fahren wollte? War er beim Verlassen der Fähre gesehen worden? Zu leugnen, dass Owen ihn besucht hatte, war zwecklos und gefährlich. Bald würde ihn jemand als vermisst melden. Die Polizei würde beginnen, nach ihm zu suchen. Man würde Spürhunde einsetzen und schnell Erfolg haben. Dan graute davor, aber er musste die hastig verscharrte Leiche an einen sicheren Ort bringen.

Und dann gab es noch ein weiteres Problem, von dem der Erpresser allerdings nichts ahnte. Dan würde nicht zahlen, weil er nicht konnte. Nachdem Cole und sein Constable das Haus verlassen hatten, war er nach Saint Anne gelaufen, hatte den Volvo abgeholt und war zur Filiale der HSBC-Bank gefahren. Der Drucker des Bankautomaten surrte und spuckte die Kontoauszüge aus. Dan kam zu der wenig überraschenden Erkenntnis, dass sich seine Gesamteinlagen auf weniger als zweitausend Pfund beliefen. Seine Barschaft schmolz dahin wie Schnee in der Frühlingssonne. In ein paar Wochen würde er blank sein, wenn kein Wunder geschah. Die nächste Auszahlung seiner Tantiemen stand erst in einem halben Jahr an, und auch sie würden nicht ausreichen, um Moores Forderung zu erfüllen.

Dan hatte sich nie für Geld interessiert und Heather die Verwaltung seiner Finanzen überlassen. Ein einziges Mal hatte er eine Ausnahme gemacht: die Investition in Harpers Filmprojekt. Wie viel Kapital tatsächlich in Die letzte Nacht steckte, hatte Heather nie erfahren, denn er schämte sich für die krasse Fehlentscheidung, Harper vertraut zu haben. In den vergangenen Wochen hatte sie ihn immer wieder dazu gedrängt, das Girokonto aufzufüllen, um die laufenden Rechnungen und anfallenden Kosten decken zu können. Dan hatte sie damit vertröstet, dass er die Gewinne aus dem Roman fest angelegt hatte und Zeit brauchte, um das Geld loszueisen. Ob sie ihm schon damals misstraut hatte und er unwissentlich den Grundstein für ihren Plan gelegt hatte?

Heather stammte aus armen Verhältnissen. Sie hatte sich stets davor gefürchtet, jemals wieder ohne einen Penny dazustehen. Ob seine Schreibblockade ihr Angst eingejagt hatte? Hatte sie ihn nur geheiratet, weil die Ehe ihr ein finanziell abgesichertes Leben versprach? Seine Kreativität hatte eine sichere Geldquelle bedeutet. War sie in die Arme von Thomas Moore geflüchtet, weil sie hilflos mitansehen musste, wie der beständige Geldregen zu versiegen drohte?

Dan nahm die Beretta in die Hand und spürte den kalten Stahl auf der Haut. Je mehr die Nebenwirkungen der teuflischen Tabletten verflogen, die Heather ihm untergeschoben hatte, desto klarer konnte er denken. Ganz gleich, ob sie noch lebte oder nicht, Heather und Moore sollten für das, was sie ihm angetan hatten, bezahlen.

Er schob den Stuhl zurück, nahm die Whiskyflasche und ging in die Küche. Auf der Spüle standen seine gesamten Alkoholvorräte. Methodisch goss er sie in den Ausguss und stellte sich vor, wie er sein altes Leben fortspülte, bis nur noch ein kalter Bodensatz aus Rachelust übrig blieb.

Ihm war klar, dass er kein eiskalter Killer war und nichts mit den Abziehbildhelden seiner Romane gemein hatte. Dies war die Wirklichkeit, kein Spielplatz für eindimensionale Figuren mit übermenschlichen Fähigkeiten. Weder besaß er ein Übermaß an Mut, noch war er besonders kaltblütig. Er war nur ein schmächtiger Junge mit starken Brillengläsern und einer Fantasie, die Monster unter dem Bett hervorzauberte. Was also sollte er als Waffe einsetzen?

Er verbrachte eine weitere Stunde mit Grübeln, bis die Erschöpfung ihren Tribut forderte und er sich nicht mehr auf sein Problem konzentrieren konnte. Sein Geist flog davon und verlor sich in Tagträumen, die sich mit Vergeltungsfantasien und wilden Showdowns vermischten.

Wie so oft, wenn er in den Dschungel seiner Imagination eintauchte, überstrahlte plötzlich eine Idee alle anderen. Das einzige Talent, das Gott ihm geschenkt hatte, war seine Fähigkeit, Geschichten zu erfinden. Wenn er mit keiner anderen mörderischen Begabung gesegnet war, musste er eben diese nutzen, um sich aus der ausweglosen Lage zu befreien.

Bedächtig, als plante er, ein Kunstwerk zu enthüllen, das noch gar nicht erschaffen worden war, zog er die Schublade auf. Er liebte den Anblick von jungfräulichem, glattem, weißem Papier; seinen Geruch und das

Gefühl, es zwischen den Fingern zu halten. Beinahe zärtlich nahm er das oberste Blatt vom Stapel, spannte es in die alte Maschine und begann zu schreiben. Zwei Stunden später vollendete er eine Kurzgeschichte, in der ein Mann sich gegen einen erbarmungslosen Erpresser zur Wehr setzte und schließlich den Sieg davontrug.

Dan wusste nun, was er tun musste. Er zog den letzten Bogen aus der Walze und legte ihn ordentlich auf die anderen eng beschriebenen Blätter. Zum Abschluss drapierte er die Beretta auf dem Stapel. Eine Weile blieb er bewegungslos sitzen, genoss die Stille und das befriedigende Gefühl, eins mit sich und dem Universum zu sein - eine Stimmung, die ihn jedes Mal überkam, wenn er das magische Wort Ende unter ein Manuskript gesetzt hatte.

Doch diesmal verflog die Hochstimmung rasch. Zwar besaß er jetzt eine Vorstellung davon, wie er vorgehen musste; er bezweifelte jedoch, dass er kaltblütig genug für einen Mord war. Er liebte es, seine Romanhelden auf den ersten Seiten in eine tiefe Grube zu stürzen und sie vor schier unlösbare Probleme zu stellen. Je geschickter, gerissener und überraschender die Figuren sich befreiten und schließlich zurückschlugen, desto mehr fieberten seine Leser mit ihnen. Ob der Junge mit den dicken Brillengläsern es ihnen gleichtun konnte, würde die Zukunft erweisen.

Dan verließ das Haus. Ein böiger, kalter Wind fegte von Westen her über die Insel. In Gedanken versunken, lief er den Küstenweg entlang nach Süden und überdachte seine Möglichkeiten. Entweder gelang es ihm, alle Beweise und Spuren zu verwischen, die ihn mit Heathers Tod und Owens Verschwinden in Verbindung brachten, oder Moore musste sterben.

Oberhalb der schwarzen Klippen blieb er stehen. Unwillkürlich hatte es ihn an den Ort gezogen, an dem er Owen verscharrt hatte. Zögernd trat er an den Rand der Steilküste und sah hinunter. Das Meer umspülte die Riffe. Zwischen den Felsen hatte die ablaufende Tide den Sand ausgewaschen und Owen Hunters Leiche freigelegt.

31

„Lass uns was anderes machen, Dave. Hier drinnen kriegt man ja 'ne Staublunge." Stella griff sich an die Kehle und röchelte. „Oh, mein Gott, es geht mit mir zu Ende."

Watson wurde unruhig und blickte Dave Hilfe suchend an.

„Ich soll auf dich aufpassen, also bleiben wir hier", grollte Dave. „Steve zieht mir das Fell über die Ohren, wenn dir etwas passiert."

„Er hat garantiert nicht von dir verlangt, mich in ein Museum zu zerren." Sie verdrehte die Augen und taumelte gespielt. „Ich werde an Langeweile sterben. Willst du das verantworten?"

Dave betrachtete interessiert eine Vitrine mit einem Modell von Fort Tourgis, der alten viktorianischen Festung an der Westküste Alderneys.

„Hier ist es sicher. Und lernen kannst auch noch etwas", sagte er.

Stella vergrub die Hände in den Taschen ihrer hellblauen Windjacke.

„Können wir nicht was anderes machen, Dave? Bitte!"

„Was schwebt dir denn vor?"

„Ich habe Hunger. Das Food & Drink Festival hat heute begonnen. Lass uns was essen."

Er gab sich geschlagen. Wenn er an all die Köstlichkeiten dachte, die in den Pubs und Verkaufsständen angeboten wurden, lief ihm das Wasser im Mund zusammen.

„Okay. Aber bleib dicht bei mir.“

Stella zog an seinem Arm.

„Sie werden mir Handschellen anlegen müssen, Officer.“

Dave wurde rot. Warum hatte Steve ausgerechnet ihn als Babysitter ausgewählt? Penny war dafür sehr viel besser geeignet.

Sie verließen das Alderney Museum. Argwöhnisch blickte er sich um. Nur knapp hundert Meter Luftlinie trennten sie vom Polizeirevier in der Queen Elizabeth II Street, trotzdem war er angespannt. Wenn sie wirklich in Gefahr gerieten, war er auf sich allein gestellt, bis er Verstärkung erhielt – falls sie überhaupt eintraf. Penny war auf der Suche nach Moore, Gordon besetzte die Wache, und Steve war zur Werkstatt der Nolans gefahren.

Ringsum herrschte ausgelassenes Treiben. Als sie von der High Street in die Victoria Street einbogen, wurde der Trubel noch dichter. Dutzende Stände verengten die Fahrbahn, die für den Autoverkehr gesperrt worden war. Touristen und Einheimische verstopften die Straße, an ein Durchkommen war kaum zu denken. Fliegende Händler boten Ale, Cider und Liköre an, Souvenirstände wechselten sich mit kulinarischen Workshops und Kochshows ab, bei denen die Besucher lernen konnten, wie man lokale Gerichte zubereitete. Kunsthandwerker stellten ihre Waren aus. Es gab eine unüberschaubare Vielzahl von Attraktionen und Veranstaltungen; Live-Musik und DJs ... und für einen Attentäter unzählige Gelegenheiten, unbemerkt zuzuschlagen.

„Stella, warte!"

Das Mädchen drohte in der Menge unterzutauchen.
Dave beeilte sich, Stella nicht aus den Augen zu verlieren. Watson zögerte. Sich in das Gewühl stürzen zu
müssen, versetzte ihn in Panik. Schließlich klemmte er
den Schwanz ein und trottete hinter Dave her, weil
seine Angst, allein zurückzubleiben, noch größer zu
sein schien als die Furcht vor dem Meer aus Händen,
die ihn zu berühren drohten.

Daves Uniform verschaffte ihm einen Vorteil, die
Leute machten ihm bereitwillig Platz. Atemlos holte er
das Mädchen ein.

„Ich hab dir gesagt, du sollst in meiner Nähe bleiben",
schimpfte er.

„Stell dich nicht so an. Was soll mir denn hier schon
passieren? Und wenn wir schon mal hier sind, können
wir auch ein bisschen Spaß haben."

Seine Absicht war es gewesen, Vertrauen aufzubauen, aber allmählich ärgerte er sich, ihr das Du angeboten zu haben. Falls er Stella in dem Gewühl verlor,
würde er mächtigen Ärger bekommen. Vielleicht sollte
er die Benutzung der Handschellen tatsächlich in Erwägung ziehen. Als hätte sie seine Gedanken erraten,
sagte sie: „Denk nicht mal dran. Ich werde schreien wie
am Spieß und behaupten, du wolltest mir an die Wäsche gehen."

Dave schwieg verdrossen. Sie nahm seine Hand.

„Sei keine Spaßbremse. Da vorn gibt's hippe Klamotten."

Sie zog ihn zu einem Stand, an dem Halstücher, Handtaschen und bedruckte T-Shirts angeboten wurden. Auf einem las er einen Spruch, den er irgendwo schon mal gesehen hatte: „Support the arts, kiss a …" Das letzte Wort konnte man nach seiner Wahl einfügen lassen. Stella sprach mit dem Händler, ließ ein Shirt bedrucken und hielt es Dave vor die Brust.

„… kiss a cop", stand darauf. Watson begutachtete das T-Shirt und wedelte mit dem Schwanz.

„Schenk ich dir", sagte Stella.

Dave war geschmeichelt. Sie wickelte ihn um den Finger, und er sah sich außerstande, es zu verhindern.

In den nächsten beiden Stunden bummelten sie durch die Shops von Saint Anne. Er beruhigte sich damit, dass Garcia es vor so vielen Zeugen nicht wagen würde, sich an Stella heranzumachen, die ausgiebig von der Kreditkarte ihrer Mutter Gebrauch machte. Wenn man bedachte, dass ihre Eltern innerhalb kurzer Zeit nacheinander einem Verbrechen zum Opfer gefallen waren, sprühte sie vor Tatendrang. Offenbar tat sie das Einzige, was sie gelernt hatte, um ihre Probleme zu verarbeiten: Sie warf mit Geld um sich.

Dave schleppte schnaufend Einkaufstaschen und Pakete. „Du scheinst deine Mum nicht besonders zu vermissen", sagte er.

Ein Schatten huschte über ihr Gesicht.

„Lass uns was essen", schlug sie vor.

Inzwischen waren sie am Hafen angelangt. Eine Liveband spielte Folkmusic. Dave erspähte einen freien Platz im Braye Chippy. Er stellte ächzend die Einkaufstüten ab. Stella bestellte einen Hamburger, Dave eine große Portion Fish and Chips.

„Meine Mum hat sich nie um mich gekümmert. Ich war ihr lästig“, sagte sie plötzlich.

„Sie hat dich ganz bestimmt geliebt“, entgegnete Dave.

„Glaub ich nicht. Sie konnte sich ja selbst nicht leiden.“ Sie wechselte das Thema, da es ihr offenbar unangenehm war.

„Ist Chief Cole ein strenger Boss?“

Dave kaute und warf dem geduldig wartenden Hund einen Bissen zu.

„Das muss er ab und zu sein, er trägt die Verantwortung für die ganze Insel. Wir sind ein gutes Team und halten zusammen.“

„Seid ihr so was wie Freunde?“

„Ja.“

„Ich hab keine Freunde“, sagte Stella.

„Das glaube ich dir nicht“, sagte Dave. „Ich wette, die Jungs sind verrückt nach dir.“

Sie legte den angebissenen Hamburger ab und zündete sich eine Zigarette an.

„Ich hab leider erst zu spät kapiert, dass man Freunde nicht kaufen kann wie Klamotten und Schmuck.“

„Oh.“

Sie zuckte mit den Schultern. „Was kümmert es mich? Ich bin jetzt reich. In ein paar Wochen werde ich volljährig und mache, was ich will.“

Dave verschlang ein Stück frittierten Kabeljau.

„Du kannst vielleicht essen“, sagte Stella kopfschüttelnd.

Watson wuffte zustimmend.

„Ich bin sicher, alles wird gut ausgehen. Dann wirst du auch neue Freunde finden", sagte Dave. „Dazu brauchst du kein Geld. Es verdirbt nur den Charakter."

Sie antwortete nicht und rauchte. Eine ankommende Fähre spuckte neue Touristen aus. Auch am Hafen wurde das Gedränge immer dichter.

Dave hatte eine Mission gefunden. Wenn er das Mädchen überzeugen konnte, dass Freundschaft wichtiger war als Geld, gab er seiner Arbeit einen Sinn.

„Was dein Erbe betrifft", fuhr er fort, „da würde ich mir an deiner Stelle nicht allzu große Hoffnungen machen."

„Was soll das heißen?"

„Dein Dad war hoch verschuldet. Ich schätze, was von seinem Vermögen noch übrig ist, kommt unter den Hammer."

Sie starrte ihn an, als hätte er den Verstand verloren.

„Das stimmt nicht."

„Und ob. Frag den Anwalt deines Vaters." Dave kam in Fahrt. „Steve und ich haben im Zuge der Ermittlungen mit ihm gesprochen. Er hat bestätigt, dass die Filmgesellschaft deines Vaters pleite ist."

„Du lügst."

„Warum sollte ich?"

„Du willst mich nur runtermachen, weil du ein Arsch bist wie alle anderen!"

Stella sprang auf und tauchte im Gewühl unter. Dave bekleckerte sich mit Mayonnaise und hielt vergeblich nach dem Mädchen Ausschau.

„Steve wird mich vierteilen", jammerte er. „Watson, such sie. Na los!"

Der Hund glotzte ihn verständnislos an.

„Mir bleibt auch nichts erspart."

Er stand von der Holzbank auf, drehte sich im Kreis und suchte in der Menge nach einer hellblauen Windjacke. Von Stella fehlte jede Spur. Fluchend bahnte er sich mit den Ellenbogen einen Weg durch die Flanierenden und gelangte zum Fährterminal, in der Hoffnung, dort auf Stella zu treffen. Schnell erkannte er, dass dies ein Fehler gewesen war, denn hier war das Gedränge durch die ankommenden Touristen und die Fahrgäste, die die Insel wieder verlassen wollten, noch dichter. In seiner Verzweiflung stieg er auf eine der Holzbühnen, die man für die Bands und Musikgruppen aufgebaut hatte, um einen besseren Überblick zu gewinnen. Sekunden später entdeckte er den schwarzen Rover, den er vor dem Haus der Harpers auf Jersey beobachtet hatte.

Dave sprang von der Bühne und bahnte sich einen Weg durch die Menge. Er rannte über die Sonnenterrasse des Braye Chippy, streifte eine Kellnerin und warf zwei Sonnenschirme um, bevor er die Treppe erreichte, die zum Hafen hinunterführte. Dort blickte er sich erneut nach seinem Schützling um. Watson bellte und lief die Stufen hinab.

Stella saß auf der Kaimauer. Dave rief ihren Namen, schnaufte und setzte sich schwitzend in Bewegung. Er war noch etwa fünfzig Meter von ihr entfernt, als der Rover sich zwischen ihn und das Mädchen schob. Garcia stieg aus und öffnete die hintere Wagentür. Trotz seiner enormen Körpergröße bewegte er sich schnell und tödlich wie eine Schlange. Er packte Stella am Arm, stieß sie in den Fond und schlug die Tür zu. Bevor Dave den Rover erreichte, fegte der schwere Wagen davon, bog in die Route de Crabby ein und raste nach Westen. Die Entführung hatte nur Sekunden gedauert.

Watson spurtete knurrend los und folgte dem Rover. Dave lief ihm nach, aber er sah schnell ein, dass er nichts ausrichten konnte.

„Watson! Komm zurück! Bei Fuß!"

„Was hast du nun wieder angestellt?"

Dave fuhr herum.

„Penny! Wo kommst du denn her?"

„Ich fahre Streife und suche Moore."

„Er hat Stella! Garcia hat sie sich geschnappt."

Penny stöhnte. Dave lief zu ihrem Streifenwagen und öffnete die Fahrertür.

„Wir müssen sie finden, steig ein!"

„Du weißt, was Steve gesagt hat: Wir sollen uns mit Garcia nicht allein anlegen."

„Komm schon."

Penny schüttelte den Kopf. Bevor sie in den Wagen steigen konnte, verstellte ihr eine Frau den Weg.

„Meine Handtasche! Jemand hat mich bestohlen! Helfen Sie mir bitte, Officer."

Dave starrte durch die Windschutzscheibe. Eine ältere Frau in einem grauen Regenmantel bestürmte Penny. Sie verloren kostbare Zeit, jede Sekunde zählte. Er musste seinen Fehler ausbügeln, sonst konnte er Steve nicht mehr unter die Augen treten. Instinktiv gab er Gas und fuhr die Route de Crabby entlang. Im Rückspiegel sah er, dass Penny resigniert die Arme hob und den Kopf schüttelte.

Fieberhaft überlegte er, welchen Plan Garcia verfolgte. Wohin könnte er Stella bringen? Er riss das Steuer herum und raste mit eingeschaltetem Blaulicht an Fort Doyle vorbei. Die Festung rief ihm in Erinnerung, dass Alderney zwar überschaubar war, aber mit seinen unzähligen Bunkern, Ruinen und Überresten alter Geschützstellungen eine Vielzahl von Verstecken bot. Sie würden eine Hundertschaft brauchen, um alle zu durchsuchen.

Dave bog nach links ab und folgte der Route de Picaterre, um auf die Le Petit Val zu treffen. Die Sonne schob sich durch die schiefergraue Wolkendecke. In dem Wäldchen westlich der alten Wassermühle blitzte ein Lichtreflex auf. Dave kniff die Augen zusammen. Der schwarze Rover fegte zwischen den Bäumen hindurch und hielt auf Fort Tourgis zu. Die weitläufige Anlage war nur in Teilen für Besucher geöffnet, die meisten unterirdischen Tunnel und Kavernen waren unzugänglich. Garcia würde mit seiner Geisel kaum durch den Haupteingang spazieren. Er musste sich dort gut auskennen, wenn die Festung sein Ziel war.

Dave fuhr am Meer entlang, bis die asphaltierte Straße in einen sandigen Fahrweg mündete. Der Rover stand abseits des öffentlichen Parkplatzes am Fuß der alten Festungsmauer. Er stellte den Streifenwagen ab, zog seine Dienstwaffe aus dem Holster und näherte sich einem der Tunnel, die zur Küste hinabführten. Das rostige Gitter quietschte leise im auffrischenden Wind. Als er den halb unter den herabhängenden Zweigen einer Buche verborgenen Eingang erreichte, spürte er einen leichten Stoß zwischen den Schulterblättern.

„Hallo, Constable Bailey. Ich werde Ihre Neugier gerne befriedigen und Ihnen zeigen, wonach Sie suchen.“

32

Die Brandung hatte Owens Leiche teilweise freigewaschen und Dan die bevorstehende grausige Arbeit abgenommen. Darauf zu hoffen, dass die ablaufende Tide sie in einigen Stunden auf das offene Meer hinausziehen würde, war trügerisch. Die Gefahr, dass jemand den Toten in der Zwischenzeit entdeckte oder dass er sich zwischen den Riffen verklemmte, war zu groß. Auch Heather und Moore hatten diesen entscheidenden Fehler begangen.

Wenn er seine Angst vor dem Meer überwand, sich ein Boot mietete und die Leiche damit in tiefes Wasser schleppte, hätte er das Problem gelöst. Doch das alles dauerte viel zu lange. Das Food & Drink Festival war angelaufen, in der Stadt und am Hafen wimmelte es von Touristen. Er könnte aufgehalten werden, Zeit verlieren; jede Minute Verzögerung bedeutete ein Risiko.

Dan rief sich die Küstenlinie in Erinnerung. Er war auf Alderney aufgewachsen und kannte jeden Quadratmeter der Insel. Er befand sich ungefähr in der Mitte zwischen Fort Clonque und den Guns, einer alten Artilleriestellung aus dem Zweiten Weltkrieg. Bis zum Cachalière Pier im Süden war die Küste zerklüftet und unzugänglich. Kaum ein Tourist oder Einheimischer verirrte sich dorthin. Er könnte die Leiche zu den Klippen im Südwesten bringen und dort ins Meer werfen.

Die Strömung würde sie in den Ärmelkanal hinaustreiben.

Er ging ein Stück nordwärts die Hochebene entlang. Der unter ihm liegende Strandabschnitt wurde zusehends schmaler. Dan fuhr sich nervös über den Mund. Er konnte die Leiche unmöglich bis zur Straße hinaufschleppen, aber der Volvo besaß keinen Allradantrieb. Wenn er im nassen Sand einsank, hatte er ein noch größeres Problem, aber ihm blieb keine andere Wahl. Er musste es versuchen.

So schnell er konnte, lief er zum Haus zurück. Es hatte wieder zu regnen begonnen, die Sicht war schlecht, was sein Vorhaben begünstigte. Er fuhr die Küste entlang nach Süden und suchte einen Weg zum Strand hinunter. Schließlich war er gezwungen, bis zum Fort Clonque Causeway hinabzufahren. Die Straße führte über einen befestigten Damm zu einer Halbinsel, die bei Flut vom Meer überspült wurde. Sie bildete die einzige Zufahrt zu der restaurierten viktorianischen Festungsanlage, in der Übernachtungsmöglichkeiten für Touristen angeboten wurden.

Als Dan dort ankam, stand die Tide bereits wenige Zentimeter unter dem Damm und drückte das Wasser in die Landzunge hinein. An der tiefsten Stelle des Fahrwegs verließ er die Straße. Vorsichtig steuerte er den Volvo über den mit Kies und Sand bedeckten Strand zur Clonque Bay zurück. Er schätzte, dass ihm höchstens eine halbe Stunde blieb, um die schwarzen Felsen zu erreichen, die Leiche freizulegen und im Kofferraum abzulegen, bevor die Flut kam. Zweimal konnte er seine Ungeduld nicht mehr bezwingen und gab zu viel Gas;

mit dem Effekt, dass sich die Antriebsräder sofort in den weichen Untergrund einzugraben drohten.

Dan warf einen hastigen Blick auf die Ladefläche. Er hatte die Rückbank heruntergeklappt; Hacke, Spaten und eine schwarze Plastikplane lagen bereit. Seine Gedanken hatten sich nur darum gedreht, einen geeigneten Ort zu finden, an dem er den Toten unbemerkt loswerden konnte. Trotzdem hatte ein Teil seines Bewusstseins automatisch die notwendigen Vorbereitungen getroffen. Es war das gleiche Phänomen, dem man im Alltag keine Beachtung schenkte. Beschäftigte man sich während einer Autofahrt intensiv mit einem Problem, bemerkte man erst am Ziel, dass man die Strecke zurückgelegt hatte, ohne sich daran erinnern zu können. Dan biss sich auf die Unterlippe. Dass das menschliche Gehirn in der Lage war, gleichzeitig mehrere Dinge zu erledigen, ohne dass sie einem bewusst wurden, war normalerweise von Vorteil. In seiner Situation bedeutete es allerdings, dass er jederzeit einen verhängnisvollen Fehler begehen konnte, ohne es zu bemerken. Tausend Fragen und Gedanken über Unwägbarkeiten und Fallstricke schossen durch seinen Verstand. All die winzigen Details, die er beim Schreiben übersah, konnte er in einem Manuskript mühelos nachträglich ändern. In der Wirklichkeit hatte er nur einen Versuch.

Dan stieg aus dem Wagen. Meer und Himmel verschwammen zu einem unwirklichen Grau. Er öffnete den Kofferraum, holte das Werkzeug heraus und machte sich an die beschwerliche Kletterei über die glitschigen, mit Moos und Algen bewachsenen Felsen. Sie bildeten eine etwa zwanzig Meter breite Barriere.

Näher konnte er den Volvo nicht an das Grab im Sand heranfahren, ohne Gefahr zu laufen, den Wagen festzufahren.

Er schlitterte auf der anderen Seite herab, ließ Spaten und Hacke los und fiel auf die Knie. Erschrocken stellte er fest, dass die Dünung sich bereits an der Felswand brach. Höchste Eile war geboten. Die flache Grube, in der die Leiche lag, war keine drei Meter von ihm entfernt, fast wäre er über sie gestolpert.

Mit abgestumpften Sinnen begann er zu graben. Owen war ein großer Mann von fast hundertachtzig Pfund gewesen. Wie nur sollte er ihn über die Riffe zum Wagen transportieren?

Immer wieder hielt Dan inne und suchte den Strand und die Kante der hoch aufragenden Steilwand nach einem ungebetenen Beobachter ab. Der Schatten, den er vor zwei Tagen bemerkt hatte, ließ sich nicht blicken, doch dafür erregte etwas anderes seine Aufmerksamkeit. Es war ein helles Stück Stoff, das sich an einem der scharfkantigen Riffe verfangen hatte.

Er stieß den Spaten in den Sand und watete in das knietiefe Wasser hinein. Der Fetzen war ein bedrucktes T-Shirt; das gleiche, das er vergangene Nacht getragen hatte ... und noch immer trug.

Support the arts, kiss a writer.

Weder die Kälte noch die drohende Gefahr der steigenden Flut drangen zu ihm durch. Seine Wahrnehmung schrumpfte zusammen auf das zerrissene und verdreckte Shirt und auf den albernen Spruch, der ihm nun wie eine teuflische Verhöhnung vorkam. Mit ihm kam die aschebittere Erkenntnis, die sich längst aufgedrängt, die er jedoch nicht hatte wahrhaben wollen:

Heather erwiderte seine Liebe nicht, sie hatte ihn nur benutzt. Als der Goldesel keine Dukaten mehr fallen ließ, hatte sie sich von ihm abgewandt.

Sein Kopf war jetzt so kalt und klar wie das Meer, das seine Beine umspülte. Deutlich lief die Aufnahme der Überwachungskamera vor seinem inneren Auge ab, jede Szene war gestochen scharf. Das Gesicht des Mörders war nie wirklich zu sehen gewesen, die Aufmerksamkeit des Betrachters richtete sich automatisch auf das auffällige T-Shirt. Heather hatte ihm das Shirt geschenkt, es war ihre Idee gewesen, die Kameras zu installieren. Ihre Sorge um seine Gesundheit war niemals der Grund gewesen. Das Video war nichts weiter als ein Mittel, um ihn glauben zu machen, er habe sie getötet, damit er so endete wie seine tragische Romanfigur und sein Freitod glaubhafter wirkte. Den gleichen Zweck hatten die Tabletten erfüllt, die sie ihm untergeschoben hatte: Sie sollten ihn davon überzeugen, dass er zunehmend dem Wahnsinn verfiel. Doch was war schiefgelaufen? War Heather am Ende das Opfer ihres eigenen Plans geworden?

Eine Welle lief auf den Strand zu und durchnässte ihn bis zu den Hüften. Er besann sich auf seine Aufgabe, stopfte das verräterische T-Shirt in den Hosenbund und begann, Owen auszugraben.

Bald trieb die Leiche auf der flachen Dünung. Dan vermied es, das Gesicht des Toten anzusehen, packte ihn am Hosenbein und zog ihn auf die Felsen zu. Nur noch die Spitzen und Grate ragten aus dem Wasser. Er zerrte an der Leiche, glitt aus und riss sich die Hand auf, aber er ließ nicht los. Mit letzter Kraft schaffte er es, seinen toten Freund über die Felsbarriere zu ziehen, und schleifte ihn über den Sand zum Wagen. Erschöpft sank er zu Boden und wartete, bis sich sein rasender Herzschlag beruhigte. Ihm blieb kaum noch Zeit, den Strand zu verlassen. Das Wasser stieg schneller als erwartet und leckte bereits um die Reifen des Volvo.

Dan öffnete die Heckklappe, breitete die Plastikplane im Kofferraum aus und nahm den schwierigsten Teil in Angriff. Er brauchte fast zehn Minuten und mehrere verzweifelte Versuche, den Toten auf die Ladefläche zu heben. Owens eiskalte Hand traf ihn ins Gesicht, als wollte er sich gegen die grobe Behandlung wehren. Erschrocken ließ Dan die Leiche los und stolperte zurück. Der Zorn über Heathers Betrug und die Kaltblütigkeit, mit der sie gemeinsam mit ihrem Komplizen seinen besten Freund getötet hatte, spornte ihn zu neuer Anstrengung an. Owen hatte sterben müssen, weil er den Mordplan offengelegt hatte. Es war nicht Dan gewesen, dem er aus Sorge zu den Klippen gefolgt war, sondern Moore. Moore hatte das zweite, identische Shirt getragen. Wer von beiden hatte ihn in die Tiefe gestürzt? Hatte Heather selbst den Mut dazu besessen oder die furchtbare Tat ihrem Komplizen überlassen?

Er schlug die Plane über dem Toten zusammen, schloss die Heckklappe und stieg in den Wagen. Der Wind frischte auf und klatschte die Brandung gegen den Unterboden. Dan startete den Motor und trat hektisch das Gaspedal durch. Der Volvo heulte auf und grub sich in den Sand. Dan fluchte, setzte vorsichtig ein Stück zurück und versuchte, den Wagen freizuschaukeln, doch die Antriebsräder sanken immer tiefer in den morastigen Grund. Der Volvo steckte fest.

Dan stieg aus und ging um den Wagen herum, um den Spaten aus dem Kofferraum zu holen.

„Hallo!"

Er wandte sich erschrocken um und erstarrte. Ein Mann kam auf ihn zu. Er trug einen Südwester, Gummistiefel und einen gelben Regenmantel. Der Wind zerzauste seinen grauen Bart. Ein zottiger, brauner Hund begleitete ihn. Er lief ohne Scheu auf Dan zu und schnüffelte neugierig an der Heckklappe.

„Brauchen Sie Hilfe?", rief der Mann.

Als er näher kam, glaubte Dan, den alten Trenton zu erkennen. Er wischte sich das Wasser von den Brillengläsern und verschmierte sie unabsichtlich mit Sand und Dreck. Trenton verschwamm vor seinen Augen und wuchs zu riesenhafter Größe an. Es war vorbei. Der Fischer würde die Leiche entdecken und Chief Cole alarmieren.

„Hallo, Daniel", sagte er. „Hab schon gehört, dass du wieder da bist. Hast dich festgefahren, wie?"

„Hi Mr Trenton." Dan zuckte mit den Schultern und gab sich äußerlich ruhig, obwohl er kaum klar denken konnte. „Ich schätze, ohne Hilfe schaffe ich es nicht."

Der grauhaarige Fischer betrachtete kopfschüttelnd den Volvo.

„Was treibt dich denn bei diesem Mistwetter mit dem Wagen hierher?"

„Recherchen." Dan versuchte ein schiefes Lächeln. Seine Mundwinkel schienen vor Anstrengung zu zerreißen. „Ich arbeite an einem neuen Roman. Bevor ich meine Ideen umsetze, teste ich, ob sie auch realistisch sind. Diesmal ist es wohl gründlich in die Hose gegangen."

„Wird langsam Zeit, dass wir hier verschwinden. Die Flut kommt.“

Trenton warf einen Blick durch die Heckscheibe. Dan überlief es kalt.

„Zum Glück haste Werkzeug dabei. Und ’ne Plane. Willst wohl probieren, ob man unbemerkt ’ne Leiche im Sand vergraben kann, was?“ Er kicherte.

„Klar, ich hab extra eine mitgebracht“, scherzte Dan. „Wollen Sie sie sehen?“

Trenton lachte dröhnend. „Der Spaten tut’s auch.“

Dan lachte mit. Ihm war schwindelig, sein Herz schlug wie verrückt. Er öffnete die Klappe und nahm den Spaten heraus. Der Hund kläffte und versuchte, seine Schnauze unter die Plane zu stecken. Trenton knurrte einen Befehl, der Köter zog den Schwanz ein und trollte sich. Dan schloss die Heckklappe.

Trenton spuckte in die Hände und begann, die Vorderräder freizuschaufeln. Das Wasser reichte inzwischen fast bis zum Wagenboden. Dan stieg in den Volvo und ließ den Motor an. Er war bis zu den Hüften durchnässt, trotzdem schwitzte er wie verrückt.

„Versuch’s mal!“, rief Trenton.

Er schob den Wagen mit seinen kräftigen Armen an, während Dan vorsichtig Gas gab. Träge löste sich der Volvo aus dem matschigen Untergrund. Dan blickte in den Rückspiegel. Die Heckklappe war nicht eingerastet und hob sich langsam. Trentons Hund steckte sofort seine verdammte Schnauze in den Spalt. Eine Windbö fuhr in den Kofferraum und hob die schwarze Plastikplane an. Eine bleiche Hand kam zum Vorschein. Trenton schien sie nicht bemerkt zu haben, denn er war ausgerutscht und bemühte sich, nicht der Länge nach ins flache Wasser zu fallen. Dan beschleunigte vorsichtig und fuhr den Volvo um ein Haar erneut fest.

„Mit Gefühl!“, rief Trenton. „Jappo, was treibst du da? Hat Daniel 'ne Ladung Hundefutter im Kofferraum?“

Dan wischte sich den Schweiß von der Stirn. Erleichtert sah er im Spiegel, dass Trenton den Köter am Halsband festhielt. Er streckte den Arm aus dem Seitenfenster und signalisierte, dass alles in Ordnung war. Dann zwang er sich, möglichst gelassen auszusteigen und den Spaten wieder in den Kofferraum zu legen. Er bedankte sich bei Trenton und fuhr langsam an der Steilküste entlang, bis er den Damm erreichte. Alles drehte sich um ihn, ihm war vor Angst speiübel. Um ein Haar wäre er erledigt gewesen. Sein Plan sah vor, mit Moore abzurechnen. Den unbeteiligten Trenton zu erschießen, weil er ihm als Zeuge gefährlich werden könnte, hätte er niemals fertiggebracht.

Sein Handy klingelte. Er meldete sich.

Moores Stimme klang aus dem Lautsprecher. „Hast du das Geld?“

„Wir hatten eine Frist von vierundzwanzig Stunden vereinbart. Ich brauche mehr Zeit.“

„Pläne können sich ändern. Ich will die Kohle jetzt“, sagte Moore.

„Dann werde ich den Mann, den es gar nicht gibt, also endlich kennenlernen“, antwortete Dan. „Darauf freue ich mich schon, seit ich Heather tot vor dem Kamin gefunden habe.“

„Du wirst doch nicht auf dumme Gedanken kommen, Dan?“

Moore lachte. Dan glaubte eine Spur Nervosität in seiner Stimme zu hören.

„Versuch nicht, mich übers Ohr zu hauen. Solche Tricks funktionieren vielleicht in deinen dämlichen Romanen, aber in der Realität kann so etwas böse enden. Besonders für Nerds wie dich, die nur mit der Feder mutig sind."

„Wohin soll ich das Geld bringen?"

„Du fährst über die Longis Road zum alten katholischen Friedhof, dort biegst du nach Süden in die Impot Road ab. Kurz vor dem Steinbruch führt ein Feldweg zu einer Lichtung über der Steilküste. Wir treffen uns dort in einer Stunde."

„Wie kann ich sicher sein, dass Sie keine Kopien des Videos gemacht haben?"

„Gar nicht. Sei pünktlich, oder die Alderney Police findet einen USB-Stick im Briefkasten."

Es klickte in der Leitung. Dan lächelte teuflisch. Moore hätte keinen Ort finden können, der besser in seine Pläne passte. Mit ein bisschen Glück waren all seine Probleme in einer Stunde gelöst. Er stieg in den Wagen und klappte das Handschuhfach auf, um sich zu vergewissern, dass die Beretta einsatzbereit war.

33

„Ich ziehe ihm das Fell über die Ohren, wenn dem Mädchen etwas passiert."

Der alte Drehstuhl knarrte und quietschte protestierend unter Steves Gewicht.

„Die gleichen Worte hat er auch benutzt." Penny lächelte. „Dave ist sich bewusst, dass er einen Fehler gemacht hat, und will ihn ausbügeln. Ich konnte ihn nicht aufhalten und musste zu Fuß in die Queen Elizabeth II Street laufen."

Steve stemmte sich aus dem Stuhl hoch, der ein letztes Knacken von sich gab und unter der Sitzfläche abbrach. Der obere Teil fiel polternd zu Boden.

„Wenigstens kannst du jetzt endlich einen neuen Chefsessel beantragen", sagte Gordon.

„Denkt nach", antwortete Steve gereizt. „Wohin könnte Garcia das Mädchen gebracht haben?"

„Er fuhr am Hafen entlang nach Westen. Was besitzt Stella, das für Sorokin interessant sein könnte?", überlegte Penny.

„Für ihn zählen nur zwei Dinge: Geld und Macht."

„Sie hat weder das eine noch das andere."

Steve lief im Büro auf und ab und kehrte dann zu seinem Schreibtisch zurück. Im letzten Moment hielt er inne, um sich nicht aus alter Gewohnheit zu setzen.

„Bist du dir da so sicher?", fragte er. „Wir haben Moores Camper gefilzt und nichts gefunden. Auch an Bord der Thetis war kein Bargeld. Harper muss aber welches besessen haben. Wir wissen, dass er kurz vor seiner geplanten Abreise eine Lebensversicherung von hunderttausend Pfund aufgelöst hat. Wo ist dieses Geld geblieben?"

„Aber wenn Harper doch sein Freund war ..."

„... heißt das nicht, dass Sorokin ihm seine Schulden erlassen hat."

Sorokin hatte erwähnt, dass Stella etwas besaß, das ihm gehörte. Doch diese Information konnte er offiziell nicht weitergeben.

„Du glaubst, Stella hat das Geld eingesteckt?", fragte Gordon.

„Ganz bestimmt sogar", sagte Steve. „Vielleicht hat Moore es gestohlen, als er Harper ermordete, und Stella holte es sich zurück, als sie in seinem Wohnmobil übernachtete."

Penny trat an die große Landkarte von Alderney an der Wand hinter dem Schreibtisch und studierte sie eingehend.

„Wenn ich Garcia wäre, würde ich Fort Tourgis als Versteck wählen", sagte sie.

„Zu viele Touristen", warf Gordon ein.

„Nur Teile der Festung sind für den Publikumsverkehr zugänglich. Die meisten Abschnitte sind überwuchert und bilden ein Naturschutzgebiet, in dem seltene Vögel brüten. Unter der Erde ist die Anlage weitläufig und verschachtelt wie ein Irrgarten. Es existieren jede Menge Tunnel und Bunker, die die Deutschen im Zweiten Weltkrieg angelegt haben. Sie erstrecken sich von den Guns bis zur Platte Saline. Um sie alle zu durchsuchen, brauchen wir eine Hundertschaft."

„Wir sind aber nur zu dritt."

Watson wuffte.

„Okay, zu viert", sagte Steve.

Penny warf dem Hund einen skeptischen Blick zu. „Er hat doch einen guten Draht zu Stella aufgebaut", sagte sie. „Ob er sie finden könnte?"

„Darauf würde ich mich nicht verlassen", erwiderte Steve. „Eher findet er Dave, weil der immer was zu futtern dabeihat."

„Wir müssen Verstärkung aus Guernsey anfordern", sagte Gordon.

„Laney wird toben, wenn wir die Insel während des Festivals mit einem Großaufgebot durchkämmen", entgegnete Penny.

„Dann bleibt es an uns hängen."

Steve zuckte mit den Schultern. „Fort Tourgis ist einen Versuch wert. Gordon, du bleibst auf dem Revier."

„Und unser vierbeiniger Deputy?", fragte Penny.

„Der kommt mit. Watson hat uns schon mal gerettet."

„Du bist ein richtiger Superbulle, Dave!"

Stella trat wütend gegen das rostige Gitter und schrie vor Schmerz auf. Sie klaubte einen faustgroßen Steinbrocken auf und schleuderte ihn auf die Eisenstangen. Er zerbrach beim Aufprall, die Splitter sausten als Querschläger umher.

„Hör auf damit, bevor du jemanden verletzt", sagte Dave.

„Hast du vielleicht eine bessere Idee, wie wir hier rauskommen?"

„Noch nicht."

Stella funkelte ihn wütend an.

„Wieso hast du dem Kerl keine Handschellen angelegt? Richtige Bullen machen so was im Handumdrehen. Haben sie dir in den Onlinekursen, von denen du
dauernd schwärmst, nicht beigebracht, wie man einen
Mafiakiller verhaftet?“

„Garcia hat mich überrascht“, murmelte Dave.

Er inspizierte jeden Winkel des quadratischen
Raums; mehr um sich abzulenken, als von der Hoffnung erfüllt, auf einen Fluchtweg zu stoßen, den Garcia
übersehen hatte. Sorokins Auftragskiller war wie ein
Schatten aus der Festungsmauer geflossen und hatte
ihn völlig überrumpelt. Nun war ihm klar, warum man
ihm den Spitznamen Mamba gegeben hatte. Er bewegte
sich genauso lautlos und schnell wie die Giftschlange.
Garcia hatte ihm Dienstwaffe und Handy abgenommen, ihn zu Stella gesperrt und das alte Eisengitter mit
einer Stahlkette und einem massiven Bügelschloss verriegelt.

„Hat er dich mit einem Stück Gâche Melée in die Falle
gelockt?“, fragte Stella.

„Er hat mich bei meinem Pflichtgefühl gepackt“, antwortete Dave. „Ich konnte nun mal nicht tatenlos zusehen, wie der Mann, der Olivia Harper getötet hat, auch
noch ihre Tochter verschleppt.“

Stella drehte ihr Gesicht zur Wand und schwieg.

„Tut mir leid“, murmelte Dave, „das ist mir so rausge-
rutscht.“

„Sie wurde also wirklich ermordet?“

„Ja. Hat Steve dir das nicht gesagt?“

Sie schüttelte den Kopf. „Nein, aber ich hab's geahnt.
Sie hätte sich niemals das Leben genommen.“

„Steve wird uns suchen“, sagte Dave.

„Wird er uns auch finden, bevor Garcia uns umlegt?“

„Vielleicht bringt es uns ja weiter, wenn du mir sagst, was er von dir will“, antwortete Dave.

„Hat er auch meinen Dad ermordet?“, fragte sie leise.

„Nein.“

Sie drehte sich zu ihm um. „Ich will endlich wissen, warum meine Eltern sterben mussten!“

Dave zögerte. Sollte er ihr wirklich erzählen, dass ihre Mutter einen Killer engagiert hatte, um ihren Ehemann aus dem Weg zu räumen, damit sie ihn beerben konnte?

„Okay. Ich schätze, du hast ein Recht, die Wahrheit zu erfahren. Erinnerst du dich an das Fakeprofil in dem Datingportal, das du angelegt hast, um mehr über Thomas Moore herauszufinden?“

„Klar.“

„Moore ist nicht nur ein Heiratsschwindler, der es auf das Geld reicher Frauen abgesehen hat, er bietet noch weitere Dienste an.“

Stella wurde aschfahl.

„Er räumt ihre Ehemänner aus dem Weg. Anschließend teilen sie das Erbe, hab ich recht?“

Dave nickte. „Ich wollt’s dir nicht sagen. Du solltest deine Mutter in besserer Erinnerung behalten.“

„Und ich hab ihm auch noch Dads Pistole in die Hand gedrückt.“

„Du konntest ja nicht wissen, was er damit tun würde.“

Stella setzte sich auf einen der Gesteinsbrocken, die an der hinteren Zellenwand aufgetürmt lagen, und schüttelte den Kopf.

„Ich wusste, dass Mum alles getan hätte, um ein paar Pfundnoten in die Hand zu bekommen, aber dass sie so weit geht ...“

„Ich schätze, dein Dad hat sie einmal zu oft betrogen. Sie muss eine Stinkwut auf ihn gehabt haben. Moore hat das gespürt und ausgenutzt. Er gab ihr das Gefühl, die Kontrolle über ihr Leben zurückgewinnen zu können.“

„Und was hat es ihr genützt?“, sagte Stella. „Nun ist sie tot. Warum hat Garcia sie ermordet?“

„Im Auftrag von Viktor Sorokin. Das ist ein sehr gefährlicher Mann, ein Mafiapate der Londoner Unterwelt. Dein Dad hat ihm vor vielen Jahren geholfen, in England Fuß zu fassen. Seitdem waren sie befreundet. Sorokin kann es sich nicht leisten, untätig zu bleiben, wenn man seine Freunde tötet.“

„Dann wird er sich als Nächstes Tom vornehmen.“

Dave nickte. „Davon gehen wir aus. Steve dachte zunächst, dass deine Eltern einer Vergeltungsaktion von Sorokin zum Opfer gefallen sind, weil dein Vater sich Geld bei ihm geliehen und nie zurückgezahlt hat. Darum befürchtete er, du wärst auch in Gefahr.“

Stella klatschte sich auf die Schenkel und sah sich um.

„Na ja, ich denke, das bin ich wohl auch.“

„Was will Garcia von dir?“

Sie nahm den kleinen Rucksack ab, den sie stets trug, und öffnete ihn.

„Ich schätze, das hier.“ Sie zeigte Dave mehrere Bündel Pfundnoten. „Die Kohle war der eigentliche Grund, warum ich nach Alderney kam. Ich wusste, dass Dad hunderttausend Pfund auf der Thetis versteckt hatte.“

„Woher?“

„Ich hab ein Telefongespräch belauscht, in dem er einer Frau namens Kitty davon erzählte. Ich war sauer, weil er sie und nicht mich mit auf seine Fahrt nehmen wollte. An dem Abend vor seinem Verschwinden bin ich auf die Thetis gegangen, um mir das Geld zu holen, weil ich ihnen ihre verdammte Fickreise versalzen wollte. Ich wusste, wo er seine Wertsachen aufbewahrte. Es gibt ein Geheimfach im Boden einer der Schlafkabinen. Ich wartete, bis Dad und Kitty ins Braye Beach Hotel zum Essen gingen, und schlich mich an Bord, aber sie kamen früher zurück und überraschten mich. Ich glaube, Dad fühlte sich an dem Abend nicht gut. Da wusste ich noch nicht, dass er schwer krank war. Den Rest kennst du ja.“

„Du hast sie mit der Waffe bedroht und bist mit dem Geld abgehauen“, sagte Dave.

Stella nickte. „Ich wollte nicht, dass jemand verletzt wird. Es ist … es ist einfach passiert. Die Pistole ging plötzlich los. Ich bin furchtbar erschrocken und hab zugesehen, dass ich abhaue. Es war falsch, wegzulaufen, ich hätte mich um Kitty kümmern sollen.“

„Du hast sie nur gestreift. Und den Mord hättest du nicht verhindern können. Woher weiß Garcia von den hunderttausend Pfund?“

„Keine Ahnung.“

Dave inspizierte noch einmal die gemauerten Zellenwände. Die dem Gitter gegenüberliegende Wand bestand im Gegensatz zu den anderen aus massivem Felsgestein.

„Wenn der Typ wiederkommt, wird er sich das Geld schnappen und uns umlegen, oder?“, fragte Stella.

Plötzlich war sie nicht mehr so tough, sondern zitterte vor Angst.

„Ich glaube nicht, dass du in Gefahr bist", antwortete Dave. „Sorokin will seine Außenstände eintreiben, mehr nicht. Du bist die Tochter seines Freundes, dessen Tod er rächt. Garcia wird dir kein Haar krümmen, sonst dreht sein Boss ihn durch den Fleischwolf."

Sie schlang schützend die Arme um den Leib und scharrte mit den Fußspitzen in dem sandigen Boden. Offenbar war sie von seiner Einschätzung nicht überzeugt.

„Hilf mir mal", sagte er.

Er begann, das Geröll, das an der Rückwand aufgehäuft war, wegzuräumen.

„Wozu soll das gut sein?", fragte Stella stirnrunzelnd.

„Der Raum wurde nicht als Gefängniszelle genutzt", erklärte Dave. „Es sieht so aus, als wäre im hinteren Bereich ein Teil der Decke eingestürzt. Ich glaube, das ist ein Tunnel, der mit einem Gitter gesichert wurde, damit niemand zu Schaden kommt."

Stella verstand und begann, ihm zu helfen.

„Wenn's ein Gang ist, muss er irgendwo hinführen", sagte Dave. „Die Deutschen haben auf Alderney im Krieg wie die Maulwürfe gewühlt und Dutzende Bunker, Tunnel und Schützengräben angelegt. Es existiert ein Verbindungsgang vom Fort durch das Magazin der Cambridge Battery zu den alten Bunkern."

„Woher weißt du das alles?"

„Ich habe vorhin im Museum darüber gelesen. Wenn du aufgepasst hättest, anstatt dich über Langeweile zu beklagen, wärst du selbst darauf gekommen."

Schweigend arbeiteten sie weiter. Nach einer Viertelstunde hatten sie eine enge Öffnung freigelegt.

„Da geh ich nicht rein", sagte Stella. „Wenn der Rest der Decke einstürzt, sitzen wir wie die Ratten in der Falle."

Dave biss sich auf die Unterlippe. Sie hatte recht. Außer Garcia wusste niemand, wo sie waren. Er hatte keine Ahnung, ob der Stollen wirklich ins Freie führte. Vielleicht sollte er vorangehen und erkunden, was sie erwartete. Wenn er wenigstens die Taschenlampe seines Handys hätte benutzen können ...

„Ich hab ein Feuerzeug", sagte Stella.

„Gib es mir. Du wartest hier."

„Kommt nicht infrage. Was ist, wenn der Typ zurückkommt?"

„Einer von uns muss hierbleiben, um Hilfe holen zu können, wenn dem anderen etwas zustößt."

„Garcia bringt uns doch sowieso um, wenn er uns erwischt."

„Ich hab dir erklärt, dass er dir nichts tun wird."

„Und wenn doch?"

„Du tust, was ich dir sage."

Dave nahm das Feuerzeug und zwängte sich in das Loch. Auf der anderen Seite herrschte fugenlose Dunkelheit. Er entzündete die winzige Flamme und kniff die Augen zusammen. Vor ihm lag ein abschüssiger Gang, den wahrscheinlich seit Jahrzehnten niemand betreten hatte. Von der niedrigen Decke tropfte Wasser, es roch modrig und schwach nach Salz und Seetang. Führte der Stollen zur Küste hinunter? Dave bewegte sich vorsichtig in die Finsternis hinein und wagte kaum zu atmen. Die Holzbalken und Stützen waren so morsch, dass sie jeden Moment zusammenbrechen konnten. Er hörte ein Scharren und Poltern von Steinen und wandte sich um.

„Du sollst doch draußen warten", zischte er.

„Ich hab was gehört", sagte Stella. „Ich glaube, er kommt zurück."

Dave zögerte unentschlossen. Schließlich übernahm Stella die Führung und huschte in den Stollen hinein.

„Warte!", flüsterte er.

Ihm blieb nichts anderes übrig, als ihr zu folgen und zu hoffen, dass er sich nicht irrte. Sie wagten sich fünfzig Meter tief in die Dunkelheit hinein, als eine der alten Stützen nachgab.

34

Der Volvo holperte über die mit Schlaglöchern gespickte Piste. Langsam näherte sich Dan dem alten Steinbruch an der Südküste von Alderney. Die Plastikplane im Kofferraum raschelte leise, als wollte sich Owen über den unsanften Transport beschweren. Dan umklammerte mit schweißnassen Händen das Lenkrad. Sein Plan für die Geldübergabe erschien ihm plötzlich als das, was er war: pure Fiktion. Er hatte es nicht mit holzschnittartigen Figuren zu tun, die er nach Belieben wie auf einem Spielbrett hin und her schieben konnte, sondern mit einem gerissenen Gegner aus Fleisch und Blut mit bösartigen Absichten.

„Owen, du stinkst", sagte er.

Er ließ die Seitenscheibe herab. In welchen Wahnsinn war er da geraten? Es kam ihm vor, als wäre er zwischen den Seiten eines Horrorromans gefangen, den er erfand, während er ihn las.

Sein Plot sah vor, einen Augenblick der Unachtsamkeit zu nutzen und Moore zu erschießen. Anschließend musste er nur noch die beiden Toten über die Klippen werfen. Die ablandige Strömung an diesem Teil der Küste würde sie auf das offene Meer hinausziehen. Für den Fall, dass eine der Leichen wieder auftauchte, hatte er sich eine plausible Erklärung zurechtgelegt. In der Version der Ereignisse, die er Chief Cole aufzutischen gedachte, hatte er seinen Freund Owen Hunter beauftragt, Moore und Heather zu observieren, weil er den Verdacht hegte, sie könnte ihn betrügen. Die beiden Männer waren offensichtlich aneinandergeraten und hatten sich gegenseitig getötet. Es war eine dünne Story, doch das Gegenteil würde ihm niemand beweisen können.

Dan bog in einen mit Pfützen übersäten Feldweg ein und hielt zweihundert Meter vom vereinbarten Treffpunkt entfernt an. Er öffnete das Handschuhfach und nahm die Beretta sowie einen Plastikbeutel mit Papierschnipseln heraus. Alles hing davon ab, ob er Moore überraschen konnte. Er war sicher, dass der Erpresser ihn unterschätzte – ihn, den kurzsichtigen Schreiberling mit den dicken Brillengläsern, der hilflos zusah, wie seine Frau ihm Hörner aufsetzte. Dass Moore sich für überlegen und clever hielt, war zugleich sein schwacher Punkt.

Ganz gleich, ob sein Plan funktionierte oder er improvisieren musste, er konnte nun nicht mehr zurück. Er öffnete die Tür und stieg aus dem Wagen. Ein heftiger Wind fegte von Südwesten her über die Hochebene und trieb eine Wand aus silbrig glänzenden Regentropfen vor sich her.

Dan durchquerte einen kleinen Wald aus Kastanien und Buchen und betrat auf der anderen Seite die Lichtung, die Moore beschrieben hatte. Die Steilküste formte hier einen konkav eingeschnittenen Bogen, die Klippen fielen fast senkrecht dreißig Meter tief zum Meer hin ab. Auf der gegenüberliegenden Seite der Wiese stand ein silberfarbenes Wohnmobil. Moore musste von Westen gekommen sein. Langsam ging Dan näher und presste den Plastikbeutel an sich, um die verräterische Ausbeulung der Beretta zu verdecken.

Moore tauchte hinter dem Camper auf und schnippte eine Zigarettenkippe über die Felsen. Dann stellte er sich an den Rand des Abgrunds und pinkelte seelenruhig. Wollte er ihm damit zeigen, wie kaltblütig und überlegen er war?

Aber du irrst dich gewaltig, dachte Dan.

Er spannte die Muskeln an, bis sein Körper hart wie Granit war. Wenn er rannte wie ein Verrückter, könnte er Moore in den Rücken fallen und über den Rand der Steilküste stoßen. Oder sollte er ihn von hinten erschießen? Blieb ihm Zeit genug, die Beretta aus dem Beutel zu ziehen? Moore war etwa zwanzig Meter entfernt und Dan ein miserabler Schütze. Würde er ihn treffen? Er zögerte, der Augenblick dehnte sich zur Unendlichkeit, und die Chance verging, ohne dass er sie nutzte. Einen Menschen zu töten erforderte sehr viel mehr Mut, als er sich vorgestellt hatte, ganz gleich, wie groß sein Zorn war.

Moore zog den Reißverschluss seiner Jeans hoch und drehte sich gelassen um. „Hast du die Kohle?", fragte er.

Dan nickte wie betäubt. Er erkannte eine gewisse Ähnlichkeit zwischen ihnen. So könnte ich aussehen, wenn ich Kontaktlinsen tragen und meinen schlaffen Körper trainieren würde, dachte er. Hatte Heather in Moore gesehen, was sie an ihm vermisste?

„Ich will das Video", sagte er.

„Und ich das Geld. Wir werden uns wohl irgendwie einigen müssen."

Er näherte sich ihm bis auf drei Schritte. Schweigend standen sie sich gegenüber.

„Nun mach's nicht so dramatisch", sagte Moore. „Du streckst den Arm aus und gibst mir die Plastiktüte, dann bekommst du den USB-Stick."

„Erst will ich die Wahrheit wissen."

„Welche Wahrheit? Du hast die Aufnahme doch gesehen, oder nicht?"

„Ich habe Owens Leiche ausgegraben", sagte Dan.

„Was geht mich das an?"

„Und ich habe das T-Shirt gefunden."

Moore lachte. „Also gut, wenn du's unbedingt genau wissen willst: Heather war überzeugt davon, dass die ablaufende Tide die Leiche auf das Meer hinauszieht, aber sie blieb an den Riffen hängen. So war es die ganze Zeit, dauernd ging etwas schief. Es war ein schlechter, viel zu komplizierter Plan. Ich hätte mich niemals darauf einlassen sollen."

„Es war also ihre Idee, mir vorzugaukeln, ich würde an derselben furchtbaren Krankheit leiden wie meine Mutter?", fragte Dan.

„Ich traf sie vor ein paar Wochen an der Bar des Braye Beach Hotels. Eigentlich wollte ich Alderney gerade verlassen, weil mein letzter Auftrag erledigt war. Aber ich habe ein gutes Auge für Gelegenheiten, und ich sah sofort, dass sie ein lohnender Fang war. Also schleppte ich sie ab. Ich habe mit ihr geschlafen, Dan. Es war der beste und wildeste Sex meines Lebens. Sag mir, wie kommt ein Typ wie du an eine solche Granate wie Heather?"

„Menschen verlieben sich. Das passiert jeden Tag, überall."

Moore warf den Kopf in den Nacken und lachte schallend. Dans Hand zuckte und tastete nach der Beretta.

„Sie hat dich wegen deines Geldes geheiratet, du Idiot. Einen solchen Goldesel wollte sie sich nicht durch die Lappen gehen lassen." Moore runzelte die Stirn. „Pech nur für sie, dass du mit dem Dukatenscheißen aufgehört hast, mein Freund. So eine Schreibblockade ist eine böse Sache für einen Erfolgsautor, aber sie brachte Heather auf eine Idee. Immerhin hat sie mal als Maskenbildnerin gearbeitet. Sie wusste, wie man täuschend echte Verletzungen nachbildet."

„Was habt ihr getan?"

„Sie schlug vor, ihre Entführung vorzutäuschen und dich zu erpressen. Die Sache erschien mir aber zu riskant. Wer kann schon sagen, ob du nicht doch die Polizei eingeschaltet hättest? Geldübergaben sind stets heikel, das Ding hätte gewaltig nach hinten losgehen können. Also überlegte ich mir etwas anderes. Du solltest zunehmend dem Wahnsinn verfallen wie dein beschissener Romanheld, Dan, und irgendwann deine Horrorgeschichten nicht mehr von der Realität unterscheiden können. Deine Sauferei hat es uns leicht gemacht, aber ein bisschen nachhelfen musste ich doch. Wie's der Zufall wollte, kam ich an das Parkinsonmedikament heran. Es war ein Kinderspiel, dir das Zeug unterzuschieben. Es erzeugte genau die Nebenwirkungen, die wir brauchten. Die Tabletten verstärkten dein Schlafwandeln, riefen Halluzinationen und Verfolgungswahn hervor. Alles lief wie am Schnürchen."

„Wozu das alles?"

„Um deinen Selbstmord glaubhaft zu machen, den du nicht ganz freiwillig begehen würdest."

„Was habt ihr mit Owen gemacht?"

„Sein Besuch brachte uns ganz schön in Schwierigkeiten. Er begann rumzuschnüffeln und belauschte uns in einem sehr ungünstigen Moment. Wir mussten ihn loswerden, also hab ich das verdammte T-Shirt angezogen und meine Rolle gespielt. War ich nicht gut als Daniel Jacobs, der schlafwandelnde Idiot?“

„Wer von euch hat ihn umgebracht?“

„Er lief mir prompt hinterher, schließlich hattest du ihn ja gebeten, auf dich aufzupassen. Als ich mich umdrehte, war er ganz schön überrascht. Ich stieß ihn die Klippen hinab, es war ganz leicht. Dass seine Leiche wieder auftauchte, war allerdings nicht geplant.“ Moore grinste. „Aber du hast unseren Fehler ja wieder ausgebügelt. Das war ungemein praktisch.“

„Was geschah in der Nacht auf Montag?“, fragte Dan.

„Es wurde Zeit, die Sache zu Ende zu bringen. Heathers Idee mit den Kameras war genial. Wir brauchten nur noch den Mordversuch an ihr zu spielen und dich anschließend über die Klippen zu werfen. Das Drehbuch dazu hattest du ja bereits selbst geschrieben: Die Geschichte des tragischen Helden, der aus Eifersucht seine Frau umbringt und aus Verzweiflung über seine Tat in den Tod springt. Im Unterschied zu deinem Roman sollte Heather allerdings überleben, damit sie das Erbe mit mir teilen kann. Aber dann ging etwas schief. Bei der Menge an Tabletten und Alkohol, die du im Blut hattest, solltest du tief und fest bis zum Morgen schlafen, um uns nicht in die Quere zu kommen.“

„Ich habe an jenem Abend nichts getrunken.“

Moore nickte. „Das erklärt einiges. Es hat uns ziemlich durcheinandergebracht, als du plötzlich vor uns standest. Ich hab dir eins übergebraten, aber wir waren uns später nicht sicher, woran du dich erinnern würdest. Ich schlug vor, bei unserem Plan zu bleiben, aber Heather entdeckte plötzlich ihr Gewissen und weigerte sich. Aber ich hatte zu viel in den Job investiert, um aufzugeben, also entschloss ich mich zu einer kleinen Planänderung. Heather musste dran glauben, damit ich dich mit dem Mord erpressen konnte. Was du auf dem Video gesehen hast, war kein Spiel."

„Du hast sie umgebracht", sagte Dan.

„Es war leider unumgänglich. Sag mal ... was hast du eigentlich mit der Leiche gemacht? Ich war ziemlich sauer, als ich sah, wie du aufs Polizeirevier gingst, um einen Mord zu gestehen. Umso überraschter war ich, als Cole dich laufen ließ."

„Ich war es nicht, der die Leiche verschwinden ließ", sagte Dan. „Ich dachte, du hättest es getan, um mich mit dem Video erpressen zu können. Hätte Chief Cole mich verhaftet, wäre dein Plan gescheitert."

„Wie wahr", sagte Moore. „Aber wenn du die Leiche nicht fortgeschafft hast ... wer war es dann?"

Darüber grübelte Dan bereits die ganze Zeit nach. Wer spielte noch mit in diesem teuflischen Reigen?

„Genug gequatscht", sagte Moore. „Gib mir jetzt das Geld."

„Zeig mir den USB-Stick."

Moore griff in seine Jackentasche.

„Woher weiß ich, dass es der richtige ist?", fragte Dan.

„Nimm ihn, oder lass es. Mir wird der Boden unter den Füßen zu heiß. Nach Alderney kehre ich garantiert nicht zurück."

„Komm her und streck die Hand aus. Ich mache das Gleiche", sagte Dan.

Moore kam zentimeterweise näher. Er kniff die Augen zusammen und schien jeden Muskel anzuspannen, um sofort zurückweichen zu können, falls er eine Falle witterte. Dan konnte seine Hand mit dem Stick fast berühren, seine Finger waren schweißnass.

„Erst will ich das Geld sehen", sagte Moore.

Damit hatte Dan gerechnet, es war der entscheidende Moment in seinem Plan. Langsam schob er die Hand in die Plastiktüte, seine Finger schlossen sich um die Beretta. Er wunderte sich, wie kalt und klar er sich fühlte. Nach Moores Geständnis und der Erkenntnis, dass Heather gemeinsame Sache mit ihm gemacht hatte, war da kein Anzeichen von Bedauern oder Schuldgefühlen, obwohl er in wenigen Sekunden einen Menschen töten würde. Es gab keinen anderen Weg, wollte er nicht für Moores Verbrechen ins Gefängnis gehen.

Er ließ die Plastiktüte fallen und zog die Beretta hervor. Moore stieß einen Fluch aus.

„Gib mir den Speicherstick", sagte Dan.

Moore zögerte, dann warf er ihn Dan zu. Er fing ihn auf und steckte ihn in die Hosentasche.

„Und was willst du jetzt tun, Dan?", fragte Moore. „Mich erschießen?"

„Du wirst mich niemals in Frieden lassen", sagte Dan. „Erst sind es hunderttausend, dann noch mal hundert und immer so weiter. Typen wie du kriegen den Hals nicht voll, darum muss man das Übel an der Wurzel packen."

Moore schüttelte den Kopf. „Du kannst den Leuten mit deinen Gruselgeschichten Angst einjagen, Dan … aber dazu hast du nicht die Eier."

„Willst du's darauf ankommen lassen?"

„Ich wette dagegen. Ich glaube, du schießt nicht.“

Dan fuhr herum. Am Waldrand stand ein Mann von enormem Körperwuchs. In seiner rechten Hand hielt er eine großkalibrige Pistole.

35

Dave kroch blind über den steinigen Boden. Der Einsturz hatte so viel Staub aufgewirbelt, dass er kaum atmen konnte. Stella hustete und rang nach Luft. Dave orientierte sich an dem Geräusch und ertastete ihren Rucksack.

„Bist du verletzt?", fragte er.

„Ich …" Sie hustete wieder. „Ich glaube nicht."

Sie griff nach seiner Hand und drückte so fest zu, dass er zusammenzuckte.

„Was ist passiert?", fragte sie.

„Die Decke ist eingestürzt."

„Was machen wir jetzt?"

„Ich habe dir doch gesagt, du sollst draußen warten", antwortete er.

„Du klingst wie meine Mum. Halt mir bloß keine Predigt."

„Beim nächsten Mal tust du, was ich dir sage."

„Du wirst es nicht glauben, aber wenn's ein nächstes Mal gibt, mach ich das sogar. Hauptsache, wir kommen hier lebend raus."

„Gib mir das Feuerzeug", sagte er.

Dave spürte, wie sie es ihm in die Hand drückte, und entzündete die winzige Flamme. Die Sicht reichte kaum einen Meter weit. Stellas Gesicht war kalkweiß. Er erschrak, doch dann wurde ihm klar, dass er vermutlich genauso aussah. Der Staub legte sich dicht auf

Haut und Kleidung. Dave schwenkte das Feuerzeug herum. Woher waren sie gekommen? Er kniff die Augen zusammen und räumte mit einer Hand Gesteinsbrocken zur Seite. Dann robbte er in die Richtung, in der er den Ausgang vermutete.

„Lass mich bloß nicht allein zurück", rief Stella.

„Ich bleibe ganz in deiner Nähe."

Er hätte ohnehin nirgendwohin gekonnt. Nach wenigen Metern stieß er auf eine Wand aus Geröll und morschen Balken. Hier gab es kein Durchkommen mehr.

Dave zwang sich, ruhig zu atmen. Er war einer Panik nahe. Niemand außer Garcia wusste, wo sie waren. Wenn der Killer zurückkehrte, um sich Harpers Geld zu holen, würde er vor einer Barriere aus Schutt und Felsen stehen, die er nicht überwinden konnte.

Dave kehrte um und erkundete den Gang in der anderen Richtung, soweit er es wagte. Der Staub setzte sich nur langsam, aber er glaubte, weiter vorn einen Lichtschimmer zu erkennen. Oder trog ihn nur eine verzweifelte Hoffnung?

„Lass uns herausfinden, wohin der Tunnel führt", sagte er.

„Bist du verrückt? Die Stützen sind so baufällig, dass ein Niesen reicht, um sie zum Einsturz zu bringen."

„Hast du eine bessere Idee?"

„Nein."

Vorsichtig richtete er sich auf. Der Gang war so niedrig, dass er den Kopf einziehen musste, um nicht an die Decke zu stoßen. Dieser Stollen konnte nicht der Hauptverbindungstunnel vom Fort zur alten Geschützbatterie sein, dazu war er zu klein. Vielleicht führte er nirgendwohin, oder er war vor langer Zeit aufgegeben worden, bevor man ihn fertiggestellt hatte. Dave behielt die beängstigende Erkenntnis für sich, dass es unter Umständen Tage dauern konnte, bis man sie fand.

„Halt dich an mir fest“, sagte er. „Wenn wir uns in dieser Finsternis verlieren, finden wir uns niemals wieder.“

„Es geht doch immer geradeaus“, sagte sie.

„Und wenn der Gang sich verzweigt?“

Er spürte, wie sie nach seinem Gürtel tastete.

„Okay“, sagte sie leise.

Vorsichtig wagte er sich in die Tiefe der Anlage vor. Das Licht der Feuerzeugflamme reichte nur ein bis zwei Meter weit. Nach geschätzten dreißig Metern mündete der Tunnel in einen größeren Gang. Dave leuchtete abwechselnd in beide Richtungen.

„Na großartig“, murmelte Stella.

Dave versuchte, sich die Ausrichtung des Gitters und des Raums, in den Garcia sie gesperrt hatte, ins Gedächtnis zu rufen. Schließlich wandte er sich nach links.

„Woher willst du wissen, ob das der richtige Weg ist?“, fragte Stella.

„Das werden wir bald herausfinden.“

„Wie lange brennt so ein Feuerzeug?“

„Lange genug, um uns hier herauszubringen.“

Er war alles andere als optimistisch. Immer wieder fragte er sich, ob es ein Fehler gewesen war, sich vom Eingang des Tunnels zu entfernen. Hilfe konnten sie wahrscheinlich am ehesten von dort erwarten. Angestrengt versuchte er, die Dunkelheit zu durchdringen.

„Ich glaube, da vorn wird's heller“, sagte Stella.

Sie ließ seinen Gürtel los und drängte sich an ihm vorbei.

„Warte!"

Was er bereits bemerkt, ihr jedoch nicht verraten hatte, um sie nicht noch mehr zu beunruhigen, waren Senken und Löcher im Boden, die man zum Teil mit Brettern abgedeckt hatte, die in der feuchten Luft langsam verrotteten. Er hatte bisher wachsam einen Bogen darum gemacht, so gut er konnte.

Es geschah so schnell, dass er nicht reagieren konnte. Der Boden gab unter dem Gewicht des Mädchens nach. Stella schrie auf und verschwand vor seinen Augen, als hätte sie sich in Luft aufgelöst. Dave fiel auf die Knie und blickte in die Tiefe. Stella baumelte an einer Hand über einem nachtschwarzen Abgrund. Er sah nicht viel mehr als einen verwischten Schatten von ihr. Es war unmöglich zu sagen, wie tief der Schacht war.

„Gib mir deine Hand", rief er.

„Ich kann nicht. Wenn ich loslasse, falle ich."

„Du musst es versuchen."

Dave drehte an dem Stellrädchen des Feuerzeugs. Die Flamme wurde größer und heller, doch dadurch stieg auch der Benzinverbrauch drastisch. Er sah die Panik in ihren Augen. Lange würde sie sich nicht mehr halten können. Dave legte sich flach auf den Boden, beugte den Oberkörper in den Schacht hinein und streckte den Arm aus. Stella zögerte, doch dann, im letzten Moment, bevor ihre Kraft verbraucht war, löste sie eine Hand vom Rand des Lochs und griff nach seinem ausgestreckten Arm. Dave zog sie nach oben. Er konnte nur eine Hand benutzen, weil er sonst das Feuerzeug fallen lassen musste. In der absoluten Dunkelheit würde er es nicht wiederfinden. Er spürte, dass sich der Griff des Mädchens lockerte, ihre Hand glitt ihm durch die Finger. Ihm blieb keine Wahl. Instinktiv ließ er das Feuerzeug los und packte Stellas Arm mit beiden Händen. Augenblicklich umgab sie pechschwarze Finsternis. Dave zog sie über den Rand des Schachts. Kurz darauf lagen sie beide erschöpft auf dem Boden des Tunnels.

„Wo ist das Feuerzeug?", fragte sie keuchend.

„Ich hab's fallen lassen, als ich dich raufgezogen hab."

Stella stöhnte.

„Wär's dir lieber gewesen, ich hätte dich losgelassen?"

„Was sollen wir jetzt machen? Ich kann überhaupt nichts sehen."

Dave wusste es nicht. Er konnte nicht einmal mehr mit Sicherheit sagen, aus welcher Richtung sie gekommen waren. Aber er hörte etwas; etwas Bedrohliches, das langsam näher kam, anschwoll und nach und nach seinen Kopf auszufüllen schien: das Rauschen von Wasser. Die Flut kam.

Die Außentür des Reviers quietschte in den Angeln. Gordon ging nach vorn auf die Wache. Steve studierte noch immer die Karte von Alderney. Eine winzige Insel … und tausend Möglichkeiten, einen Menschen zu verbergen.

Penny betrat das Büro.

„Ich habe den Streifenwagen mit dem GPS-Tracker geortet", sagte sie. „Er steht irgendwo zwischen Fort Tourgis und der alten Wassermühle."

„Dann werden wir uns dort mal umschauen."

Gordon kehrte zurück. „Ruby Nolan möchte dich sprechen, Chief."

„Sag ihr, sie soll morgen wiederkommen.“

„Sie behauptet, es wäre wichtig.“

„Na gut, schick sie rein.“

Penny verließ mit Watson das Büro. Kurz darauf klopfte Ruby an die Milchglastür und trat ein.

„Was ist denn mit Ihrem Stuhl passiert?“, fragte sie.

„Ich habe ihn in Pension geschickt. Was kann ich für Sie tun, Mrs Nolan? Ich habe leider nur sehr wenig Zeit.“

„Dafür hatte ich umso mehr Zeit zum Nachdenken“, sagte sie.

„Und was ist dabei herausgekommen?“

„Robbie und ich haben Ihnen viel zu verdanken. Ihr Bericht hat dazu beigetragen, dass er nur eine kurze Haftstrafe verbüßen muss und ich in Freiheit geblieben bin. Andernfalls könnte ich mich nicht um meine kranke Mum kümmern.“

„In meinem Job braucht man Augenmaß. Das Gesetz ist kein starrer Käfig, sondern durchaus flexibel. Als Chief der Alderney Police Force habe ich einen gewissen Auslegungsspielraum, den ich, zugegebenermaßen, bis an die Grenzen ausgedehnt habe. Vielleicht sogar mehr als das. Ich weiß, dass Robbie nicht die Absicht hatte, Louie Harris zu erschlagen. Er wurde provoziert und stand unter enormem Druck. Sie haben getan, was Sie als Schwester für richtig hielten. Ich hatte einen jüngeren Bruder, für den ich das Gleiche getan hätte; insofern kann ich Ihr Handeln nachvollziehen. Wem hätte es genützt, wenn Sie wegen Vertuschung einer Straftat ins Gefängnis gegangen wären?“

„Ich habe mich nie angemessen dafür bedankt. Ihr Vorgänger Bill Henderson hätte die Sache anders gehandhabt."

„Und darum sind Sie hier? Um sich zu bedanken?"

„Ja. Auf eine Weise, die nur uns beide etwas angeht. Ich habe mich ein bisschen umgehört. Das Royal Sussex County Hospital in Brighton ist eine Privatklinik, die sich Normalsterbliche kaum leisten können. Sagen Sie mir die Wahrheit, Chief. Bezahlt Viktor Sorokin die Behandlung Ihrer Freundin?"

„Ich habe die Vereinbarung gekündigt", sagte Steve. „Mir ist klar geworden, dass ich meine Selbstachtung verliere, wenn ich mich erpressbar mache. Und wenn ich mich selbst nicht achte, wird es auch Abby nicht tun, falls sie jemals wieder aufwacht."

„Eine schwere Entscheidung", sagte Ruby, „vergleichbar mit dem Dilemma, vor dem ich stand, als ich die Werkstatt betrat und Harris mit eingeschlagenem Schädel vor der Hebebühne lag. Ich sah keine andere Möglichkeit, Robbie zu schützen, als ihm zu helfen, die Leiche verschwinden zu lassen. Wenn wir geahnt hätten, dass Harris noch lebt ..."

„Ich will nicht unhöflich erscheinen, aber ich würde es begrüßen, wenn Sie zum Punkt kämen, Miss Nolan."

„Also gut. Ich biete Ihnen die Hälfte der vierhunderttausend Pfund an, die Baxter für Sorokin gewaschen hat", sagte sie.

Steve nickte. „Ich schätze, das ist ein fairer Deal. Aber auch ich habe nachgedacht. Und ich sollte auf keinen Fall zweimal denselben Fehler begehen."

„Sie nehmen es nicht für sich. Sie tun es für Abby. Von mir wird niemand etwas erfahren. Wir teilen und schweigen. Was hätte ich davon, wenn ich reden würde?"

„Die Koffer liegen demnach nicht im Hurd Deep?"

„Ich habe das Geld in einer meiner Schrottskulpturen im Hof hinter der Tankstelle versteckt."

„Ich könnte die Figuren beschlagnahmen", sagte Steve.

„Das werden Sie aber nicht."

Er schüttelte langsam den Kopf. „Nein, das werde ich nicht."

„Ich stelle eine einzige Bedingung", sagte Ruby.

„Und die wäre?"

„Ich habe keine Angst vor Sorokins Geldeintreiber. Aber ich befürchte, er könnte meine Mum bedrohen, um mich unter Druck zu setzen."

Steve nickte. „Die Möglichkeit besteht. Ich werde tun, was ich kann, um Sie beide zu schützen."

„Danke", erwiderte Ruby. „Ich konnte übrigens nicht vermeiden, einen Teil Ihres Gesprächs vorhin mitzuhören. Dave ist ein Freund meines Bruders. Wenn ich irgendwie helfen kann ..."

„Sie sind auf Alderney aufgewachsen, nicht wahr?"

„Allerdings."

„Falls man nicht will, dass jemand gefunden wird - wo würden Sie ihn in der unterirdischen Anlage von Fort Tourgis einsperren?"

Ruby trat neben ihn vor die Karte.

„Da gibt's jede Menge Möglichkeiten, das Fort ist riesig. Robbie und ich sind als Kinder jeden Sommer durch die Festung gestreift."

„Gut. Kommen Sie mit. Wir können jeden gebrauchen, der sich dort auskennt."

Sie teilten sich die verbliebenen beiden Streifenwagen, mieden den Rummel in der Innenstadt von Saint Anne und fuhren über die Rue de l'Église und die La Vallée nach Westen. An der alten Wassermühle trennten sie sich. Kurz darauf meldete sich Penny über Funk.

„Ich habe Daves Wagen gefunden. Er steht etwa einen halben Kilometer südlich von Fort Tourgis in einem Waldstück an der Tourgis Hill Road. Ohne GPS-Tracker hätte es Tage gedauert, bis wir auf ihn gestoßen wären."

„Er hat ihn also vermutlich nicht selbst dort abgestellt", überlegte Steve.

„Unwahrscheinlich, ja. Garcia hat ihn so geparkt, dass er von der Straße aus nicht zu sehen ist."

„Irgendwelche Hinweise, wohin er die beiden gebracht haben könnte?"

„Nein."

„Okay. Dreh um, und fahr zur Platte Saline zurück. Wir treffen uns auf dem Parkplatz am Strand unterhalb der Festung."

Steve steckte das Funkgerät in die Halterung am Armaturenbrett.

„Wo fangen wir an zu suchen?", fragte er Ruby.

„In den Bereichen, die für Touristen nicht zugänglich sind. Die nördlichen Verteidigungsanlagen können wir wohl ausschließen. Sie wurden mit staatlicher Unterstützung vom Living-Islands-Projekt restauriert und sind heute ein Publikumsmagnet. Bleiben noch die alten Geschützbatteriestellungen, das Magazin aus viktorianischer Zeit und die Bunker und Verbindungstunnel, die die Deutschen gebaut haben."

„Wie groß sind diese unterirdischen Anlagen?", fragte Steve.

„Wir reden von mehreren Kilometern." Ruby überlegte. „Wenn ich nicht wollte, dass jemand gefunden wird, würde ich einen der Bunkerzugänge auf der Westseite wählen. Allerdings sind die Zugänge mit Gittern und Stahltüren gesichert."

„Das sollte für Garcia kein Hindernis sein."

Steve bog in den Parkplatz unterhalb der Festungsmauer ein. Penny erwartete sie bereits.

„Wir teilen uns auf", sagte er. „Ruby und ich übernehmen den südlichen Teil, Penny, du den Norden bis zu den Batterien."

Sie suchten das Gelände eine Stunde lang ab.

„Nichts", sagte Steve.

„Wir haben nicht mal die Hälfte überprüft", sagte Ruby.

Steves Diensthandy klingelte. Er meldete sich und schaltete den Lautsprecher ein.

„Ich stehe vor einem der Zugänge zu den Bunkeranlagen im Westen", sagte Penny. „Er ist mit einem verrosteten Gitter gesichert, das wahrscheinlich seit Jahrzehnten nicht mehr geöffnet wurde. Jemand hat das Schloss aufgebrochen und die Tür mit einer Edelstahlkette und einem nagelneuen Zahlenschloss versperrt."

„Wissen Sie, wo das ist?", fragte Steve Ruby.

„Ich kann's mir denken."

Kurz darauf standen sie vor dem Stolleneingang. Penny hatte bereits einen Bolzenschneider aus dem Kofferraum des Streifenwagens geholt und durchtrennte die Kette, dann betraten sie den Tunnel. Nach fünf Metern verbreiterte sich der Gang zu einem Vorraum, an dessen Rückseite sich Felsbrocken und Schutt auftürmten.

„Das war wohl falscher Alarm", sagte Penny.

Watson lief unruhig umher und beschnupperte die herabgefallenen Steine.

„Er ist anderer Meinung", sagte Steve.

„Sieht so aus, als hätte jemand versucht, den versperrten Zugang freizulegen", sagte Ruby. „Ich bin nicht mehr ganz sicher, aber eigentlich müsste sich hinter dieser Wand der Tunnel zum Generatorbunker befinden."

„Wozu diente der?", fragte Steve.

„Er versorgte den großen Suchscheinwerfer mit elektrischem Strom. Als Kind bin ich oft hier gewesen. Irgendwann wurde der Gang zugemauert, weil er einzustürzen drohte."

Steves Handy klingelte erneut. Er ging nach draußen, um besseren Empfang zu haben. Gordon war in der Leitung.

„Jemand hat Schüsse beim alten Steinbruch gemeldet", sagte er.

„Jugendliche, die illegale Schießübungen veranstalten?"

„Eher nicht. Er hat einen schwarzen Range Rover beschrieben, der bei den Klippen steht. Soll ich mal nach dem Rechten sehen?"

„Nein, das übernehme ich. Ruf Nathanael Byrne vom Fire and Rescue Service an", sagte er. „Er soll ein paar Leute abstellen, die den Eingang zu einem der Bunker auf der Westseite von Fort Tourgis freiräumen."

„Die haben alle Hände voll zu tun, das Food and Drink Festival abzusichern", erwiderte Gordon.

„Sag ihm, es ist ein Notfall."

Steve kehrte zum Tunneleingang zurück.

„Im alten Steinbruch gab's eine Schießerei“, sagte er.

„Garcia hat seinen Auftrag ausgeführt“, antwortete Penny.

„Davon gehe ich aus. Ich fahre hin. Vielleicht ist es noch nicht zu spät.“

„Er wird hierher zurückkommen, um den Rest zu erledigen.“

„Ich hoffe, ihn vorher abfangen zu können. Ruf Gordon an. Er soll herkommen und dich unterstützen.“

„Dann ist das Revier unbesetzt.“

„Das ist nicht zu ändern. Geht kein Risiko ein, Garcia ist gefährlich.“

36

„Wer ist das?“

Dan schwenkte irritiert die Beretta zwischen Moore und dem Mann hin und her, der sich ihnen unbemerkt genähert hatte.

„Auf jeden Fall kein Urlauber, der lernen will, wie man sich auf einem Surfbrett hält“, antwortete Moore.

„Steck das Ding weg, bevor du dir in den Fuß schießt, du Idiot“, sagte der Fremde.

Der Kerl maß annähernd zwei Meter. Seine Wangen waren mit Pockennarben übersät; die unter einer vorspringenden Knochenplatte tief in den Höhlen liegenden Augen schimmerten wie Kohlenstücke. Etwas an der geschmeidigen Art, mit der er sich trotz seiner enormen Körpergröße bewegte, jagte Dan eine Höllenangst ein.

„Was willst du hier?“, fragte Moore lauernd.

„Ich habe etwas zu erledigen.“

„Die Sache hier geht dich nichts an. Verpiss dich.“

„Tut mir leid für dich, Tom, aber da irrst du dich. Ich mag dich, aber du hast jemanden sehr verärgert. Da kann ich leider nichts machen.“

„Wovon zum Teufel redest du?“

„Davon, dass du Maxwell Harper erschossen hast. Ich muss zugeben, deine Masche gefällt mir. Wie oft hast du das schon durchgezogen?“

„Sie und Heather …", stammelte Dan. „Sie machen das nicht zum ersten Mal?"

„Jeder verdient seine Kohle mit dem, was er am besten kann", sagte Moore.

„Da ist was dran", sagte der Fremde. „Weißt du, wir sind uns ziemlich ähnlich, Tom. Du befreist genervte Ehefrauen von ihren Männern … und ich erweise meinem Boss die ein oder andere Gefälligkeit, indem ich ihm den Weg freiräume."

„Was geht mich das an?"

„Pech für dich, dass Harper ein guter Freund von ihm war. Du hättest dich genauer erkundigen sollen, bevor du ihm ein Loch in den Schädel gestanzt hast."

„He, das konnte ich nicht wissen. Ich hab nur einen Job erledigt."

Der Riese lächelte. „Na klar. Und ich erledige meinen. Und Glück habe ich noch dazu. Los, heb die Plastiktüte auf, und zähl das Geld. Ein kleiner Bonus kann nie schaden."

„Knall ihn ab! Worauf wartest du noch?", schrie Moore.

Dans Arm fühlte sich an, als wäre er mit Blei ausgegossen.

Der Fremde sah Dan an. Ihm wurde eiskalt.

„Hast du schon mal auf einen Menschen geschossen, Kleiner? Das ist was anderes als auf Konservendosen ballern. Bevor du auch nur den Finger krumm machst, hörst du die Englein singen."

Er deutete auf Moore.

„Wird's bald?"

Moore machte einen unsicheren Schritt auf den Beutel zu, der auf dem Boden vor ihm lag. Er bückte sich und hob ihn auf. In einer explosiven Bewegung schoss er empor, schlang seinen Arm um Dans Kehle und benutzte ihn als Deckung. Die Beretta fiel in den Sand.

Der Riese schüttelte den Kopf. „Tom, Tom. Was machst du nur für Sachen?"

Moore zog sich mit Dan zum Wohnmobil zurück. Als er die offene Fahrertür erreichte, stieß er ihn von sich und kletterte ins Fahrerhaus. Dan stürzte auf die Knie, verlor seine Brille und tastete halb blind umher.

Während Moore hektisch den Motor startete, kickte der Killer die Pistole an den Waldrand und schlenderte auf den Camper zu, als hätte er alle Zeit der Welt. Moore trat das Gaspedal durch und versuchte zu wenden. Er setzte zurück und kurbelte hektisch am Steuer. Der Riese hob gelassen seine Waffe, legte an und feuerte. Die Kugel durchschlug die Frontscheibe und traf Moore zwischen die Augen. Er sackte zusammen und fiel mit dem Oberkörper über das Lenkrad. Der Camper rollte rückwärts auf die Klippen zu, gewann an Geschwindigkeit und stürzte in die Tiefe.

Der Killer drehte sich zu Dan um.

„Und jetzt du dir. Aus dir werde ich nicht schlau, du hast mich wirklich neugierig gemacht. Verrätst du mir, warum du eine Leiche in deinem Kofferraum spazieren fährst?"

„Moore wollte mir einen Mord anhängen. Er hat mich erpresst."

Der Riese schüttelte grinsend den Kopf. „Was für eine ruhige, beschauliche Insel. Heb das Geld auf, und gib es mir. Es wird Zeit für mich, zu verschwinden."

„Es gibt kein ..."

„Bleib, wo du bist, Dan! Und du, lass die Pistole fallen."

Dan riss die Augen auf. Ohne Brille sah er nur einen verschwommenen Umriss, doch die Stimme hätte er unter Millionen sofort wiedererkannt. Sie gehörte Heather.

„Hast du dir das auch gut überlegt?", fragte der Killer.

„Ich habe nicht die geringsten Hemmungen, dich kaltzumachen", sagte Heather eisig. „Es kommt sowieso nicht mehr darauf an."

Dan ertastete seine Brille im Sand und setzte sie auf. Die Gläser waren mit feuchtem Sand verschmiert, trotzdem erkannte er sie sofort. Heather lebte! Sie hielt die Beretta mit beiden Händen und zielte auf den Fremden.

Der Riese rührte sich nicht. Heather schoss, ohne eine weitere Warnung abzugeben. Die Kugel streifte das Ohr des Mannes, schlug hinter ihm in den Stamm einer Buche ein und fetzte Splitter aus dem Holz.

„Okay, das war deutlich."

Er warf die Pistole auf den Boden und gehorchte.

„He... Heather", stammelte Dan. „Aber du ... du warst tot."

„Ich war es – beinahe. Als ich mich weigerte, deinen Selbstmord zu inszenieren, und sein Plan nicht aufging, stürzte er sich auf mich. Das Schwein hat mich fast erwürgt. Er hielt mich für tot, aber er irrte sich. Ich hoffe, er schmort dafür in der Hölle. Er hatte nie vor, mit mir zu teilen."

„Ich habe deine Leiche gesehen", sagte Dan.

„Du hast gesehen, was du erwartet hattest. Mir war klar, dass Tom nicht aufgeben und dir den Mord an mir in die Schuhe schieben und dich erpressen würde; er hatte ja das Überwachungsvideo als Beweis. Ich konnte nicht zulassen, dass er die ganze Kohle einsteckt und sich aus dem Staub macht. Aber damit du auch wirklich davon überzeugt sein würdest, mich getötet zu haben, musste eine Leiche her. Hast du vergessen, dass ich Maskenbildnerin bin, Dan? Ich weiß, wie man eine Tote schminkt und spielt. Aber dieses Mal war es mein eigenes Spiel. Ich brauchte nur zu warten, bis du das Geld auftreiben und es Tom übergeben würdest. Doch als du stattdessen zur Polizei gingst, um ein Geständnis abzulegen, musste meine Leiche aus verständlichen Gründen verschwinden. Weder Tom noch ich hatten Interesse daran, dass du ins Gefängnis gehst. Eigentlich hat bis jetzt alles so funktioniert, wie ich es geplant hatte."

„Warum hast das getan, Heather?"

„Ich weiß, was es heißt, arm zu sein, Dan. Ich werde nie wieder dorthin zurückgehen, wo ich hergekommen bin – aus einem armseligen Kaff in Cornwall."

„Du hast mich wirklich nur wegen des Geldes geheiratet?"

„Nein, ich mag dich, Dan. Vielleicht habe ich dich sogar eine Zeit lang geliebt. Aber ich werde nicht zusehen, wie du dich zu Tode säufst und mich mit in den Abgrund ziehst."

„Ich unterbreche euch zwei Turteltauben ja nur ungern, aber eure Eheprobleme gehen mich nichts an. Darum werde ich mich jetzt empfehlen", sagte der Killer.

„Halt's Maul, und rühr dich nicht vom Fleck", schnauzte Heather. Sie richtete die Pistole auf Dan. „Gib mir das Geld."

„Ich habe kein Geld", sagte er.

„Was soll das heißen?"

Er drehte die Plastiktüte um. Der Wind wirbelte Hunderte Papierschnipsel über die Klippen. Sie flatterten und tanzten wie Schmetterlinge und trudelten langsam ins Meer hinab.

„Ich bin pleite, Heather. Mein Konto ist bis zum Anschlag überzogen."

„Was ist mit den Tantiemen, die du angelegt hast?"

„Harper hat mich überredet, alles in sein Filmprojekt zu investieren. Die letzte Nacht floppte in den Kinos, das Geld ist futsch." Er kicherte, legte den Kopf in den Nacken und begann, lauthals zu lachen. „Euer raffinierter Plan war für die Katz, Heather. Ihr habt Owen umsonst umgebracht."

„Das ist nicht wahr!", schrie sie.

Ohne auf den Killer zu achten, fiel sie auf die Knie und wühlte in der Plastiktüte.

„Du bist ein kompletter Versager, Dan! Wie konntest du so dämlich sein und Harper dein ganzes Geld anvertrauen? Ich habe dir immer wieder gesagt, dass er ein Blindgänger ist und dass ihn sein Größenwahn irgendwann ruinieren wird."

„Heather, pass auf!"

Sie fuhr herum. Der Pockennarbige hatte unbemerkt seine Waffe aufgehoben. Sie schossen gleichzeitig. Heather wirbelte herum, aber sie zielte aus ihrer Froschperspektive zu niedrig. Die Kugel traf den Killer in den rechten Oberschenkel. Er schrie überrascht auf und brach in die Knie. Auf Heathers T-Shirt breitete sich ein Blutfleck aus. Sie ließ die Waffe fallen, kippte ohne einen Laut nach vorn und fiel in den Sand.

Dan sprang auf und trat dem Riesen die Waffe aus der Hand. Er nahm sie und warf sie über die Steilküste.

„Heather!“

Er beugte sich über sie und drehte sie auf den Rücken. Sie lebte und atmete flach. Dan strich ihr das verschwitzte Haar aus der Stirn.

„Warum hast du das getan? Ich habe die verdammte Schreibblockade überwunden. Wir hätten alles schaffen können, wenn du zu mir gehalten hättest.“

Er weinte. Obwohl sie furchtbare Dinge getan hatte, liebte er sie noch immer. Eine irrsinnige Hoffnung durchzuckte ihn. Es war noch nicht zu spät. Das Mignot Memorial Hospital war nur wenige Autominuten entfernt. Er hob sie auf und trug sie zum Volvo.

Der Killer hatte den Gürtel seiner Hose aus den Schlaufen gezogen und einen provisorischen Druckverband angelegt. Er war kalkweiß und kaum bei Bewusstsein.

Dan ging achtlos an ihm vorbei und legte Heather vor seinem Wagen ab. Er öffnete die Beifahrertür und schob Heather mit letzter Kraft auf den Beifahrersitz. Dann setzte er sich hinter das Steuer. Der Anlasser stieß ein kraftloses Gurgeln aus. Er versuchte es noch einmal, aber der Motor sprang nicht an. Offenbar hatte der Pockennarbige sich am Wagen zu schaffen gemacht. Verzweifelt warf er einen Blick auf Heather. Sie war bewusstlos oder schon tot. Der Blutfleck schien sich nicht vergrößert zu haben.

Dan stieg aus, lief zum Waldrand und suchte nach der Waffe des Killers. Er fand sie und richtete sie auf den Mann, der ihn aus glasigen Augen anstierte.

„Gib mir deinen Wagenschlüssel. Wenn ich im Memorial bin, werde ich dafür sorgen, dass man einen Notarztwagen schickt.“

Der Mann stöhnte und griff in die Tasche seines Sakkos. Dan beugte sich wachsam vor, nahm ihm die Autoschlüssel ab und kehrte zum Volvo zurück. Er trug Heather zu dem schwarzen Rover, der abseits zwischen den Buchen stand, und legte sie auf die Rückbank. Dann startete er den Motor, setzte zurück und trat mit aller Kraft das Gaspedal durch. Die Antriebsräder gruben sich in den vom tagelangen Regen aufgeweichten Boden und drehten durch. Dan fluchte und versuchte es noch einmal, aber der Rover steckte fest.

Heather war totenbleich. Gab es überhaupt noch eine Chance, ihr Leben zu retten? Sie hatte sich von ihm abgewandt, als er sie brauchte, ihn betrogen und Intrigen gegen ihn geschmiedet, aber sie durfte dennoch nicht sterben. Er fühlte sich mitschuldig daran, dass ihre alten Ängste wieder die Kontrolle über ihr Handeln gewonnen hatten. So wie er seine Versagensängste im Alkohol ertränkte, hatte Heather versucht, einen Wall um sich herum zu errichten, der sie vor dem tiefen Fall zurück in die Armut schützen sollte. Sie hatten beide furchtbare Fehler begangen. Wenn sie sich ihnen stellten, gab es vielleicht Hoffnung auf einen Neuanfang.

Er stieg aus, lief um den Wagen herum und hob sie vorsichtig vom Sitz. Das kleine Krankenhaus befand sich in der Nähe des Hafens an der Nordküste der Insel. Vor ihm lag eine Strecke von zwei Kilometern über Wiesen und Felder. Wenn er es bis zur Longis Road im Süden von Saint Anne schaffte, würde er auf Menschen treffen.

Mit Heather auf den Armen marschierte Dan los. Der Wind peitschte ihm Regenschleier ins Gesicht, der Boden unter seinen Füßen war sumpfig und tückisch wie

Treibsand. Unbeirrt ging er weiter, den Blick auf den Horizont gerichtet. Mehr als einmal stolperte er in dem unebenen Gelände und stürzte beinahe. Der Traum, der ihn immer wieder heimgesucht hatte, wurde auf tragische Weise Realität.

Nach fünfzehn Minuten erreichte er die Impot Road, die nach Norden in die Stadt führte. Er war am Ende seiner Kraft. Heather lastete unendlich schwer auf seinen Armen, wahrscheinlich lebte sie längst nicht mehr. Trotzdem ging er weiter und bemerkte kaum, dass ein Wagen neben ihm hielt und ihn jemand von seiner Last befreite.

37

Dave verlor das Gefühl für Zeit und Raum. Sein Körper schien sich aufzulösen und sein Bewusstsein in der Dunkelheit zurückzulassen. Das rhythmische Rauschen der Brandung wurde lauter, das Wasser im Schacht stieg. Er glaubte nicht, dass es den Tunnel überfluten würde. Die Deutschen waren nicht so dumm gewesen und hatten Bunker angelegt, die dem Wechsel von Ebbe und Flut ausgesetzt waren. Sicher war es indessen nicht.

„Was machen wir jetzt?"

Stellas Stimme klang unnatürlich laut, obwohl sie nur flüsterte. Dave wusste es nicht. Wenn sie umkehrten, bestand die Gefahr, dass sie einen neuen Einsturz auslösten. Tastete er sich blind weiter in den Tunnel hinein, stießen sie möglicherweise auf weitere Gefahren.

„Wir warten hier. Sie werden uns suchen", sagte er.

„Und wenn sie uns nicht finden?"

„Steve wird nicht aufgeben, bis er uns hier herausgeholt hat."

Die Zeit verging und dehnte sich endlos.

„Ich habe Durst", sagte Stella.

Dave konnte nicht sagen, ob Stunden oder nur Minuten vergangen waren

„Ich auch", sagte er. „Sie werden bald hier sein."

Er schloss die Augen und öffnete sie wieder. Irrte er sich, oder war es plötzlich heller? Er hörte ein leises Tappen und Kratzen. Stella schien es ebenfalls bemerkt zu haben.

„Dave?"

„Mmh?"

„Gibt's hier Ratten?"

Etwas Feuchtes berührte ihn an der Hand. Er zog sie hastig zurück und löste damit ein Winseln aus.

„Watson? Bist du das?"

Nun vernahm er deutlich Schritte und Stimmen. Der Lichtkegel eines Scheinwerfers wanderte über die Tunnelwand. Dave kniff die Augen zusammen.

„Wir sind hier!", rief Stella.

„Hierher!", rief Dave.

„Dave, Stella. Seid ihr okay?"

Es war Penny. Dave war noch nie so froh gewesen, ihre Stimme zu hören.

Der Streifenwagen raste mit eingeschaltetem Blaulicht die Impot Road entlang. Auf halber Strecke zwischen der Einmündung in die Longis Road und dem alten Steinbruch trat Steve auf die Bremse. Etwa fünfzig Meter links von ihm stemmte sich ein Mann gegen Wind und Regen und lief über das freie Feld. Es war Daniel Jacobs. Er trug eine leblose Gestalt auf seinen Armen und torkelte mit letzter Kraft Richtung Norden. Steve stieg aus dem Wagen und sprach ihn an. Jacobs stapfte wie in Trance weiter und reagierte erst beim dritten Mal. Er blieb stehen und schwankte, dann brach er vor Erschöpfung in die Knie.

„Chief Cole. Sie schickt der Himmel. ... Helfen Sie mir, bitte! Meine Frau ... Heather ..."

Steve untersuchte die Frau des Schriftstellers rasch. Ihr Pulsschlag war kaum wahrnehmbar, aber sie lebte.

„Helfen Sie mir, sie auf den Rücksitz zu legen", sagte er.

Jacobs war kaum in der Lage, ihn zu unterstützen. Steve wendete und fuhr nach Saint Anne zurück. Er mied die verstopfte Innenstadt und näherte sich dem Mignot Memorial von Westen her. Sanitäter brachten Heather Jacobs in die Notaufnahme und begannen den Kampf um ihr Leben.

„Fühlen Sie sich in der Lage, eine Aussage zu machen?", fragte Steve.

Der Schriftsteller kletterte umständlich aus dem Streifenwagen und taumelte auf den Eingang des Krankenhauses zu.

„Heather ... ich muss bei ihr bleiben."

„Sie haben alles getan, was in Ihrer Macht stand", sagte Steve. „Was ist in dem alten Steinbruch passiert?"

„Da war ein Mann ... er hat Moore erschossen ... und dann ..." Jacobs Blick klärte sich plötzlich. „Er ist verletzt. Ich habe ihm versprochen, Hilfe zu schicken."

„Können Sie den Mann beschreiben?"

„Etwa vierzig Jahre alt, groß und kräftig mit pockennarbigen Wangen."

Steve überließ Jacobs den Sanitätern und folgte kurz darauf einem Notarztwagen, der über die Route de Braye nach Süden fuhr. Penny meldete sich über Funk.

„Wir haben Dave und Stella gefunden", sagte sie. „Ruby erinnerte sich daran, dass es einen Verbindungsgang zur alten Geschützstellung gibt, der auf den Haupttunnel zwischen dem Magazin und der Batterie trifft."

„Sind beide wohlauf?“

„Ein bisschen eingestaubt. Dave hat Hunger.“

Steve atmete erleichtert aus. „Sag ihm, dass ich ihm für drei Wochen das zweite Frühstück streiche. Gordon soll sofort zum Steinbruch fahren, ich brauche Unterstützung. Wenn er vor mir ankommt, soll er auf mich warten.“

„Okay. Gab es wirklich einen Schusswechsel?“

„Noch weiß ich nicht, wie das alles zusammenhängt, aber wenn mich nicht alles täuscht, war Garcia mit von der Partie. Im Memorial wartet Daniel Jacobs auf dich. Ich schätze, er hat uns eine Menge zu erzählen. Seine Frau ist aufgetaucht.“

„Sie lebt?“

„Die Ärzte wissen nicht, ob sie durchkommt. Bring Jacobs zum Revier, falls er vernehmungsfähig ist. Ich werde mich mit ihm beschäftigen, wenn ich zurück bin und weiß, was hier gespielt wird.“

Er legte auf. An der Abzweigung zur Impot Road blitzte Blaulicht auf, Gordons Streifenwagen näherte sich auf der Longis Road von Westen.

Der Krankenwagen stoppte an der Zufahrt zum Steinbruch. Steve und Gordon liefen den Feldweg entlang zu den Klippen. Steve berichtete, was Jacobs ihm in wirren Sätzen erzählt hatte. Kurz darauf stießen sie auf den schwarzen Rover und Jacobs’ Volvo. Die Fahrertür stand offen. Schnell durchsuchten sie den Wagen. Gordon öffnete die Heckklappe.

„Sieh dir das an“, sagte er.

Im Kofferraum lag eine männliche Leiche.

Mit gezogenen Waffen gingen sie weiter zu dem halbmondförmigen Einschnitt in der Küstenlinie. Brandgeruch lag in der Luft, dichter, schwarzer Qualm stieg vom Meer auf. Gordon beugte sich über den Rand der Klippen.

„Ich schätze, das war's für Moore."

Steve trat neben ihn und blickte in die Tiefe. Die Brandung brach sich am Wrack eines silberfarbenen Wohnmobils.

„Ruf Lewis an. Er soll die Baleigh Anne und ein Team des Coastguard schicken. Wir müssen die Leiche bergen."

Er ging zurück zur Landzunge. Außer einigen Papierschnipseln und der Plastiktüte eines Supermarkts aus Saint Anne, die sich in den Büschen verfangen hatten, war die Lichtung leer. Gordon scharrte mit der Fußspitze im Sand.

„Das ist Blut", sagte er, „eine ganze Menge."

„Weit kann Garcia nicht gekommen sein", sagte Steve.

„Wohin könnte er geflüchtet sein? Wenn er es bis zum Medical Centre schafft, muss er damit rechnen, sofort verhaftet zu werden", überlegte Gordon.

„Vielleicht hat er einen Wagen angehalten und Hilfe erzwungen. Wir müssen davon ausgehen, dass er bewaffnet und noch immer brandgefährlich ist."

„Ich informiere das Fährterminal und den Flughafen und gebe seine Beschreibung durch", sagte Gordon. „Mit der Schussverletzung fällt er überall auf."

„Ich fahre aufs Revier und nehme Jacobs' Aussage auf."

„Dann hat er seine Frau also nicht getötet?"

„Ich schätze, er ist das Opfer, nicht der Täter.“

„Trotzdem hat er uns einiges zu erklären“, erwiderte Gordon. „Zum Beispiel, wie eine Leiche in den Kofferraum seines Wagens kommt.“

Steve war der Erste, der in der Queen Elizabeth II Street eintraf. McGinley erwartete ihn vor dem Eingang. Der sauertöpfische Stadtrat sah aus, als hätte er eine Kröte verschluckt.

„Ich stehe seit einer geschlagenen Stunde vor verschlossener Tür, Chief Cole. Würden Sie mir das bitte erklären?“

Steve schloss die glänzend blaue Haupteingangstür auf. McGinley folgte ihm aufgebracht ins Büro des Chiefs.

„Weder ist das Telefon besetzt noch ein Officer im Revier anwesend“, schimpfte er. „Was, zum Teufel, ist hier eigentlich los? Vergnügen sich Ihre Leute auf dem Festival?“

„So ungefähr. Wir hatten nichts wirklich Wichtiges zu erledigen“, antwortete Steve.

McGinley lief rot an. „Warum ist die Hälfte der Männer des Fire and Rescue Service aus der Innenstadt abgezogen worden?“

Steve setzte sich auf die Schreibtischkante und betrachtete bekümmert seinen zerbrochenen Stuhl.

„Nun, es war nötig“, erklärte er.

„Ist das alles, was Sie dazu zu sagen haben, Chief?“

„Nein. Ich beantrage hiermit einen neuen Bürostuhl. Darf ich Ihnen einen Kaffee anbieten?“

McGinleys Kiefer klappte herunter wie ein Scharnier. Bevor er nach Luft schnappen und antworten konnte, fiel die Außentür ins Schloss. Watson steckte seine

Nase ins Büro und wedelte mit dem Schwanz. Er machte einen Bogen um McGinley und legte sich umständlich auf seine Decke.

Dave betrat das Büro. Seine Uniform war verdreckt und mit Staub bedeckt.

„Wie sehen Sie denn aus?", rief McGinley. „Chief, ich wünsche nicht, dass Ihre Leute sich so in der Öffentlichkeit zeigen."

Penny tauchte im Türrahmen auf.

„Ich habe Stella ins Mignot Memorial gebracht", sagte sie.

„Ist sie verletzt?", fragte Steve.

„Ich glaube nicht, aber es könnte nicht schaden, wenn Dr. Hopkins sie durchcheckt. Jacobs wartet in der Wache."

„Er soll sich einen Augenblick gedulden. Würdest du dich bitte um Mr McGinleys Anliegen kümmern?"

„Worum geht es denn?"

„Er hat's mir nicht verraten. Es scheint aber sehr dringend zu sein."

„Ich muss protestieren, Chief Cole."

Steve verschränkte die Arme vor der Brust.

„Mr McGinley. Wir hatten in den vergangenen Tagen zwei ungeklärte Mordfälle, eine vermeintlich tote Ehefrau, deren Leiche sich in Luft aufgelöst hatte, einen verschwundenen Constable samt Zeugin und eine Schießerei mit tödlichem Ausgang. Habe ich etwas vergessen, Dave?"

„Einen demolierten Bürostuhl."

„Stimmt, daran hatte ich nicht gedacht." Steve schob den Stadtrat aus dem Büro. „Constable Saunders wird sich Ihres Problems umgehend annehmen und es zu Ihrer vollsten Zufriedenheit lösen."

Er schloss die Milchglastür.

„Und nun zu dir", sagte er.

Dave hob abwehrend die Hände. „Ich weiß, dass ich Mist gebaut habe. Mein Auftrag lautete, mit Stella im alten Pfarrhaus zu bleiben. Stattdessen habe ich mich von ihr weichklopfen lassen, zum Food & Drink Festival zu gehen. Ich dachte, unter den vielen Menschen ist sie sicher. Ich …"

„Halt die Luft an, Dave."

Steve tat etwas, das selbst Watson überraschte. Er umarmte Dave.

„Es war meine Schuld. Garcia war eine Nummer zu groß für uns. Ich hätte Stella in die Obhut des Jugendamtes geben und mich um meine Arbeit kümmern sollen."

Er hielt den jungen Constable auf Armeslänge von sich. „Alles noch beisammen?", fragte er.

„Ich bin okay", antwortete Dave verblüfft.

„Gut. Wenn ich das nächste Mal sage, du sollst die Finger von einem Typ wie Garcia lassen, dann leistet du dieser Anweisung ohne Wenn und Aber Folge, sonst ziehe ich dir und Watson das Fell über die Ohren, ist das klar?"

Dave grinste. „Völlig klar."

„Wegtreten. Du darfst dem Chief einen neuen Bürostuhl besorgen."

„Hast du einen besonderen Wunsch?"

Steve warf einen Blick auf das Foto von Bill Henderson, der ihn missbilligend ansah.

„Nach all den Aufregungen habe ich mir ein Luxusmodell verdient“, sagte er. „Und nun schick mir Jacobs rein.“

Steve holte sich einen Stuhl aus dem Pausenraum und setzte sich hinter seinen Schreibtisch. Eine Minute später betrat der Schriftsteller das Büro.

„Ich wüsste gerne, warum Sie eine Leiche in Ihrem Kofferraum spazieren fahren“, sagte er.

„Das ist nicht so einfach zu erklären, Chief.“

„Versuchen Sie es, wir haben Zeit.“

Jacobs brauchte eine halbe Stunde, um seine Geschichte zu erzählen.

„Wer war der Mann, der bei meinem Treffen mit Thomas Moore auftauchte?“, fragte er.

„Jemand, der den Auftrag hatte, den Mord an Maxwell Harper zu rächen.“

„Dann hat Moore nicht zum ersten Mal aus Geldgier getötet?“

„Auf sein Konto geht vermutlich eine ganze Reihe von Tötungsdelikten. Es wird einige Zeit in Anspruch nehmen, sie alle aufzuklären – wenn es überhaupt möglich sein wird. Er kann dazu leider nichts mehr beitragen.“

Jacobs blickte schuldbewusst zu Boden.

„Es war falsch, Owens Leiche zu verstecken und wieder auszugraben. Ich war in Panik.“

„Sie hätten mit Ihrer Entdeckung zu mir kommen sollen.“

„Hätten Sie mir geglaubt?“

„Schwer zu sagen. Dass Sie ein Verbrechen vertuschen wollten, macht Sie auch nicht gerade glaubwürdig. Ihre Frau ist die einzige Person, die die Wahrheit kennt und Sie entlasten kann.“

„Die Ärzte operieren noch." Jacob sah auf. „Darf ich ins Krankenhaus? Ich möchte bei ihr sein, wenn sie aufwacht."

„Nach allem, was sie getan hat?"

„Ich liebe sie noch immer. Heather handelte aus einer Angst heraus, an der ich nicht ganz unschuldig bin; und sie hatte nie vor, mich umzubringen. Aber das werden Sie kaum verstehen."

Steve nickte. „Vielleicht besser, als Sie glauben. Ich fahre Sie in die Klinik."

38

3. Oktober

Steve stellte den Streifenwagen auf dem Hof hinter der Autowerkstatt ab. Das blauweiße Licht eines Schweißapparates blitzte auf und erhellte den trüben Nachmittag. Ruby Nolan kniete vor einer ihrer surrealistischen Schrottskulpturen, die an Gemälde von Salvador Dalí erinnerten, und war ganz in ihre Arbeit vertieft. Als sie Steve bemerkte, nahm sie die Schutzmaske ab und wischte sich die Hände an einem Lappen sauber.

„Hi Chief", begrüßte sie ihn. „Dann ist heute also Zahltag?"

„Es war Ihr Vorschlag, zu teilen, Miss Nolan. Ich zwinge Sie nicht dazu."

„Sie haben es sich redlich verdient."

„Lassen Sie das nicht Chief Officer Laney von der Guernsey Police hören."

„Ich halte mein Versprechen. Niemand erfährt etwas davon."

Steve lächelte gequält. „Vielleicht färben John Baxters Methoden ja allmählich auf mich ab. Eine Hand wäscht die andere."

„Wir lassen es ja nicht zur Regel werden", sagte Ruby.

„Nein, tun wir nicht. Sehen Sie es als wohltätige Spende."

„Ich werde nicht vergessen, was Sie für Robbie und mich getan haben, Chief. Lassen Sie uns zum geschäftlichen Teil kommen."

„So wie Sie es sagen, hört es sich an, als wollte ich eine Ihrer Skulpturen kaufen."

„Darum sind Sie doch hier, oder nicht?"

Er grinste. „Klar doch."

Ruby stemmte die Hände in die Hüften und blickte sich um. Steve deutete auf ein zahnbewehrtes Ungeheuer aus Auspuffrohren und rostigen Blechen.

„Wie wär's mit der da?"

„Eine gute Wahl."

Sie rollte das Schweißgerät auf das Metallmonster zu, klappte die Schutzmaske herunter und begann, den Bauch des Ungetüms aufzuschweißen. Kurz darauf stellte sie zwei Aluminiumkoffer auf den Boden.

„Halbe-halbe", sagte sie. „Suchen Sie sich einen aus, in jedem sind zweihunderttausend Pfund."

„Ich nehme alle beide."

Steve fuhr herum. Garcia machte seinem Spitznamen alle Ehre. Die Mamba hatte sich unbemerkt angeschlichen und in aller Ruhe gewartet, bis er die Beute in Empfang nehmen konnte. Er hielt eine Pistole mit aufgeschraubtem Schalldämpfer in der Hand.

„Wenn ich um Ihre Waffe bitten dürfte, Chief?"

Steve zögerte. Garcia schwenkte die Pistole herum und zielte auf Ruby.

„Sie wollen doch nicht, dass der Kleinen etwas passiert, oder?"

„Nein. Sie bekommen, was Sie wollen."

Langsam öffnete er das Pistolenhalfter am Gürtel, zog seine Dienstwaffe heraus und legte sie auf den öligen Boden.

„Schieben Sie sie mit dem Fuß her. So ist es brav.“

Garcia kickte die Waffe unter eine Gitterbox mit ausrangierten Autoteilen und deutete auf Ruby.

„Trag die Koffer zum Wagen.“

Sorokins Killer ließ Ruby vorangehen und deckte seinen Rückzug. Er humpelte stark und schien starke Schmerzen zu haben.

„Leg sie in den Kofferraum“, sagte er.

Ruby öffnete die Heckklappe eines dunkelgrauen SUVs, den Garcia vermutlich gestohlen hatte.

„Sie kommen nicht von der Insel herunter“, sagte Steve.

„Darüber machen Sie sich mal keine Gedanken, Cole. Für meine Abreise ist gesorgt. Ich soll Ihnen Grüße von meinem Boss ausrichten. Ab jetzt kämpft jeder für sich allein.“

„Ist mir recht. Wir werden uns wiedersehen.“

„Seien Sie vorsichtig mit Ihren Wünschen, Chief. Sie könnten in Erfüllung gehen.“

Er stieß Ruby zur Seite, stieg in den Wagen und fuhr los.

Sie fluchte. „Was machen wir jetzt?“

„Wie gewonnen, so zerronnen“, sagte Steve. „Ich weiß es nicht.“

39

14. Oktober

„Wir konnten die Daten von Moores Handy retten", sagte Dave.

Steve schenkte Kaffee in zwei Tassen und stellte eine davon auf Daves Schreibtisch.

„Und wie bringt uns das weiter?", fragte er.

„Der Kerl hat heimlich Audioaufzeichnungen seiner Anbahnungsversuche gemacht. Wir können ihn mit mindestens acht Todesfällen in Verbindung bringen, die als Unfälle zu den Akten gelegt wurden."

„Fleißig wie ein Eichhörnchen", sagte Steve.

„Er hat sich wohl absichern wollen für den Fall, dass eine seiner Kundinnen abspringt und ihn bei der Polizei verpfeift", meinte Penny.

„Gut möglich."

„Wie ist er eigentlich an das Parkinsonmedikament gelangt, das Heather Jacobs ihrem Mann untergeschoben hat?", fragte Gordon.

„Maxwell Harper litt an Parkinson. Entgegen ihrer Beteuerung wusste seine Frau wohl von der Erkrankung. Die Tabletten waren eine kleine Zugabe für den Mord an Harper und seiner Geliebten."

„Warum hat sie nicht einfach abgewartet, bis er stirbt?"

„Das werden wir wohl nie erfahren. Vielleicht war sie zu ungeduldig. Oder ihr Hass auf ihn hat sie dazu getrieben. Sie war die treibende Kraft, ihren ermordeten Ehemann auf einen makabren Segeltörn zu schicken."

„Dann sind die beiden Fälle aufgeklärt", sagte Dave.

„Sind sie", sagte Steve.

„Ist Jacobs' Frau inzwischen außer Lebensgefahr?", fragte Penny.

Steve nickte. „Sie hat sich bereit erklärt, eine umfassende Aussage zu machen. Ich werde gleich ins Mignot Memorial fahren."

„Da hat er aber mächtig Glück gehabt", sagte Gordon. „Sie ist die Einzige, die ihn entlasten kann."

„Ich gehe davon aus, dass sie den Mord an Owen Hunter Moore in die Schuhe schieben wird."

„Sie hat sich trotzdem der Beihilfe schuldig gemacht", sagte Dave.

„So sieht's aus."

„Zumindest hat Jacobs nun Stoff für einen neuen Roman", sagte Penny.

„Wie steht's denn mit deiner Einladung zu einem Kinobesuch?", fragte Steve.

„Ich kann mich gar nicht erinnern, eine ausgesprochen zu haben."

Ihr Telefon klingelte. Sie nahm ab und meldete sich.

„Das ist für dich", sagte sie. „Dr. Jackson vom Royal Sussex County Hospital."

„Stell ihn durch."

Steve ging in sein Büro und setzte sich in den neuen Chefsessel. Watson stellte die übergroßen Ohren auf. Er war seit dem Morgen unruhig.

„Chief Inspector Cole am Apparat."

Steve hörte schweigend zu und legte dann auf. Watson winselte. Es klopfte an der Bürotür, Penny trat ein.

„Gibt es Neuigkeiten?", fragte sie.

„Abby ist vor zwei Stunden gestorben."

„Oh Steve, das tut mir so leid."

„Du weißt noch nicht alles", sagte er.

„Was könnte noch schlimmer sein?"

„Ich habe nicht nur mit dem behandelnden Arzt gesprochen, sondern auch mit Matt Frazer von der Met. Ich muss sofort nach Brighton fliegen. Abby wurde ermordet."

ENDE

Danksagung

Vielen herzlichen Dank an das Team vom dp Verlag für die großartige Zusammenarbeit sowie Birgit Förster für das Polieren des Romans; und – wie immer – an die beste Agentin der Welt: Anna Mechler von der Literaturagentur Lesen & Hören.